Lisa Reardon
Schuldlos

Lisa Reardon

schuldlos

Roman

Aus dem Amerikanischen
von Wolfgang Astelbauer

Deuticke

In Liebe für Mick Weber

Danksagung

Ich danke Jennifer Rudolph Walsh, die auch für mich viele Wunder vollbracht hat, sowie Courtney Hodell für ihre Geduld, Beharrlichkeit und Klugheit.

Für seinen Beistand in rechtlichen Fragen dankbar bin ich Herrn Dennis LaBelle, dem Staatsanwalt von Grand Traverse County. Mit Informationen geholfen haben mir neben anderen George Hicks, Hunter Hicks, Pat Neely und die Belegschaft des Munson Medical Center in Traverse City. Eventuelle sachliche Fehler sind allein meiner Nachlässigkeit zuzuschreiben. Shawn Hirabayashi und Milan Stitt danke ich für ihre hilfreichen Reaktionen auf die ersten Entwürfe des Buchs.

Danken möchte ich an dieser Stelle auch Myra Colon, Michael Udolf und Patricia Walter, die mir einen Platz gegeben haben, an dem ich aufwachsen konnte. Und allen, die am Adolescent After School Program teilgenommen haben, bin ich dankbar, dass sie mir gezeigt haben, wie viel Freude es machen kann, größer zu werden.

Anmerkung der Autorin

Kassauga County, der Kassaugasee und die Stadt Riverton sind imaginäre Orte in Nordmichigan.

I

»Nein!«, schluchzte sie und rang rotzend nach Luft. »Nein!«

»Krieg dich ein, Sharon!« Ich zog mir den Augenschirm tief ins Gesicht. Den Strand rauf und runter sahen die Leute zu uns her. »Es gibt ein Happyend, glaub mir.«

»Oh Gott!« Zwei Tränen rannen ihr um die Wette über die Wangen.

»Was hat sie denn?«, fragte eine Stimme über meiner linken Schulter. Ich schob den Schirm hoch und sah auf. Neben mir stand Julianna, tropfte mein Handtuch mit Wasser vom See voll und starrte Sharon an, die mit vors Gesicht geschlagenen Händen weiterheulte.

»He, Dschuliwuli«, sagte ich, »wie steht's?«

»Alles okay.« Juliannas etwas schräg stehende Augen waren so hellbraun, dass sie fast ins Gelbe gingen. Sie trug einen zerlumpten alten Fischerhut, um den sie ein weißes Band geschlungen hatte, das sie Anfang des Sommers gefunden und seither nicht mehr abgenommen hatte. Sie war zwölf und schien wie alle Mädchen vor Ausbruch der Pubertät durch nichts in der Welt unterzukriegen.

»Ist sie krank?«, fragte sie, die Augen noch immer auf Sharon gerichtet.

»Sie liest«, antwortete ich.

»Wow!« Julianna machte kehrt und sauste die paar Meter Sandstrand zu ihrer Großmutter zurück. Nana hatte auf altmodische Art einen Zopf um den Kopf geflochten und trug einen bescheidenen Badeanzug mit einem drangenähten Faltenrock. Sie war ziemlich rundlich, und ihre Oberarme schwabbelten, als sie

Julianne ihre Seven-up-Flasche aus Kunststoff gab. Ich sehnte mich danach, an diesen Busen gedrückt zu werden und in den Jean-Naté- oder Zitronenkrautduft einzutauchen, der alte Frauen umgab. Ich schloss die Augen und spürte die Sonne auf meinen Armen. Zu meiner Rechten war noch immer ein Schniefen zu hören.

»Geht's dir gut, Sharon?«

»Nein«, sagte sie und schnappte nach Luft. »Mir geht's nicht gut.«

Ich kramte eine kleine Packung Papiertaschentücher aus meiner Tasche und gab sie ihr. Die Sonne war an diesem Augustsonntag unbarmherzig. Meine Haut spannte wie bei einem Brathähnchen.

»Na, komm schon!«, sagte ich zu ihr. »Gehen wir ins Wasser.«

»Ich lese noch das Kapitel zu Ende«, antwortete sie und schnäuzte sich. Sie las gerade »Middlemarch«, und zwar die Szene, in der Dorothea ihre Rivalin Mrs. Lydgate aufsucht und sie beruhigt, was Wills Zuneigung betrifft. Ich durfte nicht vergessen, Papiertaschentücher zu kaufen. Sharon war überzeugt gewesen, dass ein Nachmittag am Strand genau das Richtige sei, um mich aufzumuntern und von der bevorstehenden Gerichtsverhandlung abzulenken. Ich lag auf dem Bauch, hatte das Kinn in eine Hand gestützt und sah zu dem struppigen Wald hin, der am Ende des Strands begann. Die Blätter der Bäume waren angeknabbert und zerrissen, die Eichhörnchen vom zu wilden Spielen zerzaust, die Blumen von hungrigen Bienen leer gesaugt. Wie ich diese toten Augusttage hasste! Als Sharon das Buch zuschlug, standen wir auf, um ins Wasser zu gehen.

»Kommst du mit?«, rief ich Julianna zu.

»Nein!« schrie sie. Sie spielte mit ihrer Mutter Federball, während Nana döste. Sie spielten ohne Netz, schlugen nur den Ball hin und her und zählten, wie oft sie es schafften, ohne dass der Ball den Boden berührte. Ihre Mutter war jünger als ich. Sie nickte mir wie jemandem zu, den man nur vom Sehen kennt. Ein braun gebrannter Junge lief vorbei und hinterließ eine Spur von Cheese Doodles vom Snackstand weiter oben am Strand. Man bekam dort Hamburger, Hotdogs und sogar Nachos. Als ich klein war, hatten sie Lakritzenschlangen, Kaugummizigaretten und Wax Lips in der Vitrine in Augenhöhe der Kinder liegen. Am besten gefiel mir der Riesendiamantring aus Zuckermasse. Noch heute kaue ich am Knöchel meines Zeigefingers, wenn ich müde bin oder mir Sorgen mache, und schmecke fast, wie mir das rosa, blaue oder grüne Zeug auf der betäubten Zunge zergeht.

Sharon und ich gingen zum Wasser hinunter und wateten hinein. Der See fühlte sich an meinen Füßen warm, an meinen Knien kühl und an meinen Schenkeln eisig an. Ich tauchte ins Wasser. Die Haut schrie auf und wollte vor Schock wieder an die Luft. Mein Kopf kam nach oben, in die heiße Sonne, und ich atmete tief ein. Sharon tauchte gut drei Meter hinter mir auf. Sie war keine besonders gute Schwimmerin. Ich hatte bei den Bundesstaatsmeisterschaften in Lansing in den Klassen B, C und D im 100-Meter-Butterfly den ersten Platz gemacht. Sharons Kopf kam hinter den kleinen Wellen hoch und verschwand wieder. Ich legte mich auf den Rücken, streckte mich durch und kraulte gemächlich dahin, bewegte mich mit dem See. Das rhythmische Plätschern in meinen Ohren übertönte jeden Lärm. Kein Lachen und keine Schreie vom Strand, nur Frieden und Vergessen. Mein Körper wogte hin und her, als ob der See eine Wiege wäre, in der ich lag. Der Schlaf kroch über das Wasser und streckte seine Arme nach mir aus, in die ich mich vor Sehnsucht nach Ruhe treiben ließ. Mitten am Nachmittag war ich sicher. Es waren die Nächte, die gefährlich waren, in die den ganzen Sommer über etwas eingedrungen war, was meinen Schlaf zerrissen hatte wie ein altes Geschirrtuch. Andere Menschen hatten Träume, die über das Fensterbrett in ihr Schlafzimmer schwebten. Ich hatte meinen Nächtlichen Besucher.

Es war fast eine Woche vergangen, ohne dass etwas geschehen war, bis letzte Nacht. Ich war ganz ruhig, als ich wach wurde, schlug nicht um mich, schrie nicht. Ich öffnete die Augen, und da lag ich in meinem Bett, als ob ich von jemandem putzmunter hineingelegt worden wäre. Ich war wie festgenagelt, Arme und Beine gelähmt. Ich konnte nur in kurzen flachen Zügen Luft holen, weil er auf meiner Brust saß und mir die Lungen in die Matratze drückte, der Nächtliche Besucher, dieses Scheusal aus brüchigem grauem Granit. Er kauerte auf mir und hatte sich mit seinen kalten Zehen aus Stein an meinen Rippen festgeklammert. Sein Gesicht lag im Schatten und blieb mir verborgen. Ich sah die Knöchel seiner granitenen Klauen, die verwitterten Ellbogen und die stumpfe, matte Oberfläche seines Rückens, wenn er sich einmal da- und einmal dorthin drehte, als ob ich nur ein Sims wäre, auf dem er saß, und kein Lebewesen – als ob es mich gar nicht geben würde.

Frank lag ausgestreckt am Rand des Betts und schlief. Sein Fell glänzte im Mondlicht, das ins Zimmer strömte. Tasse und Untertasse hatte ich auf den Nachttisch gestellt. Vertraute Schatten klammerten sich in den Ecken des Raums aneinander. Draußen vor dem Fenster standen dunkel und still die Bäume. Herinnen verlagerte das auf mir kauernde Wesen langsam atmend sein steinernes Gewicht. Es hatte keinen Sinn, sich zu wehren, zu schreien, zu betteln oder zu drohen. Ich konnte nur hellwach daliegen in der Stille und darauf warten, dass es wegging.

Ich weiß nicht, wie lange es blieb. Die Zeit blieb stehen, die Gedanken hielten an, mein Herz hörte zu schlagen auf, und es kauerte weiter mit mich lähmender Gleichgültigkeit auf mir. Ich wartete, während Wochen und Jahre vergingen, unterbrochen von scharfen Bildern, die aufblitzten und im nächsten Augenblick verblassten. Sie tauchten auf und entzogen sich mir wie alte Schnappschüsse, waren da und schon wieder weg. Eine Tür ging auf – und verschwand, bevor ich erkennen konnte, ob das ihr Fuß war. Ja, dieselbe Zehe in demselben alten Loch in ihrem Socken. Und später dann ihr Gesicht, ganz groß. Ich lag da, sah zu und wurde älter.

Dann keine Bilder mehr. Der Nächtliche Besucher erhob sich, ganz langsam, weil sich Stein im Tempo der Ewigkeit bewegt, und tauchte in den Schatten vor dem Fenster unter. Meine Laken waren klamm von eisigem Schweiß. Ich wartete und zählte bis hundert, obwohl er nur selten in derselben Nacht zurückkehrte. Dann stand ich auf, ging in die Küche und drehte die Lampe über dem Tisch an. Die Uhr am Herd zeigte 4 Uhr 52. Ich ging ins

Schlafzimmer und holte mir meinen Bademantel und die Wollsocken als Schutz gegen die raue Wirklichkeit des Fliesenbodens. Zu dieser Stunde war die Kälte bedrohlich. In der Finsternis der Augustnächte lauerten Löcher mit Oktoberfrösteln. Ich nahm mir eine Flasche Bier aus dem Kühlschrank, um leichter einschlafen zu können, holte mir einen Packen National-Geographic-Hefte von der Couch und ließ sie auf den Küchentisch fallen. Wenn etwas draußen am Waldrand stand, an der dunklen Linie, wo die Bäume an meinen Hof stießen, würde es ein Fenster sehen, eine warme Insel des Lichts um einen Küchentisch und eine Frau, die allein an diesem Tisch saß und Magazine vor sich liegen hatte. Die Vögel wurden schon wach und begrüßten mit ihrem Gesang den Tag, der noch nicht angebrochen war. Auf der 108er fuhr ein Auto vorbei. Der lila-blau-dunkelrot-rosa-goldene Schimmer des Sonnenaufgangs würde nicht mehr lange auf sich warten lassen.

Etwas griff nach meinem Fuß und zog mich nach unten. Das Wasser schlug über meinem Kopf zusammen und strömte mir in die Nase. Ich strampelte mich frei und stieß mich Richtung Sonnenlicht.

»Erwischt!«, rief Sharon.

»Arschloch!« Ich blies mir das Seewasser und den Rotz aus der Nase. Versuchte zu atmen.

»Davon stirbst du nicht gleich«, sagte sie und schlug übermütig mit den Handflächen aufs Wasser. Klatsch, klatsch, klatsch. Ich schnellte hoch, stützte mich mit den Händen auf ihren Schultern ab und lachte, als ich sie untertauchte. Sie entwand sich meinem Griff und kam etwas weiter weg wieder nach oben.

»Komm!«, sagte sie. »Schwimmen wir zurück.«

Wir waren etwa fünfzig Meter jenseits der Bojen, welche die Sperrlinie bildeten, die Schwimmer und Motorboote voneinander trennte.

»Wenn ich dich nicht am Fuß erwischt hätte, wärst du bis zum Jachthafen rübergekrault.« Der Jachthafen lag am anderen Ufer des Sees. Ich sah über das Wasser hin. Ein großes Schnellboot rauschte vorbei und in seinem Kielwasser tänzelten die Pontons hin und her wie eine Reihe glitzernder Enten aus Metall. Darauf war ich zugesteuert, als mich Sharon zurückgehalten hatte. Wie lange waren wir schon im Wasser?

Wir kehrten zum Ufer zurück: Sharon in einem schwerfälligen Freistil, ich mit regelmäßigen Brustzügen. Es tat mir gut, mich durchzustrecken, auszuholen und mich durchs Wasser zu stoßen. Sich wie ein Tier zu bewegen gibt einem die Illusion der Kontrolle, als ob man es in der Hand hätte, was man tun und was man nicht tun wird, als ob man einfach töten würde, was man isst, sich paart, wenn man dazu bereit ist, und stirbt, wenn einen etwas Größeres, Schnelleres und Hungrigeres erwischt. Ich stemmte mich mit den Beinen gegen die Wellen, als wir aus dem Wasser kamen. Sharon war ein paar Schritte vor mir. Sie war kleiner als ich, schlanker. Wenn wir hier und jetzt mit bloßen Händen gegeneinander hätten kämpfen sollen, hätte ich sie in genau zwei Sekunden auf dem Boden im Würgegriff gehabt. Wahrscheinlich war ihr das noch nie durch den Kopf gegangen. Ich fragte mich, warum mir das eingefallen war.

Sharon hatte vor sieben Uhr zusammengepackt und war gegangen. Der Nachmittag neigte sich dem Ende zu, und ich versuchte zum fünften Mal, Jacqueline Susanns »Yargo« weiterzulesen. Der See war dunkel und leblos, die Sonne gerade dabei, den Tag aufzugeben.

Rechts von mir befahl Juliannas Mutter gerade der Kleinen, T-Shirt und Sandalen anzuziehen. Zeit, zu gehen. Julianna lief so schnell sie konnte Richtung See, wild entschlossen, noch einmal ins Wasser zu gehen, bevor sie nach Hause musste. Sie war zwei Schritte vom Ufer entfernt, als ihre Mutter sie einholte, mit einem Arm hochnahm, mit ihr herumwirbelte und sie dann mit dem Gesicht in die entgegengesetzte Richtung auf den Boden stellte. Julianna rannte drauflos, als ob sie gar nicht merken würde, dass sie in die andere Richtung lief. Sie stürmte auf mich zu und landete wie ein Baseballspieler auf einem Homeplate neben mir. Ein wahrer Sandregen rieselte auf mich nieder.

»Bist du aber heute lustig!«, sagte ich in ihr Lachen hinein und schüttelte mein Buch aus, bevor ich ihr damit einen Klaps versetzte.

»Der Merc sieht super aus«, sagte sie. Mein schwarzer 65er Mercury stand hinter uns, glänzend und makellos. Sie hatte mich am Vormittag besucht und die Radkappen geschrubbt, während ich die Motorhaube abgespritzt hatte.

»Komm Dschudschu! Wir gehen.« Ihre Mutter hatte eine Hand in die Hüfte gestützt und beschattete mit der anderen die Augen. Sie sah mich an und schüttelte den Kopf, als ob sie mir sagen wollte: »Unglaublich, das Mädchen, was?« Ich lächelte und murmelte Julianna zu: »Du machst jetzt besser, dass du weiterkommst!«

Sie stand auf. »Bis dann!«

Mit einwärts gerichteten Fußspitzen ging sie zu ihrer Decke zurück, gluckerte wie ein Huhn, bückte sich ab und zu, um etwas aufzuheben, und flatterte hin und wieder mit den Ellbogen. Ich schob mir die Sonnenbrille nach oben in die Haare und rieb mich an den Nasenflügeln, wo zwei rote Flecken verrieten, was eine schlecht sitzende Brille anrichten konnte. Ich schloss die Augen und ließ mir das Buch von den Knien gleiten. Die Seiten kratzten über den Sand. Ich war müde. Ich zog die Augenbrauen hoch, damit mir die Sonnenbrille auf die Nase rutschte. Julianna war zum Auto ihrer Mutter unterwegs. Sie gluckerte nicht mehr wie ein Hühnchen, sondern sang ein Lied, das französisch klingen sollte.

»Ooh ooh, bee bee, ju mu tu pooh. Ooh ooh, bee bee, I love you-ou.«

Julianna winkte mir zu, als der Cutlass über den Parkplatz davonkroch. Der Strand war fast leer. Ein paar spindeldürre kleine Kinder kreischten und bespritzten einander dreißig Meter von mir entfernt im See, zu jung, um sich um die erste Kühle der Nacht zu scheren. Sie klangen weit weg, Jahre weg. Der Strand, der vorhin so warm gewesen war und auf dem es vor Gummilatschen und nackten Füßen nur so gewimmelt hatte, war jetzt feucht und frisch. Hinter mir streckten die Kiefern ihre Wipfel nach dem letzten Sonnenlicht aus. Die Zweige leuchteten golden vor dem klaren blauen Himmel, wie ruhige Kerzen, die über den schwarzen Untiefen des Sees flackerten.

Ich wurde bei Mom zum Abendessen erwartet. Ich griff nach »Yargo«, machte ein Eselsohr in die linke Seite, klappte das Buch zu und schob es in meine zerlumpte alte Strandtasche aus ungebleichtem grobem Leinen. Sie hatte rote, weiße und blaue Flecken, die Reste einer verblichenen Freiheitsstatue. Die Aufschrift lautete: »1776–1976: 200 Jahre Vereinigte Staaten«. Ich fuhr mit den Füßen über das Handtuch, um mir den Sand abzuwischen, und schlüpfte in meine Keds. Es ging nicht so leicht wie bei guten alten Keds. Die Schuhe waren noch neu und ich mochte sie nicht. Ich zog mir die abgeschnittenen Hosen hoch, schnappte meine grüne wollene Windjacke. Um diese Zeit kühlt es in Nordmichigan nach Sonnenuntergang schon ziemlich ab. Ich schüttelte das Handtuch aus und warf es mir über die Schulter, die 200-Jahre-Amerika-Tasche über die andere. Ich ging durch das Unkraut im Sand zur Asphaltstraße. Prüfte die Reifen, alle vier; sie waren steinhart.

Der Mercury fand den Weg zum Haus meiner Mutter allein. Ich brauchte nicht wirklich zu lenken und lehnte mich zurück, ließ dem Wagen die Zügel schießen und ihn losziehen. Die Tomford Road war auf beiden Seiten von flachen Sandgräben und einer Wand großer, dunkler Kiefern begrenzt, die sich über die Straße ärgerten, die mitten durch sie durchging. Ab und zu, bei einem Gewitter oder in einer stürmischen Augustnacht, befreite sich ein Baum aus dem Sand und warf sich quer über die Straße. Dann kamen braune Lastwägen mit kreischenden Sägen, um den Gefallenen zu zerstückeln und wer weiß wohin zu bringen.

Leise und gleichmäßig glitt der Merc über den Asphalt. Die Sonne war untergegangen und hatte die langen blauen Schatten mitgenommen. Im Wald gab es Hunderte Rehe. Ich fühlte, wie sie mir mit ihren samtigen, von langen Wimpern umrahmten Augen blinzelnd nachsahen. Ein paar Krähen flatterten mit einem kalten Krächzen aus den Bäumen auf, als der Wagen vorbeirollte. Sonst kein Geräusch, nur das Summen und Pfeifen der Reifen auf dem Asphalt und das gelegentliche Knallen eines Kiesels, der unter dem Gummi wegschoss. Aus der Ferne hörte man von der 108er her lauter und wieder leiser werdendes Autorauschen, lauter und wieder leiser werdendes Autorauschen. Um diese Tageszeit war das so.

Der Wagen wurde langsamer, als Moms Hof in Sicht kam, und rollte an dem schmiedeeisernen Eichhörnchen vorbei, das auf dem Postkasten der Brickhams saß. Mr. Brickham, dem Nachbarn, fehlten drei Finger an der rechten Hand. Hat mich und Amy immer zu Tode erschreckt, wenn wir über den zerzausten Zaun lugten und ihn beobachteten, wie er Laub rechte. Dad erzählte uns, dass sie einen tollwütigen Hund im Keller eingesperrt hätten, der Mr. Brickham die Finger abgebissen hatte, und wir uns daher verflucht noch mal von ihrem Hof fern halten sollten, weil sonst … Ich schaltete das Licht aus, als der Merc in die Einfahrt bog. Stieg aus und guckte den Glühwürmchen im Hinterhof zu. Es war noch hell im Freien. Wenn man in der Küche saß und das Licht anhatte und nach draußen sah, war es schon dunkel. Eine subjektive Stunde. Ein paar Fledermäuse zischten vorbei und stießen in einem Bogen ruckartig herab, um sich einen Mund voll Mücken zu schnappen. Ich erinnerte mich daran, wie Dad einmal im Sommer Mausefallen in die Bäume gehängt hatte, weil er dachte, dass er den Fledermäusen so den Garaus machen könnte. Carl hatte gelacht, bis ihm die Tränen gekommen waren, als er die alten Ahornbäume voller mit toten Fliegen gespickter Mausefallen sah.

Als ich so vor der Garage stand und den Fledermäusen zusah, wie sie hin und her segelten und durch die Gegend flitzten, waren Carl und Dad weit weg. Kommenden Januar würde es siebzehn Jahre her sein, dass Dad gestorben war. Lunge und Leber hatten gleichzeitig schlappgemacht. Und Carl hatte Anfang Juni vor sieben Jahren wieder geheiratet. Amy hatte Apfelblüten aus Seide im Haar getragen. Und wir, die wir alle Brautjungfern gewesen waren, hatten jede einen Strauß mit solchen Blüten im Arm gehabt. Aufgefädelt wie Taftenten in einer Schießbude, hatte Sharon gesagt. Das war ein Tag gewesen!

Durch das Fenster konnte ich Mom im warmen gelben Licht der Küche sehen. Sie war groß und knochig und hatte ein breites Becken. Dad hatte sie aus uns unerklärlichen Gründen seine

Siedlerbraut genannt. Selbst nach seinem Tod sagte Mom bei jeder Gelegenheit: »Ihr kennt ja euren Dad.« Sie bereitete das Abendessen zu, hackte gerade etwas klein und sprach über die Schulter mit Sharon. Mensch, sie war ganz schön in Fahrt! Sie unterbrach ihre Arbeit immer wieder, fuchtelte mit dem Messer herum und stach auf einen Punkt in der Luft ein. Hinter ihr erhaschte ich einen dunkelblonden Schimmer, Sharon, die Teller aus dem Schrank holte und den Tisch deckte. Mom sah auf die Uhr und runzelte die Stirn, blickte beim Fenster hinaus in die Dunkelheit. Sie hatte mich nicht vorfahren hören, konnte mich nicht da stehen sehen. Ich wünschte mir, die ganze Nacht draußen bleiben und mein Leben aus der Entfernung verfolgen zu können, aber es war zu kühl, und ich hatte Hunger. Die Küche war hell und trocken und warm und das Essen würde bald auf dem Tisch stehen.

Ich trat durch die seitliche Tür ins Vorzimmer. Zog mir meine Keds aus, Ferse gegen den großen Zeh, Ferse gegen den großen Zeh. Vom Vorzimmer führte ein überwölbter Gang in die Küche. Von dort konnte ich alles hören.

Ich rief hallo, damit sie wussten, dass ich gekommen war.

»Wird auch Zeit, Mary«, meinte Mom. »Hab mir schon Sorgen gemacht.« Sie sprach weiter, ohne auf eine Antwort zu warten. »Heute Abend kommen Stacy und Ruther.«

»Hm.«

»Sie bringen die Wäsche zurück«, sagte sie. Die Leinentischtücher von Stacys Babyparty.

»Wenn's sein muss«, sagte ich und warf die 200-Jahre-USA-Tasche in eine Ecke.

»Das hab ich gehört«, sagte Mom und tauchte mit einem großen Metalllöffel in der Hand im Gang auf. »Es wird dich nicht umbringen, wenn du nett bist.«

»Ich bin immer nett.« Ich zog mir den Pullover über den Kopf und dann aus.

»Es kommt darauf an, *wie* du nett bist«, sagte sie.

Stacy war siebenundzwanzig, Sharon achtundzwanzig. Ich ging jetzt langsam auf die fünfunddreißig zu; im Herbst war es so weit.

Wenn Stacys Kind einmal da war, würde ich als Tante die verrückte alte Jungfer sein.

»Bitterkeit ist kein schöner Zug«, fuhr Mom fort.

»Da stimme ich dir zu«, antwortete ich.

»Es ist ja nicht so, dass du keine Gelegenheit gehabt hättest …«, fügte sie hinzu. *Und sie vertan hast*, hallte es stumm über unseren Köpfen wider.

Ich trat an das Fenster über der Spüle. Wie in der vergangenen Nacht versuchte ich mir vorzustellen, wie jemand von draußen hereinblickte und mich in dem gelben erleuchteten Rechteck sah. Wirkte ich sicher? Sharon reichte mir Silbergeschirr, und ich trug es zum Tisch hinüber.

»Alle Frischvermählten sind ein wenig selbstgefällig«, meinte Mom. »Du musst ein wenig nachsichtig sein. Da wird sie darüber hinauswachsen.«

»Wachsen tut sie jedenfalls, das steht fest«, sagte Sharon, die gerade die Servietten, die sie gefaltet hatte, unter die von mir sorgfältig ausgerichteten Gabeln schob.

»Sie ist eure Schwester. Vergesst das nicht!«, sagte Mom.

»Wie sollten wir?«, antwortete ich.

»Warum haltet ihr beide jetzt nicht den Mund?«, sagte Mom mit dieser gewissen Schärfe in der Stimme. Wir schwiegen. An diesem Sonntagabend gab es Kartoffelbrei mit Hamburger-Bratensaft und Rosenkohl als Beilage. Sharon sprach über ihre Arbeit oben im Sleazebag Inn. Es hieß eigentlich Sleepy Bluff Inn und gehörte zu einer Diskontkette. Jetzt, am Höhepunkt der Saison, war ganz schön was los. Nach dem Labor Day würde sich Sharon arbeitslos melden, bis drüben bei North Country Crafts der Weihnachtswirbel losging.

»Spielst du diese Woche?«, fragte sie mich. Fastpitch-Softball. Erste Basespielerin. Ich war Linkshänderin.

»Nein, ich schone mich fürs Turnier«, antwortete ich.

»Wenn sie dir eine Chance für ein Comeback geben«, sagte Sharon unbekümmert.

»Wie geht's deiner Schulter?«, fragte Mom. Ich hatte mir im vergangenen Februar das Schlüsselbein gebrochen. Ich stützte mich am Tisch ab und kreiste ein paar Mal mit dem Arm und den Schultern.

»Die wird mir keine Schwierigkeiten machen«, sagte ich.

Beim Kaffee, zu dem es Reste von einem Biskuitkuchen gab, erzählte Sharon von einem Rock und einer Jacke, die sie gerade nähte. »Nach einem alten Schnitt aus den fünfziger Jahren«, sagte sie. »Ich musste nur zwei Größen raufgehen, weil die Sachen damals so eng geschnitten waren.« Sie trank ihren Kaffee aus und sah mich an. »In diesem Fall habe ich also Größe zwölf wie du.«

Ich verbiss mir eine Antwort und dachte daran, dass Marilyn Monroe Größe vierzehn gehabt hatte. Sharon nähte wie eine Verrückte. Sie hatte für Stacys Baby ein Dutzend Pyjamas und Strampelhosen gemacht. Die Besätze hatte sie mit der Hand angenäht, und ich hatte verschiedene kleine Tiere vorne auf jedes Teil gestickt. Affenbabys, Elefanten- und Löwenjungen. Wir zwei hatten monatelang an den Sachen gearbeitet. Und sie dann Stacy bei der Party überreicht.

»Ist das Handarbeit?«, hatte Stacy gefragt und die Sachen mit spitzen Fingern hochgehalten, als ob sie nach schiefen Nähten und nicht abgeschnittenen Fäden suchte. »Das ist ja so aufmerksam von euch beiden!«, hatte sie gemeint und gelächelt. »Echte Erbstücke.«

Als sie den Kinderwagen von Ruthers Mutter sah, hatte sie einen mehrfachen Orgasmus bekommen. Der Wagen war marineblau und überall mit Silber verziert, damit er zu dem 900-Dollar-Bettchen passte, das sie ausgesucht hatte. Stacy arbeitete nirgendwo. Ruther machte im Ford-Geschäft seines Vaters in Kalkaska jede Menge Überstunden.

Als wir beim zweiten Kaffee waren und der Biskuitkuchen bereits zu einer angenehmen Erinnerung im Magen geworden war, sagte Mom: »Und du, Mary?«

Sie meinte: »Und was hast du getrieben?« Ein Sonntagsessen mit Mom und Sharon endete meistens gleich. Was hat Mary getrieben? Die Scheinwerfer in der Einfahrt, das Schlagen der Autotüren und dann die Schritte auf der hinteren Veranda ersparten mir eine Antwort. Ein schnelles Klopfen, und schon watschelte ein runder schwangerer Bauch in die Küche. Der Bauch gehörte zu Stacy, der Ruther folgte, der immer selbstzufrieden zu strahlen begann, wenn er seine Frau ansah. Als ob er sagen wollte: »Seht mal, was ich mit meinem Schwanz geschafft habe!« Stacy schien überrascht zu sein, dass ich da war. Als ob ich nicht immer sonntagabends zum Essen kommen, als ob sie als Einzige meine Mutter besuchen würde.

Mutter ging mit dem jungen Paar ins vordere Zimmer, während ich die Kuchenteller wegräumte. Sharon blieb, um mir zu helfen. Ich sagte ihr, dass sie zu den anderen gehen solle. Ich wollte nur den Abwasch machen und würde dann gleich nachkommen. Ich spülte Stück um Stück: die Teller, die Kaffeebecher, die Gabeln, die Löffel. Trocknete mir die Hände am Geschirrtuch ab, faltete es sorgfältig zusammen und legte es auf die Spüle. Stellte mir vor, mit dem Merc ganz leise die Auffahrt runterzurollen. Ich wäre auf halbem Weg nach Hause, bis sie mich vermissen würden.

»... du solltest sie sehen, Mom«, sagte Stacy, als ich ins Wohnzimmer kam. »Sie sind so hübsch, direkt über dem Fenster, wie Volants.«

»Ich komm vorbei und seh sie mir an«, sagte Mom zu ihr.

»Die neuen Gardinenleisten«, sagte Sharon, damit ich wusste, worum es ging. Die gute Sharon tat ihr Bestes.

»Du könntest so was wahrscheinlich selber machen«, wandte sich Stacy an Sharon. »Aus Kiefernzweigen und Zapfen und Beeren und so. Du bist gut in solchen Sachen.« Stacy veränderte ihre Stellung auf der Couch, und ihr Bauch richtete sich wie die zehn Gewehrläufe eines Erschießungskommandos auf mich. »Wie geht's dir denn?«, fragte sie.

»Gut, Stace.«

»Das freut mich«, sagte sie.

»Danke.«

Sie wechselte mit Mom einen schnellen Blick. Sie mussten vor kurzem über mich gesprochen haben. »Na, ich geh dann«, sagte ich in den Raum.

»Kannst du nicht bitte noch ein wenig bleiben?«, fragte Stacy erbost.

»Geh doch noch nicht!«, sagte Mom, als die Fliegengittertür hinter mir zufiel.

Es war eine Höllenplackerei, um Ruthers Jeepkopie rumzukommen, ohne dass der Merc einen Kratzer abbekam. Auf der Fahrt nach Hause wurde mir ziemlich kalt. Ich hatte die Fenster offen und war zu wütend, um sie zu schließen. Als ich auf die Hintertür zuging, spürte ich, wie mir die kühle Nachtluft in die Knochen gefahren war. Ich machte mir nicht einmal die Mühe, im Haus das Licht anzudrehen. Das Mondlicht strömte zum Fenster herein; ich sah genug, um mir ein Bad einzulassen und mich auszuziehen. Die Kleider wanderten in den Korb im Schlafzimmerschrank. Mein Zuhause, mein Zuhause, mein liebes Zuhause. Im Halbdunkel sah ich auf der Rückenlehne des Sofas den alten, sich bereits auflösenden Quilt, dessen weicher Baumwollstoff stellenweise nur mehr durch einzelne Fäden zusammengehalten wurde. Und auf der Anrichte den Toasterüberzug, den ich gestickt hatte, mit Rotkehlchen auf einem Hartriegelzweig, die tirilierend den Morgen begrüßten, während ich Kaffee machte. Es war finster, und ich war nackt, von meinen Dingen umgeben, sicher in meinem vom Mond beleuchteten Heim.

Als ich in der Badewanne lag, bildete sich auf meiner Stirn ein Schweißfilm, weil das Wasser etwas zu heiß war. Ich hatte das Fenster einen kleinen Spalt offen. Eine Ecke des Vorhangs zitterte, schwang hin und her, und über das Fensterbrett strich kühle Luft herein. Sie glitt zu mir herunter und streichelte mir wie die Hand eines Geliebten über den Nacken. Dieses heiß-kalte Paradies hatte etwas Gefährliches, Wildes. Es war, als ob mich jemand dabei ertappen könnte, dass ich mich so allein im Dunkeln gut fühlte, und dann der Teufel los sein würde. Hinter dem Fenster konnte ich den Halbmond durch Wolkenfetzen schweben sehen. Draußen das rhythmisch pulsende Zirpen der Grillen. Sonst war außer dem entfernten Heulen eines Holzlasters, der die 108er dahindonnerte, nichts zu hören. Ich schloss die Augen und atmete das süße Geräusch ein.

Da läutete das Telefon. Ich fuhr richtiggehend zusammen. Wasser schwappte seitlich aus der Badewanne auf die Matte davor.

Verflucht, wer rief mich denn sonntagabends an? Ich stand auf. Ich bekam eine Gänsehaut, als das zweite Läuten ein schroffes Loch in den Abend riss. Ich griff nach einem Handtuch, tappte tropfend in die Küche und nahm beim dritten Läuten den Hörer ab.

»Ja?«

»Ich ruf dich lieber später wieder an«, sagte Amy.

»Ah, du bist's.« Ich hatte den Hörer zwischen Kopf und Schulter eingeklemmt und rubbelte mich ab. »Was gibt's?«

Amy seufzte: »Scheiße, was weiß ich! Gestern Abend waren wir bei Suzanne zum Grillen eingeladen. Wir fangen übrigens mit dem Aufbau des Bierzelts an.«

»Hm.« Ich hatte mich abgetrocknet, war aber noch nackt und fror. Ich zog die Schnur des Hörers lang und versuchte meinen Bademantel zu erwischen, der an der Schlafzimmertür hing. Verfehlte ihn. »Was hast du heute gemacht?«

»Nichts. Carl ist zu Harley Sherman rübergefahren, um ihm bei seinem neuen Garagendach zu helfen. Er ist noch nicht wieder da.« Amy musste den Sonntagabend allein verbringen, und ihr war wahrscheinlich langweilig. »Mir ist langweilig.«

»Warum rufst du nicht mal dort an?« Ich griff mir den Besen neben der Spüle und zog die Schnur des Hörers wieder Richtung Schlafzimmer lang.

»Hab ich schon«, sagte sie betont heiter. »Meldet sich niemand. Und ich würde mir wünschen, dass du dir einen Anrufbeantworter besorgst. Ich hab es schon den ganzen Abend bei dir probiert.«

»Nein.«

»Ich finde es feindselig, wenn man keinen Anrufbeantworter hat«, sagte sie. »Total feindselig.« Amy war meine beste Freundin. Sie liebte Ausdrücke wie »total feindselig«.

»Es gibt nichts, was so wichtig wäre, dass es nicht warten kann.« Ich hatte mit dem Besen Richtung Schlafzimmertür ausgeholt und es geschafft, dass der Bademantel zu Boden fiel. Jetzt zog ich ihn Stück für Stück zu mir her.

»Was tust du?«, fragte sie. »Du keuchst ja.«

»Willst du rüberkommen? Wir könnten uns betrinken und Popcorn machen.«

»Würde ich, wenn ich nicht gerade meine Haare in Stanniol gewickelt hätte.« Amy färbte sich die Haare selbst. Was nicht gerade einfach war. Ich war einmal bei ihr in der Küche gesessen und hatte ihr dabei zugesehen. Wir hatten zu zweit acht Flaschen Bier geköpft, bis sie fertig war. Ich hob den Bademantel auf und schüttelte ihn gründlich aus, um ihn von Katzenstreu und anderem Schmutz zu befreien.

»Hat Sasha schon Nachwuchs bekommen?«

»Nein«, sagte Amy düster. »Sie explodiert schon fast.«

»Vergiss auf keinen Fall, immer im Schmutzwäschekorb nachzusehen! Du willst die Kätzchen ja nicht aus Versehen in die Waschmaschine stecken.«

»Die verfluchten wilden Hunde haben sie hinter der Gillespie-Scheune erwischt.«

»Auf die sollte endlich mal jemand Jagd machen.« Mit Schnur und Hörer ringend wand ich mich in den Bademantel. Himmlisch, himmlisch warm und trocken. »Die sind wie Riesenratten.«

»Ich wäre dir dankbar, wenn du das Gewichtheben oder Bettenmachen oder was immer du gerade tust sein lassen könntest«, sagte sie.

»Entschuldigung.« Ich nahm den Kessel vom Herd und füllte ihn über der Spüle mit Wasser. Leise, damit Amy es nicht hörte.

Sie sagte: »Und was hast du heute gemacht?«

»War am Strand –«

»Warum hast du mich nicht angerufen?«

»– mit Sharon.«

»Ah.« Die beiden verstanden sich nicht so recht.

»Und dann zum Abendessen bei Mom. Stacy war da.« Ich gab einen Teebeutel in die alte Tasse mit den Rosenblüten, die einmal Großmutter Culpepper gehört hatte.

»Wie sieht sie aus?«

»Sie explodiert schon fast.«

»Menschenskind!«, lachte sie. »Wir sind von lauter Trächtigen umgeben. Halt! Wart einen Augenblick!« Pause. Und dann: »Er ist gerade gekommen. Wir hören uns morgen.«

»Nacht.« Klick.

Ich zog den Stöpsel aus der Badewanne. Der Kessel begann zu wimmern, dann zu pfeifen. Ich goss Wasser in die Teetasse und trug sie durch das dunkle Haus in mein Zimmer. Hängte den Bademantel an den Haken und verschwand in der Flanellwolke meines Nachthemds. Die Falten bauschten sich, als der Saum über meinen Kopf zu Boden glitt wie bei Wendy in »Peter Pan«. Dem kleinen Fräulein Mutter. Das Nachthemd hatte Sharon für mich genäht. Es war weiß mit kleinen Veilchen. Um den Hals und an den Ärmelaufschlägen hatte es lavendelfarbene Bänder. In diesem Nachthemd konnte mir nichts zustoßen: Ich war unbesiegbar. Der Gedanke ließ mich lächeln, als ich die Decken zurückschlug und die Kissen auftürmte. Ich nippte an dem Tee, der mir helfen sollte, die Nacht durchzuschlafen, lehnte mich zurück und ließ wieder Ruhe einkehren. Als ich Tasse und Untertasse vorsichtig auf dem Nachttisch abstellte, sprang Frank mit einem kurzen Mauzen aufs Bett.

»Wo warst du denn?« Ich kratzte ihn ein paar Mal am Rücken und kuschelte mich in die Decke. Er steckte mir als Antwort seine kalte nasse Nase ins Ohr, drehte auf dem Bett eine Runde und rollte sich dann zu meinen Füßen zu einem braun-goldenen Ball zusammen. Er schnurrte so fest, dass ich das Vibrieren durch die Decke spürte.

»Gute Nacht, Frank!« Wir waren beide zu Hause und in Sicherheit, dort, wo wir hingehörten – es gab kein besseres Gefühl. Vielleicht würde ich mehr als nur ein paar Stunden schlafen können. Ich musste an Amy und ihren Anruf denken. Sie hatte herumtelefoniert, um herauszufinden, wo Carl steckte. Ich stellte mir vor, wie mein Telefon immer wieder geläutet hatte und ich nicht da gewesen war, um abzuheben. Was sie sich wohl gedacht hatte?

2

Am Montag war ich Punkt halb zehn Uhr morgens beim Amtshaus. Es war noch nicht heiß. Ich saß in meinem Mercury, hatte die Fenster runtergelassen und ließ den Morgenwind mit einer Strähne meiner Stirnfransen spielen. Ich war eine halbe Stunde zu früh dran. Ich schlürfte schwarzen Kaffee aus einem Pappbecher und öffnete die Tüte von Howard's Bakery. Ein Doughnut mit Marmelade, vier Bissen – und weg war es. Vorsichtig stellte ich den Becher auf dem Armaturenbrett ab und putzte mir mit einer Serviette sorgfältig den Staubzucker vom Schoß. Ich hatte ein neues Kleid an. Ich hatte es mir vor ein paar Tagen allein bei Lehmann in Traverse City ausgesucht.

»Tu so, als ob es eine Kostümprobe wäre!«, hatte Melanie gesagt, ohne ein Wortspiel im Sinn zu haben. »Ein Test für die eigentliche Geschichte.« Es war ein schlichtes Kleid. Nichts Kleingeblümtes, wie Melanie vorgeschlagen hatte, sondern ein hellgelbes, klar geschnittenes Leinenkleid. »Streng sollte es nicht sein«, hatte sie mich gewarnt. Ich würde die Wirkung, auf die sie es anlegte, nie erzielen können: Ich war keine sanfte, rundliche, lispelnde Frau, die Hallmark-Figuren sammelte. »Mich interessiert nicht, wer Sie wirklich sind«, hatte Melanie gemeint, als ich mich gesträubt hatte. »Ich will den Geschworenen zeigen, was sie sehen wollen.«

Die runde Uhr im Wagen riss mich um zehn vor zehn aus meinen Gedanken. Ich schloss die Fenster. Langsam wackelten sie hoch. Ich zerknitterte mir das Leinenkleid, als ich mich weit über die Vorderbank zum Fenster auf der Beifahrerseite beugte. Ich legte Schlüsselbund und Brieftasche auf mein Heft und ging über den Parkplatz Richtung Eingang. Der Wind fuhr mir die nackten Beine hoch wie kaltes Parfum.

Ich trat durch die doppelte Glastür, der Wind musste draußen bleiben. Ging breite, niedrige Gänge mit Neonlicht entlang, die mir wie ein endloser Keller vorkamen, in dem Tausende alte, nutzlose Akten lagerten. Drückte den praktischen kleinen Liftknopf und versuchte etwas gegen den Muskelknoten zwischen meinen Schulterblättern zu tun. Ding! Ich trat in den Lift und ließ mir bewusst Zeit, bevor ich nach oben fuhr. Verließ den Lift im zweiten Stock. Meine Absätze klackten hohl und billig den Gang hinunter. Eine Menge Anzüge kreuzten meinen Weg, Männer und Frauen. Verwaschene Gesichter, Beamte am Bezirksamt. Als ich das Büro der Anklagevertretung betrat, stieg in mir das gleiche Gefühl hoch wie damals, als ich im Februar das erste Mal hier gewesen war, und wie das Mal danach und das Mal danach auch. Ich war gereizt.

»Ich komme zu Melanie Mahoney«, sagte ich zu dem Typen am Schreibtisch. Er war jung, sehr jung. Ich konnte mich nicht an seinen Namen erinnern, was Weiches, Plumpes.

»Miss Culpepper?«, fragte er und zog dabei die Augenbrauen unnatürlich weit hoch.

»Ms.« Nicht böse, aber eindeutig.

»Nehmen Sie bitte Platz!« Die Augenbrauen senkten sich wieder. Ich blätterte eine »Newsweek« und ein »Michigan Living« durch, bis Ms. Mahoney in den Warteraum kam, strahlend und geschäftig. Sie hatte dunkles Haar, üppige Korkenzieherlocken, einen hellen Teint und graue Augen. »Wie geht's, Mary?«

»Danke, gut.«

»Kaffee oder sonst was zu trinken?«

»Nein.«

»Sie können jetzt die Bescheide zustellen«, wies sie den jungen Mann hinter dem Schreibtisch an. Ich folgte ihr durch den Flur und fühlte mich wie beim Zahnarzt oder beim Schuldirektor – oder als ob ich sterben müsste. Obwohl wir meine Aussage im Lauf des Frühlings und Sommers zwei oder drei Mal durchgegangen waren, bohrte sie noch immer nach. Nach etwa einer Stunde brachte Brandon oder Matthew oder Jonathan einen Krug Wasser und goss mir ein Glas ein. Ein Freund fürs Leben. Trotz der Klimaanlage war mein Leinenkleid schon schlapp und ganz zerknittert.

»Jetzt haben wir's gleich«, versicherte mir Mahoney. »Sprachen die beiden anderen Kinder irgendein Problem an, als sie an diesem Morgen in den Bus stiegen?«

»Nein.«

»Und hatten Sie irgendeinen Grund zu der Annahme, dass es in diesem Haus zu Misshandlungen kam?«

»Nein, keinen.«

»Gut«, sagte sie, schlug mit ihrem Kugelschreiber auf den Tisch und fixierte mich. »Also so gut wie nichts Außergewöhnliches.«

Dann kamen letzte Anweisungen für das Verhalten im Zeugenstand. Das Kleid sei gut, den Kopf sollte ich gesenkt halten, weinen, wenn ich mich danach fühlte, Ohrringe tragen.

»Ich habe keine Ohrringe.«

»Dann leihen Sie sich welche. Und eine Halskette«, sagte sie. »Was mit Blümchen.«

Ich schrieb mir das in mein Heft und notierte mir, ihr einen Blumenstrauß zu schicken, wenn der Prozess vorüber war. Sie würde den Witz nicht verstehen. Ich zeichnete Nelken, Löwenmäulchen und ein paar Buschröschen.

»Am nächsten Mittwoch geht es los«, sagte sie. »Als Hauptzeugin müssen Sie sich zur Verfügung halten.« Als sie mich nach draußen begleitete, spürte ich, wie aufgeregt, wie zuversichtlich sie war. Insgeheim nannte ich sie Mad Dog Mahoney. »Wenn Sie Ihrer Geschichte noch etwas hinzuzufügen haben, wäre jetzt der richtige Augenblick«, sagte sie.

»Wie was zum Beispiel?«, fragte ich. Ich war müde, weil ich die Nacht zuvor nicht geschlafen hatte.

»Irgendetwas, an das Sie sich jetzt erst erinnert haben.« Sie ging schnell, begleitete mich zu dem jungen Mann zurück. »Ein Detail, das Sie bisher zu erwähnen vergessen haben.«

»Ich habe Ihnen alles erzählt, woran ich mich erinnern werde«, sagte ich, es Schritt für Schritt mit ihr aufnehmend.

»Ein Hinweis auf frühere Misshandlungen würde mir helfen«, sagte sie zum hundertsten Mal. »Das ist Ihnen sicher klar.«

»Ich bin keine Rechtsanwältin«, erwiderte ich, »nur eine Busfahrerin.«

»Niemand bringt von einem Tag auf den anderen sein Kind um. Da muss es vorher schon Verletzungen gegeben haben.« Ich antwortete nicht, sondern sah sie nur an und wartete. Sie fuhr fort: »Sie haben Jen Colby das ganze Schuljahr hindurch jeden Tag gesehen.«

Ich sagte: »Sie war ein ganz normales Kind, soweit ich das beurteilen kann.«

Plötzlich blieb sie stehen. Wir waren wieder im Warteraum, zurück am Ausgangspunkt.

»Nächste Woche sprechen wir weiter«, sagte sie und verschwand. Der junge Mann saß da und hatte die Augenbrauen bis zum Haaransatz hochgezogen. Ich klammerte mich an mein Heft und starrte ihn auch an.

»Wir melden uns«, sagte er.

Als ich das Büro verließ, fühlt ich mich schuldig, als ob ich mit etwas davongekommen wäre. Der Lift brachte mich zum Erdgeschoss zurück, und ich steuerte auf den Ausgang zu. Wenn man Mahoney so zuhörte, hatte man das Gefühl, dass Patricia Colby weder schuldig noch unschuldig, sondern nur jemand war, den wir unter Druck setzen mussten. Ich hatte für Kläger und Verteidiger nichts übrig, schließlich war das doch kein Footballspiel und ich nicht Mahoneys Starquarterback. Ende der nächsten Woche war alles vorbei, und ich würde nie mehr etwas mit Rechtsanwälten zu tun haben.

Ich öffnete die gläserne Doppeltür und trat in den strahlenden Morgen hinaus. Es war wärmer geworden, während ich drinnen gewesen war. Ein paar Anzüge wichen mir aus, als ich auf den Mercury zuging. »Entschuldigen Sie, Miss«, sagte einer.

Ich gab Gas und wischte mir mit der Staubzuckerserviette den Schweiß von der Stirn.

◆

Ein paar Tage später sah ich morgens bei Mom rein, nachdem ich bei der First Presbyterian Church ein paar Säcke mit alten Kleidern abgegeben hatte. Mom brauchte ein paar Sachen aus dem Supermarkt, also fuhr ich mit ihr hin. Ich wollte mir eine neue Kanne für meine Kaffeemaschine besorgen; ich hatte meine beim Abspülen zerschlagen. Es war bereits die dritte, die ich so verloren hatte. Wir waren also im Supermarkt, und da stand Julianna mit ihrer Mutter vor den Plastikspachteln, die keine Kratzer machten. Julianna verwendete einen Eisportionierer als Mikrofon und interviewte die Leute, die an ihr vorbei den Gang entlanggingen.

»Und Sie, gnädige Frau, was suchen Sie heute bei Kmart?«, sagte sie mit einer Stimme wie Dan Rather.

»Bitte, ich hab keine …– ich weiß nicht«, lächelte eine mächtige Frau und bleckte die Zähne. »Ich hab Lampenfieber«, sagte sie und schob ihren Wagen weiter. Julianna bekam einen Lachanfall, und ihre Mutter schmunzelte.

»Kommst du?«, fragte Mom, die bei den Toastern stand.

»Nur eine Minute«, sagte ich. Ich sah mir entschlossen die Zangen, Siebe und Spießchen für Eingelegtes an und tat so, als ob ich sie nicht kennen würde. Julianna näherte sich mir Zentimeter um Zentimeter mit dem gezückten Eisportionierer und machte das Spiel mit.

»Warum statten Sie heute Kmart einen Besuch ab, Miss?«

Miss. Nettes Detail. Ohne den Blick von den Regalen vor mir abzuwenden, murmelte ich: »Ich suche Froschzungen.«

»Was?« Sie war überrascht, zog aber das Mikrofon nicht zurück.

»Froschzungen.« Ich sah sie an. »Na, Sie wissen schon. Um Salate zu garnieren.« Ihre Mutter hatte mich gehört. Sie lächelte mir zu.

»Froschzungen?«

»Ja.« Ich nahm eine Kanne aus dem Regal und klemmte sie mir unter den Arm.

»So was gibt's ja gar nicht.«

»Ich ess sie schon mein ganzes Leben lang.«

»Interessant.« Sie zeigte auf eine imaginäre Kamera. »Könnten Sie uns sagen, wie Sie heißen?«

»Eleanor Prudhomme«, sagte ich in den Eisportionierer.

Julianna kicherte, als ich Eleanor sagte, und boxte mich auf den Arm. Ich hatte Eleanor an einem Morgen im vergangenen April kennen gelernt, als das Wetter zum Radfahren warm genug geworden war. Das Fahrrad war ein Weihnachtsgeschenk gewesen, und Julianna erzählte mir nach den Weihnachtsferien im Bus alles darüber. Sobald es wärmer wurde, besuchte sie mich damit, um anzugeben.

»Guck dir das an! Das ist ein Meilenzähler«, sagte sie und drehte das Rad, bis der Zähler umsprang. »Ich fahr diesen Sommer zum Nordpol.«

Wir saßen vorne auf der Veranda, als sie einen Atlas und eine große Karte von Michigan aus ihrem Rucksack holte.

»Also, es sind siebenundsiebzig Meilen von hier nach Mackinac Bridge. Und dann noch einmal zweiundvierzig, bis ich nach Kanada komme.« Sie kratzte sich an der Hand und schlug ein kleines Heft mit Spiralbindung auf. Die Seite war voll mit Zahlen. »In dem Tempo, in dem ich jetzt unterwegs bin, brauch ich nur sechs Wochen durch Ontario.« Sie faltete ein Blatt auf, das sie aus dem Atlas gerissen hatte. Zeigte mir die Straßen und Meilenangaben durch Manitoba nach Norden. »Wenn ich einmal in der Arktis bin, werde ich über Eisschollen fahren müssen, schätz ich mal. Ich darf natürlich nicht auf die Strömungen vergessen, da geht's dann im Zickzackkurs weiter, und die Stürme und so.« Sie sprach schnell und erklärte mir alles. »Aber ich schätze, wenn ich im Durchschnitt zwanzig Meilen am Tag schaffe, erreich ich am 1. Oktober den Nordpol.«

Sie half mir am Morgen jenes ersten Sonntags im April, den Mercury zu waschen. Sie schrubbte mit einer Holzbürste die Räder und Kappen ab, während ich die Motorhaube und das Dach sauber machte. Als das Auto außen funkelte, wechselten wir das Wasser und gaben Putzmittel in den Kübel. Sie wusch ihr Fahrrad, und ich holte den Staubsauger heraus und putzte das Auto innen fertig.

»Wo bist du denn jetzt?«, setzte ich unsere Unterhaltung von zuvor fort.

»Na ja, ich bin erst vor vier Tagen los, und mir bleiben nach der Schule immer nur ein paar Stunden vor dem Abendessen.« Sie rieb sich das Kinn an der Schulter, um ein Stück Seifenschaum loszuwerden. »Jetzt bin ich erst eine Meile vor St. Ignace.«

»Hast du dem Rad einen Namen gegeben?«, fragte ich, während ich mit dem Lappen über die Fenster fuhr. Julianna schrubbte mit dem alten Waschlappen jede Speiche einzeln ab.

»Eleanor«, sagte sie und tätschelte das Vorderrad, als ob es die Schnauze eines Pferdes wäre. »Eleanor Prudhomme.«

»Toll.«

»Ich hab den Namen aus einem Buch: ›Eleanor, die Bikerbraut‹.«

»Das glaub ich dir nicht.«

»Ich schwör's. Ich borg es dir, wenn du willst.« Wir arbeiteten eine Zeit lang weiter, ohne ein Wort zu wechseln. »Wann wirst du denn wieder unseren Bus fahren?«, fragte sie, ohne aufzusehen.

»Ich weiß nicht.« Es war ein wunderschöner Apriltag. Die Vögel zwitscherten und stießen auf die neu austreibenden Bäume herab, wie damals im letzten Februar an jenem falschen Frühlingstag, als der letzte Schnee geschmolzen und der nächste noch nicht gefallen war. Würde in Zukunft jeder Frühling so schwer sein? »Ich weiß nicht«, wiederholte ich.

Julianna trat von ihrem Fahrrad zurück und suchte nach Wasserflecken. Sie rieb mit einem Handtuch die Lenkstange ab und wusste nicht so recht, ob sie noch etwas dazu sagen sollte. »Wirst du überhaupt wieder einmal unseren Bus fahren?«

»Ich weiß nicht.«

»Ich weiß nicht, was ich getan hätte«, sagte sie schließlich und schüttelte den Kopf, wie das wahrscheinlich ihre Großmutter immer tat. Ich konzentrierte mich auf den Seitenspiegel, gab etwas Spray auf den Lappen und polierte drauflos. Da Julianna an ihrem Fahrrad nichts auszusetzen hatte, legte sie sich auf ein trockenes Stück Gras und schnalzte ein paar Mal mit dem Handtuch. Sie sagte: »Auf jeden Fall ist der Typ, den sie jetzt als Fahrer haben, ein echter Scheißer.«

»Wirklich?«

»Ja. Wir müssen ihn mit Mister Elliott anreden. Und er sagt kaum was.« Frank war auf den Stufen der hinteren Veranda gelegen und hatte sich den Wind um die Ohren blasen lassen. Jetzt kam er über die Wiese getrottet und schnappte nach dem Zipfel des Handtuchs, das Julianna hin und her schwenkte. »Was ist das für ein Wagen?«

»Ein Mercury Monterrey, Baujahr 1965, die Ausführung mit dem Breezeway-Fenster.« Ich riss ein Stück von der Küchenrolle ab.

»Was ist ein Breezeway-Fenster?«, fragte Julianna.

»Ein Heckfenster, das man öffnen kann.«

»Das gibt's ja gar nicht. Machst du Witze?«

»Ein Knopfdruck, und es geht runter.« Ich wischte mir die Hände an dem Stück Küchenrolle ab, drehte den Schlüssel halb herum und drückte auf den Knopf, um es ihr vorzuführen.

»Scheiße, das gibt's ja nicht! Kann ich mal mitfahren?«

»Heute nicht«, sagte ich zu ihr. »Und pass auf deine Wortwahl auf!«

»Aber irgendwann einmal vielleicht?«

»Sicher. Da.« Ich zog ein paar Dollar aus der Tasche meiner Shorts. »Dafür, dass du mir geholfen hast.«

In der Woche darauf drehte ich wie versprochen in meinem Merc eine Runde mit ihr und lud sie ins Little Skipper auf eine Limo mit Vanilleeis ein. Danach machte es sich Julianne zur Gewohnheit, am Sonntagmorgen vorbeizukommen. Wie wuschen den Merc und Eleanor Prudhomme und sangen die Folknummern mit, die ich auf der Stereoanlage spielte: Iris DeMent und die Carter Family. Und Julianna erzählte mir alles, was ich nicht mitbekam.

»Roger Hufford ist im Bus mit dem Stiefel zwischen dem Sitz und der Wand stecken geblieben und hat wie ein kleines Kind geheult, bis ihn Mister Elliott freibekommen hat.«

Sie erzählte mir von ihrem Vater, der nicht an den Strand kommen konnte, weil er an den Wochenenden arbeitete. Dienstag und Mittwoch war er zu Hause. Sie erzählte mir von der Schule und dass sie jetzt im siebten Jahr war, im Herbst auf die Junior

High kam und dann nicht mehr mit den Kleinen in meinem Bus fahren würde. An manchen Tagen sprach sie von Jungen. Troy Martin aus ihrer Klasse hatte ihr eine Ansichtskarte aus den Black Hills geschrieben, wo seine Oma lebte, und mit »In Liebe, Troy« unterschrieben – was das wohl zu bedeuten hatte? Meistens redete sie aber über Eleanor Prudhomme und ihre Fahrt nach Norden durch das wilde Kanada.

Im Supermarkt jonglierte Julianna gerade einhändig mit dem Eisportionierer. »Wir bleiben auf dem Rückweg beim Dairy Dip stehen. Kommst du?«

»Du zahlst?«

»Ich hab nicht einmal zwei Pennys, um sie einem toten Gauner auf die Augen zu legen«, sagte sie mit sichtlichem Genuss.

»Wo hast du denn den Spruch her?«

»Von Onkel Ted.« Sie sah sich nach ihrer Mutter um, die in der Eisenwarenabteilung verschwunden war. »Ich muss jetzt. Vielleicht sehen wir uns?«

»Vielleicht.«

»Vielleicht ja oder vielleicht nein?«

»Vielleicht vielleicht.« Ich drehte mich um. Da stand meine Mutter und sah mich mit einem Stapel 60-Watt-Glühbirnen unter dem Arm an.

»Mit wem hast du dich da unterhalten?«, fragte sie mich.

»Mit einer Freundin.« Ich hasste diesen missbilligenden Ton.

»Woher kennst du sie?«

»Es ist ein Kind, das mit meinem Bus fährt«, sagte ich. »Sie heißt Julianna.«

»So ein verschnörkelter Name«, sagte sie und ordnete die Glühbirnen in den Einkaufswagen. Sie wollte mich nicht ansehen. Ich fuhr in die Haustierabteilung und packte mir zwei große Säcke Katzenstreu auf den Wagen. Ich hielt den Mund, als wir uns bei der Kasse anstellten. Mom warf ein »People«-Magazin auf die Sachen und ein »Woman's Day« obendrauf. Die Nummer versprach »Köstliche Sommerdesserts«. Auf dem Weg nach draußen fiel mein Blick auf den Zeitungsstand. Eine Schlagzeile sprang mir in die Augen: »COLBY-PROZESS VERTAGT«. Ich blieb stehen. Als sich Mom umdrehte, um zu sehen, wo ich geblieben war, beeilte ich mich, sie einzuholen. Auch nach all diesen Monaten hatte ich mich nicht daran gewöhnt, dass es so für alle Welt hinausgeschrien wurde.

Ich war an diesem Morgen durch das Läuten des Telefons um halb neun aus meinem erfrischenden Schlaf gerissen worden. Ich hatte angenommen, dass jemand gestorben war, und mich auf den Hörer gestürzt. »Hören Sie«, sagte eine feuchte Stimme. »Sie haben uns verschoben, vergessen Sie also nächste Woche.« Ich schwieg und überlegte mir, wer und was. »Hallo?«, sagte die Stimme.

»Ja«, sagte ich. »Ich bin noch dran.«

»Wir werden eine neue Vorladung ausstellen ...« Ah. Es war Mahoney. Ja. Der Prozess, die Zeugenaussage, das tote Mädchen. Jen, Jenny, Jennifer. »... in ein paar Wochen.«

»Gut«, sagte ich lapidar. Ein paar Wochen? Und ich hatte geglaubt, dass nach dem nächsten Mittwoch alles vorbei sein würde.

»Am 30. August«, fuhr sie fort. »Sie können es sich auch gleich in den Kalender schreiben.«

Ich notierte mir den Termin auf einer Serviette von Little Caesar's Pizza, die in der Nähe des Toasters lag. Als ich aufgelegt hatte, schossen mir Fragen hoch wie Krokusse, aber ich würde Mahoney garantiert nicht anrufen, verflucht noch mal.

Jetzt schrieben die Zeitungen wieder über die Geschichte. Mehr Schlagzeilen, mehr Fotos von Jen auf der Titelseite. Ich folgte Mom aus dem Supermarkt und versuchte alle meine Fragen und all die Antworten zu vergessen, die dort schwarz auf weiß am Zeitungsstand zu lesen waren. Wir stellten die Tüten in den Kofferraum des Wagens, und ich bog auf die Chessman Road hinaus.

»Mom«, begann ich. Sie unterbrach mich, indem sie der Armlehne mit der offenen Hand einen Klaps versetzte.

»Ich werde noch lernen, meinen Mund zu halten«, sagte sie.

»Was?«

»Nichts«, sagte sie. Und dann: »Tut mir Leid.«

Halb wollte ich, dass sie mir das Problem erklärte, halb wollte ich, dass sie das Thema weiter mied. »Soll ich jetzt nicht mehr mit Kindern sprechen?«

Wir schwiegen eine Zeit lang. Die Sonne sprenkelte die Windschutzscheibe, holte mich aus dem Schatten und blendete mich. »Natürlich kannst du mit Kindern reden«, sagte Mom schließlich. »Das wird dir früher oder später nicht erspart bleiben.«

Sollte heißen, wenn die Schule anfing und ich wieder hinter dem Steuer dieses Busses saß. Ich ließ die Straße nicht aus den Augen. Ich spürte, wie Mom sich anstrengte, nichts mehr zu sagen. In der Ferne hörte man einen Krankenwagen; im Auto war es still. Ich drückte auf den Knopf der Heckscheibe und atmete durch.

Ich hielt es nicht aus. »Was?«

»Ich hab nichts gesagt«, antwortete Mom.

»Und das nicht besonders laut.«

Wir bogen in die Tomford Road ein. Es waren noch etwa drei Meilen bis zu ihrem Haus. Eine Meile weiter die Tomford Road lang kam man zum Kassaugasee, ein paar Meilen weiter zu meinem Häuschen. Mom sah mich an, sobald wir den Verkehr hinter uns gelassen hatten.

»Ich hab dich gern, Mary«, sagte sie. »Nichts könnte daran was ändern.« Ein kalter Umhang legte sich um meine Schultern wie ein Tintenfisch.

»Warum hast du das gesagt?«, fragte ich und warf einen Blick auf die Felder, die an den Wald stießen. In der Ferne standen zwei Rehe.

»Weil du eine schwere Zeit durchmachst und dir von niemandem helfen lassen willst.« Arm, sie war ganz verlegen.

»Es wird schon.«

»Du wirkst erschöpft.«

»Ich leg mich hin, wenn ich nach Hause komme.«

»Nimmst du die Tabletten, die Doktor Morisseau dir gegeben hat?«, fragte sie. Der gute alte Doktor Morisseau, der seit hundert Jahren unser Hausarzt war.

»Nein.«

»Helfen sie dir nicht?«

»Ich fühl mich so benebelt, wenn ich eine nehme«, sagte ich. »Und wenn ich wach werde, bin ich ganz dumm im Kopf.«

Dazu sagte sie nichts. Doktor Morisseau hatte ihr die gleichen Tabletten gegeben, damit sie in den ersten Monaten nach Dads Tod schlafen konnte. Sie war vierundzwanzig Stunden am Tag ganz dumm im Kopf gewesen.

»Hast du dir mal überlegt, ob du die Person in Cadillac aufsuchen willst?« Person stand für Seelenklempner.

»Ich hab kein Geld für solche Sachen.« Was so viel hieß wie: Ich brauche keinen Seelenklempner.

»Du willst dir nicht helfen lassen«, sagte sie schließlich, mit ihrer Geduld am Ende.

»Ich überleg es mir.« Das würde ich auch. Ich würde mir alles durch den Kopf gehen lassen, sobald ich einmal aus diesem Wagen draußen war, in dem Mom mir die ganze Luft wegnahm und ich nicht atmen konnte und klaustrophobisch wurde. Ich erhaschte einen Blick auf eine Schildkröte, die sich im Straßengraben auf einem halb im Wasser liegenden Reifen sonnte und von dem Gespräch unberührt zeigte, das in dem vorbeisausenden schwarzen Auto stattfand. Am Straßenrand wuchs groß und gerade Purpurdost, der sich keine Sorgen machen musste, ob er schlafen konnte oder nicht. Unkraut ohne jede Moral.

Ich half Mom die Sachen aus dem Auto zu holen. Dann fuhr ich weg, in die Stadt zurück, nicht nach Hause. Ich kam an einer Reklamefläche vorbei, auf der ein körniges Foto eines Fötus im Mutterleib zu sehen war: DAS IST EIN KIND, KEINE ENTSCHEIDUNG. Darunter stand: »Diese Anzeige wurde von den Bürgern von … finanziert.« Was das Thema betraf, gingen hier in der Gegend die Gefühle hoch. Ich blieb bei der Blue-Light-Amoco-Werkstätte auf der Main Street stehen und fragte Harold Tucker, ob er nächste Woche Zeit hätte, einen Blick auf meinen Merc zu werfen.

»Macht er Schwierigkeiten?«, fragte er mit gebleckten Zähnen. Harold sah immer aus, als ob er sich gerade seinen ersten Whiskey am Tag hinter die Binde gegossen hätte und der Nachgeschmack ihn umbringen würde. Er hatte die Autos unserer Familie repariert, soweit ich zurückdenken konnte. Er war ein alter Saufkumpan meines Vaters, aber er wusste, wie man mit einem Motor umging, ob er besoffen war oder nicht.

»Nein«, sagte ich, »aber das letzte Service ist sechs Monate her.«

Er blinzelte den Wagen an, warf einen finsteren Blick auf den Wagoneer auf der Hebebühne, auf die Zapfsäulen, auf die Reifenberge am Zaun, auf seine Hände.

»Kannst du bis Freitag warten, wenn's nichts Dringendes ist?«, fragte er. Wir einigten uns auf eine Zeit, die er dann in ein schmieriges altes Heft eintrug. »Wie geht's euch allen?«, erkundigte er sich und schob das Heft in die Tasche seines Overalls.

»Gut.« Ich nahm mir die Zeitung von Kalkaska, als ob mir das jetzt erst eingefallen wäre.

»Lass mir deine Mutter grüßen!«

»Mach ich.«

Ich bezahlte die Zeitung. Sein Blick fiel auf die Schlagzeile. »Eine verfluchte Schande das!«, sagte er.

»Hm«, antwortete ich.

»Man sollte die arme Frau nicht so quälen.« Er schüttelte den Kopf und verzog das Gesicht noch mehr. »Auch ein Blinder sieht, dass das ein Unfall war.«

Ich fixierte das Dairy-Dip-Schild auf der anderen Seite der Straße. Eine Riesentüte mit Vanilleeis lächelte mich an. Harold kniff sich ins Kinn und sagte: »Ich glaub, ich bin jetzt ins Fettnäpfchen getreten.«

»Ist schon gut«, sagte ich. »Ich geh mal da rüber, in Ordnung?«

Er trat unter den Wagoneer und beäugte grimmig den Auspufftopf. »Kein Problem, lass ihn da stehen!«, sagte er. »Da passiert nichts.«

Ich ließ den Merc stehen. Als ich so mit der Zeitung am Randstein stand, hatte ich das Gefühl, etwas Heimliches zu tun. Ich faltete die Zeitung einmal, klemmte sie mir vorsichtig unter den Arm und überquerte die Straße. Als ich mich dem Fenster des Dairy Dip näherte, flog zur Begrüßung ein kleiner Schwarm Fliegen auf. Ein unwahrscheinlich junges Mädchen stand auf der anderen Seite und kaute an ihren Fingernägeln. Sie waren halb abgebissen. Sie sah, dass ich den Blick auf ihre Hände gerichtet hatte, und versteckte sie blitzschnell hinter ihrem Rücken.

»Darf ich Ihre Bestellung entgegennehmen?«, sagte sie ihren Spruch auf.

»Eine Tüte Vanilleeis mit Schokolade.« Ich wollte mich dafür entschuldigen, dass ich ihre Hände so angestarrt hatte. Vermutlich hielt ich besser den Mund. Mich umfing ein süß-fettiger Geruch. Vor mir auf dem Boden lag ein schon halb zu einer klebrigen Pfütze eingetrocknetes Trauben-Slushie. Da kam das Mädchen mit meinem Eis wieder. Sie hatte kleine Plastikhandschuhe angezogen, um ihre abgebissenen Nägel zu verstecken. Mir wurde bei dem Anblick ganz anders, so Leid tat es mir, dass ich sie dazu gebracht hatte, sich zu schämen. Sie schob das kleine Gitterfenster zur Seite und reichte mir vorsichtig die Tüte durch.

»Macht einen Dollar fünfundsechzig, bitte«, sagte sie.

Ich gab ihr zwei Dollar. Da mir nicht einfiel, wie ich mich bei ihr entschuldigen könnte, ohne die Sache noch schlimmer zu machen, sagte ich ihr, sie solle das Wechselgeld behalten. Vor dem Dairy Dip stand ein Tisch mit zwei Bänken. Ich warf die Zeitung hin und nahm an einem Ende Platz. Stürzte mich auf die Schokolade und passte auf, dass keine absplitterte und runterfiel. Ich musste zuerst das weich werdende Eis in den Griff bekommen, bevor ich mich der Zeitung widmen konnte. Da war die Schlagzeile, die ich gesehen hatte, als wir aus dem Supermarkt gekommen waren. Unterhalb ein Schulfoto von Jen Colby, dasselbe Bild, das wir schon alle in jeder Zeitung des Bundesstaates abgedruckt gesehen hatten. Ein sechsjähriges Mädchen mit schmalen Schultern, das in die Kamera strahlte, ein durchschnittliches glückliches Kind. Die Leute wären wegen des Prozesses nicht so erschüttert, wenn sie auf dem Foto bedrückt oder verschreckt ausgesehen hätte. Aber sie lächelte vor sich hin, ein Kind, wie man es sich normaler nicht hätte wünschen können. Meine Augen wanderten zu dem Artikel:

Patricia Colby sollte sich bei dem für kommende Woche anberaumten Prozess im Bezirksgericht von Kassauga wegen Totschlags verantworten. Infolge eines Antrags der Verteidigung wurde der Prozess nun jedoch auf den 30. August vertagt. Mrs. Colby wird beschuldigt, am 8. Februar dieses Jahres ihre sechsjährige Tochter Jennifer Colby erschlagen zu haben. Das vorläufige Sorgerecht für die überlebenden Kinder im Alter von neun und zehn Jahren hat man ihrem Exmann Brian Colby aus Manistee zugestanden.

Darunter fand sich ein kurzer Artikel über die Bemühungen, die Einrichtungen zum Schutz der Kinder im Bezirk Kassauga zu verbessern, um in Zukunft »überflüssige Tragödien dieser Art« zu vermeiden.

Ich ließ die Zeitung fallen und begann an meinem Knöchel zu kauen. Jen Colby war nur ein oder zwei Monate alt gewesen, als ihre Eltern sich, einander der Untreue beschuldigend, hatten scheiden lassen. Es war ein widerlicher Schlamassel gewesen, den die ganze Stadt mitbekommen hatte. Was die Schuldfrage betraf, gingen die Meinungen auseinander. Doch alle waren sich damals einig gewesen, dass Pat Colby eine ausgezeichnete Mutter war.

»Ich weiß nicht, wie sie das schafft«, hatte Nancy LaFarge gesagt. »Fest steht, dass er die halbe Zeit keine Alimente zahlt.«

Nun hatte Brian Colby das Sorgerecht für die beiden älteren Kinder bekommen, und Patricia wurde beschuldigt, ihre sechsjährige Tochter mit einer gusseisernen Bratpfanne vorsätzlich totgeschlagen zu haben. Mad Dog Mahoney wollte meine Zeugenaussage – wie ich das Mädchen gefunden hatte, in welchem Zustand der Körper gewesen war, usw. – dazu verwenden, die Frau hinter Gitter zu bringen. Ich musste den Geschworenen eine Geschichte ohne Happyend und eindeutige Schlussfolgerungen erzählen. – Zwei Umrisse näherten sich dem Tisch und nahmen am anderen Ende Platz.

»He«, sagte eine Stimme zu meiner Rechten, »hast du die Froschzungen gefunden?«

Ich blickte auf, und da saß Julianna hinter den Sternschnuppen in meinen Augen, die ich mir zu fest gerieben hatte. Sie und ihre Mutter teilten sich ein Bananensplit. Patricia Colby war wahrscheinlich mit ihren Kindern auch ein, zwei Mal hierher gekommen. Ich schob die Zeitung weg, als ob ich sie vor einer ansteckenden Krankheit schützen müsste. Juliannas Mutter hatte es mitbekommen und brach das Schweigen.

»Lass die Leute in Ruh, Julianna!«

»Das ist Mary, keine Leute!«, sagte Julianna.

»Ich heiße Doreen«, sagte ihre Mutter zu mir und stellte sich damit zum ersten Mal förmlich vor.

»Mary.« Ich musste mit nach vorn geschobenem Unterkiefer sprechen, weil ich den Mund voll Vanilleeis hatte.

»Hören Sie mal«, sagte Doreen, »wenn sie Sie je stören sollte, schicken Sie sie bitte nach Hause.« Julianna verdrehte die Augen – als ob sie je jemanden stören könnte!

»Ist schon gut.« Ich biss ein großes Stück von der Tüte ab und würgte es hinunter. Sofort zogen sich die Blutgefäße zusammen, und in meinem Kopf begann es wie wild zu trommeln.

»Mary fährt den Bus«, erinnerte Julianna ihre Mutter. »Da drüben steht ihr Auto. Ich hab dir davon erzählt.«

»Schöner Wagen«, sagte Doreen und bewunderte den Mercury.

»Onkel Ted hat ein Corvette-Kabrio, Baujahr 1967«, klärte mich Julianna auf. »Damals war ich noch gar nicht geboren.«

»Hat er dich schon einmal mitfahren lassen?« Ich biss noch ein Stück ab. Das Trommeln in meinem Kopf wurde stärker. Mein armes Hirn war auf die Größe einer Erbse zusammengeschrumpft.

»Ich und Donna sind letztes Jahr beim Labor-Day-Umzug auf dem Rücksitz gesessen. Wir haben uns wie Miss Kassauga County angezogen, und er ist mit uns im Umzug mitgefahren. Donna wird heuer gewinnen und mich trotzdem neben sich auf dem Rücksitz mitfahren lassen. Stimmt's, Mom?«

»So ist's geplant«, sagte Doreen.

»Wer ist Donna?«, erkundigte ich mich.

»Meine Cousine«, antwortete Julianna. »Das war übrigens so

ziemlich das Unanständigste, was mir in meinem ganzen Leben untergekommen ist: Froschzungen!« Julianna kratzte einen Löffel voll heißer Schokosoße zusammen und sah abwechselnd mich und den Löffel an. »Ausgenommen Tyler Claybank, der im Speisesaal nasengebohrt und die Popel gegessen hat.«

Doreen ließ den Löffel in das Bananensplit fallen und hielt sich den Kopf, schimpfte aber Julianna nicht und befahl ihr auch nicht, damit aufzuhören.

»Das ist ziemlich unanständig«, gab ich ihr Recht.

»Es ging drum, ob er sich's traut«, erklärte Julianna.

»Tut mir Leid«, sagte Doreen einfach und deutete mit dem Kopf auf die Zeitung. »Die Geschichte mit dem Mädchen.«

Ich wollte schon eine höfliche Bemerkung machen, als ich begriff, was sie gemeint hatte. Es tat ihr wegen mir Leid. Ich lief rot an. In den nicht ganz sieben Monaten hatte das niemand zu mir gesagt. Empörung, Sorge, Neugier, aber kein aufrichtiges Mitgefühl wie eben jetzt; schließlich hatte man ja nicht mich umgebracht. Aber da war es jetzt wie ein kleiner Vogel, und das von einer Frau, die ich kaum kannte.

»Danke«, sagte ich. Ich steckte den Rest der Tüte in den Mund und wischte mir die Hände mit der Papierserviette ab. Ich konnte ihr nicht in die Augen sehen.

»He, genau die Hälfte des Northwest Territory hab ich schon geschafft«, sagte Julianna.

»Du bist gut unterwegs.«

Sie nickte zufrieden. »Ich hab ein Holiday Inn mit einem Swimmingpool gefunden. Niemand außer mir weiß, dass es den Pool gibt. Ich leg eine Pause ein und schwimm und entspann mich einen Tag.«

Ich stand auf. »Ich muss nach Hause und mich auch entspannen«, sagte ich und versteckte die Zeitung wie ein schlimmes Geheimnis hinter meinem Rücken.

»War nett, mit Ihnen zu reden«, sagte Doreen, was mir irgendwie verschlagen und seltsam vorkam, hatte doch meist Julianna geredet.

3

Das erste Spiel des Fastpitch-Softball-Damenturniers von Riverton fand am dritten Dienstag im August statt. Ich war jetzt endlich fit. Ich stellte meinen Wagen auf dem Everett-Park-Gelände ab und schnappte mir den Fanghandschuh vom Rücksitz. Nancy LaFarge, Shortstopperin bei Dudley Hardware, und ich warfen einander den Ball zu, um uns aufzuwärmen. Ich spielte für Marion's Bar & Grill, ein Lokal, in das man an Wochentagen abends die Kinder auf einen Hamburger mitnehmen konnte. Für Marion's Bar & Grill zu spielen hieß, dass Marion das Geld für unsere Dressen aufbrachte: T-Shirts mit dem Namen und dem Logo des Lokals vorne drauf und der Nummer hinten. Mit ein wenig gutem Willen gab es den ganzen Sommer über etwas billige Werbung. Und Marion durfte uns trainieren, was so viel hieß, wie dass sie am ersten Base herumstand und uns zwischen den Innings die Hölle heiß machte.

Es gab acht Mannschaften in der Liga. Neue Firmen in der Stadt zeigten Interesse daran, die Liga zu erweitern, damit auch sie eine Mannschaft sponsern konnten, aber wir wollten es bei acht Mannschaften belassen. Letztes Jahr hatte es einen Wirbel gegeben, als Joe Turlane, der NAPA Auto Parts gekauft hatte, die Lake-Crest-Café-Mannschaft zu bestechen versuchte, den Sponsor zu wechseln. Dieses Jahr war es vergleichsweise ruhig und ohne Skandale abgegangen, sah man von den üblichen Beschwerden über Toomey Shermans Schiedsrichterqualitäten ab. Aber wie es in der Liga immer acht Mannschaften gegeben hatte, so war Toomey Sherman immer Schiedsrichter bei den Frauen gewesen. Niemand außer ihm wollte den Job.

Nancy warf weit und hoch, damit ich mit einem Fuß auf dem Boden fangen üben konnte. Ich stoppte den Ball und ließ ihn aus dem Handschuh in die linke Hand gleiten. Es fühlte sich gut an, wieder unberechenbare Grounders und tiefe Line Drives auf Nancys Knie zu fetzen. Das Spiel meiner Schultermuskeln ließ mich an ein Pferd denken. Ich konnte es gar nicht mehr erwarten, einen Schläger in die Hand zu bekommen, auszuholen und dem Scheißball eins zu versetzen, dass die Nähte platzten.

Es war halb sechs. Die tief stehende Sonne ließ das Metall der hinteren Zuschauerplätze funkeln. Ein paar Leute hatten sich schon hingesetzt; sie lehnten sich zurück, die Ellbogen auf den Sitzen hinter ihnen, die Füße auf den Sitzen vor ihnen ausgestreckt, die Kappen tief ins Gesicht gezogen, um von der Sonne nicht geblendet zu werden. Die anderen schlenderten noch hin und her, plauderten mit Bekannten und warteten geduldig darauf, dass das Spiel begann. Später, wenn die Herrenmannschaften spielten, würden sich die hinteren Zuschauerplätze füllen: Frauen und Freundinnen, Kinder und ältere Menschen, Ehepaare mit wenig Geld. Es kostete sie keinen Cent, den ganzen Abend da zu sitzen und Softball zu gucken, Freunde zu treffen und die Kinder auf dem Gelände herumlaufen zu lassen wie ein Rudel wilder Katzen.

Dudley Hardware machte uns keine Schwierigkeiten. Ich erzielte ein gediegenes Doppel und zwei RBIs. Nicht schlecht für ein erstes Spiel. Man freute sich, dass ich wieder da war, machte aber kein Theater. Die Schulter fühlte sich gut an. Im Großen und Ganzen war alles okay.

Bei den Herren trat zuerst Sizemor Septic gegen Red Robin Truck Stop an. Carl spielte für Sizemor. Als unser Spiel vorbei war, blieben also Amy, Sharon und ich sowie Suzanne O'Dell, die mit dem Pitcher der Red-Robin-Mannschaft verlobt war, um das Spiel zu sehen. Die hinteren Zuschauerplätze füllten sich. Sharon stand auf, um sich vom Kiosk einen Chilidog zu holen.

»Nimmst du mir eine Limo mit?«, rief ich ihr nach.

»Sonst noch was!«, antwortete sie. Ich kletterte ganz nach oben, wo es mehr darum ging, das Spiel zu sehen, und weniger darum, Leute zu treffen und zu quatschen.

»Das war ein Schlag«, sagte ich zu Suzanne. Sie hatte eine kecke Nase mit zierlichen kleinen Höckern an der Spitze. Ihr rotes Haar hatte sie nach hinten zu einem französischen Zopf geflochten. Und sie konnte schlagen. Heute hatte sie im vierten Inning einen Homerun erzielt, der drei Punkte gebracht hatte.

»Danke«, sagte sie und stieß sich dabei ein paar Erdklumpen von ihren Turnschuhen. Suzanne machte einen gesprächigen Eindruck, wirkte wie ein Vögelchen, aber sie war nicht so. Sie arbeitete bei der Allstate-Versicherung in Riverton. So ziemlich jeder in der Stadt war mit allem bei Allstate versichert. Suzanne hatte Zugang zu allen möglichen vertraulichen Informationen, und daher war es ein doppeltes Glück, dass sie nicht viel sprach. Als uns Allstate vor Jahren Dads Lebensversicherung ausgezahlt hatte, wäre ich froh gewesen, wenn die zurückhaltende Suzanne uns den Scheck übergeben hätte. Da es jemand anderer gewesen war, hatte die ganze Stadt gewusst, warum ich nach der Schule im Anglerladen arbeiten musste.

»Mary, hast du einen Lippenbalsam dabei?«, fragte Amy. Ich fuhr in meine Socke, zog meinen Carmex-Stift heraus und gab ihn ihr. Sie und Suzanne unterhielten sich darüber, wer sich denn heuer für welche Arbeit am Bierzelt freiwillig gemeldet hatte. Das Bierzelt war der Mittelpunkt des Riverton-Labor-Day-Festes oben auf dem Rummelplatz von Kassauga County. Wenn es darum ging, sich voll laufen zu lassen und sich lächerlich zu machen, war das *das* Ereignis des Jahres. Ich schloss die Augen und hörte Amy zu, die aufzählte, wer was machen sollte. Vom Fluss kam ein kühler Wind herauf und schlug mir eine Haarsträhne gegen die Stirn. Ich sah den Jungs zu, wie sie sich auf dem Spielfeld aufwärmten. Einer hatte gigantische Schultern. Es war die Nummer 34. Ich hatte ihn den ganzen Sommer aus sicherer Entfernung beobachtet. Ich zog mir den Augenschirm ins Gesicht, um etwas Ruhe zu haben, und guckte ihm zu. Vom Spielplatz drang das Schreien und Lachen der Kinder herüber, der Lärm eine ständige Begleitmusik. Ich sah hinüber. Von wo ich saß, hatte man den Eindruck, dass Hunderte kleine helle Körper um die Schaukeln, die Wippen und die Rutschbahn schwärmten. Ich konnte etwa ein halbes Dutzend

Frauen ausnehmen. Bei weitem nicht genug, um sie alle im Auge behalten zu können.

Ich begann an meinem Knöchel zu kauen und sah zu meinem Merc hinüber. Der Wagen kam mir winzig vor, wie er da so am Ende des Parkplatzes stand. In zwei Minuten könnte ich schon den Motor angelassen haben und nach Hause unterwegs sein, wo es ruhig war. Ich sah Sharons dunkelblonden Kopf durch die Menge tanzen, als sie vom Kiosk zurückkam. Über ihr ein ungeheurer Himmel mit Wolken, die den Flügeln einer riesigen Eule gleich dahinstrichen. Ich umfasste meine Knie und blinzelte. Ich sah einen Schlafzimmerschrank, die Tür stand halb offen …

»He«, rief Sharon von hinter den letzten Plätzen zu mir herauf. Es war gar nicht so hoch, nur so an die zwei Meter. Sie hielt mir ein paar Tüten hin. »Da, nimm!«, sagte sie. »Ich klettere rauf.« Ich nahm mir meine Limo. Sie grub sich meine Kehle hinunter. »Was hast du denn?«, flüsterte sie, als sie es sich neben mir bequem machte.

»Nichts.«

»Hast du dich über was aufgeregt?«

»Nein.«

»Na dann.« Sie langte in ihre Tüte und nahm einen mit Zwiebel voll gepackten Chilidog heraus. Ich konzentrierte mich auf die Spieler auf dem Feld. Hielt Ausschau nach den breiten Schultern von Nummer 34 und dem nach unten hin schmäler werdenden Rücken. Da war er im linken Außenfeld, wo er den ganzen Sommer über gewesen war. Er stoppte einen Flugball für den zweiten Außenfeldspieler. Mensch, diese Schultern waren zum Reinbeißen!

»Wo starrst du denn hin?«, sagte Sharon.

»Rück mir von der Pelle!«

»Okay«, sagte sie mit vollem Mund und drehte sich zu Suzanne um: »Achtung! Mary schnappt heute wieder mal leicht ein.«

Amy warf Sharon einen Blick zu und sah dann mich an, fragte mich wortlos, ob ich eine Runde drehen wollte. Ich lächelte ihr zu, alles okay. Ein längerer Windstoß trieb den Duft von Rhabarber vor sich her. Ich und Amy waren damals zehn gewesen, als wir hinter dem Haus von Großmutter Culpepper Rhabarber für einen Kuchen holen sollten und jedes zweite Stück aßen. Der Rhabarber schmeckte herb, bitter und brannte wie eine Schuld. Sharon und Stacy kamen um die Garage gelaufen.

»Wir wollen auch. Gebt ihr uns was?«

Wir stießen sie weg, gaben ihnen nicht einen Bissen ab. Ich stieß Sharon so fest, dass sie auf den Hintern fiel und ihre neue lilaweiße Ginganshorts einen Grasfleck abbekamen. Ich hörte sie plärren, als Amy und ich mit dem ganzen Rhabarber den Weg zur Kuhweide hinaufgingen. An Omas Kuchen dachten wir nicht mehr.

»Heulsuse!«, rief ich. Stacy stand über ihr und hatte ihr eine Hand auf die Schulter gelegt. In ihrem Hass vereint sahen sie Amy und mir zu, wie wir Richtung Froschteich verschwanden, wo wir Butterblumenblüten zupften, um einander die Zukunft vorherzusagen und festzustellen, wer von uns beiden als Erste Riverton entkommen würde. Amy wollte in Paris leben, ich eine Astronautenausbildung machen.

Neben mir steckte sich Sharon das letzte Stück ihres Chilidogs in den Mund.

»Sharon«, sagte ich.

»Hmph?« Sie drehte sich zu mir um, obwohl Suzanne gerade mitten in einem Satz war.

»Erinnerst du dich, wie Amy und ich hinter Großmutters Haus Rhabarber geholt haben?«

Sharon trank einen Schluck Pepsi und sagte dann: »Menschenskind! Vergiss das bitte!«

»Was soll ich vergessen?«

»Wie oft willst du mir noch erzählen, dass es dir Leid tut? Ich hab dir schon gesagt, dass ich mich nicht mehr daran erinnern kann. Ich war drei.«

Ich sah Sharon an. »Stacy erinnert sich daran«, sagte ich schließlich.

»Pass auf! Ich verzeih dir. Ich hab dir auch die letzten vier Male verziehen, die du damit angefangen hast. Und ich verzeih dir auch wegen damals, als du mich, weil ich geschnarcht hab, aus dem

Bett geschubst hast und ich mir den Daumen gebrochen hab. Und die Geschichte mit den Stiefmütterchen, die verzeih ich dir auch.«

»Welche Stiefmütterchen?«

»Die Stiefmütterchen von Mom, die du samt den Wurzeln ausgegraben und deiner Lehrerin gebracht hast. Und Mom hast du erzählt, dass ich es war.«

»Hab ich nicht.«

»Ist ja auch egal«, winkte Sharon ab. »Ich hab dir alles verziehen.«

Alles. Als ob ich ihr in ihrer Kindheit jeden Tag übel mitgespielt hätte. Amy saß auf dem Platz unterhalb von mir. Sie hatte jedes Wort mitbekommen. Sie steckte sich eine Zigarette an und schüttelte das Zündholz lang hin und her, nachdem es schon aus war. Sie gab mir die Packung über die Schulter nach hinten. Ich lächelte und sagte nein danke. Ich hatte vor sieben Jahren zu rauchen aufgehört, aber Amy versäumte keine Gelegenheit, mir eine anzubieten. Es war wie eine geheime Nachricht: »Ich steh auf deiner Seite.«

Als ich in der Pause zwischen dem vierten und dem fünften Inning zum Kiosk unterwegs war, um noch etwas zu trinken zu holen, traf ich Julianna. Ich war nicht überrascht, sie zu sehen. Sie hatte mir erzählt, dass ihr Vater spielte, und ich hatte sie diesen Sommer immer wieder hier gesehen.

»Ich wollte Eleanor ein paar Meilen verpassen und mal gucken, was hier so läuft.« Sie trug ein T-Shirt und eine abgeschnittene Hose und hatte die Krempe ihres alten roten Fischerhuts aufgestellt. Schließlich setzten wir uns an einen der Picknicktische in der Nähe und teilten uns einen Sloppy Joe mit Chips.

»Willst du einmal heiraten?«, fragte sie plötzlich.

»Nicht jetzt, nein.«

»Aber irgendwann mal?«, fragte sie. »Innerhalb der nächsten Million Jahre, zum Beispiel?«

»Vorausgesetzt, ich treff den richtigen Mann, sicher.« Ich schob meinen Augenschirm hoch, um sie besser sehen zu können und dahinter zu kommen, was los war.

»Schon, aber bist du lesbisch?«

»Nein.« Das war nicht das erste Mal, dass man mich das fragte. Julianna hörte zu essen auf und kaute eine Zeit lang an der Innenseite ihrer Lippe.

Von den hinteren Zuschauerbänken erklang lauter Beifall. »Und du?«, fragte ich sie.

Sie ließ ihre Lippe los und stieß einen tiefen Seufzer aus. Schob sich den Fischerhut aus der Stirn wie ich soeben den Schirm, zog die Augenbrauen hoch und sah mich an.

»Ich weiß nicht«, sagte sie.

»Du hast dich noch nicht entschieden?«

»Hm, ich hab noch nicht mal einen Jungen geküsst.« Ich warf unsere Teller und Servietten in die Mülltonne. Ein halbes Dutzend Bienen summte lauernd um das Fass. »Ich hätte kein Problem, wenn du lesbisch wärst«, sagte Julianna zu mir. »Das würde nichts an unserer Freundschaft ändern.«

»Danke«, sagte ich. »Ich auch nicht in deinem Fall.«

»Auch nicht wenn sie mich deswegen in eine Besserungsanstalt stecken würden?« Sie verscheuchte eine Biene und wartete auf meine Antwort. Ihr war es echt ernst.

»Auch nicht wenn sie dich in siedendes Öl stecken würden«, sagte ich.

Sie lachte. »Ich muss Eleanor nach Hause bringen, bevor es dunkel wird, sonst bringt mich Nana um.« Und weg war sie.

Ich kehrte auf meinen Platz zurück. Sharon und Peg Monroe unterhielten sich gerade darüber, wer von den Sizemor-Septic-Jungs den knackigsten Arsch hatte, Carl oder Harley Sherman. Es war ein schöner Augustabend, und es wehte ein starker Wind, der die Mücken davon abhielt zu landen. Unter den Sitzen lärmten Kinder herum. Ich musste an die zarten Schultern Jen Colbys denken, als ob ich sie unter meinem Sitz mit den anderen hin und her sausen sehen könnte. Ich dachte an Julianna und überlegte, ob sie Jungs oder Mädchen mochte. Hatte sie mit ihrem Fahrrad bereits den Polarkreis erreicht? Ihr konnte nichts etwas anhaben. Wenn sie jemand schlug, würde sie zurückschlagen, und zwar härter. Vielleicht Monate damit verbringen, ihre Rache zu planen. Julianna war ein wirklich unverwüstliches Kind. Der Wind blies.

Auf dem Spielfeld kam jetzt die Nummer 34 an die Reihe, zu schlagen. Großer Gott, das waren Oberarme! Der erste Wurf war weit daneben. Er trat zurück, berührte mit dem Schläger den Schuh und ging in Stellung. Der Ball war schnell und traf ihn an der Hüfte. Den ganzen Sommer lang hatte die Red-Robin-Mannschaft diesen Scheiß durchgezogen. Peg Monroes Chef hatte sich durch einen Wurf dieses Pitchers einen gebrochenen Ellbogen zugezogen. Die Nummer 34 warf den Schläger hin und stürmte auf den Werfer los. Im Laufen riss er sich den Schutzhelm vom Kopf. Er verpasste dem Pitcher einen Kinnhaken, bevor die Schiedsrichter dazwischengingen. Die Zuschauer auf den Tribünen sprangen auf und jubelten. Die Nummer 34 wurde ausgeschlossen, obwohl jeder wusste, dass der andere fällig gewesen wäre. Es war nicht das erste Mal, dass die Nummer 34 auf dem Spielfeld auf jemanden losgegangen war. Er war so schnell, dass er immer zuschlagen konnte, bevor jemand damit rechnete. Lachend humpelte er zur Mannschaftsbank, um seinen Handschuh zu holen. Er hatte ein dreckiges, unbekümmertes Lachen, das mehr Sexappeal hatte als alles, was ich seit Jahren gehört hatte. Ich beobachtete ihn, wie er die Mannschaftsbank verließ und sich zum Kiosk aufmachte. Verlor ihn beim Budweiserstand aus den Augen. Ich vergaß die herumtollenden Kinder, Sharon und Amy und alle anderen. Irgendwas an dem Mann machte alles gut.

◆

Marion's war rappelvoll. Die Leute waren der Mannschaft, die gewonnen hatte, nach Hause gefolgt. Vorder- und Hintertür standen sperrangelweit offen und es gab einen angenehmen Durchzug. Das Reden und Lachen wurde von Etta James' »Steal Away« aus der Jukebox übertönt. Der klagende Song machte mich ruhelos und verdrießlich. Wir spielten an einem der hinteren Tische Euchre. Ich gab und schlug die oberste Karte auf. Treffbube. Carl brummte erfreut. Oberflächlich gesehen konnte man uns noch immer für das Paar halten, das wir immer gewesen waren, vor der Scheidung. Ich nahm einen großen Schluck Bier. Das war leicht.

Es war wie in den guten alten Zeiten. Das konnte ich im Schlaf. Carl lächelte mir zu. Amy saß an einem Tisch weiter vorn mit Suzanne O'Dell und ein paar anderen, nippte an einem Gin Gimlet und zog eine Augenbraue hoch, wie sie das immer tat, wenn sie sich verrucht fühlte. Sie lachte auf und ihr Lachen purzelte allen, die da waren, um die Ohren und landete auf unserem Tisch. Carl warf das Karoass drauf. Wir machten alle fünf Stiche, heimsten zwei Punkte ein und schlugen Jeff und Sharon problemlos. Jeff stand auf, um noch eine Runde zu holen. Er war Amys jüngerer Bruder. Ich hatte ihn schon gekannt, als er noch klein genug war, nackt am Strand rumzulaufen. Ich nahm noch einen Schluck von meinem Bier. Es zischte und kitzelte mich hinten im Hals.

»Frag mal, ob die Küche noch offen hat!«, sagte ich zu Sharon.

»Frag doch selber!«

»Ich hab gewonnen. Ich rühr meinen Arsch nicht von der Stelle, bis wir verlieren.«

»Was willst du denn?«, fragte sie.

»Einen Hamburger mit Speck.«

Sharon ging zur Bar hinüber, um Marion zu suchen. Peg Monroe ließ sich auf Jeffs Platz fallen und begann seine Serviette in Stücke zu reißen. »Jetzt bin ich dran«, sagte sie geistesabwesend.

»Wir haben nicht einmal verloren«, warnte sie Carl. Sie schnaubte und machte eine abwehrende Handbewegung. Dann fuhr sie fort, die Serviette zu zerreißen.

»Wie geht's deiner Mutter?«, fragte ich.

»Sie ist auf den Beinen«, sagte Peg. »Und treibt mich in den Wahnsinn.« Sie warf die Serviettenschnipsel über ihre Schulter nach hinten, um das Thema abzuschließen.

»Wer ist dein Partner?«, wollte Carl wissen.

»Keinen Schimmer, verdammt noch mal.« Sie sah sich um.

Auch ich sah mich um und fragte mich, ob Jeff bald kommen würde. Ich hörte eine Lachsalve vom Ende der Bar, und da war die Nummer 34, der Typ mit den breiten Schultern und den schnellen Fäusten. Er und zwei andere Spieler aus seiner Mannschaft sprachen laut miteinander und gossen irgendwas in sich rein. *Himmelherrgott noch mal, sah der gut aus!*

»He, Denny!«, rief Peggy zur Bar hinüber. »Komm, ich brauch einen Partner.«

Einer der Spieler von Sizemor fragte: »Was spielt ihr denn?«

»Euchre«, brüllte Peg. Ein paar Augenblicke später stellte eine behaarte Hand ein Papst Blue Ribbon auf den Tisch und ein Körper sank auf Sharons leeren Platz. Es war nicht die Nummer 34.

»Wo zum Teufel ist denn Jeff mit unserem Bier abgeblieben?«, fragte ich niemanden im Besonderen. »Holt der das verflucht noch mal vom Cadillac drüben?«

Peg kratzte das Schild von meiner leeren Flasche Stroh und formte Kügelchen aus den Papierstücken. Carl und Denny nickten einander zu, wie das Männer tun. Ich wischte Pegs Papierkügelchen vom Tisch. Sie fing kommentarlos einen neuen Haufen an. Auf einmal stand Jeff wieder am Tisch und stellte mir ein kaltes Bier hin. Ich guckte verstohlen zur Bar hinüber. Die Nummer 34 war noch da. Er sah zu mir herüber. Ich wandte mich wieder dem Tisch zu und stierte in meine Karten. Eine Hand voll Rot. *Wahnsinn, diese Augen!* Es war nicht das erste Mal, das er mich dabei erwischt hatte, wie ich ihn ansah. Mist.

»Was ist los mit dir?«, fragte Carl.

»Nichts.« Es war etwas mit mir los. Carl kam mir wie ein Fremder vor, wie die verschwommene Erinnerung von jemandem, den ich einmal gekannt hatte. Ich hielt mir die kühle Flasche an die Stirn.

»He, was ist denn? Hast du Wallungen?«, sagte Peg.

Sie und Carl fanden das lustig. Sie gab und schlug den Herzneuner auf. Ich passte.

»Du bist ja voll«, sagte Carl zu mir.

»Na, mach schon!«

Denny lehnte sich zurück und grinste. Peg nahm einen Schluck Bier und steckte sich ein Stück von einer Serviette in den Mund. Marion schob mir den Burger mit Speck über den Tisch, mit viel Ketchup, Senf und einer dicken Zwiebelscheibe. Ich stürzte mich darauf. Denny sah in seine Karten, dann musterte er mich. Carl hatte einen Treffkönig ausgespielt. Denny gab die Königin zu. Ich musste entscheiden, ob Carl Hilfe brauchte oder nicht. Peg hatte aufgehört, Kügelchen zu drehen, und zerrte an ihrer Oberlippe.

»Peg«, fragte ich schnell, »du hast doch das Ass?«

»Hm, sicher«, sagte sie. Und schon stach ich mit einem Trumpf.

»Was war denn das für eine Kacke?«, sagte Denny.

»Was? Was ist denn?«, fragte Peg.

Carl sagte: »Du kannst sie doch nicht fragen, welche Karten sie hat!« Er hasste es, wenn ich so einen Scheiß abzog. Mit einem gönnerhaften Kopfschütteln schob er seinen Stuhl zurück, ging aufs Klo und beendete damit das Spiel. Ich nahm einen Schluck Bier. Arschloch! Als ich die Flasche abstellte, sah ich, bums, die Nummer 34 direkt vor mir. Er und sein Kumpel hatten sich an den Tisch direkt hinter Carls Stuhl gesetzt. Er hatte das Spiel verfolgt, mitbekommen, wie ich Peg reingelegt hatte, und musterte mich jetzt wie ein Steak, das gerade für ihn gebraten worden war, wie er es bestellt hatte. Ich sah ihn an. Mein Herz schwoll auf seine doppelte Größe an und zeigte seine Klauen.

»Das will ich!«, schrie es, schlug gegen mein Brustbein und zeigte auf die Nummer 34. »Her damit! Jetzt!«

Mein Herz hatte einen eigenen Willen. Es nannte sich Loretta. Keinen Schimmer, warum. Loretta wollte sich die Nummer 34 greifen und es dem Kerl zeigen, ihn auffressen und ausspucken und ihn noch mal verschlingen. Loretta war so groß, dass sie den Raum sprengte. Eine Woge der Macht und des Leichtsinns überflutete mich bis in mein Innerstes. Ich lächelte ihn an. Er kratzte sich mit dem Daumennagel langsam übers Kinn und erwiderte mein Lächeln. Loretta standen die Haare zu Berge.

Amy schob sich auf Carls leeren Platz und sagte: »He Peg.« Sie grinste mich an und parkte mit einer großen Geste ihr Bier auf dem Tisch. »Wer hat gewonnen?«

»Niemand«, antwortete ich. »Carl hatte einen kleinen Anfall.«

»Ich war gestern mit Rebecca Whitehurst essen.« Sie führte ein Streichholz an ihre Virginia Slim und machte es dann mit einem sechsfachen Schütteln ihres Handgelenks aus. Sie streckte mir die Packung hin, und ich lehnte lächelnd ab. »Ich soll dich grüßen lassen.«

»Hm.« Ich veränderte meine Haltung. Amy versperrte mir die Sicht.

»Was gibt's denn zu sehen?«, fragte sie und drehte sich um, um festzustellen, was ihr entging. Ich lehnte mich sofort ganz nah zu Peg hin, als ob ich in ein Gespräch mit ihr vertieft wäre: »Die Geschichte mit dem Ass tut mir Leid, Peg.«

»Ist schon okay.« Sie hatte die ganze Zeit gebannt verfolgt, wie sich auf ihrem Bier eine Schaumkrone bildete, wenn sie Salz reintat. Aus dem Augenwinkel sah ich, wie Amy sich umdrehte und die Nummer 34 ansah. Wie instinktiv zog sie die Schultern nach hinten und nahm eine bessere Haltung ein. Sie war wirklich erstaunlich.

»Kein schlechtes Spiel heute Abend, was?«, sagte ich zu Peg.

»Aber was war denn mit Angie los?«, brummte sie. »Das würde ich gern wissen.« Angie war unsere Pitcherin. Sie hatte an diesem Abend elf Frauen spazieren gehen lassen.

»Sie war daneben«, gab ich ihr Recht.

Peg stieß einen tiefen Seufzer aus. Nach einer kleinen Pause sagte sie: »Meine Mutter treibt mich die Wände hoch.«

Amy drehte sich wieder zu mir um. »Wer ist das?«, fragte sie leise.

Ich tat, als wäre ich ganz in das Gespräch mit Peg vertieft. »Wer?«

Plötzlich schmetterte aus der Jukebox in voller Lautstärke Van Halens »Jamie's Crying« los. Amy musste sich über den Tisch lehnen und mir ins Ohr brüllen. »Der Typ, den du so angestarrt hast.«

Sie neigte den Kopf in seine Richtung, gerade genug, dass ich ihn dabei erwischte, wie er ihren Arsch begutachtete. Es war ein schneller, dezenter, aber unmissverständlicher Blick. Das Geräusch meines Stuhls auf dem Boden war lauter als ihre Stimme. Redete sie mit mir oder mit ihm? Ich sah die weit offen stehende Vordertür und steuerte darauf zu. Ich hatte noch die Bierflasche in der Hand, als ich auf der Main Street stand. Etwas kroch unter meiner Zunge hervor, etwas Scharfes, Säuerliches. Es tropfte mir den Schlund hinunter. Ich konnte nicht schlucken.

4

Draußen vor der Kneipe war die Nacht süß und kühl geworden und fühlte sich eher nach Spätfrühling als nach Spätsommer an. Der Merc stand hinter dem Lokal, aber ich hatte es nicht eilig, nach Hause zu kommen. Ich schlenderte die Main Street hinunter, vorbei am Dairy Dip und der First Presbyterian Church, spazierte die Second Street durch die Dunkelheit bis zum Stadtrand hinauf. Da draußen wehte ein kalter Wind. Dieses Jahr würde der Herbst früh kommen, das stand fest.

Ich erreichte ein winziges Bauernhaus am Ende der Second Street. Stand da und sah es an, wie es im bläulichen Schein des Mondes dalag. Es schien zusammengeschrumpft und gestorben zu sein, seit ich hier gewohnt hatte. Ich war damals neunzehn gewesen und hatte das erste Mal allein gelebt. Die Miete war günstig gewesen. Carl und ich gingen schon miteinander. Die vordere Veranda hatte jetzt ein Sonnendach und da standen sogar Gartenmöbel. Als ich hier gelebt hatte, waren da bloß Beton und eine einfaches niederes Geländer gewesen. Es war seltsam, auf eine Zeit vor meiner Heirat, vor meiner Scheidung und vor allem, was danach kam, zurückzublicken. Es war, als ob ich fünfzehn Jahre zurückgesprungen wäre und jetzt der Person gegenüberstehen würde, die ich damals gewesen war. Ich sah die Veranda an, den leeren Platz, an dem ich damals in einer Januarnacht vor fünfzehn Jahren gesessen war und mein Nachthemd voll geblutet und mich so allein gefühlt hatte wie noch nie in meinem Leben. Ich sah mich zusammengekauert dasitzen unter einem eisigen Himmel. Aber es kam mir so vor, als ob es jemand anderer wäre, gar nicht ich, der da saß und auf Amy wartete und Angst hatte, dass sie nie kommen würde.

Ich erinnerte mich, wie ich an jenem Tag in der Ordination des Arztes in Lansing gesessen war. Ich war zu diesem Termin weit gefahren, hatte den Arzt durch die Freundin einer Freundin gefunden, die im Süden Michigans lebte. Sie hatten mir Dr. Lewiston empfohlen. Er hatte einen hellen Teint und eine Glatze.

»Ich werde Ihnen heute etwas in den Gebärmutterhals einführen«, erklärte er mir. »Dadurch werden Sie sich innerhalb der nächsten vierundzwanzig Stunden weit öffnen.« Ich nickte. Mir war kalt und ich zitterte. Er sah, dass ich zitterte. Deshalb hörte ich damit auf. An der Wand hing ein Poster, das zeigte, wie ein Fötus sich Monat für Monat entwickelte, bis zur Geburt. Eine Taktlosigkeit. »Der Eingriff wird dann, wenn Sie morgen wiederkommen, für Ihren Organismus leichter zu verkraften sein.«

Ich nickte wieder. Hielt mich gerade. Wollte nicht davon erledigt wirken. Ich zog mich aus und legte mich hin, und er führte mir etwas ein. Sofort stellte sich das vertraute dumpfe Ziehen von Regelkrämpfen ein.

»Es kann zu leichten Krämpfen kommen, aber versuchen Sie, es die ganzen vierundzwanzig Stunden drinnen zu lassen.« Er sah mich finster an, also nickte ich wieder. Da ich unten nackt war, wollte ich ihm entsprechen, bemühte ich mich, es ihm recht zu machen. »Wenn Sie es rausnehmen, wird es morgen mehr weh tun.« Es schnalzte, als er sich die Gummihandschuhe auszog. Ich zog meine Fersen aus den eisigen Metallbügeln. »Noch Fragen?«

»Nein«, lächelte ich kleinlaut.

»Dann sehen wir uns morgen um zwölf.« Er schenkte mir ein knappes Lächeln und ging. Als ich nach zwei Stunden Fahrt zu Hause ankam, war ich pitschnass vor Schweiß. Die Krämpfe wurden noch schlimmer, als ich mich mit Frank auf die Couch legte und »Mister Rogers' Neighborhood« guckte. Mensch, wie weit würde mich denn das Ding machen? Ich drehte mich von einer Seite auf die andere und versuchte es mir bequemer zu machen. Es zuckte und zuckte. Frank hatte genug und sprang auf den Boden. *Es kann zu leichten Krämpfen kommen, aber versuchen Sie, es die ganzen vierundzwanzig Stunden drinnen zu lassen …* Ich schlurfte ins Badezimmer, ließ mich auf die Toilette plumpsen und versuchte das verfluchte Ding, von dem ich nicht einmal wusste, was es war, zu erwischen. Schließlich ertastete ich eine Schnur, packte sie und zog daran. Da war es. Ich hielt es hoch. Es sah aus wie ein Zimtstange in einem Glas Apfelwein. Hatte sicher nicht mehr als einen halben Zentimeter Durchmesser. Ich hatte eher an eine kubanische Zigarre gedacht.

Innerhalb von wenigen Minuten wurden die Krämpfe heftiger und scheußlicher, und ich hatte das Gefühl, als ob jemand mit einem Sägemesser in mir herumstochern würde. Ich legte mich ins Bett, packte mir einen Eisbeutel auf den Bauch und schob mir ein Wärmekissen unter das Kreuz. Ich dachte, dass die Schmerzen gleich nachlassen würden, wenn die Zimtstange einmal weg war. Das war nicht der Fall. Trockener Schnee knisterte gegen das Schlafzimmerfenster.

Es musste eine Strafe sein. Es konnte gar nicht anders sein. Ich hatte noch nicht einmal daran gedacht, dass es »unser« Kind war, und mir überlegt, ob ich Carl erzählen sollte, dass ich schwanger war; wir gingen ja noch kaum wirklich miteinander. Es war von Anfang an mein Kind, als ob da gar kein Vater wäre. Ich war nicht einmal wirklich imstande, Verantwortung für Frank zu übernehmen, geschweige denn für ein Baby. Und jetzt wurde ich dafür mit dem Tod bestraft. Die Zimtstange hatte etwas in mir angerichtet, mich vergiftet. Ich wollte nicht sterben. Vor allem wollte ich nicht so sterben. Allein, während sich der Schnee auf dem Fensterbrett türmte und niemand bei mir war außer Frank, einer kleinen Katze, die mich aufzufressen beginnen würde, bevor überhaupt jemand mitbekam, dass ich abgekratzt war.

Gegen zwei Uhr kam ich wieder zu mir. Ich spürte etwas Kaltes und Nasses auf meinem Bauch. Ich zog die Decke zurück und langte hinüber, um die Nachttischlampe aufzudrehen. Die Eiswürfel waren geschmolzen und in dem Plastikbeutel war ein kleines Leck entstanden. Mich fröstelte. Ich war von den Folgen der Schmerzen noch angeschlagen. Wo der Pyjama hinaufgerutscht war, hatte ich mir den Rücken verbrannt. Ich zog mich aus. Blutklumpen waren durch meine Unterwäsche gesickert. Ich ging ins

Badezimmer, um zu pinkeln. Kaum hatte ich mich hingesetzt, strömte es nur so aus mir heraus. Dann hörte ich ein seltsames kleines Platschen. Was war denn das? Ich stand auf und sah nach. Die Muschel war an den Seiten mit Blut bespritzt. Und in dem Tal aus Porzellan stand ein kleiner dunkelroter See. Ich fühlte, wie mir das Blut scheu in kleinen Bächen die Innenseite der Schenkel hinunterkroch. Es kitzelte mich. Musste ich sterben? In dem dunkelroten See schwamm etwas Weißes. Als ich begriff, wer das war, ging ich zum Telefon und rief Amy an.

Sie hob beim vierten Läuten ab. »Ja.«

»Ich bin's.«

»Wie spät ist es?«

»Mir geht's schlecht«, sagte ich. »Ich brauch Hilfe.«

»Wo bist du?«

»Zu Hause. Mir geht's schlecht. Kannst du rüberkommen?«

»Ich bin in einer Minute bei dir.«

Ich wusste nicht, was ich tun sollte, also zog ich mir saubere Unterwäsche und mein weichstes Nachthemd an, stieß die Vordertür auf und trat in die eisige Nacht hinaus. »Nach großen Schmerzen stellt sich ein feierliches Gefühl ein.« Das war doch von Emily Dickinson. Sie wusste, was los ist. Zehntausende Sterne irrten durch den Himmel über meinem Kopf. Keiner mischte sich ein, alle enthielten sich eines Urteils. Die Nächte in Nordmichigan sind kalt: kühl im August, klirrend Mitte Januar. Die Nacht war klar, abgesehen von einem schwachen, farblosen flaumigen Keil im Osten. Eine einsame Wolke in einem endlosen Feld scharf glitzernder Sterne. Der Schweiß auf meiner Stirn gefror. Alles andere war schläfrig warm. Ich hätte sie bitten sollen, mir ein paar Maxieinlagen mitzubringen. Maxi, Mini, als ob es Röcke wären.

Ich wickelte mir das Nachthemd um die Beine, stützte die Ellbogen auf die Knie und kaute an meinem Knöchel. Sah auf das Schneemeer hinaus, das über den Hof brandete. Ohne Mond war es nur eine graue Woge, die in den kaum auszunehmenden Blaufichten am Ende der Zufahrt verschwand. Die Landschaft war flach, zweidimensional, als ob mich jemand an den Rand eines

Gemäldes gestellt hätte. Eine kleine Figur, die mit hochgezogenen Schultern unter Sternen kauerte. Und während ich auf dieses Schneemeer hinaussah, schwamm meine Kleine in der Klomuschel. Ich stellte mir vor, dass sie herauskletterte und über den Fliesenboden auf die Veranda rutschte. Ein stilles Würmchen, das sich zitternd auf den Stiegen neben mir niederließ.

»Es ist besser, dich jetzt so zu verletzen«, sagte ich.

Und sie antwortete: »Ist schon okay, Mom.«

Ich kauerte mit dem Würmchen in der Ecke der flachen Landschaft und wartete darauf, dass mir jemand zu Hilfe kam. Und es kam jemand. Aus einem schwachen Glühen wurden zwei Scheinwerfer. Sie bogen von der Straße ab, schwenkten über den verschneiten Hof und tauchten mich von oben bis unten in Licht. Ich war bloß eine Schneewehe auf den Verandastufen. Amy lief in einer Trainingshose und einer Daunenjacke über den Hof. Ohne Make-up war ihr Gesicht nur ein unscheinbarer Fleck unter einer Strickmütze. Ich stand auf und lehnte mich an das Verandageländer. Kalte Luft flatterte meine Beine hoch.

»Komm rein!«, sagte sie, als sie die Stufen raufkam und mich am Arm nahm. »Hier draußen erfrierst du ja.«

Als wir im Haus waren, schob sie mich ins Schlafzimmer, ohne darauf zu warten, dass ich erzählte, was los war. Sie warf ihre Jacke in eine Ecke und zog die Decke zurück. Kleine Blutflecken sprangen ihr ins Gesicht. Sie schob mich auf den Stuhl mit der geraden Rückenlehne am Fuß des Betts.

»Was ist los?« Sie wühlte im Wäscheschrank. »Probleme mit der Regel?«

Ich wusste nicht, was ich sagen sollte. Ich war mir nicht sicher, was geschehen war. Eine Heimwerker-Abtreibung? Wie eine Heimdauerwelle? Etwas war schief gegangen, aber ich hatte keine Ahnung, wie oder warum. Ich guckte ihr dabei zu, wie sie die frische Bettwäsche auseinander faltete. Sie sah mich an, wartete auf eine Antwort.

»Ich war schwanger und jetzt bin ich's nicht mehr.«

Sie sah zuerst mich, dann die fleckigen Leintüchern auf dem Boden und schließlich das halb gemachte Bett an. Wonach suchte sie? Nach dem aufgebogenen Kleiderbügel? Schließlich sagte sie: »Wo?«

»Im Badezimmer. Sie ist im Badezimmer.«

Amy ging nachsehen. Sie kam gleich wieder, schnappte sich den Daunenquilt vom Boden und wickelte mich, wie ich so dasaß, damit ein. Sie kniete sich neben den Stuhl auf den Boden, legte ihre Arme um mich und begann zu weinen. Ich lehnte meinen Kopf gegen ihren und schloss die Augen. Es war eine Erleichterung. Jemand weinte über das, was geschehen war, wusste, wie schrecklich es war. Sie steckte mich ins Bett unter das saubere Flanellleintuch und den Daunenquilt. Ich erzählte ihr von Dr. Lewiston unten in Lansing, von der Zimtstange und Mister Rogers, vom Sterben im Schnee und der Rückkehr ins Leben.

»Warum hast du mich nicht angerufen?«, fragte sie.

»Ich wusste nicht, was los war, ich hatte keine Ahnung.«

Ich gab ihr die Nummer von Dr. Lewiston und sie ging in die Küche. Mir war warm und ich fühlte mich schläfrig und hatte Hunger. Auf einmal stand Amy wieder am Bett.

»Ich habe mit seinem Auftragsdienst gesprochen. Hab ihm ausrichten lassen, dass er einen Prozess wegen Fahrlässigkeit am Hals hat, wenn er nicht innerhalb von dreißig Minuten zurückruft.«

»Ich hab Hunger«, sagte ich zu ihr.

»Ich ruf Maureen an.« Maureen war Amys Schwester, die unten in Ann Arbor lebte. Sie arbeitete im Universitätskrankenhaus von Michigan.

»Es ist mitten in der Nacht.«

»Ich will wissen, was wir tun sollen«, sagte sie. »Falls der Arsch nicht zurückruft.«

Amy ging wieder in die Küche. Ich lag im Bett und dachte, dass ich im nächsten Augenblick aufstehen würde. Amy klapperte draußen herum. Was tat sie bloß? Der Nebel in meinem Kopf senkte und hob sich, senkte und hob sich, senkte sich und blieb, wo er war. Auf einmal tauchte Amy wieder auf.

»Sie sagt, wir müssen nachsehen, wie viel du noch blutest.«

»Ist gut.«

»Wenn es noch viel ist, müssen wir in das Unfallkrankenhaus in Kalkaska.«

»Ich kann hier in der Nähe nicht ins Krankenhaus«, erklärte ich. »Das weißt du doch.«

»Was abgegangen ist, müssen wir aufheben und dem Arzt bringen«, platzte Amy heraus, so schnell sie konnte.

»Was abgegangen ist?«

»Was im Klo ist.«

»Wir müssen sie rausschöpfen?« Ich konnte es nicht glauben.

»Ja.«

Amy war verzweifelt. Ich lachte. Es war ein klirrendes, metallenes Geräusch. »Womit?«, fragte ich sie.

»Weiß ich nicht«, antwortete sie. »Wir warten damit, bis Dr. Lewiston anruft.«

»Was erwarten die von uns? Dass wir eine Plastiktüte nehmen?« Dieses Gespräch konnte doch nicht wirklich stattfinden! Wie konnten wir über so etwas sprechen?

Amy wühlte in den Küchenschränken unten hinter den Töpfen und Pfannen und förderte ein Einmachglas zutage. Ich fand ein Teesieb mit einem Griff. Wir näherten uns dem Badezimmer, als ob es von der Polizei mit einem Band abgesperrt worden wäre. Da war der harmlose Rand der Wanne, das superflauschige Toilettenpapier und die Fischfamilie aus Keramik über dem Handtuchhalter. Ich stellte mir vor, dass im Hintergrund falsch und unheimlich ein Wiegenlied erklang. Ich sah Amy von der Seite her an. Sie war bleich im Gesicht und hatte die Augen auf die Klobrille geheftet. Noch ein Stück. Ich spürte, wie Amy neben mir nach unten sah. Sie streckte die Hand nach dem Teesieb aus.

»Ich mach es«, sagte sie entschlossen. Wenn ich ihr jetzt das Teesieb reichte, würde sie das Zeug aus meinem Klo fischen. Amy wollte das für mich tun.

»Nein. Halt nur das Glas ruhig, damit nichts danebengeht!«, sagte ich zu ihr. Wir knieten beide auf dem harten Fliesenboden und beugten uns noch ein Stück nach vorn, der Wirklichkeit, dem Beweismaterial, dem Ding entgegen. Sie wendete nicht einmal den Blick ab. »Bist du so weit?«, fragte ich.

Sie nickte. Ich versuchte es.

»Daneben«, sagte Amy ruhig. Ich nickte. Unsere Köpfe waren ganz nah beisammen. Wir schwiegen, konzentrierten uns. Da läutete das Telefon. Wir fuhren zusammen. Das Teesieb flog mir aus der Hand und landete krachend auf den Fliesen. Amy gab mir das Glas und ging in die Küche. Ich hörte am Klang ihrer Stimme, dass es Dr. Lewiston war. Bevor Amy zurückkam, langte ich schnell in die Muschel und fischte sie mit meiner bloßen Hand heraus. Ich hielt sie ein paar Sekunden lang und ließ das Wasser zwischen meinen Fingern durchrinnen. Sie war merkwürdig kalt. Mit der anderen Hand hielt ich das Einmachglas darunter und ließ es ein paar Zentimeter hoch mit dem verfärbten Wasser voll laufen. Amys Stimme wurde immer leiser. Die Peripherie meines Gesichtsfelds verdunkelte sich, und die ganze Welt konzentrierte ihre Aufmerksamkeit auf das, was in meiner linken Hand lag. Sie war klein, nicht größer als zwei, drei Zentimeter, und hatte die Form einer Garnele. Auf jeder Seite wölbte sich etwas, was wie der Ansatz von Augen aussah, die wie bei einem Fisch in einander entgegengesetzte Richtungen blickten. Ihr Kopf bestand aus einer winzigen Masse Falten, als ob er schon von Sorgen zerfurcht wäre. Die Vorstellung, dass sie Kummer hatte, ließ mich innerlich warm werden und strahlen.

»Das Schlimmste ist vorbei«, flüsterte ich und näherte mich ihr. Ich küsste sie sanft, mit einer Zärtlichkeit, die mit nichts zu vergleichen war, und ließ sie behutsam in das Glas gleiten. Ich suchte den Deckel, setzte ihn auf das Glas und drehte ihn fest, wusch mir die Hände und betätigte die Spülung. Nach der grellen Notfallbeleuchtung im Badezimmer kam mir das Licht in der Küche heimelig vor. Amy hatte den Hörer mit der Schulter festgeklemmt und notierte sich gerade etwas auf einem Stück Küchenrolle. Sie sprach weiter, starrte aber das Glas in meiner Hand an. Ich suchte im Besenschrank nach einer Tüte.

»So früh wie möglich, natürlich.« Amy war ganz formell und sehr kurz angebunden. Ich steckte das Glas in eine blaue Plastiktüte, auf der »Wallys Lebensmittelmarkt« stand. Ich ging damit zum Kühlschrank.

»Und wie kommen wir da hin?«, fragte Amy. »Ja, sie weiß es«, sagte sie mit einer hohlen Kälte, »aber ich nicht.«

Ich steckte die Tüte in den Kühlschrank und schloss die Tür. Amy machte hm, hm und schrieb schnell. Sie riss noch ein Stück von der Küchenrolle ab.

»Garantiert. Keine Minute später.« Amy legte mit einem Klicken auf, das am anderen Ende wie eine Drohung geklungen haben musste. »Nüchtern bleiben!«, sagte sie zu mir.

»Was?«

»Nichts essen und nichts trinken, bis er dich durchcheckt.«

»Bis dahin bin ich tot.«

»Hast du nachgesehen, wie viel du noch blutest?« Sie schob mich Richtung Badezimmer.

»Ich will da nicht rein.« Nie mehr.

Ich nahm ein altes Geschirrtuch von ganz hinten in der Lade, ging ins Schlafzimmer und schloss die Tür hinter mir. Weg mit dem Nachthemd, runter mit dem Slip. Das Blut war durchgegangen, aber es sah nicht lebensbedrohlich aus. Ich beförderte den Slip mit dem Fuß auf den Haufen mit Blut beschmierter Leintücher. Zog mir einen sauberen Slip hoch bis zu den Knien.

»Wie sieht's aus?«, kam es gedämpft durch die Tür.

»Es beruhigt sich«, sagte ich. »Es scheint nachzulassen.«

»Gut.«

Ein Tampon kam nicht in Frage. Ich faltete das Geschirrtuch zu einer provisorischen Binde, um den Rest der Blutung aufzufangen, und zog den Slip hoch. Ich langte nach dem Nachthemd und erhaschte einen Blick von mir im Spiegel. Ich sah lächerlich aus: der mit dem Tuch gepolsterte Slip, die grauenhaften Beine, die Gänsehaut, die vor Kälte in sich zusammengesunkenen Brüste – ein grausamer Comic. Als ich mich so sah, begann ich innerlich wieder zu strahlen. Ich dachte an das Würmchen. Das hätte uns nicht passieren dürfen.

Amy schlief auf der Couch. Ich hörte sie in der Nacht zweimal zu mir hereinkommen, um nachzusehen, ob ich noch atmete. Wir waren beide bleich und verschlafen, als wir nach Lansing fuhren. Die blaue Plastiktüte hatte ich zärtlich gegen die Knie gedrückt.

Als wir da waren, stellte sich heraus, was Dr. Lewiston in der Nacht zuvor Amy oder vielleicht Amy mir zu erzählen vergessen hatte: Die Prozedur durfte unter keinen Umständen abgebrochen werden, damit alles rauskam. Fötus- und Plazentagewebe, Rückstände, die mich vergiften würden, wenn sie nicht abgesaugt wurden.

Bald saß ich in einem Papierkleidchen auf dem Untersuchungstisch und hoffte, dass ich das keimfreie Seidenpapier nicht voll bluten würde. Sichtlich verärgert kam Dr. Lewiston herein. Hatte er mir nicht gesagt, dass ich es nicht herausziehen sollte? Jetzt sah ich ja, was passiert war. Ich war selber schuld, verdammt noch mal.

»Guten Morgen«, sagte er.

»Ich möchte etwas zur Beruhigung«, antwortete ich.

»Sie bekommen Seconal, damit Sie sich entspannen«, sagte er. »Wann haben Sie das letzte Mal gegessen?«

Ich sagte es ihm und hoffte auf eine Vollnarkose als Belohnung. Hunger verspürte ich keinen mehr. Mein Magen war zusammengeschrumpft, mein Kopf leicht. Ich wurde in einen anderen Raum gebracht, bekam zwei kleine Tabletten und die Hand einer Schwester, an die ich mich klammerte, wenn die Schmerzen stärker wurden als mein Stolz. Der Raum war überheizt, aber ich zitterte vor Schmerzen, tiefen Schmerzen, die kein Ende hatten. Was das Würmchen auch immer zurückgelassen hatte, wurde jetzt mit den Wurzeln herausgerissen. Gleich würde meine Gebärmutter verkehrt herum auf dem Tisch liegen. Die freie Hand der Schwester strich mir das nasse Haar aus der Stirn. Mir war kalt.

»Sie machen das sehr gut«, log sie. »Wir haben es gleich.«

Sie hatte eine rosa Narbe am Kinn, die hin und her tanzte, wenn sie sprach. Ich zerquetschte ihr die Finger. Ich hatte nicht erwartet, dass es so weh tun würde. Was hatte ich in meinem Leben nur angestellt, um solche Schmerzen zu verdienen?

»Gleich ist's vorbei«, säuselte sie mir ins Ohr. Und dann war es schließlich auf einmal wirklich vorbei. Barsch und geschäftig verließ Dr. Lewiston so schnell wie möglich den Raum, ohne mich anzusehen. Ich wollte aufstehen, aber die Schwester hielt mich fest.

»Wir bleiben noch eine Minute hier«, sagte sie. »Okay?«

Gut. Sie holte eine Baumwolldecke und deckte mich damit zu, damit ich zu zittern aufhörte. Ich schloss die Augen. »Nicht gehen!«, flehte ich sie an.

»Ich weiche nicht von ihrer Seite«, hörte ich sie sagen. Sie bewegte sich in dem sterilen, toten Raum hin und her. Ich hatte ein lebendiges, warmes menschliches Wesen um mich. Das Seconal fuhr ein. Jetzt machte ich mir keine Sorgen mehr. Das Schlimmste war wirklich vorbei. Ich konnte nichts tun, außer mich ausruhen. Ein paar Stunden später blieben Amy und ich bei einem Drive-through-Burger-King stehen. Sie öffnete das Fenster und ließ die klare Januarluft herein.

»Ich hab mich mit dem Arschloch unterhalten, als du dich erholt hast«, sagte Amy.

»Vier Brötchen mit paniertem Hähnchen, bitte«, sagte ich zu ihr.

»Eistee?«, fragte sie. Ich nickte. Sie sprach ins Mikrofon und wir rollten zum Kassenfenster.

»Worüber unterhalten?«, fragte ich.

»Du hättest das Kind auf jeden Fall verloren.« Sie sah das Lenkrad an. Ich sah meine Hände an.

»Was heißt das?«, fragte ich schließlich.

»Der Fötus war vielleicht schon tot«, sagte sie bedächtig, damit sie es nicht noch einmal sagen musste, »*bevor* du gestern in die Ordination kamst. Als er dir das Zeug verpasst hat, ist es dann … passiert.«

»Vielleicht?« *Was erzählst du mir da?* »Warum haben Sie nicht nachgesehen?«

Amy kaute an ihrer Unterlippe, weil es nichts gab, was sie hätte sagen können. Vielleicht hatte ich das Würmchen nicht umgebracht; vielleicht hatte es mich bloß verlassen. Ich saß da und starrte noch immer meine Hände an. Den Mund hatte ich etwas offen, als ob ich »Oh!« sagen wollte. Amy konzentrierte sich auf das Geldzählen. Sie wollte es genau haben.

»Das Beste ist, wenn du's einfach vergisst«, sagte Amy. »Es hat nicht sein sollen, also denk nicht darüber nach!«

Schon roch es vorne im Wagen nach paniertem Hähnchen. Amy gab mir die Tüte und ich nahm das erste Brötchen heraus.

»Vergiss das Salz nicht!«, erinnerte ich sie.

»Ist in der Tüte«, sagte sie.

Wir suchten einen Parkplatz und ich streute zwei Päckchen Salz auf die warmen zerschnetzelten Salatblätter. War der ganze Kummer, die Wochen quälender Zweifel und Schuldgefühle, umsonst gewesen? Welchem Gott fiel ein solcher Scherz ein? Das Würmchen war weg. Der Gedanke entmutigte mich völlig. Ich verdrückte zwei Brötchen, bevor Amy die Hälfte ihres Cheeseburgers verputzt hatte.

»Mensch, sind die lecker!«, sagte ich. Sie nickte, zu gut erzogen, um – ob Abtreibung oder nicht – mit vollem Mund zu sprechen. Dann schnürte sich mir die Kehle zu und ich brachte nichts mehr runter. Mein Herz verkrampfte sich. Meine Augen brannten.

»Das ist alles nicht passiert«, sagte ich. Amy nickte.

Ich drehte mich um und ging von dem winzigen Bauernhaus durch die Finsternis zu Marion's zurück und dachte an das Würmchen, das sich, lange bevor ich ihm etwas antun konnte, davongemacht hatte. Ich warf meine leere Bierflasche in eine Mülltonne. Ich konnte nicht wieder rein, zurück zu Amy und Carl und Peg und Jeff und der gut aussehenden Nummer 34. Ich war müde. Ich stieg in den Mercury und fuhr allein nach Haus.

5

Als ich am Samstagnachmittag auf den Parkplatz am Strand rollte, stank es nach toten Fischen und Diesel. Mein Kopf begann leicht zu brummen. Es gab wahrscheinlich keinen süßlicheren Gestank als diese Mischung. Meine ganze Kindheit hindurch hatte ich im Anglerladen toten Fisch und Diesel gerochen. Ich schloss das Fenster. Mein Mercury war ein schnittiges Gefährt. Durch die funkelnden Chromleisten sah er aus, wie ein Wagen aussehen sollte. Wir hatten uns vor sechs Jahren gefunden. Ich entdeckte ihn an einer Zufahrt zur Jefferson-Schnellstraße. Er stand da auf einem Platz mit einem Zu-verkaufen-Schild hinter der Windschutzscheibe, das mir wie eine hässliche offene Wunde vorkam. Jetzt konnte ich mir ein Leben ohne ihn nicht mehr vorstellen. Ich sperrte ihn ab und steuerte auf meinen gewohnten Platz zu. Die letzte Augustwoche hatte schon begonnen. Ich musste die Zeit genießen, bevor sie vorbei war.

Der Lastwagen, der den Dieselgestank verbreitete, war ein alter Chevy, der nicht ganz fünfzehn Meter von mir entfernt vor sich hin tuckerte. Vorne drin zwei Jungs, die Fenster offen. Sie unterhielten sich mit ein paar langhaarigen Mädchen in Bikini-Oberteilen und ausgefransten Shorts. Ich hatte solche Teenager als Kind beobachtet und gedacht, dass ich eines Tages … Und als verunstaltete, ausgewachsene monströse Sechzehnjährige hatte ich wieder welche gesehen, immer außerhalb des magischen Kreises dessen, was man Verabredungen nannte. Und dann wieder beim Dairy Dip, als Carl und ich jungverheiratet waren und uns ein Eis kauften und ein paar Freunde von Stacy trafen und sie begrüßten. Es war ein Wunder, dass es mir je zu heiraten gelungen war. Ich hatte Carl kennen gelernt, als er im Anglerladen arbeitete, bevor Dad starb. Ausgegangen war ich erst später mit ihm, als er den Laden für Mom führte.

Ich breitete meine Decke auf dem Sand aus und dachte daran, dass er mich wegen des Ladens, wegen Culpepper's Bait & Tackle, genommen hatte. Er hatte Mom den Laden abgekauft, sechs Monate bevor er mir mit der Scheidung gekommen war. Sollte er ihn doch haben. Mom schlief besser, seit die Geschäfte in Carls festen, verlässlichen Händen waren. Ich hatte nichts außer meiner grollenden Loretta und musste mich damit begnügen, Teenagern am Strand zuzusehen.

Da kam Julianna. Mit einem Walkman, einer kleinen Decke und einer Flasche Sprite. Doreen und Nana hatten wie üblich zu meiner Rechten ihr Lager aufgeschlagen.

»Mich hat eine Wespe gestochen«, sagte sie. »Willst du mal sehen?« Ihr Handgelenk war geschwollen.

»Tut's weh?«

»Juckt wie verrückt«, sagte sie.

»Danke für die Ansichtskarte«, sagte ich.

Sie strahlte und lachte. Ich hatte die Karte vor ein paar Tagen bekommen. Eine verschneite Wildnis mit »Grüßen von der historischen Nordwestpassagenroute« in leuchtenden Blockbuchstaben. Auf der Rückseite stand: »Wie steht's? Ich lass mir's hier auf King William Island gut gehen. Herzlich, Julianna Coleros.«

»Ich hab im Computer nachgeguckt und hingeschrieben und sie gebeten, mir ein paar Ansichtskarten zu schicken«, erzählte Julianna mir und kratzte sich am Handgelenk. »Damit ich mit meinen Freundinnen in Verbindung bleiben kann, während ich unterwegs bin. Ich hab noch einen ganzen Packen.«

»Wohin soll ich schreiben, wenn ich dir antworten will?«

Sie dachte eine Weile lang nach und sah blinzelnd auf das Wasser hinaus. »Schwer zu sagen, wo ich gerade bin«, meinte sie schließlich. »Am besten nach Hause, dann kann mir Mom die Sachen nachschicken.« Ich nickte. Sie zeigte auf die alten Kiefern, deren Wurzeln aus einem kleinen verwitternden Felsen auf der Kuppe hervorragten. »Ich muss los, mein Fort bauen«, sagte sie. »Wir sehen uns morgen.« Zur Sonntagsautowäsche mit Iris DeMent.

Und weg war sie. Die Erosion hatte den Boden unter den Bäumen weggefressen. Die Riesenwurzeln waren entblößt und bildeten auf der Strandkuppe eine Art kleinen Urwald. Ich sah ihr zu, wie sie in den dunklen kühlen Raum hinter den freigelegten Baumwurzeln kroch. Sie breitete ihre Decke aus und streifte akribisch die Ecken aus. Ich konnte sie da hinter den Wurzeln singen hören. Es bedurfte nur einer letzten winzigen Erosion und die Kiefer würde in den Sand stürzen. Julianna würde unterhalb des Baums gefangen sein, lebendig am Felsen begraben. Es würde ewig dauern, sie auszugraben.

Ich stand auf und ging zum Wasser. Blieb über eine Stunde lang drinnen und tauchte immer wieder tief nach unten. Ich genoss die Stille unter Wasser, den Mangel an Raum um mich herum, die völlige Abwesenheit der von der Sonne beleuchteten Welt.

Als ich müde wurde, ließ ich mich auf dem Rücken treiben und gab mich träge meinen Gedanken an die Nummer 34 hin – mein harmloser Zeitvertreib in diesem Sommer. Er war vorgestern abends bei unserem zweiten Turnierspiel gewesen. Die Leute auf den Bänken hatten gepfiffen, als ich einen hohen Line Drive schlug. Ich fegte um die Bases, bis ich Marion hinter dem dritten winken sah, dass ich lossegeln sollte. Eine Wolke von Staub und Verwirrung stieg auf, als sich mein Fuß um das Kissen hakte und es geschafft war. Ich stand auf und klopfte mir grinsend den Staub vom Arsch. Ich musste wohl nach dem Sprung so an die zweieinhalb Meter groß gewesen sein. Ich spürte noch den Schwung des Schlägers, die Kraft in meinen Unterarmen, als ich mit allem, was ich hatte, auf den Scheißball donnerte.

Carla Fitch schlug gleich nach mir einen Grounder, der genügte, dass ich das Homeplate erreichte, und der uns die Führung brachte: 7:6. Die auf der Bank brüllten; heute war ich eingeladen. Und dann drehte ich mich, weil ich mich so gut fühlte und noch immer zweieinhalb Meter groß war, ganz zur Zuschauertribüne um. Ich sah zur obersten Reihe hinauf – und da war er. Ich wollte zu ihm hinauflaufen und ihn mir vornehmen, mich auf ihn setzen und es ihm besorgen, bis ihm das Herz stehen blieb. So prächtig fühlte ich mich nach dem Triple. Ich setzte mein Jolly-Roger-Lächeln auf, wie Carl es genannt hatte. Ja, volle Länge für meine gute alte Nummer 34.

Ich hatte die Ohren gespitzt und mitbekommen, dass er John hieß. Er war wie ich Linkshänder und spielte linkes Außenfeld. Wenn ich ihn nur beobachtete, wie er so auf das Homeplate zuschlenderte und geistesabwesend hinter dem Rücken den Schläger hin und her schwingen ließ, bereitete mir das ein Vergnügen, das ich früher einmal nur beim Anblick des letzten Stücks eines kalten Kürbispastetchens verspürt hatte. Ein alter Mann in einem Transporter hatte Amy einmal zugerufen: »Süße, du bist zum Vernaschen!« Das war genau das Gefühl, das ich für John empfand, als er auf das Homeplate zu spazierte. *Gott, ich danke dir, dass du diesen Mann erschaffen und für meine nähere Umgebung bestimmt hast!*

Ich verließ das friedliche Wasser und ließ mich, ohne mich abzutrocknen, auf die Decke fallen, legte mich auf den Rücken und ließ mich vom Wind trockenlecken. Ich holte den Augenschirm aus meiner 200-Jahre-Amerika-Tasche und setzte ihn auf, um dem Gleißen der Sonne die Spitze zu nehmen. Jen Colby erschien mir, als Bild auf der Innenseite der Lider. Rundes Gesicht, kurze Haare, fünf oder sechs Jahre jünger als Julianna. Sie saß im Schulbus an einem Fenster, der Platz neben ihr war frei. Sie trug eine weite grüne Hose und ein Disney-Sweatshirt mit der Kleinen Meerjungfrau drauf. Es war Spätherbst und man konnte schon einen Anorak vertragen. Ihr linker Turnschuh hatte kein Band und schlappte hin und her, wenn sie mit den Füßen gegen die Lehne des Vordersitzes stieß. Dann war sie auf einmal nicht mehr im Bus. Ich rieb mir die Augen und blinzelte geradewegs in die Sonne. Da war sie wieder, zusammengekauert auf einer alten Babydecke. Buntstifte. Märchenbücher. Ein Spielzeughase, dem das halbe Fell fehlte. Ich sah sie zusammengekauert in der Ecke des Schranks, in ihrem Nest, wie sie leise mit sich sprach und spielte. Etwas, was Millionen Kinder jeden Tag tun. Ich riss mir den Augenschirm runter und setzte mich auf.

Die Sonne war stark. Der Klang von Volleybällen, Soundmachines und sinnlosem Gelächter ließ den Sand erbeben. Ich nahm das Buch zur Hand, das ich gerade zu lesen begonnen hatte. »Der kleine Hobbit«. Schlug es auf und versuchte zu lesen. Julianna hatte ihr Fort verlassen, sie grub jetzt ein Riesenloch in den Sand. Sie spielte mit einem Mädchen, das ich noch nie gesehen hatte und das etwa ein Jahr älter war als sie. Die Köpfe der beiden waren einander ganz nah, die Arme bewegten sich im Gleichklang und links und rechts flog Sand aus der Grube. Ich sah weiter nach links. Es war nur ein schweifender Blick, aber mir fiel ein Mann auf, der gerade aus dem Wasser kam. Sein dichtes schwarzes Haar hatte sich durch das Wasser aus der Stirn gerade nach hinten gelegt. Dann Schultern und Oberkörper, nackt. Das Wasser rann ihm in kleinen Bächen durch die Haare an den Beinen entlang und tränkte den Sand zu seinen Füßen. Es war ein ganz flüchtiges Bild, das nun vor meinen Augen erstarrte, als ich mich auf Seite drei von »Der kleine Hobbit« konzentrierte. Es war John, die Nummer 34.

Was suchte er hier am Strand? Ich sah eine weiße Seite, über die wie Ameisen Buchstaben marschierten. »Nicht hinsehen!«, schienen sie zu sagen. Ich sah hin. John stand leicht gegrätscht, um beim Abtrocknen ein besseres Gleichgewicht zu haben. Er musste seinen Kopf geschüttelt haben, weil der schwarze Haarschopf nach vorn gefallen war und fast ein Auge verdeckte. Er rieb sich gerade zerstreut die rechte Schulter trocken. Seine blauen Augen strahlten mich wie die Sonne direkt an. Er trocknete sich ab und lächelte dabei, als ob seine Hände mich von oben bis unten erkunden würden. Loretta sprang auf und wollte ihm schon winken.

Ich hörte Julianna »Dad!« rufen und John drehte sich zu ihr um. Sie kam über den Strand gelaufen und hielt etwas Silbriges hoch, das sie ihm zeigen wollte. »Guck, was ich gefunden hab!«

Ich senkte den Blick, schlug das Buch zu und warf es hin. Dad. Plötzlich war ich zerbrechlich und still, wie ein kleines braunes Kaninchen, das einen scharfen Schatten näher kommen gesehen hat. Im nächsten Augenblick spürte Loretta, wie sich scharfe

Krallen in sie bohrten. Ich kam mir dumm vor, wie ich so für jeden sichtbar dasaß: der banale Badeanzug, der weder genug herzeigte noch versteckte, die billigen Keds, das grobe dunkle Haar. Für jeden zu durchschauen. Für wen hielt ich mich denn?

Ich hielt den Kopf gesenkt, sah aber den Strand hinauf. Doreen cremte sich gerade die Beine mit Sonnenschutz ein, Nana aß ein Orangeneis. John stand etwas abseits mit dem Rücken zu mir und dem Gesicht zum Wasser. Die Sonne brannte auf sein nasses Haar und im Hintergrund glitzerte der See wie Diamanten.

»Gehen wir rein!«, brüllte Julianna, als sie an ihm vorbei zum Ufer lief. »Komm!«

John drehte sich zu Doreen um. Er hob die Hand vor die Augen und sagte: »Komm doch mit ins Wasser, Liebling!« Sie sprach mit Nana und hörte ihn nicht. Er rief: »Doreen!«

Sie lachte und schüttelte den Kopf, winkte ab. »Geh du nur!«, sagte sie.

Ich packte zusammen. Innerhalb von dreißig Sekunden war die Stelle, an der ich vor ein paar Stunden mein Lager aufgeschlagen hatte, leer. Ich warf das Handtuch auf den Rücksitz, ohne den Sand auszuschütteln. Ich kletterte hinter das Steuer und durchwühlte die ganze beschissene 200-Jahre-Amerika-Tasche, bevor ich den verfluchten Autoschlüssel fand. Ich senkte den Kopf, damit der Augenschirm das Gesicht verbarg. Ich konnte sein Lachen am Ufer hören, als ich den Parkplatz verließ. Langsam, aber zielstrebig kroch mein Mercury nach Hause.

Ich versuchte, ein Nickerchen zu machen. Ich brauchte dringend Schlaf. Ich war den Großteil der vergangenen Nacht wach gelegen, hilflos und gelähmt. Ich machte es mir mit dem alten Quilt, den ich vor Jahren bei der Versteigerung eines Besitzes drüben in Missaukee County gekauft hatte, auf der Couch bequem – ein Stück alte, verschlissene Bequemlichkeit, in das ich mich an ruhigen Nachmittagen einwickeln konnte. Licht kroch durch das Westfenster und ließ auf dem Holzboden ein Rechteck aufleuchten. In der Mitte lag Frank und sog das Sonnenlicht in sich auf, als ob er mit Solarenergie angetrieben würde. Ich versuchte Loretta dazu zu bringen, sich von der Bequemlichkeit und Wärme betäuben zu lassen. Die Krallen der Scham und Wut bohrten sich tiefer. Ich starrte aus dem Fenster. Weit weg sah ich kleine weiße Wolken, die sich scharf vom blitzblauen Himmel abhoben.

»Komm her, Frank!« Ich ließ einen Arm nach unten rutschen, um mit den Fingern auf den Boden zu trommeln. »Na komm, Frufru! Komm, Frederico!« Er öffnete ein Auge, doch wo ich war, gab es kein gleißendes Sonnenrechteck. Er schloss das Auge wieder. Er würde sich nur von der Stelle rühren, wenn es ein wildes Tier zu jagen gab.

Es bohrte in mir. Kleine Verletzungen und hinkende Nichtigkeiten zogen mir die Lider hoch. John, seine Augen, sein Lächeln; Mary, pathetisch, lächerlich. Der Ekel verursachte mir einen sauren Geschmack im Hals. Frank rollte sich auf den Rücken. Eine Pfote legte er sich über die Augen, als ob er sich fragte, wann ich denn endlich damit Schluss machen würde.

Verheirateter Mann, verheirateter Mann dröhnte es mir im Kopf und erinnerte mich an etwas, was vor Jahren geschehen war. Mom und ich saßen an der Theke des Lake-Crest-Cafés und frühstückten. Ich bekam meine eigene kleine Schachtel glasierte Flocken, die Mom öffnete und vorsichtig in die Schale leerte. Ich konnte die Rice Krispies knacken hören, während sie schwarzen Kaffee trank und in die Kuchenvitrine hinter der Theke starrte. Sie war damals jung und ausgesprochen hübsch, nicht älter als dreiundzwanzig oder vierundzwanzig. Sie war mit Sharon schwanger. Die Kellnerin knallte ihr die Rechnung hin, und ich fixierte meinen Löffel, während Mom das Geld zusammenkratzte, Fünf- und Zehncentstücke und da und dort einen vereinzelten Vierteldollar, den sie, wie ich beobachtet hatte, aus Dads Arbeitshose gefischt hatte. Sie hatte auch ihre Handtasche ausgeleert, gebrauchte Taschentücher und alte Karamellbonbonverpackungen über den Küchentisch verstreut und auf dem Grund der Tasche nach einer kleinen Hand voll Münzen gegraben. Ich holte den Fünfdollarschein, den mir Großmutter Culpepper einige Monate zuvor geschickt hatte. Sie hatte ihn in eine Geburtstagskarte mit einem flaumigen rosa Kätzchen gelegt, auf der stand: »Für das Mädchen, das jetzt sechs ist!«

»Leg das in deine Spieldose zurück!«, sagte Mom, ohne mich anzusehen. Ich hatte eine Spieldose mit einer Balletttänzerin drinnen, die sich drehte, wenn man das Ding öffnete. Ich hatte sie letzten Sommer auf dem Flohmarkt der Brickhams um 50 Cent gekauft. Ich bewahrte mein Geld in der Spieldose auf: Im Augenblick waren es 5 Dollar und 22 Cent. Die Spieldose enthielt auch das Freundschaftsarmband, das mir Amy aus braunem, weißem und grünem Telefondraht geflochten hatte, ein Gewicht, das mich Dad vom Anglerladen mit nach Hause hatte nehmen lassen, und meinen Schlüsselanhänger mit der blauen Hasenpfote, den ich beim Kassauga-County-Rummel gewonnen hatte.

Ich hatte meine glasierten Flocken verputzt und wollte die süße Milch in der Schale trinken, aber Mom hielt mich davon ab, indem sie mir eine Hand auf den Arm legte – im Restaurant musste man sich benehmen. Es war Winter, und ich trug meine blauen Gummistiefel und hatte alte Plastikbrottüten über meinen Socken, damit ich leichter raus und rein kam. Ich spürte, wie das Plastik raschelte, als ich mit den Fersen gegen den Stuhl stieß. Mom ging zahlen und holte die Mäntel von der Garderobe beim Eingang. Sie watschelte wie eine Ente, weil sie schon einen dicken Bauch hatte. Sie zog mir die Schnur meiner Kapuze aus unechtem Pelz zu und band mir zerstreut eine Masche unter dem Kinn. Meine Fäustlinge, die mir Großmutter Culpepper gestrickt hatte, waren mit Sicherheitsnadeln an den Ärmeln meines Mantels befestigt. Ich zog sie an, streckte Mom eine Hand hin und dann gingen wir an den Automaten mit den Süßigkeiten und den Spielsachen vorbei nach draußen. Mom hatte keine Fünfcentstücke mehr.

Draußen war es weiß und trocken. Meine Nasenlöcher froren zu, und ich musste den Mund aufmachen, um zu atmen. Der Schnee knisterte und knirschte unter unseren Stiefeln, als wir zum Auto gingen. Heute morgen fuhr ich nicht mit dem Schulbus. Heute brachte mich Mom zur Schule. Wir gingen langsam vorn um den kleinen Dodge Dart herum und mussten aufpassen, auf den gefrorenen Pfützen um das Auto nicht auszurutschen. Mom sperrte auf und ich rutschte rüber.

»Alles okay?«, fragte Mom und wickelte sich fest in ihren Mantel. »Wirst du bis zum Mittagessen genug haben?« Ich nickte und beobachtete die gefrorenen Kristalle, wie sie über die Windschutzscheibe krochen. Ich hatte nicht über das Mittagessen sprechen wollen, aber sie hatte jetzt damit angefangen. »Sag Mrs. Brandt, dass du das Geld vergessen hast und morgen zahlst!«

»Ist gut«, sagte ich und lächelte. Es war diese Art von Lächeln, die einem entwischt, wenn man weiß, dass man etwas falsch gemacht hat und sich deswegen schuldig fühlt, nur hatte ich nichts falsch gemacht, lächelte aber dennoch so. Mom schüttelte ihre Schlüssel und ließ den Motor an. »Schwein! Lässt noch seine Tochter verhungern«, murmelte sie in sich hinein, laut genug, dass ich es hören konnte. Sie schaltete die Heizung ein, um die Windschutzscheibe zu enteisen, und wir saßen da und warteten, bis die Eiskristalle einer nach dem anderen verschwunden waren. Ich fuhrwerkte mit den Brottüten herum und schob sie in die Stiefel, weil ich nicht wollte, dass sie oben herausguckten. Beschäftigte mich und tat so, als ob ich nicht merken würde, dass Mom hinter vorgehaltener Hand weinte. Meine Zehen begannen schon zu glühen. Sie fuhr los und ließ mich vor dem Vordereingang der Abraham Lincoln Elementary School aussteigen.

»Wenn sie dir Schwierigkeiten machen, weil du zu spät dran bist«, sagte Mom, »schreibe ich dir nachmittags für morgen eine Entschuldigung.« Das war das Stichwort für mich, dass ich aussteigen sollte. Ich marschierte los, auf die großen Doppeltüren zu. Einen wilden, boshaften Augenblick lang dachte ich daran, mich nicht umzudrehen, um ihr zu winken. Wie sehr würde sie das verletzen? Ich griff nach dem Türgriff, drehte mich um und hob die Hand, um ihr auf Wiedersehen zu winken. Da hupte der kleine Dodge Dart und Mom winkte zurück. Als ich die Tür öffnete und in die heiße Eingangshalle trat, fiel mir ein schwerer Stein vom Herzen. Was wäre denn gewesen, wenn sie nicht mehr da gewesen wäre? Wenn sie schon weggefahren gewesen wäre, und ich nur mehr ein leeres Stück Straße gesehen hätte, als ich mich umdrehte? Aber sie war da gewesen, und ich hatte gewinkt, und sie hatte zurückgewinkt. Sie würde es schon schaffen.

Als ich in die Klasse kam, waren alle schon hinten an den Maltischen. Mrs. Brandt schrie mich nicht an, weil ich zu spät kam, sondern befahl mir nur, mich zu den Fingermalfarben zu setzen. Ich hängte meinen Mantel an einem der Haken an der Längsseite des Klassenzimmers auf, zog ohne Schwierigkeiten meine Stiefel aus und stellte sie schön ausgerichtet darunter. Meine zweifarbigen Oxfordschuhe waren unter dem Pult. Ich zog sie an und setzte mich zu den Fingermalfarben. Ich vergrub meine Hand in einem schmutzigen Blau und verteilte die Farbe über das Papier. Zeichnete mit meinem Zeigefinger ein Gebäude. Mom war jetzt mit dem kleinen Dodge Dart nach Hause unterwegs. Vielleicht weinte sie wieder. Vielleicht weinte sie wieder hinter vorgehaltener Hand und sah daher die Autos nicht und hatte einen Unfall und würde sterben. Ich hätte nicht aussteigen dürfen. Ich hätte heute bei ihr bleiben sollen.

Ich verpasste dem Gebäude ein paar Fenster. Auf einmal stieg über mein Augenlid eine Träne hoch, und ich blinzelte, um sie zurückzudrängen. Aber sie sprang heraus und landete mit einem Ping auf dem Papier vor mir. Ich malte die Fenster mit schwarzem Himmel voll. Vielleicht fuhr sie nicht nach Hause. Vielleicht fuhr sie einfach immer weiter. Vielleicht hatte sie Dad satt und rannte von zu Hause weg. Und wollte mich nicht mitnehmen, weil ich zu viel aß, und außerdem würde sie ja ziemlich bald ein anderes Kind haben.

»Nichts zum Fressen im Haus!«, hatte sie am Morgen gebrüllt. »Das Schwein gibt das ganze Geld mit seinen Flittchen aus!« Und so weiter und so weiter. Ich hatte sie gar nicht um Frühstück gefragt, aber sie schrie und schrie und schlug die Türen der Schränke zu. Sie trat so fest gegen den Herd, dass die kleinen schwarzen Dinger auf den Brennern klappernd hin und her sprangen. Ich blieb im Wohnzimmer und guckte auf Kanal 9 »Mr. Dress-Up«. Ich war bedrückt und gähnte. Es fiel mir schwer, mich auf Casey und Finnegan in der Glotze zu konzentrieren. Ich hatte die Nacht zuvor kein Auge zugemacht.

»Mrs. Brandt!«, rief jemand direkt rechts von mir. »Mary weint.«

»Tu ich nicht«, schrie ich die Stimme an. Es war Connie Evans, der Liebling der Lehrerin. Connie Evans, die alles besser wusste, überall ihre Nase reinsteckte und ihr großes Maul nicht halten konnte.

»Tust du doch!«, sagte sie patzig und selbstsicher. »Lüg nicht!«

Ich boxte sie auf den Arm – und schon saß sie auf dem Boden. Mrs. Brandts Hand legte sich auf meine Schulter. »Mary, sag Connie, dass es dir Leid tut.«

Ich rührte mich nicht. Ich kochte innerlich. Und je wütender ich wurde, desto mehr Tränen liefen mir an der Nase runter. Alle Köpfe der ersten Klasse hatten sich zu mir gedreht. Ich sah sie an und dachte mir das schlimmste Wort aus, das ich sagen konnte.

»Scheißgesichter!« Fünfundzwanzig Augenpaare weiteten sich vor Schrecken. Ich wandte mich Connie zu, die noch immer auf dem Boden saß. »Hurenstück!«

Mrs. Brandt führte mich aus der Klasse. Sie sprach und ich starrte meine Schuhe an. Ein Schuhband würde sich bald lösen. Ich bückte mich, um es zu binden. Mrs. Brandt fragte mich, ob ich ihr auch zuhören würde. Ich nickte und erstarrte wieder.

»Wo hast du diese Worte her?«, wollte sie wissen. Das war in den siebziger Jahren, als die Kinder noch nicht mit Worten wie »Scheißgesichter« und »Hurenstück« um sich warfen. Niemand sollte meine Mutter beschuldigen, ordinäre Ausdrücke zu verwenden.

»Weißt du, was eine Hure ist?«, fragte mich Mrs. Brandt. Ich nickte. Aus dem Augenwinkel sah ich, dass sie überrascht war. »Na dann sag es mir!«

»Eine Frau, die einen Mann küsst, wenn seine Frau und seine Kinder zusehen.«

Es war gestern Nacht gewesen. Als Mom und ich diese Kneipe betreten hatten, ich noch ganz wacklig auf den Beinen, weil sie mich aus dem Bett geholt hatte, waren da Dad und diese Frau, und Mom zog mich hinter sich her.

»Siehst du das?«, brüllte sie. »Siehst du das Hurenstück?« Die Musik war schrecklich laut. Mir verschwamm alles und es fiel mir schwer, etwas auszunehmen.

»Das ist die Person, die dein Vater mehr liebt als dich!« Mom schrie so laut, dass sie trotz der Musik jeder hören konnte.

»Wie haben Sie mich genannt?«, fragte die Frau.

Dann begann das Hurenstück zu schreien, und dann begann Dad zu schreien, und dann brüllten er und Mom einander an. Schließlich sagte Mom ihm, dass er nicht mehr nach Hause zu kommen brauche, nie mehr wieder.

»Verabschiede dich von deinem Scheißkerl von Vater!«, sagte sie zu mir.

Ich konnte ihn nicht ansehen. Ich hörte, wie er sagte: »Annette, hör auf, Annette!« Zu mir sagte er nichts, und ich sagte nichts zu ihm, und dann gingen Mom und ich. Sie redete die ganze Heimfahrt lang.

»Trau ja nie einem Mann!«, sagte sie wieder und wieder. »Männer sind egoistische Schweine.« Und nach ein paar Minuten: »Und Frauen sind noch schlimmer. Du brauchst nur ein wenig am Lack zu kratzen, egal bei wem, und schon kommt die Hure zum Vorschein.«

Ich rollte mich neben ihr auf dem Sitz zusammen. Ich sah, wie sich ihr dicker Bauch bewegte, wenn sie sprach. Ich legte mein Ohr dagegen und hörte sie brummen wie einen Bären. Einen Chor von *Miststück*, *Schlampe* und *Hure*, der anschwoll und in sich zusammensank, bis ich einschlief.

Dad hatte nach diesem Zwischenfall noch viele andere Freundinnen. Mom holte mich aus dem Bett und schleppte mich mit, um ihn in Kneipen, Motels, ja sogar bei den Frauen zu Hause zur Rede zu stellen. Nachdem sie Sharon und dann Stacy zur Welt gebracht hatte, ließ sie die beiden angeschnallt hinten im Wagen, während sie und ich nach drinnen gingen. Schließlich ließ sie uns zu Hause.

Ich ging in die Junior High School, als Dad starb. Vier seiner alten Freundinnen kamen zum Begräbnis. Mom war es seit Jahren gleichgültig, was er trieb; sie liebte ihn nicht einmal mehr genug, um ihnen böse zu sein. Ich senkte den Blick, als sie näher kamen, mich am Arm berührten, sich die Augen wischten, etwas zu mir sagten.

»Miststück«, murmelte ich, gerade laut genug, dass die Betreffende es hören konnte.

»Was hast du gesagt, Süße?«, sagte die Frau dann verwirrt. »Was hast du gesagt?«

»Schlampe.« Ich hab es ganz leise gesagt, aber sie haben es gehört, das weiß ich. Ich hab ihnen nicht ins Gesicht gesehen, deswegen weiß ich nicht, welche Wirkung es auf sie hatte. Keine von ihnen erwiderte etwas. Keine von ihnen schlug mich oder weinte oder reagierte sonst irgendwie. Sie ließen nur meinen Arm los, meine Hand, meine Schulter.

»Hure«, flüsterte ich ihnen hinterher, als sie sich von mir abwandten.

Ich wickelte mich fester in den alten Quilt. Die Bitterkeit des Begräbnisses war so frisch wie eh und je. *Du brauchst nur ein wenig am Lack zu kratzen, egal bei wem, und schon kommt die Hure zum Vorschein.* Und ich hatte diese Bitterkeit beinahe Julianna vererbt. Ich lag da, während eine zerbrechliche Wand der Erleichterung den Gedanken an Johns Lächeln verdrängte.

Die Erinnerung daran, wie jung Mom an jenem Tag in der Kneipe gewesen war, erschütterte mich. Mit siebzehn hatte sie mich bekommen, mit nur vierundzwanzig Sharon. Als sie so alt war wie ich jetzt, war sie bereits eine Witwe mit drei Kindern. Mit Dad zu leben sei für sie so gewesen, als ob sie vier statt drei Kinder gehabt hätte, habe ich sie einmal zu Harold Tucker sagen hören. Ich fragte mich, wie alt wohl Patricia Colby gewesen war, als sich ihr Mann aus dem Staub machte und sie mit zwei kleinen Kindern und einem Baby zurückließ, das gerade geboren worden war.

6

Diesen Abend rief Mom an. Ich stutzte mir gerade die Haare über den Ohren, die mich wahnsinnig machten. Amy und ich hatten einander die Haare geschnitten, solange wir zur Schule gingen. Jetzt ärgerte es sie, dass ich kein Geld dafür ausgeben wollte, sie mir von jemandem schneiden zu lassen, der das gelernt hatte.

»Du hast so schöne große Locken, mit denen man etwas anfangen könnte, und fetzt sie dir ab wie mit einem Rasenmäher.«

»Du färbst dir doch auch die Haare selber«, sagte ich.

»Schon, aber es sieht nicht so aus, als ob ich's selber machen würde.«

Eines Morgens fuhr sie mit mir zum House of Style an der Main Street und überwachte persönlich Schnitt und Tönung. »Und einen Schuss Kastanienbraun, damit das Schwarz besser zur Geltung kommt«, hatte sie angeordnet. Sie schnitten mir das Haar, schäumten es ein und föhnten es. Dann fuhren Amy und ich zum Mittagessen nach Cadillac. Den ganzen Nachmittag lang erschrak ich, wenn ich in einem Schaufenster mein Spiegelbild entdeckte. Ich sah aus wie jemand vom Fernsehen. Am nächsten Tag dauerte es mir zu lange, es richtig hinzukriegen, also stutzte ich das Haar wieder zurück. Zum Geburtstag schenkte mir Amy immer Schmuck oder was Schickes zum Anziehen, das dann hinten im Kasten verschwand. Einmal bekam ich einen Geschenkgutschein für ein Kurzentrum in Traverse City von ihr: Massage, Gesichtspackung, ein vollständiges Schönheitspaket. Ich gab ihn Stacy.

Als das Telefon läutete, wischte ich mir die Schnipsel von Gesicht und Hals und scheuchte Frank vom Badezimmer-Waschbecken, von dem aus er mein Treiben verfolgt hatte.

»Kommst du morgen zum Abendessen?«, fragte Mom.

»Ja.« Es spielte keine Rolle, wie lang ich schon Sonntag zum Abendessen kam, sie musste mich noch immer fragen, als ob sie mir versichern wollte, dass ich willkommen war.

»Kannst du mir einen Gefallen tun und mir ein paar Zucchinibrote mitbringen?«

»Mach ich.«

»Aber nicht tiefgefroren. Back es mir frisch, ja?«

In dieser Jahreszeit kamen jedem, der einen Garten hatte, die Zucchini schon bei den Ohren raus. Ich brachte jeden Sommer mehrere Wochen damit zu, Brot für den Rest des Jahres zu backen und einzufrieren. Mom machte nicht Schluss, sondern erzählte mir von den neuesten Sachen, die Stacy für ihre Babyausstattung gekauft hatte, und zwang mich, Anteil zu nehmen. Ich hätte mich darüber freuen sollen, Tante zu werden. Ich brachte nur wütende Ungeduld auf.

In jener Nacht machte ich fast kein Auge zu. Ich wachte bei jedem Geräusch auf und fürchtete mich, dass der Nächtliche Besucher zurückgekehrt sein könnte. Im Morgengrauen stand ich auf und nahm alle Vorhänge ab, um sie zu waschen; die Staubschicht, die sich entlang des Saums angesammelt hatte, schüttelte ich aus. Die Fenster schrubbte ich mit Salmiak und Zeitungen. Ich war gerade im Hof mit Wäscheaufhängen beschäftigt, als Amy kam. Sie half mir mit den Laken und Vorhängen, dann gingen wir ins Haus und machten uns ein spätes Frühstück mit Rühreiern und Haschee.

»Ich fahr heute am Nachmittag nach McBain rüber«, sagte Amy und goss uns Kaffee ein. »Zu meinem Lesezirkel. Willst du mitkommen?« Es gab in ganz Kassauga County keinen Klub, keine Gruppe und keine Organisation, denen Amy nicht angehörte.

»Ich hab hier einiges zu tun«, antwortete ich.

»Wir könnten bei JoAnn Fabrics reinsehen«, fügte sie hinzu. »Sie haben dieses Wochenende einen Zubehörabverkauf. Die Sachen sind um die Hälfte billiger.«

»Da könnte ich mir eine neue Zickzackschere kaufen. Hab meine kaputt gemacht.« Sie als Zange verwendet und damit rostige

Nägel herausgezogen. Als wir fertig gegessen hatten, suchte Amy im Schrank nach dem alten Einmachglasdeckel, den ich ihr immer als Aschenbecher gab.

»Willst du eine?«, fragte sie und zündete sich eine Zigarette an.

»Nein danke«. Ich hatte den Tisch abgeräumt. »Bleib doch noch und rasple ein paar Zucchini!« Ich rührte den Brotteig und hielt ihr den Holzlöffel hin. »Du, der Typ unlängst am Abend bei Marion's, du weißt schon, auf den du mich angesprochen hast?«

»Ja.« Sie leckte eine Seite des Löffels ab und gab ihn mir wieder. »Was ist mit ihm?«

»Was hältst du von ihm?«

Ihr blieben Zucchinistücke an den Fingern kleben, wie sie so drauflosraspelte. Ihre Hände waren so perfekt manikürt, dass man nie auf die Idee gekommen wäre, wie geschickt sie in der Küche war; ich hätte mir bei diesem Tempo die Knöchel schon längst blutig geraspelt. »Der macht nur Ärger«, sagte sie.

»Kennst du ihn?«

Sie lachte und schüttelte den Kopf. »Ein Typ, der so gut aussieht, kann nur ein Scheißkerl sein.«

Nachdem sie gefahren war, wusch ich das Geschirr und wischte den Boden. Den Mercury wollte ich erst in Angriff nehmen, wenn Julianna auftauchte; sie war spät dran. Es war bereits Mittag – zu heiß, um im Haus zu arbeiten. Ich warf den Rasenmäher an. Ich zog zum Grasmähen immer die schweren Schuhe mit der Stahlkappe an, seit ich zugesehen hatte, wie Jeff Richardson mit dreizehn eine halbe große Zehe verloren hatte. Ich blieb stehen und schenkte mir ein Riesenglas Eistee ein. Dann stellte ich einen Krug mit ein paar frischen Beuteln hinten auf die Veranda, damit der Tee in der Sonne ziehen konnte.

Mit dem dunkel und kühl klingelnden Glas in der Hand ging ich zur vorderen Veranda und ließ mich in den großen Gartenstuhl plumpsen. Ich saß da und hörte die Autos auf der Tomford Road mit Kindern voll beladen zum See fahren, die Fenster offen, die Radios, der Straße ein Ständchen spielend. Am Strand war heute viel los, aber ich hatte zu Hause zu tun. Ich ließ meinen Kopf zurückfallen und schloss die Augen. Es war zwei durch. Eine leichte Brise wehte um die Ecke des Häuschens und plusterte die Ärmel meines T-Shirts auf, als ob sie mich am Arm berühren und mich ansprechen wollte: »Hallo du …«

Ich war den ganzen Tag brav gewesen. Ich war stolz auf mich, zufrieden, dass ich war, wie ich war. Nicht zum Strand gefahren. Die Sonne drückte mir ihre Daumen auf die Lider und hielt sie mir zu. Das war eine schöne Müdigkeit, die beste, die es gab. Im schattigen Dunkel der Küche glänzten die Arbeitsflächen, lag kein Brösel auf dem Boden, kühlten drei Laibe Brot aus. Von dem Fenster hinter meinem Kopf hörte ich ein leises Miauen. Frank lag auf dem Fensterbrett, kaute an seinem Stofftier und genoss den Wind, der an ihm vorbei ins Haus strich.

»Das ist schön, was?«, murmelte ich ihm zu und hob die Hand, um zur Begrüßung gegen die Fensterscheibe zu klopfen. Er drängte sich mit der Stirn gegen meine Hand. Als sich Loretta zu rühren und an Juliannas Vater zu denken begann, öffnete ich die Augen und musste feststellen, dass sich die Fensterläden abschälten. Ich holte den Kratzer aus dem Schuppen und machte mich an die Arbeit. Ich hatte noch zwei Kübel gelbe Farbe. Ich würde die Vorderfenster abkratzen, schön glatt schmirgeln und streichen, bevor es dämmrig wurde.

Ein paar Stunden später stand ich auf einer Trittleiter und trug die ruhige, fröhliche Farbe auf. Durch das Abkratzen, Schmirgeln und endlose Umrühren der Farbe würden sich meine Arme morgen wie Baumstämme anfühlen. Ich machte eine Pause und nahm einen großen Schluck von dem inzwischen warmen Tee auf der Veranda. Ich hatte seit letztem Winter kein Wochenende mehr so viel zustande gebracht. Jetzt war Schluss mit den langen Nächten. Schluss mit den Flirts mit verheirateten Männern. Und – nach kommendem Freitag – Schluss mit Mad Dog Mahoney und ihren endlosen verfluchten Fragen. Jeden Muskel spürend und müde werkelte ich vor mich hin und fühlte mich, wie es sich für einen Sonntagnachmittag gehörte. Ich fragte mich, wo wohl Julianna abgeblieben war.

Die Autos fuhren jetzt in die andere Richtung, zurück vom See in die Stadt. Langsamer, das Radio leiser, das Lachen ruhiger, sanft. Das laute Zwitschern der Vögel in den Bäumen des Nachbargrundstücks hatte sich gelegt. Ein feiner gelber Sprühnebel hatte sich von den Knöcheln zu den Handgelenken ausgebreitet und schließlich auch die Unterarme überzogen. Ich fühlte mich durch und durch ausgedörrt, wie man das nur tut, wenn man stundenlang Farbe abgekratzt und Sachen gestrichen hat. Ich malte mir schon aus, dass ich nach dem Essen bei Mom bald nach Hause aufbrechen, mir einen Tierfilm im Fernsehen ansehen und mir einen ruhigen Abend machen würde. Einen sauberen, ruhigen, warmen und hellen Abend allein.

Da hörte ich Reifen auf der zweispurigen Kieszufahrt. Ich senkte den Pinsel und drehte mich um, um nachzusehen, wer es war. Sharon? Amy? Es war weder Sharon noch Amy. Es war ein dunkelgrüner Cutlass, der zehn Meter von der Leiter entfernt stehen blieb. Das Auto glich dem von Doreen aufs Haar, und einen Augenblick dachte ich, Julianna und ihre Mutter seien gekommen, um mich zur Rede zu stellen. Ich lehnte den Pinsel vorsichtig gegen die Schale mit der Farbe und kletterte von der Leiter auf die Wiese hinunter. Beide Vordertüren schwangen auf und zwei Unmöglichkeiten stiegen aus dem Wagen: zuerst Julianna, dann ihr Vater. Ich blieb bei der Leiter und rührte mich nicht; Loretta wurde abwechselnd heiß und kalt. Er sah mir direkt in die Augen, als er mit Julianna über die Wiese auf die Veranda zuging.

»Du hast dein Buch vergessen«, sagte Julianna, als ob das auf der Hand liegen würde. Sie hielt mir den »Hobbit« hin. Ich wurde über und über rot, als ich mich daran erinnerte, wann ich das Buch zum letzten Mal gesehen hatte – an gestern, den Anblick von John und daran, wie ich mich schleunigst davongemacht hatte. Ich starrte das Buch an. Der zerknitterte Einband kam mir nicht vertraut vor, war mir fremd. War das überhaupt mein Buch? Ich wischte mir die Hände an den Shorts ab und nahm es Julianna aus der Hand.

»Danke«, sagte ich.

»Sie haben es gestern am Strand vergessen«. Johns Stimme flatterte mir wie ein Falter entgegen. »Wir dachten, Sie würden heute wiederkommen, aber Sie haben sich nicht blicken lassen.« Ein mörderisches Rot überzog meine Schultern. John ließ seinen Blick über die neu gestrichenen Läden gleiten und sprach mit dem Gesicht zu ihnen, während ich die Farbe einer Aubergine annahm. »Also haben wir es vorbeigebracht.«

»Danke«, sagte ich wieder zu Julianna. »Das ist aber nett, dass du dir die Mühe gemacht hast.« War das ich, die so cool klang?

»Was ist ein Hobbit?«, wollte sie wissen.

»Ein kleines Wesen, wie ein Zwerg, aber mit einem Pelz auf den Füßen und mit Sohlen aus Leder.«

Sie nickte. »Wie mein Dad«, sagte sie.

Ich tat so, als ob ich ihn noch nie gesehen hätte, als ob nichts wäre, als ob ich nichts mit ihm verbinden würde. »Hallo«, sagte ich mit dem falschesten Lächeln, das man sich vorstellen kann.

»Hallo. John Coleros.« Wir gaben einander die Hand.

»John. Hallo. Ich bin Mary.«

Er sagte: »Ich hab schon viel von Ihnen gehört.«

Ich zog die Hand weg und schob sie in die Tasche meiner Shorts. Jetzt war der Augenblick gekommen, in dem wir alle in ein tiefes und quälendes Schweigen verfallen würden. Ich hatte es kommen sehen und war darauf vorbereitet.

»Wollen Sie was trinken?«, fragte ich den leeren Raum zwischen Vater und Tochter.

Julianna sagte: »Was hast du denn?«

»Bier, Wasser, Eistee.«

Sie sah ihren Vater an, ob er einverstanden war.

»Eistee wäre toll«, sagte er mit einem derart lähmenden Lächeln zu mir, dass ich wegsehen musste. In meinem Bauch hatte es zu glühen begonnen, unterhalb des Magens.

»Kommt doch rein!« Ich öffnete die Verandatür. Sein Gesicht war im Eingang, war im Schrank, aus dem ich die Gläser nahm, war in dem Teekrug, den ich von der hinteren Veranda holte.

»Den hab ich frisch gemacht«, sagte ich grundlos. »Setzt euch!«

»Beißt Ihre Katze?«, fragte John.

»Nicht wirklich«, antwortete ich.

»Wie heißt sie denn?«

»Frank«, sagte Julianna.

Das Gespräch ging weiter, als ich den Tee einschenkte und zur Couch hinübertrug, auf der sie beide Platz genommen hatten. Frank sprang vom Fensterbrett auf Johns Schoß. War das mein Frank? Mein Frank auf seinem Schoß? Er wollte seinen Kopf in Johns Glas stecken. John versuchte, es mit einer Hand so zu halten, dass Frank es nicht erwischte, und streichelte ihn mit der anderen Hand sanft am Hals. Dieser Mann saß bei mir im Wohnzimmer und liebkoste meinen Kater. Das Glühen in meinem Bauch wurde stärker. Ich wollte laut lachen.

»Schubsen Sie ihn runter, wenn er Sie stört«, sagte ich.

»Tut er nicht«, antwortete John. Julianna hielt Frank ihr Glas hin, damit er daraus trinken konnte, was er mit verräterischer Ungeniertheit tat.

»Dschudschu, vielleicht will Mary nicht, dass du deine Bakterien mit Frank teilst«, sagte John.

»Mich stört's nicht, wenn's dich nicht stört«, sagte ich zu ihr.

Julianna und Frank tranken abwechselnd aus dem Glas, während ich mich fragte, was ich sagen sollte. Meine Augen mussten sich nach dem hellen Sonnenlicht erst an die Dunkelheit im Haus gewöhnen. War das mein zerfranster Quilt auf der Couch hinter ihm? Mein geflochtener Teppich unter seinen Füßen?

»Sind Sie Lehrerin oder so?«, erkundigte John sich, als er den Stapel National-Geographics-Hefte auf dem Couchtisch liegen sah.

»Nein, ich guck mir gern die Bilder an.« Wie eine Schwachsinnige, die nicht lesen kann.

»Also, was machen Sie?«, fragte er.

Ich öffnete den Mund und – schloss ihn wieder. Als ich Luft holen wollte, stockte mir auf halbem Weg der Atem. Ich hab einmal den Schulbus gefahren. Mach ich zur Zeit nicht. Keine Ahnung, ob ich es überhaupt je wieder tun werde. »Psychourlaub«, wie Sharon es mit dem für sie typischen Einschlag an Grausamkeit ausdrückte. Was würde geschehen, wenn der Sommer zu Ende war?

»Ich hab dir von ihr erzählt«, sagte Julianna. »Sie ist die Busfahrerin.«

»Wo ist denn heute die übrige Familie?«, sagte ich. Damit verriet ich zwar, dass mir aufgefallen war, dass es eine übrige Familie gab, aber ich musste das Thema wechseln. John konnte nicht antworten. Er machte gerade einen großen Schluck aus seinem Glas. Er war auf einmal dunkelrot angelaufen. Julianna erzählte mir, dass Doreen und Nana zu einem Flohmarkt in Manton gefahren seien, um dort einen Haufen alten Plunder zu kaufen, und ihr Vater und sie früh an den Strand gefahren seien, weshalb sie auch nicht aufgetaucht war, um Eleanor Prudhomme zu waschen, weil er am Wochenende nur selten frei hatte, und sie den »Hobbit« mitgenommen hätten, weil sie annahmen, dass ich später zum See kommen würde, weil »du immer da bist, aber dann warst du nicht da, und deswegen haben wir das Buch vorbeigebracht, und jetzt sind wir da.« Julianna sah mich mit ihren gelben Katzenaugen an und lächelte. Einen Augenblick lang nahm ihre Präsenz den ganzen Raum ein.

»Wie geht's Eleanor?«, erkundigte ich mich.

»Großartig. Wir sind gerade in Spence Bay.« Sie wirbelte ihren Fischerhut auf einem Finger herum und probierte aus, wie schnell er sich drehte, bevor er davonflog.

»Und was ist da oben los?«

»Es wird immer kälter, je weiter man nach Norden kommt«, sagte sie bestimmt.

»Ich hab mit ihr um ein Essen bei McDonald's gewettet, dass sie es vor Halloween nicht schafft«, sagte John. Ja, er saß natürlich noch immer da. Seine Gesichtsfarbe hatte sich inzwischen wieder normalisiert.

»Ich liege so gut in der Zeit, dass das nicht einmal lustig ist«, sagte Julianna und sah ihren Vater an. »Ich werde der jüngste Mensch sein, der je auf dem Nordpol spazieren gegangen ist.«

»Wie alt bist du denn genau?« Ich hatte sie das nie gefragt.

»Genau ...« Sie hielt ein und begann im Kopf zu zählen. Ich beobachtete John aus den Augenwinkeln. Er sah sich in meinem Häuschen um, sah mich an. »Zwölf Jahre und sieben Monate Wie alt bist du?«

»Vierunddreißig.«

Sie biss sich auf die Zunge, zog aber ihre Augenbrauen weit genug hoch, um zu verraten, dass sie das alt fand.

»Ich auch«, sagte John.

»Wie die Nummer auf Ihrem Trikot«, sagte ich, bevor mein Denken wieder einsetzte und mich schnell den Mund halten ließ.

Er lächelte und sagte: »Ja, stimmt, daran hab ich nie gedacht.« Er hob das Teeglas und prostete mir zu. »Auf Vierunddreißig!« Ich stieß mit ihm an. Ich spürte die Wärme seiner Hand in meinen Fingern. »Und auf Zwölfeinhalb«, setzte er hinzu. Julianna stieß mit uns an und trank. Es hätte gar nicht lockerer und gemütlicher sein können – drei alte Freunde, die an einem Sonntagnachmittag auf die guten alten Zeiten anstießen.

Da läutete das Telefon. John riss es dermaßen, dass die Eiswürfel in seinem Glas hin und her tanzten, und Loretta schluchzte sehnsüchtig, wie es sich für eine große Schauspielerin gehörte. Ich entschuldigte mich, als ob nichts wäre. Auf dem Weg in die Küche kam mir jeder Schritt endlos vor. Das Telefon gab ein hässliches, hysterisches Kreischen von sich. Ich überlegte mir, ob ich nicht abheben und es schrillen lassen sollte, bis es sich beruhigt haben würde wie ein erschöpftes Kleinkind.

»Was ist denn?«, sagte ich ruhig in das verdreckte Mundstück.

»Mary?« Es war Mom. Wann hatte ich das Telefon zum letzten Mal geputzt?

»Ich kann jetzt nicht reden.« Sonderbar, wie man den Schmutz bei sich nicht sah, bis jemand zu Besuch kam.

»Ich bin im Krankenhaus«, sagte Mom. »In Traverse City.«

»Was ist passiert?«

»Ich glaube, das Baby kommt.«

»Ich komme.« Ich legte auf und drehte mich zum Wohnzimmer um.

»Stimmt was nicht?« John war aufgestanden. Er war genauso groß wie ich.

»Meine Schwester bekommt ein Baby«, sagte ich zu ihm.

»Jetzt?«

»Ja, obwohl es erst in einem Monat so weit sein sollte.« Ich lief ins Wohnzimmer und verließ es wieder, während ich noch sprach, suchte meine Sachen zusammen und warf sie in die 200-Jahre-Amerika-Tasche. »Sie sind im Krankenhaus, in Traverse City.«

»Wow«, sagte Julianna und brachte ihr leeres Glas in die Küche. »Sie bekommt in dieser Sekunde ein Baby?«

»Ja«, antwortete ich.

»Dürfen wir Sie hinbringen?«, fragte John.

Warum packte ich meine Tasche? Ich sah den Mann an, der vor mir stand. Ich wollte ihn fragen, was er hier suchte, warum er so verdammt schön war, warum er mich mit seinen magischen blauen Augen so anstrahlte, dass meine Gehirnwellen ganz durcheinander gerieten.

»Mein Auto steht hinter dem Haus«, sagte ich und sah ihm direkt in die Augen. Es war, wie wenn man von einem Pferd fällt und auf dem Boden liegt und keine Luft mehr kriegt und in den blauen Himmel über sich sieht, der kein Ende hat.

»Ich dachte nur, wenn Sie nicht fahren wollen ...« Er schwieg, weil er nicht wusste, wie er den Satz beenden sollte, und ich schwieg, weil ich nicht wusste, was ich ihm antworten sollte.

»Wir bringen dich hin«, sagte Julianna und ging zur Tür. »Mach schon, ich weiß, wie man nach Traverse City kommt!«

»Warten sie nicht zu Hause auf euch?«, fragte ich.

»Nicht wirklich«, antwortete er mit einem Lächeln, das alles bedeuten konnte.

Ich packte das frische Zucchinibrot für Mom ein und schob es in meine Tasche, während John den Wagen startete. Ich hatte den ganzen Tag wie eine Wilde gearbeitet und war ganz verschwitzt und voller gelber Spritzer. Ich sah grässlich aus. Julianna saß hinten. Ich stieg vorne ein. Ich stellte die Tasche zwischen meine Füße auf den Boden. Im Radio spielten sie einen Fleetwood-Mac-Song: »Hypnotized«. War wohl einer der klassischen Rocksender. Trotz offener Fenster erstickte man im Wagen. Das von der Sonne aufgeheizte Vinyl strahlte die Hitze auf meine nackten Beine ab, die etwa einen Meter, einen Meter zwanzig von ihm entfernt waren. Er konnte meine Oberschenkel in Augenschein nehmen und ich würde es nicht einmal mitbekommen. Ich senkte den Blick. Ja, das waren meine Beine, da gab es keinen Zweifel: Grasflecken vom Rasenmähen, eine große Narbe über dem rechten Knie von dem Sturz damals, als ich im Alter von sieben Jahren von der Ulme hinter dem Haus gefallen und mir ein gebrochener Ast bis zum Knochen in den Oberschenkel gedrungen war. Ich wandte den Blick von meinen nackten Beinen ab, die stark und kräftig waren, sollte er sich doch zum Teufel scheren, wenn sie ihm nicht gefielen. Zwischen den Sitzen war der Hebel der Handbremse. Am liebsten hätte ich ihn angezogen, ganz, ganz fest. *Halt!*

»Es tut weh, wenn man ein Baby bekommt, oder?«, fragte Julianna hinter mir. Sie lag verkehrt rum auf der Bank, ließ den Kopf vom Sitz hängen und stemmte sich mit den Füßen gegen das Heckfenster. Sie hatte ihre Sandalen ausgezogen und hinterließ mit ihren schwitzenden Füßen einen Abdruck neben dem anderen.

»Ich hab mir sagen lassen, dass es wehtun soll«, sagte ich.

»Und das Baby kommt ganz blutig und roh raus, oder?«, fragte sie.

»Ja, ziemlich«, antwortete ich. »Ich hab aber selber noch keins gesehen.« Ich verdrängte den Gedanken an mein Würmchen. Das zählte nicht wirklich.

John schwieg und ließ sie reden. Das war mir auch schon bei Doreen aufgefallen. Sie ließen Julianna reden und befahlen ihr nicht dauernd, den Mund zu halten.

»War ich auch schleimig und roh?«, fragte sie ihren Vater.

»Ja.«

»Und Donna?«

»Das weiß ich nicht«, sagte er. »Ich war nicht dabei.«

»Meine Cousine«, erklärte mir Joanna. »Sie ist vierzehn. Sie hat schon die Regel.«

Wir schwiegen und dachten an Donna und ihre Regel. Wir waren schon auf der 108er, auf dem Weg nach Norden, Richtung Kalkaska. Die Sonne brach sich in der Windschutzscheibe, schien auf Johns nackte Arme, fiel auf ein paar dunkle Härchen, die sich unterhalb seines Handgelenks kräuselten. Mein Blick wanderte die Linie seines Unterarms bis zum Ellbogen hoch. Braun, aber nicht zu dunkel, muskulös und doch schlank. Es war der schönste Unterarm, der mir je untergekommen war. Ich sah rechts zum Fenster hinaus. Wir überholten gerade einen Viehtransporter. Ich starrte die wirren Glieder, Schwänze und haarigen Ohren an und sog den üppigen Kuhmistgestank ein. Und dachte an Stacy und ihre träge Selbstgefälligkeit. Stellte mir das wilde Muhen vor, das sie ausgestoßen hatte, als man sie ins Auto geladen hatte, um sie ins Krankenhaus zu bringen. Geschieht ihr recht, ein Baby zu kriegen, als ob da nichts dabei, als ob das etwas ganz Alltägliches wäre.

»Ich hoffe, dass alles okay ist mit Ihrer Schwester …«

Ich fuhr zusammen. Wusste er, was ich gedacht hatte? »Danke.« Ich schenkte ihm ein Lächeln. Es machte auf halbem Weg kehrt und kam, überwältigt, schnell zu mir zurück. Das war zu vertraulich, zu privat, so in einem Auto mit ihm, auch wenn Julianna dabei war und mit den Füßen Muster auf die Heckscheibe drückte.

»Es wird ihr schon nichts passieren«, sagte ich zur Straße vor mir. »Sie wird ein schönes Baby zur Welt bringen und alles wird gut gehen.« Er sah einen Augenblick zu mir herüber. Ich starrte weiter auf die Straße.

»Wir könnten auch weiterfahren«, sagte er unbeschwert. »Das Krankenhaus vergessen und fahren, bis wir zur Brücke kommen, und dann nach Kanada abhauen.«

Julianna wand sich hoch. »Ja! Dann könnten wir uns in Spence Bay treffen und zelten.«

Ich lachte und riskierte einen kurzen Blick in seine Richtung.

»Was halten Sie davon? Gehen Sie gern zelten?«, fragte er mich und sah in den Rückspiegel, bevor er vor dem Viehtransporter wieder nach rechts zog.

»Nein«. Amy ging gern zelten. Vor nur wenigen Stunden hatte sie ihn einen Scheißkerl genannt. Amy war jemand, der mir im Augenblick völlig fremd war.

»Du gehst nicht gern zelten?« In Juliannas Stimme lagen Unglaube und Entrüstung.

»Das würden wir ändern«, sagte er. »Könnten wir doch, Dschudschu, oder?«

Er sah sie über die Schulter an, als sie ihm Recht gab. Als er sich wieder der Straße zuwandte, ließ er seinen Blick einen Moment lang auf mir ruhen. Es war mehr als ein Blick. Plötzlich hatte ich ein lächerliches Bild im Kopf: Ich sah uns beide in grünen Wasserstiefeln in einem See stehen, in dem sich der Himmel spiegelte, und Angeln nach Forellen auswerfen. Die Luft war frisch und es roch nach Lebendködern und Sex. Ich schwöre bei Gott, dass er in diesem Augenblick dasselbe dachte. Mir stellten sich die Härchen im Nacken auf.

»Mom darf doch mitkommen? Und Nana auch?«, fragte Julianna. »Sie dürfen doch mit uns zelten gehen?«

»Natürlich«, antwortete John. Diesmal veränderte sich seine Gesichtsfarbe nicht, als von seiner Frau die Rede war. Er kam mir völlig unbekümmert vor, wie ein schuldloser Ehemann und Vater, wie ein guter Mensch, und das war er auch.

»Na, wo soll's jetzt hingehen? Ins Krankenhaus oder nach Kanada?« Vor uns lag die Auffahrt auf die 72er. Er wurde langsamer und wartete auf eine Antwort. »Wir können Sie wohl nicht zum Davonlaufen bewegen, was?«

Bei diesen Worten blieb für mich die Welt stehen. Er lächelte mich genauso an, wie ich ihn in der Bar lächeln gesehen hatte. Ich schüttelte den Kopf, drehte mich nach rechts und sah aus dem Fenster. Blinzelte konzentriert, viermal, fünfmal, sechsmal.

»Können wir uns wenigstens das Baby ansehen?« Julianna versuchte aus dem verlorenen Campingausflug noch etwas herauszuschlagen. Ich weiß nicht, was danach noch gesprochen wurde. Worte fielen, Antworten wurden gegeben, meine Lippen bewegten sich, aber in mir war etwas gerissen. In meiner Brust klaffte eine Wunde. Loretta war in ein großes schwarzes Etwas gefallen, für das ich nicht einmal einen Namen hatte. Ich blinzelte noch einmal. Ich wollte nur möglichst schnell das Auto verlassen, möglichst schnell weg von den beiden. Wir hielten vor dem Haupteingang des Munson Medical Center. Ich hatte bereits nach der Türklinke Ausschau gehalten, damit es nicht in letzter Minute noch zu irgendwelchen schwerfälligen Berührungen kam. Ich dankte Julianna, dass sie mir das Buch gebracht, und John, dass er mich zum Krankenhaus gefahren hatte. Ich sprang aus dem Wagen, ohne zu hören, was die beiden antworteten. Ich hörte den Wagen wegfahren und drehte mich um. Julianna winkte mir durch das Heckfenster zu. Ich winkte zurück. Meine Hand bewegte sich kaum.

7

Ich blieb dann vor dem Krankenhaus noch einen Augenblick lang stehen und versuchte mich zu beruhigen, mich zu sammeln, bevor ich zur Entbindungsstation ging. Die Wolken hingen tief und waren unten platt, als ob sie auf der Glasplatte eines Couchtischchens hocken würden. Sie zogen sich über den gesamten Horizont, fingen die Strahlen der Sonne ein und warfen sie zurück. Ich sah den Umriss seiner Nase mit dem kleinen Höcker am Sattel und die etwas versteckten Lider, die ihm ein schläfriges Aussehen gaben und mich an Robert Mitchum erinnerten. Mom würde sagen, dass er einen Schlafzimmerblick hatte. Ich hasste die Vorstellung, hasste es, mir auszumalen, wie andere Frauen auf ihn reagierten, Frauen wie Doreen zum Beispiel, mit der er verheiratet war. Ich blieb beim Informationsschalter stehen und erkundigte mich nach Stacy Baumann.

»Sie bekommt ein Baby«, sagte ich zu dem Mann.

»Jetzt im Augenblick?«, fragte er.

Was hatten die Leute denn bloß? Natürlich jetzt im Augenblick. »Ich glaub schon, ja.«

Er tippte geheimnisvolle Dinge in einen Computer ein und starrte auf den Bildschirm.

»Gleich da«, sagte er und zeigte nach links. »Auf der Entbindungsstation.«

Vielleicht war die ganze Plackerei schon vorbei, und ich brauchte nicht zu bleiben, brauchte nur Stacy zu sehen, das Baby zu sehen und konnte wieder nach Hause. Ich betrat den Warteraum. Ruthers Mutter weinte. Mein Herz sandte einen Blitz aus, einen Adrenalinstoß, der jedem Molekül im Körper mitteilte, dass etwas nicht in Ordnung war. Wo war Sharon? Wo Mom? Drüben in der Ecke bei den Toiletten, beim Telefon. Mom sah mich und stand auf.

»Was –«

»Sie wird wieder«, unterbrach mich Mom. »Wir müssen uns das immer wieder vorsagen.«

»Was ist passiert?«

»Sie ist in der Notaufnahme«, sagte sie. »Niemand darf zu ihr, nicht einmal Ruther.«

Eine Frau kam zur Tür. Man wusste nicht, ob es eine Ärztin oder eine Schwester oder jemand dazwischen war. Sie fragte nach Mr. Baumann. Ruther sah sich nach einem Loch um, in das er sich hätte verkriechen können. Sein Gesicht war weißlich-grün. Er ging zu der Frau im Flur. Mom und die Baumanns folgten ihm und schlossen die Tür hinter sich. Alle Gedanken an die verheiratete schwangere Nervensäge hatten sich verflüchtigt. Stacy hatte löffelweise Zucker gegessen. Sie hatte mich dazu gebracht, ihr das Kindergartenbuch sechzigtausendmal laut vorzulesen, als sie noch kaum gehen konnte. Sie hatte die längsten Wimpern, die mir je untergekommen waren.

Sharon sagte: »Du kaust am Knöchel.«

»Tut mir Leid.«

Ich wollte auf die Toilette, um mir den gelben Sonnenschein auf der Haut abzuwaschen, wollte aber nichts von dem versäumen, was Mom vielleicht zu berichten hatte. Ich setzte mich ganz nah zu Sharon und sah mich im Warteraum um. Da saß Lori, Ruthers Schwester, hatte die Beine übereinander geschlagen und ließ das obere hin und her baumeln. Ihren Echtlederhalbschuh hatte sie halb ausgezogen. Er tanzte auf ihrem großen Zeh auf und ab, auf und ab. Lori arbeitete bei Lehmann, einem protzigen Kaufhaus in Traverse City, im Verkauf. Sie war immer vom Scheitel bis zur Sohle herausgeputzt. Ich dachte daran, dass sie nur eine Verkäuferin war, aber mein Blick blieb an den professionell manikürten, glatten, makellosen Händen hängen. Ich sah mir meine Hände an, die Farbspritzer und die tiefen Furchen entlang des rechten Daumennagels, wo ich mich verletzt hatte, als ich mit dem Kratzer abgerutscht war. Lori und Stacy waren dicke Freundinnen.

»Du tust es schon wieder«, sagte Sharon neben mir. »Es macht mich krank.«

»Entschuldige.« Ich ließ meine Hand in den Schoß sinken und schob sie dann in die Gesäßtasche meiner Shorts.

»Hast du was zu essen?«, fragte ich sie.

»Ich hab mir eine Tüte Combos gekauft, aber ich hab schon alle aufgefuttert«, sagte sie zu mir. »Auf dem Weg zur Cafeteria ist ein Automat.« Natürlich wusste sie das. Schließlich hatte sie im letzten Winter viel Zeit hier verbracht, als ich wegen einiger leichter Verletzungen und zur psychiatrischen Beobachtung ins Munson Medical Center eingeliefert worden war. Ins Träumeland. Hatte sich Sharon daran erinnert, dass der Warteraum in diesem Stock genauso ausgesehen hatte wie dieser?

Die Tür ging auf und meine Mutter kam herein. Mr. und Mrs. Baumann gingen direkt zu Lori und alle drei ließen den Kopf hängen. Ich hasste sie. Was hatten sie Stacy nur mit ihrem verkommenen Sohn und seinem mörderischen Schwanz angetan?

»Sie haben das Baby rausbekommen«, erzählte uns Mom. »Es wird künstlich beatmet.«

Ich: »Und wie geht's Stacy?«

Sharon: »Und Stacy?«

»Sie stabilisieren sie.«

»Ist sie in Ordnung?«, fragte ich.

»Davon bin ich überzeugt. Wir müssen nur Geduld haben.« Dann fügte sie hinzu: »Es ist ein Junge.«

»Wenn Sie doch nie mit dem verdammten Balg schwanger geworden wäre!«, sagte Sharon.

»Wenn sie das Arschloch doch nie geheiratet hätte!«, fügte ich leise hinzu.

»Sie ist in Ordnung«, sagte Mom. »Nur die Ruhe!«

»Gib dir das!«, flüsterte Sharon und deutete auf die Baumanns am anderen Ende des Raums. »Die kleben aufeinander wie drei Flöhe auf dem Arsch eines Chihuahuas.«

»Psst, jetzt hört aber auf!«, sagte Mom in diesem gewissen Ton, also hörten wir auf.

Ich schlüpfte in die Toilette ganz hinten im Warteraum. Drehte das Wasser ganz auf und drückte auf den kleinen Seifenspender, bis ich eine ganze Hand voll stinkendem rosa Schaum hatte. Ich brauchte die Fingernägel, um die Farbe runterzukriegen. Es fühlte sich aber gut an. Die Arme rauf, bis zum Ärmel des T-Shirts. Schrubbte, kratzte, schrubbte, kratzte. Ich beugte mich weit über das Waschbecken, um mir den Arm abzuspülen, und gab Acht, dass ich mit dem Ellbogen nicht gegen das harte Porzellan stieß. Ich sah in den Spiegel. Das da und dort graue Haar war voller gelber Spritzer. Warum waren meine Augen so müde? Wo hatte ich das komische Kinn her? Ich trocknete meine Hände ab und stellte fest, dass ich schrecklich zitterte. Stacy war in Ordnung. Das Baby war da und Stacy war in Ordnung. Aber der Waschraum schrumpfte, der Fliesenboden neigte sich. Ich wollte mit all dem nichts zu tun haben. Ich riss die Tür auf und ging, bis ich das Wartezimmer hinter mir gelassen hatte.

Die Cafeteria sah aus wie ein Konferenzraum in einem Holiday Inn, überall Messing und Hängepflanzen. Ich konzentrierte mich auf das Käsesandwich, das ich unbedingt hatte haben wollen. Der geschmolzene Velveeta hatte sich an den Rändern gesammelt und war hart geworden. Durch die Klimaanlage fröstelte mich. Ich hatte noch die groben Schuhe mit den Stahlkappen an und sah lächerlich aus. Ich stocherte in einem Schüsselchen mit rotem Jell-O und die ganze weiche Masse schwabbelte hin und her. Ich hatte auch in einem Schüsselchen mit Jell-O gestochert, als Sharon mir letzten Winter in eben diesem Raum gegenübergesessen hatte. Und wissen wollte, warum, was denn nicht in Ordnung sei und ob ich überhaupt irgendeine Ahnung hätte. Ich malträtierte die roten Stückchen und sah zu ihr auf, um ihr ein »Tut mir Leid« zuzulächeln. Ich konnte noch keine Worte finden.

Ende Februar, der brutale Raubtierwinter war zurückgekehrt. Der falsche Frühling vor zwei Wochen war eine für Michigan typische Gemeinheit gewesen. Es war der erste Tag, an dem ich wieder den Bus fuhr, seit ich Jen in diesem Schrank entdeckt hatte.

Zwei Wochen im Bett gelegen, geschlafen oder Löcher in die Wand gestarrt, mein Kopf ein leerer Sack mit Nichtgedanken, die mir das, was geschehen war, vom Leib hielten. Nun arbeitete ich wieder, und da waren alle meine Kinder, meine Verantwortungen. Ich setzte meine Ladung bei der Lincoln Elementary ab, wie ich das zehn Jahre lang jeden Morgen getan hatte. Dann fuhr ich mit dem leeren Bus durch ganz Kassauga County, ließ das Haus der Colbys immer weiter hinter mir, bis ich nach Manistee kam, wo mir der Michigansee den Weg versperrte. Die Zeitungen hatten geschrieben, dass Brian Colby, Jens Vater, der jetzt das Sorgerecht für die beiden anderen Kinder bekommen hatte, in Manistee lebte. Die verdammte Colby-Familie wollte mir nicht mehr aus dem Kopf gehen. In Manistee genehmigte ich mir zweieinhalb Bier, dann fuhr ich nach Riverton zurück, zur Lincoln Elementary, um meine kleinen Verantwortungen abzuholen. Als das letzte Kind die kleine Treppe hinuntergetappt und in den Schnee gestiegen war – verfluchter falscher Frühling, verfluchte Lüge, grausamer Schnee, der jeder hoffnungsvollen Blüte den Garaus machte –, als die letzte meiner kleinen Verantwortungen den Bus verlassen hatte, pochte mein linker Knöchel, so unbarmherzig hatte ich daran gekaut. Am nächsten Morgen rief Rebecca Whitehurst Mom aus der Schule an. Sie machte sich Sorgen, weil ich nicht zur Arbeit erschienen war, nicht einmal angerufen hatte, was mir nicht ähnlich sah. Bei mir hob niemand ab.

Um Viertel nach neun tauchte Sharon auf. Um zehn wurde ich in das Munson Medical Center aufgenommen. Sharon rief keinen Krankenwagen, sondern lud mich in den Schalensitz ihres blauen VW-Käfers und fuhr wie eine Verrückte los. Sie sang immer wieder »Home on the Range«; es war der einzige Song, der ihr einfiel, um mich zu beruhigen. Sie hätte sich keine Sorgen machen brauchen; zu diesem Zeitpunkt war ich schon ganz ruhig. Da war sonst nichts mehr. Nur Ruhe und ein gebrochenes Schlüsselbein, eine leichte Gehirnerschütterung und mehrfache Quetschungen.

Als Sharon bei mir zur Vordertür reingekommen war, hatte sich ihr folgender Anblick geboten: das Küchenkästchen halb aus der Wand gerissen, der Kühlschrank umgestoßen, eine Explosion nasser, dunkler Flecken, wo die Kaffeemaschine gegen die Wand gedonnert war, der Küchentisch umgekippt auf der Seite neben dem Ofen, überall Scherben des schmutzigen Geschirrs von zwei Wochen. Sharon ging ins Wohnzimmer, wo sie meine Leiche vermutete. Unter der auf dem Kopf liegenden Couch ragten die Vorhänge hervor, die Stangen waren gebrochen, Bücher und Zeitschriften über den Fußboden hingekotzt. Die gute alte Sharon kehrte in die Küche zurück, holte das Brotmesser aus einer halb herausgerissenen Lade und fand den Mut, mein Schlafzimmer zu betreten. In diesem Augenblick hörte sie Geräusche hinter dem Haus. Und sie stürzte, Gott segne sie, mit erhobenem Brotmesser auf die Veranda, bereit, es meinem Angreifer in den Leib zu stoßen.

Aber da war nur ich. Alles, was im Haus noch an Zerbrechlichem übrig war, türmte sich auf der obersten Stufe: Kaffeebecher, Saftgläser, die Bleikristallgläser von Großmutter Culpepper. Und ich saß da, die Knie auseinander, und ließ ein Stück nach dem anderen auf den Beton zwischen meinen Füßen krachen. Ich war barfuß; die Glassplitter hatten mir die Knöchel zerfetzt. Warm und weich stand Blut zwischen meinen Zehen.

Daran hätte ich mich gerne erinnert. So schrecklich der Anblick gewesen sein muss, ich hätte alles dafür gegeben, Sharon so über mir mit gezücktem Messer stehen zu sehen wie Boris Karloff. Aber ich erinnerte mich nur daran, was zuvor geschehen war, daran, dass der Nächtliche Besucher zum ersten Mal durch das Schlafzimmerfenster gekommen war, und an die Verfolgungsjagd durch das Haus.

Während ich still und verdutzt im Krankenhaus saß, brachten Sharon und Ruther das Durcheinander, das ich angerichtet hatte, in Ordnung. Mom wollte mithelfen, aber sie ließen sie nicht in die Nähe des Hauses, weil sie nicht wollten, dass sie das Schlachtfeld sah. Stacy besorgte neue Vorhänge und neues Geschirr. Teil meiner Strafe würde es sein, mit ihrem Geschmack leben zu müssen. Bis ich aus dem Krankenhaus entlassen wurde, war alles wie neu. Ich hatte das Gefühl, eine Bühne für ein Schauspiel zu betreten, etwas, was genau, aber nicht wirklich war. Die Kissen waren am falschen Platz, die Bilder auf den Bücherregalen durcheinander.

Über allem lag ein Hauch von Schande. Nach etwa einer Woche bemerkte ich eine winzige Fuge in der Lehne meines hölzernen Schaukelstuhls, die Ruther geleimt hatte, und mir fiel auf, dass auf den Regalen ein Papier mit gelben Tulpen statt mit roten Hähnen lag. Jede neue Entdeckung wurde von einer kleinen Erschütterung begleitet: Ich erinnerte mich, dass jemand anderer hier gewesen war, nicht Ruther oder Stacy oder Sharon, sondern jemand, den ich nicht kannte.

»Was ist denn passiert?«, fragten sie mich. »Was hast du dir dabei gedacht?« Und Ruther: »Wie hast du denn den Kühlschrank umgeworfen?«

Granit war das Einzige, woran ich mich erinnerte. Die graue Gestalt, die mir gefolgt war, wie ich mich auch zur Wehr gesetzt und was ich ihr auch entgegengeworfen hatte. Und an die Bilder, die mit ihr gekommen waren, Bilder, die ich mich zwei Wochen lang aus meinem Gedächtnis zu löschen bemüht hatte. Ich wusste nicht mehr, ob sie mich erwischt hatte, wusste nicht mehr, ob ich sie verjagt hatte. Ich erinnerte mich nur daran, dass mich die Gestalt gnadenlos verfolgt hatte, ich erinnerte mich an das Krankenhaus und an die roten Stückchen Jell-O in dem weißen Schüsselchen aus Plastik.

Und jetzt war ich wieder da. Ich schob den getoasteten Käse weg, ich hatte keinen Hunger mehr. Da kam Sharon herein, ließ sich auf den Stuhl gegenüber fallen und nahm sich das halbe Sandwich. Ich gab ihr eine Papierserviette von dem kleinen Stoß neben mir.

»Danke«, sagte sie kauend.

»Was Neues?«

»Nein.«

Ich zerbröselte ein paar Cracker und gab sie in meine Tomatensuppe. Dann pfefferte und salzte ich sie. Sharon sah mir angewidert zu.

»Meinst du, dass da jetzt genug Salz drin ist?«, fragte sie mich.

Des Nachdrucks halber verabreichte ich der Suppe noch ein paar Prisen und rührte um. Schweigend aßen wir eine Weile. »Wie wollen sie es denn nennen?«, fragte ich.

»Rutherford wahrscheinlich. Es wird der Vierte sein.«

»Um Himmels willen!« Ich schüttelte den Kopf. »Wenn mir jemand erzählt hätte, dass ich meinen Neffen einmal Ruther nennen muss …«

»Ich weiß.« Sharon verdrehte die Augen. »Vielleicht sollten wir ihn Stinker nennen.«

»Hm.« Ich schlürfte meine Suppe und dachte nach. »Oder Rudi?«

Sie schüttelte den Kopf und biss vom Sandwich ab. »Hohlkopf«, sagte sie und schluckte.

»Zu häufig«, antwortete ich.

»Ich bin für Scheißbalg.«

»Scheißbalg.«

»Das passt so und so.«

»Vor Stace S. B.«

Sharon überlegte, nickte und nahm sich die zweite Sandwichhälfte. »Irgendwie unheimlich, wieder da zu sein«, sagte sie.

»Hm.«

Sie sah mich an und fragte vorsichtig: »Wie geht's dir denn jetzt damit?«

»Besser.«

»Ich dachte, dass es vielleicht eine verspätete Reaktion auf Carl war.« Ich sah sie an. Sie fuhr schnell fort: »Aber das war's nicht. Und dann dachte ich, dass es vielleicht mit dem Mädchen zu tun hatte, das gestorben ist, aber du hast gesagt, dass es damit nicht –«

»Nein, damit hatte es auch nichts zu tun«, sagte ich.

»Hab ich ja gerade gesagt, oder? Ich hab doch gerade gesagt, dass es das auch nicht war.« Sie war verärgert. Ich schob mir ein Stück Jell-O in den Mund, dann noch eins. Manövrierte sie in die Wangen und drückte sie dann durch die Zähne auf die Zunge. Es machte ein matschendes Geräusch.

»Was war es dann?«, fragte sie schließlich. »Du hast nie darüber gesprochen.«

Ich ließ mir beim Schlucken Zeit. Meine Kehle hatte sich zusammengezogen. »Es waren viele Dinge.« Ich dachte einen

Moment lang nach, bevor ich fortfuhr. Versuchte, mir etwas Glaubwürdiges einfallen zu lassen. »Das hatte sich seit langem aufgebaut.«

»Offensichtlich«, sagte Sharon zustimmend.

Ich ließ meinen Löffel in das Schüsselchen fallen und fragte: »Was meinst du mit offensichtlich?«

»Mensch«, sagte sie ganz unschuldig. »Ich meine die Wucht, mit der es dich dann erwischt hat.«

Aha. Offensichtlich. Ich warf ihr von der Seite her einen Blick zu. Sie leckte sich ein paar Krümel von der Handfläche. »Was ist denn?«, fragte sie, als sie merkte, dass ich sie ansah.

»Komm jetzt«, sagte ich, »sehen wir mal, ob sie sie schon umgebracht haben!«

Sharon steckte sich den letzten fetten Krümel in den Mund und nahm das Tablett, um es zurückzubringen. Während wir zur Entbindungsstation zurückkehrten, zermarterte ich mir das Gehirn nach einem Namen, der Scheißbalg ausstach. Als wir den Warteraum betraten, lächelte Lori und vergrub ihr Gesicht in einem »Mademoiselle«-Heft. Wir meldeten uns bei Mom zurück, die still dasaß und den Kopf zurückgelehnt hatte. Sie hatten Probleme, Stacys Blutung zu stoppen, aber es würde alles gut werden. Sharon setzte sich neben Mom und kramte aus ihrer Tasche »Moby Dick« hervor.

»Wie gefällt's dir?«, erkundigte ich mich.

»Ich bin auf Seite 498 und der Fisch ist noch immer nicht aufgetaucht.«

»Da hast du aber einen ziemlichen Zahn zugelegt.«

»Ein paar Seiten hab ich nur überflogen.«

Ich sah mich um, weil ich wissen wollte, was die anderen vorhatten. Mrs. Baumann telefonierte mit dem Rücken zum Raum. Mr. Baumann war entweder auf der Toilette oder wieder im Geschäft. Ruther musste bei Stacy sein. Ich kehrte zu dem Platz zurück, an dem ich vorher gesessen war, ließ mich nieder und schloss die Augen.

Können Sie wohl nicht zum Davonlaufen bewegen, was? Ich sah sein Gesicht vor mir, den Blick, den er mir zuwarf. Ich streckte die Hand aus und berührte die Glasziegelwand. Nicht hier, nicht an diesem kalten, sterilen Ort mit den ganzen Leuten um mich herum. Komm wieder zu mir zurück, wenn ich allein bin, wenn ich schwelgen und meiner Sehnsucht freien Lauf lassen und mich dafür hassen kann.

Neunzig Minuten schleppten sich dahin und nichts geschah. Sharon hatte »Moby Dick« zu Ende gelesen. Der Fisch war auf Seite 505 aufgetaucht. »Die Geduld hat sich gelohnt«, sagte sie mit finsterem Blick. Nun hielt sie nach einem Arzt oder einem Pfleger Ausschau, der uns sagen konnte, was los war. Lori hatte schon alle Artikel durchgeackert, die »Mademoiselle« in Sachen Unzufriedenheit mit sich selbst bot, und daher ein »Glamour«-Heft auf. Mom und Mrs. Baumann unterhielten sich leise auf der Couch. Da kam Ruther herein und deutete mir. Ich rappelte mich hoch. Mom wollte schon aufstehen, aber Ruther schüttelte den Kopf.

»Nur Mary«, sagte er. Und als ich bei der Tür war: »Es geht ihr gut. Sie will dich sehen.« Er zeigte den Gang hinunter. »Die dritte Tür links.«

Als ich die Türen zählend den angeräumten Gang hinunterging, begannen meine Hände wieder zu zittern. Das erste Bett war leer. Glatt, frisch und herzlos. Hinter dem halb geschlossenen Trennvorhang sah ich Füße unter einer hellgrauen Decke. Sie hatten ihr eine Kanüle in die Armvene gerammt. Sie sah noch immer halb schwanger aus.

»Stace?«

Keine Antwort, die Medikamente hatten sie außer Gefecht gesetzt. Ihre Haut war heiß und gerötet. Eine feuchte Strähne ihres blonden Haars klebte ihr in der Stirn. Ich hob sie mit einem Finger an und legte sie auf das Kissen. Ihr Mund stand offen. Sie sah wie ein Kind aus. Früher hatten sie und Sharon sich an heißen Sommernachmittagen immer mit vor Schweiß gleißender Haut und nach Salz riechend auf die Bettcouch gelegt, die auf der hinteren Veranda stand, und ein Schläfchen gemacht.

Ich fragte mich, warum sie nach mir geschickt hatte. Und warum nach mir und nicht nach Mom oder Sharon? *Stacy, was willst du von mir?* Ich entschloss mich, zu warten, um bei ihr zu sein, wenn sie aufwachte. Ich wollte mich gerade auf den einzigen Stuhl setzen, als eine Ärztin den Kopf zur Tür hereinsteckte. Ich machte mich darauf gefasst, dass sie mich verscheuchen oder zurechtweisen würde, und stellte mich auf eine Auseinandersetzung ein. Sie trat an den Vorhang und warf einen Blick auf Stacy. »Angeblich soll man ja vergessen, wie weh es tut«, flüsterte sie. »Aber ich weiß es noch, als ob es gestern gewesen wäre.«

Stacy hatte ein Baby bekommen. Da gab es kein Zurück mehr. Statt Freude hatte mich ein Gefühl der Hoffnungslosigkeit überkommen. »Lassen wir sie doch träumen, solange sie will«, sagte die Ärztin so sanft, dass ich ihr aus dem dunklen Raum nach draußen folgte. Ich erfuhr nie, was Stacy damals von mir wollte. Ich versuchte es auch nie herauszufinden.

Wir blieben bis neun Uhr abends im Krankenhaus. Es stellte sich heraus, dass sie Stacy zwölfmal hatten nähen und mit Vitamin K voll pumpen hatten müssen, damit das Blut gerann. Wir warfen einen kurzen Blick auf das Baby. Rutherford Stanton Baumann der Vierte sah wie ein Frosch aus, der in einer einsamen Kurve mit einem Lastwagen Bekanntschaft gemacht hatte. Seine Haut war rot und schuppig und die Zange hatte im Gesicht hässliche Quetschspuren hinterlassen. Alle viere von sich streckend lag er im Respirator. Ich hatte mir eine ziehharmonikaartige Maschine vorgestellt, deren Balg sich, wenn sie für das Baby atmete, aufpumpte und auseinander schob. Respirator. Aber es war eine leistungsfähige Vorrichtung aus Plexiglas, die sich überhaupt nicht bewegte. Wir standen da und starrten durch das Fenster.

»He, Scheißbalg!«, flüsterte Sharon, sodass nur ich es hören konnte.

Wir blieben nicht länger als eine Minute, dann schob man uns hinaus. Mom kicherte und weinte gleichzeitig. Ruther wirkte beunruhigt und vor den Kopf gestoßen. Stacy würde vor morgen früh nicht zu sich kommen. Erst als wir uns von den Baumanns verabschiedet hatten und durch den Haupteingang ins Freie traten, fragte ich Sharon leise, ob sie mich nach Hause bringen würde.

»Wo hast du denn dein Auto?«

»Red nicht so viel!«, sagte ich. »Bring mich nach Hause und mach jetzt ja kein Theater!«

»Wie bist du hergekommen?«

»Erzähl ich dir im Wagen.« Ich sah zu, dass wir aus Moms Hörweite kamen. »Halt bitte den Mund!«

Es war eine milde Sommernacht. Das Zirpen der Grillen begleitete uns bis zum Parkplatz. In der trockenen unmenschlichen Leere der Krankenhauskorridore war es leicht gewesen, die gute alte Loretta in Zellophan zu packen, die Zähne zusammenzubeißen und zu tun, was zu tun war. Nun wurde sie wieder lebendig und sog den Blumenduft des klaren Nachthimmels ein. Ich musste nach Hause, musste allein sein und meine Ruhe haben. Sharon und ich gingen zu ihrem Volkswagen.

»Was ist denn los?«, erkundigte sich Sharon, sobald wir angeschnallt waren. Ich erzählte ihr so wenig wie möglich: dass mich jemand mitgenommen hatte, den ich vom Softball her kannte, nichts Wichtiges, dass er mir ein Buch gebracht hatte, das ich irgendwo liegen gelassen hatte, dass er seine Tochter dabei gehabt hatte. Sharon spürte, dass ich nicht darüber reden wollte, und begann daher zu bohren. Sah er gut aus? Ja, schon irgendwie. Wie war seine Frau? Nett? Wie lange kannte ich ihn schon? Nicht lang.

»Sieht ganz so aus, als ob mein altes Mädchen noch ganz schön Feuer in sich hat«, meinte sie und zündete sich eine Zigarette an. Sie war offensichtlich keine wirkliche Raucherin wie ich früher mal. Das war seit fünf ihre erste. Ich hätte mir schon eine reingezogen, bevor noch die Tür zum Krankenhaus hinter mir zugegangen wäre, schnaubend, krampfartig. Ich lehnte meinen Kopf gegen den vibrierenden Sitz und sah rechts zum offenen Fenster hinaus. Sternenlicht, helles Sternenlicht. Ich schloss die Augen und stellte mir vor, wie die kühle Luft durch das Schlafzimmerfenster über mein Kissen kroch und Frank sich bei meinen Füßen zusammenrollte. Im nächsten Augenblick bogen wir in die Zufahrt ein. Und im nächsten Augenblick war ich im Haus.

8

Ich zog das mit Farbe bespritzte T-Shirt aus, stieg aus meinen Shorts und ließ meinen BH fallen, wo immer er hinfiel. Ich war zu müde, um mich zu duschen, und zu schmutzig, um es nicht zu tun. Der Wasserstrahl hinterließ kleine Druckstellen auf meiner Haut. Ich stieg aus der Dusche, trocknete mich schnell ab, zog mir ein sauberes T-Shirt über und sank ins Bett. Als ich die Decke bis zum Kinn hochzog, landete Frank auf meinen Füßen. Mein Körper fühlte sich wie eine zweiundsiebzig Kilogramm schwere Bleiplatte an. Meine Gedanken verließen ihre gewohnte Bahn, sprangen durcheinander, schlugen unsinnige Purzelbäume.

Ich konnte nicht schlafen. Sobald ich hinüberdämmerte, würde der Nächtliche Besucher auftauchen. Mensch, wie konnte man so müde und zugleich so hellwach sein? Ein Baby. Ein Kind, das herumlief. Sie würde mich bitten, auf das verfluchte Ding aufzupassen. Meine Zähne begannen gegeneinander zu mahlen und die Schultern verkrampften sich. Ich versuchte mich zu entspannen, strich mir über den Bauch. Ich dachte an die breiten Schultern, die schmale, feste Taille, die Nummer 34, die dunklen gewellten Haare, den geneigten Kopf. Meine Brüste regten sich, und als ich mir vorstellte, mit der Hand durch diese warmen dunklen gewellten Haare zu fahren, über diese Schultern, den Oberkörper hinunter, wurden meine Brustwarzen hart.

Langsam bewegte sich meine Hand unter dem T-Shirt auf meinem Bauch hin und her. Eine weiche, vertraute Hand. Wenn mich die Hand eines Fremden, die Hand eines Mannes so zärtlich berühren würde … Ich zog das T-Shirt hoch und schloss die Augen, um ihn besser zu sehen. Eine Brise strich durchs Fenster, sah mich daliegen und war mit einem Mal im Raum, um mich auf den Hals zu küssen. Seine Lippen würden so süß sein, so verspielt. Eine Hand bewegte sich langsam kreisend über eine Brust, der die Gesellschaft gefiel, die die seltene Aufmerksamkeit begrüßte. Die andere Hand fuhr nach unten und strich über die Innenseite der Oberschenkel. Dann tasteten sich die Finger nach oben zu dem kitzelnden Brummen zwischen den Beinen. Die feuchten und geschwollenen Schamlippen schrien regelrecht auf, als ich sie berührte. Zart ließ ich einen Finger über meine dankbare Klitoris streichen. Sie begann leicht zu brennen und schnurrte.

Da läutete das Telefon. Jede Faser in mir zuckte vor Verlegenheit zusammen. Die Brise erstarb. Ein zweites Läuten. Grob zog ich das T-Shirt nach unten und rollte mich aus dem Bett.

»Was?«, sagte ich sauer.

»Was hast du denn?«

»He, Amy.«

»Was treibst du gerade?«, fragte sie.

»Ich hab gerade masturbiert.«

Sie lachte. Klar, so was von lustig!

»Mir ist eine Idee gekommen«, sagte sie. »Und sag nicht nein, bevor ich dir nicht alles erzählt habe!«

Und sie erzählte mir, wie toll es doch wäre, wenn ich sie und Carl nach New Orleans begleiten würde. Sie fuhren jeden Herbst irgendwohin: in den Grand Canyon, nach Las Vegas, nach Hawaii. Heuer hatten sie sich für New Orleans entschieden. Und heuer wurde ich auf einmal eingeladen. Sie hatten die Sache besprochen und waren zu dem Schluss gekommen, dass ich Urlaub brauchte und es mir gut tun würde, eine Zeit lang von hier wegzukommen, dass ein Ortswechsel das Richtige für mich sei, und so weiter.

»Wir helfen dir auch, wenn du Geld brauchst«, schloss sie. »Falls das ein Problem sein sollte.«

»Was habe ich in New Orleans verloren?«, fragte ich benommen.

»Du fährst mit uns. Das ist was anderes, als wenn du dich allein aufmachen würdest«, erinnerte sie mich. »Wär doch lustig, oder?«

Sie wollte mir die Geschichte als eine Art Kur nach dem Vorfall im letzten Winter verkaufen und behauptete, dass Carl und sie sich Sorgen wegen mir machten. »Was soll denn das?«, fragte ich.

»Ich dachte nur, dass es dir gut tun würde, mal eine Zeit lang von hier wegzukommen.«

»Ich möchte zu Hause bleiben.« Als ich das gesagt hatte, wurde mir bewusst, wie sehr das stimmte.

»Erinnerst du dich noch an unsere tollen Reisen?« Ich erinnerte mich daran. Ich und Carl, Amy und ihr früherer Freund Rick, die Wochenenden auf Mackinac Island, die Sommer-Kunstmesse in Ann Arbor, eine Woche im District of Columbia. »Du weißt doch noch, was für einen Spaß wir hatten!«

»Die Zeiten haben sich geändert«, sagte ich. Ein gespanntes Schweigen war die Antwort. »Wir sind älter geworden«, fügte ich hinzu.

»Du ziehst dich vom Leben zurück.«

»Du bist eine gute Freundin, Amy. Gute Nacht.«

Als ich wieder ins Schlafzimmer trat, schmollte die Brise hinter den Vorhängen. Frank sprang aufs Bett und ließ sich auf meine Schienbeine plumpsen. Als ich mich unter der Decke verkroch, fiel mir ein, dass ich vergessen hatte, Amy von dem Baby zu erzählen.

Amy. Sie war jetzt sieben Jahre mit Carl verheiratet, zwei Jahre länger als ich. Wir hatten draußen an der Tupper Road gewohnt. Er führte den Anglerladen und ich fuhr den Schulbus. Ich war eine aufmerksame Frau, kaufte Cola und Feigenröllchen, damit für Carl etwas da war, wenn er von der Arbeit nach Hause kam und sich in seinen Lehnstuhl fallen ließ. Das war im Winter so gegen fünf oder sechs, im Sommer konnte es zehn werden. Wenn er, was nicht selten vorkam, höllisches Kopfweh bekam, brachte ich ihm ein warmes Tuch, das er sich über die Augen legte. Er bastelte mir für meine Teetassensammlung einen Wandschrank aus Holz. Der Wandschrank krachte zu Boden und außer einer Tasse ging mein gesamtes Porzellan in Scherben. Die Tasse, die überlebte, stammte von Großmutter Culpepper, und das feine

Rosenknospenmuster blieb in den ganzen Trümmern auf geheimnisvolle Weise unversehrt.

Im Winter richtete ich die Möbel her und malte die Gästezimmer aus. Im Sommer fror ich Gemüse ein und schnitt riesige Sträuße Pfingstrosen für das Wohnzimmer. Im Herbst schoss Carl immer einen Rehbock, den er hinten auf seinem Pickup nach Hause brachte und mit dem Kopf nach unten an dem großen Ahornbaum hinter dem Haus aufhängte. Und ich fotografierte ihn alle Jahre mit dem toten Ding: Einmal stand er lächelnd daneben, dann schlang er wieder seinen Arm um das Tier und im Jahr darauf legte er sich die Vorderbeine des Bocks über die Schultern. Einmal schoss Carl einen Sechzehnender mit über einem halben Meter Geweihspannweite und kam in die »Michigan Outdoors' Big Buck Night«.

Ein paar Stunden später, wenn Carl den Rehbock aufgeschnitten und ausgeweidet und das Herz für den Hund des Nachbarn beiseite gelegt hatte, fotografierte das Tier niemand. Er ließ es über Nacht zum Ausbluten liegen und das Blut rann langsam innen an den Beinen entlang und tropfte von den Hinterhufen zu Boden. Die Wildwurst war dennoch köstlich. Wir froren sie ein und hatten das ganze Jahr über zu essen und verschenkten zu Weihnachten noch welche. Die letzten sieben Jahre hatte ich von Carl zu diesem religiösen Anlass Wildwurst geschenkt bekommen.

Eines Sommerabends stand ich in der Küche und machte gerade schwedische Fleischbällchen für das Abendessen. Ich hatte ein paar Kartoffel gebraten, die ich am Nachmittag im Garten ausgegraben hatte. In einem Sieb auf dem Ofen dampften kurz zuvor gepflückte und geschnittene grüne Bohnen. Carls Lastwagen bog ums Haus und fuhr nach hinten zur Garage. Ich goss das Wasser von den Bohnen in die Spüle, drehte meinen Kopf vom Dampf weg und sah zum Fenster hinaus. Da kam Carl über den Weg hinten auf das Haus zu. Er war groß und ruhig und hatte den Blick auf seine Stiefel gerichtet.

Er bückte sich, als er durch die Tür trat, und zog sich die Stiefel aus. »Ich kann es noch immer nicht ganz glauben, dass du da bist, wenn ich nach Hause komme.« Er küsste mich hinten auf den Hals und sagte: »Was gibt's zu essen?« Als ich es ihm sagte, meinte er: »Das krieg ich hin, lass mich mal machen.«

Eines steht fest: Carl war ein guter Koch, wenn er wollte. Ich legte die Füße auf den Tisch, während er das Essen fertig kochte und mir erzählte, was an diesem Tag im Anglerladen los gewesen war. Nach dem Essen ließen wir das schmutzige Geschirr stehen, gingen nach oben und schliefen miteinander. Er furzte und ich hielt mir die Decke vors Gesicht. Dann schlief ich ein. Carl und ich hatten eine Menge Spaß.

Dann erzählte er mir eines Abends, dass er sich scheiden lassen wollte, und er sagte mir auch, warum: Es war wegen meiner besten Freundin, wegen Amy Richardson. Amy mit ihren zahllosen Gruppen und Ausschüssen, ihren gepflegten Augenbrauen, die sie so hämisch hochzog, ihrer entschlossenen Treue. Er eröffnete es mir während eines Abendessens bei Marion's am Dienstag vor Weihnachten. Wir saßen an einem der vorderen Tische unter der Bahnhofsuhr und einem Geweih mit einer Weihnachtsmannmütze.

»Du bist wunderbar, Mary«, sagte er und warf mir ein paar Brosamen der Zuneigung hin. »Du weißt, dass ich dich für eine wunderbare Frau halte.« Es waren nur mehr zwei Tage bis Weihnachten, verflucht noch mal. Hätte er nicht noch ein wenig damit warten können?

»Aber du bist wie Makkaroni mit Käse«, fuhr er fort und trank seinen Gin Gimlet aus. Es war schon der zweite. »Herrlich und sättigend, aber man weiß genau, was man zu erwarten hat.« Er schwieg und ließ etwas Luft ab. »Ich glaub, ich finde nicht die richtigen Worte.«

»Ich versteh dich schon«, sagte ich.

»Na, dauernd Makkaroni und Käse geht einem Mann mit der Zeit auf den Geist.«

Ich fragte mich, ob ein Köderwurm Carls Hirn aufgefressen hatte und vielleicht irgendein Betrüger vor mir saß, der mich *herrlich und sättigend* nannte, als ob ich ein Tiefkühlgericht wäre. Und dann Gin Gimlets statt Bier wie sonst. Seit wann ging das schon? Er deutete mein Schweigen als Form der Zustimmung.

»Na ja, Amy aber …« Ihn in diesem Augenblick ihren Namen aussprechen zu hören fiel mir schwer. Ich starrte meine Bierflasche an und stellte sie mir zerschlagen vor und sah den ausgezackten Rand in meinem Auge stecken. Dann brachte Marion uns das Essen, blieb, um ein wenig zu plaudern, und wünschte uns frohe Weihnachten, als ob alles in Ordnung wäre. »… Amy ist eher wie scharfes ungarisches Gulasch.«

Ich nahm nur kleine Bissen, damit ich sie hinunterbrachte, und fragte mich, wen in unserer Bekanntschaft er wohl als einen Cheeseburger mit Speck sah.

»Wann hat es angefangen?«, fragte ich, obwohl ich plötzlich genau wusste, wann es angefangen hatte.

»Vor ungefähr einem Jahr«, sagte er. Und obwohl ich es wusste, taumelte ich innerlich, als ob mir jemand einen schweren Schlag versetzt hätte. Es war die letzte Silvesterparty bei uns zu Hause gewesen. Wir hatten damals viele Freunde. Amy kam schon früh, um mir mit dem Essen zu helfen. Jeff hatte mit Carl das Bierfass geholt und sie waren auf der kleinen Veranda hinter dem Haus und werkten am Zapfhahn. Amy zog ein Tablett Kekse mit Schokosplittern aus dem Rohr und stellte sie zum Abkühlen auf die Arbeitsfläche. Ich wusch das Geschirr und versuchte, das Durcheinander in Grenzen zu halten.

»Mary, kannst du einen Augenblick kommen?«, schrie Carl. Meine Hände waren nass und voller Spülmittel. Ich griff schon nach dem Geschirrtuch, als Amy sagte: »Ich geh schon.«

Er brauchte jemanden, um das Fass gerade zu halten, während er und Jeff Berge von Eis in die Badewanne schütteten. Ich konnte die drei lachen und herumfuhrwerken hören. Ich machte mit dem Abwasch weiter und drehte mich um, als Carl hereinkam und nach einem Keks langte. Amy tauchte hinter ihm auf und gab ihm einen Klaps auf die Hand.

»Nein!«, sagte sie scharf.

»Na komm, Süße«, sagte er, »schlag mich noch einmal!«

»Schwein!«, sagte sie und gab ihm ein Keks. Ich trocknete meine Hände am Geschirrtuch ab, lächelte über ihr Geblödel und brachte ein halbes Dutzend saubere Aschenbecher in das Wohnzimmer. Ich erinnere mich, dass ich überrascht war, als mich Carl ein paar Monate später fragte, ob etwas nicht in Ordnung sei. Er fand mich ein wenig reserviert.

»Ich kann's dir auch nicht erklären«, sagte er. »Du bist da, aber auch wieder nicht.«

»Wo in aller Welt sollte ich denn sein?«, fragte ich ihn.

»Ich weiß nicht«, antwortete er. »Aber ich würde mir wünschen, dass du wieder zurückkommst.«

Und wie wir da bei Marion's saßen, war mir auf einmal alles klar. Amy war oft da gewesen, mit ihrem direkten Augenkontakt, ihrer Fröhlichkeit, ihrem unbarmherzigen Charme. Sie schimpfte Carl dauernd aus und hatte gute Ratschläge für die Behandlung seiner Kopfschmerzen parat. Zu mir war sie wie immer. Eines Nachts massierte sie ihm die Schultern, während er auf der Couch lag und ich eineinhalb Meter weiter weg auf einem Stuhl saß, und plauderte drauflos wie üblich. Wenn wir am Samstagabend Euchre spielten, war Amy schon immer mit von der Partie gewesen; nun wurden die Abende länger und länger. Ich machte um ein oder zwei Uhr Schluss und ging zu Bett, konnte aber nicht einschlafen und hörte das Lachen, das noch um vier, fünf, sechs Uhr morgens von der Küche heraufdrang. Die beiden waren unermüdlich. Die wortlosen Blicke, das unerklärte Wegbleiben – wie hatte ich das nur nicht mitbekommen? Wie hatte ich nur so blind sein können?

Ich saß Carl an diesem Dienstag vor Weihnachten gegenüber und sah ihm in die Augen, während ich ihm zuhörte. Ja, ich verstand es. Ich wusste seine Ehrlichkeit zu schätzen. Nein, natürlich empfand ich ihm gegenüber keinen Hass, konnte ich ihr gegenüber keinen Hass empfinden. Als er und ich damals die Kneipe verließen und Marion und die Stammgäste sich von uns verabschiedeten, hielten sie uns noch für ein Paar. Als wir nach Hause kamen, machte ich ihm auf der Couch das Bett zurecht.

»Sag ihr, dass sie mich anrufen kann!«, sagte ich. »Sag ihr, es ist alles okay.«

»Mary …«

»Hm?« Ich zog die Augenbrauen hoch, die Freundlichkeit in Person. *Ja? Ja, Carl?*

»Ich wollte das nicht.« Wir saßen auf unserer Couch in unserem Wohnzimmer. Er wartete, dass ich etwas sagte.

»Dann wird es wohl am besten sein, gar nicht darüber nachzudenken«, sagte ich und lief die Treppe hoch.

Ich war am nächsten Tag etwas schockiert, als Amy bei uns auftauchte. Carl arbeitete im Laden und Amy und ich waren allein. Sie setzte sich an den Küchentisch, an dem sie und er im vergangenen Jahr so viel Zeit zusammen verbracht, dem anderen die Asse weggestochen und mich aus ihrem Leben eliminiert hatten. Ich war verwundet und aus der Fassung gebracht – wie die Schleiereule mit dem Flügelschuss, die ich einmal gesehen hatte. Ich wollte nicht, dass Amy mich sinnlos leidend herumflattern sah. Ich saß und rührte mich nicht, die Wunde hinter den Federn versteckt. Solange ich mich nicht bewegte, würde sie nicht merken, dass ich einen Schlag abbekommen hatte.

»Du liebe Güte, du kannst dir gar nicht vorstellen, wie viel besser ich mich jetzt fühle, weil du alles weißt«, sagte Amy. Sie umklammerte mit spitzen Fingern eine meiner Kaffeetassen, auf der »Freunde bleiben Freunde« stand. Die Tasse war ein Geschenk von ihr. Sie hatte mit keiner Wimper gezuckt, als ich sie vor ihr auf den Tisch gestellt hatte. Jetzt konnte ich den Blick nicht davon abwenden; zwischen ihren korallenfarbenen Nägeln lugte »eunde bleiben reunde« hervor.

»Ja, ich bin froh, dass es jetzt ausgesprochen ist.«

Sie lachte. »Kannst du dir vorstellen, wie schrecklich es war, dass ich dich nicht hatte, um darüber zu reden?«

»War sicher schlimm.« Aufgefallen war es mir nicht. Sie war mir vorgekommen wie immer.

»Ich meine, ich bin nicht dran gewöhnt, dir etwas zu verheimlichen.« Jetzt war sie ärgerlich offen. Einen Augenblick lang legte sie mir die Hand auf den Arm. »Und ich möchte, dass du weißt«, fuhr sie fort, »dass ich immer für dich da sein und dir zuhören werde, wenn du mit mir reden willst.«

»Danke«, sagte ich und schlürfte meinen Kaffee aus der alten

Tasse von Großmutter Culpepper, die Carls abstürzenden Wandschrank überlebt hatte.

»Du musst verletzt und wütend sein«, sagte sie und sah mir direkt in die Augen. »Du kannst mir alles sagen. Daran hat sich nichts geändert, klar?«

»Natürlich nicht.«

Amy lehnte sich zurück und lächelte. »Ich hatte Angst, dass du mir nie verzeihen würdest«, sagte sie und fuhr sich mit der Hand durch das Haar, als ob sie ihre Angst abschütteln wollte.

»Wirklich?«

»Es war beschissen von mir.« Sie lachte wieder, aus purer Erleichterung darüber, dass es zwischen uns wieder ehrlich zuging. »Um die Wahrheit zu sagen: Ich dachte, dass du mich für alle Zeiten hassen würdest.«

Aber das hat dich nicht zurückgehalten. Ich sprach das nicht aus. Ich verdrängte den Gedanken. Als sie eine Stunde später aufstand, um zu gehen, lag meine Zunge dumpf und nutzlos an meinen Zähnen. Die Logik sagte mir, dass ich wütend sein sollte. Aber sie umarmte mich, als ich sie zum Wagen brachte, und sagte: »Weißt du, ich hab das Gefühl, das Beste an der ganzen Geschichte ist, dass sie uns zwei einander noch näher gebracht hat.«

Wenn ich die beiden im Anglerladen oder zusammen im Auto sah, wie sie bei der Bank bei Grün über die Kreuzung fuhren, hatte das nichts Wirkliches. Es war, als ob jemand schon außer Reichweite der Kamera wäre und gleich »Schnitt!« gerufen würde. Ich zog aus dem Haus in der Tupper Road aus und mietete das Häuschen in der Nähe des Sees. Carl blieb drei Monate allein. Ich fragte mich, ob er sich jetzt wohl selbst um seine Feigenröllchen und sein Cola kümmerte oder darauf verzichtete. Wir mieden einander. Ich entdeckte, dass hinter meinem neuen Haus Fliederbüsche und Wildrosen wuchsen. Es gab genug Platz, um im Frühling einen Gemüsegarten anzulegen. Alles, was fehlte, was Carl. Nach drei Monaten bat mich Amy, bei ihrer Hochzeit Brautjungfer zu spielen.

»Du kannst dir ja denken, dass sich die Leute darüber das Maul zerreißen«, sagte sie.

»Anzunehmen.«

»Es geht doch nicht, dass die ganze Stadt mich hasst«, sagte sie. »Es gibt keine bessere Lösung …« Sie stockte einen Augenblick lang und fand nicht die richtigen Worte. »Du weißt schon«, fuhr sie fort, »als den Leuten zu zeigen, dass alles okay ist.«

»Wäre das nicht ein wenig geschmacklos?«

»Nur, wenn du auch die Rolle der Trauzeugin übernehmen würdest«, antwortete sie. »Aber das würde ich dir nie antun.«

Die Kleider waren aus dem blassgrünsten Taft, den man sich vorstellen kann. Wir hatten Zweige mit seidenen Apfelblüten in den Armen. Taft steht mir nicht, aber Sharon kämpfte verbissen und setzte ihr ganzes Geschick ein, um mir an dem Tag etwas Würde zu verleihen. Sie sah sich das Kleid an, das Amy ausgesucht hatte, und begann, nachdem sie zum hundertsten Mal »Diese Bestie!« gebrummt hatte, es zu ändern: weniger Volants an den Schultern, oben enger und insgesamt eine weichere Linie. Am Morgen der Hochzeit stürzte sich Stacy auf mein Haar und mein Make-up.

»Können wir das nicht auslassen?« Es gefiel mir nicht, wie ihre Finger mir übers Gesicht strichen und jemand anderen aus mir machten.

»Du musst dich von den anderen abheben«, antwortete sie in einem Ton, der keinen Widerspruch duldete. »Und der gute Wille allein genügt nicht.«

Sharon bestand auf Zehnzentimeterabsätzen.

»Damit kann ich nicht gehen. Da krieg ich Krämpfe.«

»Tut mir Leid«, meinte sie. »Vielleicht hast *du* ja keinen Stolz, *ich* aber schon. Beug dich vor!«

Wir übten eine spezielle Kopfhaltung, mit der ich freundlich auf Leute hinuntersehen konnte. Die Betonung lag auf hinunter. Ich machte das alles mit, weil ich etwas brauchte, was mich den ganzen Tag und Abend über im Zaum hielt. Ich war so sehr damit beschäftigt, mich den Anleitungen Sharons und Stacys entsprechend zu benehmen, dass ich die Ereignisse nur ganz verschwommen wahrnahm. Auf den Hochzeitsfotos sah ich wie die letzte Zarin inmitten der Ziegfeld Girls aus. Amy strahlte damals an dem blitzblauen, klaren frühen Junitag. Es war eine riesige Hochzeit im Freien mit über fünfhundert Gästen. Nicht einmal ich konnte glauben, wie viele Leute Amy kannte. Das Eheversprechen hatte sie formuliert. Und die Hochzeitsgesellschaft und die Gäste bildeten zum Empfang kein Spalier, sondern führten einen Sufitanz auf, über den Amy in einem ihrer Reisebücher gelesen hatte. Dabei sollten die Leute einander an den Händen berühren und sich in die Augen sehen, aber wir starrten alle nur die Stirn des anderen an.

Nach der Trauungszeremonie nahm mich Carl so fest am Ellbogen, dass ich einen Augenblick lang dachte, er würde in die Wiese fallen, wenn er losließ. Doch er ließ los und fiel nicht um. Er stand da und lächelte verschämt seine Gäste an, wie er es den ganzen Tag über getan hatte. Ich trank im Lauf des Festes mehr, als mir gut tat. Jeff Richardson hatte mich beim Gottesdienst nach vorne geführt. Er war damals erst achtzehn. In seinem grauen Smoking sah er noch jünger aus. Das Brautpaar ging gegen eins, und Jeff und ich holten uns abwechselnd Tequila von der Bar im Freien. Er war noch ein Kind, Amys kleiner Bruder. Früher hatten wir ihn immer geärgert, wenn wir ihn überhaupt wahrgenommen hatten. Jetzt legte er die Hand auf meinen bloßen Arm.

»Was hast du denn vor? Willst du mich umbringen?« Er atmete schwer, als er sein viertes Glas leerte.

»Ich versuche, einen Mann aus dir zu machen, Jeff.«

Sein Körper lehnte sich in Richtung des meinen. »Das wäre schön«, grinste er, halb im Scherz, und gab mir die Möglichkeit, darüber zu lachen und ihn wegzuschieben. Er hatte seine Smokingjacke ausgezogen; das weiße gestärkte Hemd hing ihm aus der Hose und war vor lauter Schweiß ganz schlaff. Vom Hals abwärts sah er wie ein Mann aus.

Ich sagte: »Dann komm!«

Ich ließ ihn nicht die ganze Nacht bleiben. Stand nicht auf, um ihn rauszubringen. Als ich seine Reifen auf dem Kies in der Einfahrt hörte, kletterte ich aus dem Bett, das plötzlich der letzte Platz war, wo ich sein wollte. Warf mir meinen Bademantel über und schlurfte hinten hinaus; legte mich unter die Birnbäume und sah zu Sternen hoch, die aus lauter Verlegenheit zu verblassen schienen.

»Zum Teufel mit dir!«, sagte ich laut zum Himmel. »Zum Teufel damit!«

Ich wachte auf, weil mir heiß geworden war. Die Nachmittagssonne brachte mich um. Ich drehte mich auf die andere Seite und vergrub meine brennenden Augen hinter einem Arm. Dann meinen Schädel oder, besser gesagt, dessen Trümmer. Ich begann mich langsam Richtung Veranda zu rollen. Ich hörte, wie Frank beim Holzstoß irgendetwas terrorisierte, was kleiner war als er.

Ich schleppte mich die paar Schritte über die Veranda und durch die offene Tür in die Küche. Auf der Uhr am Herd war es eins. Ich schaffte es bis zur Spüle, trank ein paar große Schluck Wasser und holte Luft. Als das Telefon läutete, zersprang mein Kopf. Ich hielt mich am Rand der Spüle fest und kotzte das Wasser wieder heraus, samt Hochzeitstorte und vereinzelten Erdbeerstückchen. Woher kamen die denn? Ich spülte mir den Mund, wusch das Becken aus. Winzige Schlückchen.

Langsam, langsam trug ich einen Küchenstuhl ins Badezimmer und stellte ihn in die Wanne. Setzte mich auf den Stuhl und drehte die Dusche auf. Ich konzentrierte mich, gab Acht, dass mir die Seife nicht wegflutschte. Alles kam dran, eins nach dem anderen. Ich saß lange in der Wanne. Das Wasser tätschelte mir den Kopf, und ich rieb mir den Rücken und sagte mir, dass alles gut werden würde. Ich trocknete mich noch auf dem Stuhl in der Wanne ab.

Um drei hatte ich mich auf der Couch zusammengerollt, ein paar Kissen aufgetürmt und mich in meinen Quilt eingewickelt. Auf dem Couchtisch stand ein Tablett mit trockenem Toast und Tee und der Fernsehapparat lief leise: Sie zeigten zwei Filme mit Bette Davis. Ich schlummerte immer wieder ein. Das Telefon läutete noch mehrmals. Ich hob nicht ab. Ich hatte die gewohnte Umlaufbahn der Dinge verlassen und befand mich in einer Parallelwelt, dem Reich des Katzenjammers. Ich konzentrierte mich darauf, den Toast und den Tee zu behalten.

Gegen Ende von »Now, Voyager« schlüpfte Loretta aus ihrem Käfig unter meinen Rippen hervor und stahl sich davon. Ich nahm aus dem Augenwinkel eine Bewegung wahr und wandte mich gerade noch rechtzeitig um, um sie rot und erschöpft um die Ecke schlüpfen zu sehen. Nach einigen Minuten hörte ich gedämpftes Schluchzen. Ich kroch unter dem Quilt hervor und machte mich auf die Suche nach ihr. Im Schlafzimmer sah ich Frank, der vor dem Schrank Wache saß und ein ernstes Gesicht machte. Aus dem Schrank kam ein Schniefen und Jammern.

»Komm raus!« Nicht unfreundlich, aber bestimmt.

»Mach die Tür zu!«, schmollte sie aus der hintersten, finstersten Ecke.

»Was ist denn los?« Ich hörte bloß ein Murmeln im Dunkeln. »Was?«

»Du wirst ihnen verzeihen«, antwortete sie.

Ich seufzte tief und setzte mich, mit dem Rücken gegen den Türpfosten gelehnt, auf den nackten Boden. »Da gibt es nichts zu verzeihen.«

»Blödsinn!«, zischte sie, und ich hörte, wie sie irgendwo in den Tiefen des Schranks gegen einen Schuh stieß. »Du hast mich begraben, mich zugeschaufelt, damit du deine lausigen Freunde behalten kannst.«

»Es sind auch deine Freunde.«

»Jetzt nicht mehr.«

Ich fischte eine Packung Zigaretten aus der Tasche meines Bademantels. Ich nahm den Aschenbecher von der Kommode und setzte mich wieder auf den Boden. Ich konnte sie hinter der Schranktür leidend und empört pochen hören.

»Komm heraus! Ich will dich sehen«, sagte ich.

»Warum?«

»Bitte!«

Frank sprang aufs Bett und legte sich hin, das Kinn auf einer Pfote. Ich hörte leise dumpfe Geräusche, dann kam sie langsam heraus. Mit Lurch und Katzenhaaren bedeckt, stand sie da und sah mich an.

»Sag, dass es nicht meine Schuld ist!«

»Es ist nicht deine Schuld.«

»Sag, dass ich ihnen nicht verzeihen muss!«, verlangte sie.

»Mach, was du willst.«

Sie kletterte auf meinen Schoß und ruhte sich dort schwach pochend aus. Ich rauchte die Zigarette zu Ende und brachte sie dann ins Badezimmer, wo ich sie im Waschbecken abspülte. Ich trug sie ins Wohnzimmer, wo wir uns gemeinsam auf die Couch kuschelten und uns das Ende des Films ansahen. Während einer Werbepause schlüpfte sie wieder unter meine Rippen und richtete dich dort ein.

»Hören wir zu rauchen auf!«, sagte sie ruhig. Ich erstarrte. Ein Zeichen des Vertrauens nach den Prügeln, die ich mir verabreicht hatte. Carl und ich hatten einander immer versprochen, eines Tages gemeinsam aufzuhören.

Ich ging Jeff Richardson aus dem Weg, bis er begriffen hatte, dass ich nicht interessiert war. Die ersten beiden Jahre meines Singledaseins blieb ich für mich. Eines Freitagabends stand Carl vor der Tür. Es war schon spät. Er hatte getrunken, war aber schon wieder ziemlich nüchtern. Er setzte sich an meinen Küchentisch und erzählte mir von dem Zwölfender, den er an diesem Morgen verfehlt hatte, und dass Amy im Trainingsanzug schlief, weil sie wegen ihres schlechten Kreislaufs nachts so fror. Nach drei, vier langen Pausen, fragte ich ihn, ob er glücklich war.

»Es ist wie der Traum von jemand anderem«, sagte er. »Ich hab noch immer das Gefühl, dass ich neben dir aufwachen werde.«

Wie bei einem Film, wenn man darauf wartet, dass jemand »Schnitt!« ruft.

»Wie ist mir das passiert?«, sagte er. Er wirkte wie ein kleiner Junge, der seine Mutter nicht finden konnte.

Am darauf folgenden Tag würde er vergessen haben, was er gesagt hatte, und ich auch. Aber in jener Nacht spürte ich in dem neuen Bett unter der fremden Decke das alte Gewicht seiner Schenkel, den Kreis seiner Arme, die mich bei jedem Stoß festhielten, und seinen feuchten Nacken. Danach stand ich auf und machte Kaffee, den wir im Bett sitzend tranken. Zwei Stunden später war er endgültig fort.

◆

In der Nacht von Sonntag auf Montag nach Stacys Geburt wurde ich vom Geruch verkohlten Holzes wach, der beim Fenster hereinwehte. Es war wohl ein Lagerfeuer im Wald. Ich drehte mich nicht um, um auf die Uhr zu sehen, ich wusste, dass es gegen halb vier war, weil ich das Gewicht auf meiner Brust spürte. Er roch das verkohlte Holz auch. Er hatte den Kopf zur Seite geneigt und schnupperte zum Fenster hin. Das graue Gestein war heute Nacht kälter als sonst, als ob er noch tausend Jahre älter geworden wäre und die Kälte all dieser Winter in sich aufgesogen hätte. Zerstreut kratzte er sich an der linken Schulter, als ob ich gar nicht da wäre.

Als er das erste Mal an meinem Fenster aufgetaucht war, hatte ich mit all meinen Kräften gegen ihn gekämpft. Und was hatte ich davon gehabt? Einen zweiwöchigen Aufenthalt im Munson Medical Center und dass meine Familie mich wie jemanden aus »Die Schlangengrube« behandelte. Die erste Nacht nach meiner Entlassung war er wieder da. Er schob sich über das Fensterbrett, da konnten auch das neue Geschirr und die reparierten Möbel nichts dagegen ausrichten. Diesmal wehrte ich mich nicht, tat keinen Mucks. Seine teilnahmslose Masse war mir lieber als die prüfenden Blicke meiner Mutter, lieber als das klebrig-süße Gefühl im Kopf von den Medikamenten im Krankenhaus. Was war das bisschen Schrecken schon gegen die Riemen, die einen an den Handgelenken und den Knien niederhielten?

Ich hatte die Überdecke zu fest ins Bett gesteckt, wodurch sich meine Zehen umbogen, als sich das glatte Leinen durch sein Gewicht spannte. Den Nächtlichen Besucher umgab eine Unbeseeltheit, die dem Tod nahe kam. Dann die Bilder des Raums, die Tür und das Dahinter: die mich an blaue Blütenblätter erinnernden dunklen Ringe um ihre Augen, die verkrustete Rotze um den zerquetschten Nasenflügel, der Ellbogen, der an dem dünnen sechsjährigen Arm geschwollen aussah, der dunkle Fleck in ihrem Haar.

Draußen im Wald schliefen bei dem noch schwelenden Lagerfeuer vermutlich Leute. Da lagen Gestalten in Schlafsäcken, Insektenspraydosen, leere Turnschuhe in der Nähe. Im tintenblauen Dunkel der Stunde zwischen drei und vier konnte sich eine Grille oder Spinne über die Schuhbänder unter die herausragende Zunge in die wohlige Wärme des Schuhs stehlen. Was alles schlief! Alles außer mir und der Kreatur, die einem Grabstein gleich auf mir ruhte. Würde ich das werden, mich von innen heraus in Granit verwandeln? Als die Bilder verblassten, verlagerte die Gestalt ihr unglaubliches Gewicht, erhob sich und verschwand. In den feuchten Laken zitternd schlief ich schließlich ein.

9

Als ich am Tag nach der Geburt des Scheißbalgs, Montag, nach Traverse City fuhr, regnete es ohne Unterlass. Ein einziger großer grauer Schleier hatte sich über das Land gesenkt. Stacy war geschwächt. Die zwölf Nähte hatten ihr den Mumm genommen.

»Wie lange wollen sie dich dabehalten?«, fragte ich sie.

»Vier Tage.« Sie lag auf mehreren Kissen und hatte das Krankenhausbett so weit hochgestellt, dass sie fast saß. Auf ihrem Oberkörper balancierte sie einen Plastikbecher hin und her, den sie mit zwei Fingern festhielt. Hin und wieder nahm sie mit einem Gelenktrinkhalm einen winzigen Schluck. »Sie wollen, dass ich heute Nachmittag aufstehe und rumlaufe.«

»Du musst wieder zu Kräften kommen, so schnell du kannst.« Ich plapperte nach, was Mom mir wenige Minuten zuvor im Warteraum gesagt hatte. Stacy antwortete nicht und sog, ohne zu schlucken, an ihrem Trinkhalm. Ich überlegte mir, ob ich die Rollos hochziehen sollte. Draußen war nichts als Regen.

»Wo ist Ruther?«, fragte ich.

»Er ist nach Hause gefahren, um mir ein paar Sachen zu holen«, sagte sie. »Meine Zahnbürste. Meine Hausschuhe.«

»Warum hast du nicht angerufen? Ich hätte dir doch die Sachen bringen können.«

»Nein.« Ein Schluck. »Er musste hier raus. Er hat da drüben auf einem Feldbett geschlafen.« Sie sah zu dem Feldbett hinüber. »Er muss sich duschen und umziehen. Er musste hier raus.« Ein Schluck. »Verstehst du.«

Ich nickte. Sie hatten ihr etwas Schmerzstillendes gegeben. Das erklärte ihre Perlmutthaut, ihre durchsichtige Stimme.

»Du siehst müde aus«, sagte sie zu mir.
»Du auch.«
»Hast du ihn gesehen?«, fragte sie und sah dabei den Hügel an, den ihre Knie unter der Decke machten.
»Nein, deswegen hab ich dich ja nach ihm gefragt.«
»Nein, ich mein das Baby«, sagte sie leise.
»Ja.«
»Wann?« Sie sah noch immer ihre Knie an.
»Letzte Nacht und gerade eben.«
»Wie hat er ausgesehen?«, fragte sie. Ich schwieg. Sie sagte: »Dass sie uns getrennt haben, ist wohl zu unserem Besten, nehme ich an.« Sie starrte vor sich hin und lachte. Es klang wie eine gerissene Saite. »Wie hat er ausgesehen?«, fragte sie noch einmal.
»Er ist klein. Rot. Schuppig, aber das geht vorbei.« Ich beobachtete, wie das Wasser in ihrem durchsichtigen Trinkhalm ein Stück stieg und wieder sank, stieg und wieder sank, immer wieder. Sie verfolgte es auch. »Hör mir zu, Stace! Alle Neugeborenen sehen mitgenommen aus, vor allem wenn die Geburt Schwerarbeit war.«
»Schwerarbeit«, sagte Stacy und lachte wieder. »Wie eine Gefängnisstrafe. Zwanzig Jahre Schwerarbeit.«
»Ich wette, dass es gestern für dich wie zwanzig Jahre war.«
»Länger.« Sie wandte ihren Blick von der Decke ab und schenkte mir ein kleines, verlegenes Lächeln. »Danke«, sagte sie, und da liefen ihr Tränen übers Gesicht.
»Wofür?«
»Dafür, dass du mir die Wahrheit gesagt hast. Mom und Ruther haben mir dauernd erzählt, wie schön er ist«, sagte sie. »Und deswegen dachte ich, dass er tot ist, weißt du.«
»Er ist nicht tot.«
»Oder verunstaltet.«
»Er ist hässlich.«
»Ist das alles?«
»Na ja, wirklich hässlich«, fuhr ich fort. »Nicht größer als ein Kuhfladen.«
Jetzt kicherte sie. »Sie sind mir immer ausgewichen, wenn ich

wissen wollte, wie's ihm geht, und da hab ich gedacht, dass sie nur warten wollen, bis es mir besser geht, um's mir zu sagen«, meinte sie. »Dass er gestorben ist, du weißt schon.«

»Nein«, sagte ich. »Gleich da drüben liegt er.«

»Warum darf ich ihn dann nicht sehen?« Der vergessene Becher auf ihrem Brustkorb neigte sich. Sie versuchte, sich besser aufzusetzen.

»Weiß ich nicht.«

»Geh und frag sie! Hol eine Krankenschwester und ersuch sie um einen Rollstuhl!«

Ich besprach die Sache mit der Schwester. Sie sah sich die Kurven an und konsultierte die Ärzte. Schließlich luden Sharon und die Schwester Stacy in einen Rollstuhl und ich schob sie hinaus ins Foyer. Mom begleitete uns mit dem Tropf und fragte: »Sollten wir nicht auf Ruther warten?«

»Nein«, antwortete ich.

Ich beobachtete Stacy, als sie den kleinen Klumpen Haut und Knochen sah, der im Respirator lag und schlief. Sie schien nicht zu erschrecken. Wie konnte man sich nur so über die einem ins Gesicht schlagende Wirklichkeit hinwegsetzen? Sie reagierte, als ob bloß Sonnenschein und Gänseblümchen auf das Kind warten würden. Ich ging, sobald ich konnte, und ignorierte ihre verletzte Miene, als sie sah, dass ich mich davonmachte.

◆

Als ich am Montagnachmittag von dem Besuch bei Stacy nach Hause kam, hing draußen noch immer der silbrige Regenpelz. Ich bügelte die Küchenvorhänge, die ich am Tag zuvor gewaschen hatte, und hörte Gillian Welch. Die gestärkten ärmellosen Blusen und die Baumwollhöschen hatte ich schon sorgfältig zusammengelegt. Keine Falte weit und breit. Sobald ich mit dem Bügeln fertig war, wollte ich Marion besuchen, um das Cribbage-Spiel fortzusetzen, das wir vor sechs Monaten begonnen hatten, als ich im letzten Winter im Krankenhaus war. Doch im Augenblick wehte der Geruch nassen Grases durch die offenen Fenster herein und

Gillians Stimme war hart wie eine gefrorene Wasserleitung. Loretta lehnte sich gegen die Rippen ihres Käfigs und starrte in den Regen hinaus.

Das Telefon läutete. Ich fühlte mich so wohl da allein im Regen, dass ich mich nicht darum kümmerte. Als ich zuvor den Hörer abgehoben hatte, war es Mad Dog Mahoney gewesen, die mich an den Prozesstermin erinnerte. Noch vier Tage.

»Ich werde Sie vielleicht am ersten Tag nicht in den Zeugenstand rufen«, sagte sie. »Aber Sie müssen sich zur Verfügung halten.« Als ob ich den Prozess vergessen und nicht erscheinen würde. Der Gedanke daran, in den Zeugenstand zu treten, verursachte mir Lampenfieber und drehte mir den Magen um. Mahoney hatte mir wieder erklärt, wie hilfreich es für ihre Absicht, »diese Frau wegzusperren«, sei, wenn mir nur eine einzige frühere Verletzung einfallen würde.

»Irgendwas«, sagte sie. »Haben Sie das verflixte Kind nie mit einem Pflaster gesehen?«

Ich sagte ihr zum hundertsten Mal, dass sie da bei mir an der falschen Adresse war. Himmel noch mal, ich hatte als Kind die halbe Zeit irgendwo ein Pflaster gehabt! Und ich hatte die normalste Kindheit, die man sich vorstellen kann. Wie Ozzie und Harriet, kein Scheiß. Das Telefon läutete noch immer. Vielleicht war im Krankenhaus etwas nicht in Ordnung.

»Was?«

»Mary?«

Auf einmal hatte ich einen Frosch im Hals. Ja, ja, ja. »Ja«, sagte ich.

»Hier spricht John Coleros.«

»Ich weiß.« Ich sagte es, als ob ich ihm dazu gratulieren würde. Dann gab es eine kurze, bodenlose Pause in meinem Ohr. Im Hintergrund hörte ich Männerstimmen, zuschlagende Lastwagentüren. Eine Glocke bimmelte, wie eine Luftpumpe bei einer Tankstelle. Dann fiel ihm ein, was er sagen wollte.

»Ich ruf an, weil ich fragen wollte, wie es Ihrer Schwester mit dem Baby geht.« Es klang auswendig gelernt. Mein Blut kam in Wallung.

»Es geht ihr gut. Das Baby wird eine Zeit lang dableiben müssen. Im Krankenhaus.« Blabli, blabla. Ich starrte meinen Herd an, ohne ihn wahrzunehmen. »Danke, dass Sie mich den weiten Weg zum Krankenhaus gebracht haben.« Warum hast du das getan? Und warum hab ich es zugelassen? Warum rufst du mich an?

»Hab ich gern getan.« Er unterbrach sich, als ob er damit zu viel gesagt hätte. Ich hörte ein Garagentor zurumpeln.

»Was macht da so einen Krach?«, fragte ich.

»Ich bin in der Arbeit. Tut mir Leid.«

»Und wo ist das?« Ihn nicht auflegen lassen.

»Ich arbeite bei Sizemor Septic«, sagte er. »Sie haben den Baggerlader herinnen und arbeiten dran. Das macht eine Menge Lärm.«

Ich stellte ihn mir in einem durchschwitzten Hemd vor, die Ärmel hochgekrempelt, sodass man seine verdammt hübschen Unterarme sehen konnte. Ich sah ihn, wie er da stand inmitten des ganzen Lärms und des Durcheinanders. Ich sah in den Regen hinaus, der mich wie ein weicher Vorhang umgab, wie mein ganz persönlicher Baldachin des Friedens. Einem Vogel in einem Zauberkäfig gleich konnte ich alles sagen. Ich konnte die Wahrheit sagen. Ich konnte sagen: »Ich bin froh, dass Sie angerufen haben.«

Es trat wieder eine Pause ein, in der er sich von dem Schock erholte, den ihm die Wahrheit versetzt hatte. Dann schlug er zurück: »Ich auch.«

Die Hand, die den Hörer an mein Ohr hielt, war plötzlich so stark, dass sie Eisen hätte verbiegen können. Ich hätte ihn direkt durch die Leitung zu mir auf den Schoß ziehen können. Plötzlich sagte Loretta: »Wollen Sie mal was essen gehen?«

Und er: »Ja.«

Du liebe Scheiße. Als ich mich setzte, schrammte ich mit der Hüfte gegen die Kante des Küchentischs, bevor ich mit einem leisen Stöhnen auf den Stuhl glitt.

»Ich muss jetzt Schluss machen«, sagte ich.

»Ich ruf dann später noch mal an.«

»Ist gut.«

Ich legte auf. Ich musste Acht geben, den Apparat dabei nicht von der Wand zu reißen. Ich schwebte ins Wohnzimmer, den Kopf nur wenige Zentimeter unter der Decke, und steckte das Bügeleisen aus. In der Küche hatte es sich Frank auf dem Linoleum neben dem Tisch auf dem Rücken bequem gemacht. Er hatte alle viere von sich gestreckt. Ich landete neben ihm, legte mich flach auf den Rücken und faltete die Hände lose über dem Bauch. Das war es also, was Frank den ganzen Tag sah. Über dem Herd war ein kleiner brauner Fleck an der Decke. Ich hatte letzten Winter Lust auf eine Schweinerei gehabt und geröstete Leber gekocht. Als ich ein Stück in der Pfanne mit der Gabel anstach, war es explodiert. Es gab einen lauten Knall, und schon spritzte mir das Fett über Hals und Arme. Den Brocken Leber zerriss es in tausend Stücke, die sich wie eine Schrapnellladung in die Decke gruben. Aber die geröstete Leber war ein Traum. Ein paar Pfund frische Leber, ein halber Sack weiße Zwiebeln, dünn geschnitten, 225 Gramm Butter und viel Geduld. Das Paradies auf Erden.

Ich setzte mich auf. Auf der Arbeitsfläche in der Küche lag eine Ansichtskarte, die ich zuvor geschrieben hatte und aufgeben wollte. Es war eine Aufnahme des Kassaugasees bei Sonnenuntergang. Hinten stand: »Liebe Julianna, wie geht es dir? Hier in Riverton regnet es, und ich denke an dich. Ich wünsche dir und Eleanor Prudhomme eine schöne Reise. Alles Liebe, Mary.« Ich konnte Julianna nicht mit dem Mann in Verbindung bringen, der mich soeben angerufen hatte. Die beiden lebten in verschiedenen Welten. Ich nahm die Schlüssel und meinen Augenschirm von der Arbeitsfläche und verließ das Haus. Steckte die Ansichtskarte in den Postkasten und schnippte das rote Fähnchen hoch. Vielleicht rief er nicht wieder an. Vielleicht würde er wieder zu der guten alten anonymen Nummer 34 werden und ich könnte wieder zu mir zurückkehren.

Marions Hausboot lag im Osthafen und war von Motor- und Pontonbooten flankiert. Es hatte die Form eines Kekskartons und sah aus wie aus roten Legosteinen gebaut. Marions verstorbener Mann war ein Sturschädel mit kurz geschorenem Haar gewesen. Er war Marion immer ins Wort gefallen und hatte das, was sie sagen wollte, für sie zu Ende geführt. Sie hatte stets Kleider und Röcke getragen und ihr Haar zu einem großen Knoten nach hinten frisiert. Bis zu dem Tag, an dem ihr Mann bei einem Unfall in der Futtermittelfabrik ums Leben kam, hatte sie nie jemand ein schlimmes Wort sagen hören. Nach seinem Tod schnitt sich Marion das Haar ab, begann Hosen zu tragen und kaufte mit dem Geld der Versicherung das Lokal. Ein Jahr später übersiedelte sie in das Hausboot. Sie hatte ein Mondgesicht und trug jetzt einen kurzen Pagenkopf. Ihr Haar war grau. Ich fand, dass sie wie der Junge auf den Dutch-Boy-Farbdosen aussah. Amy erinnerte sie an den Mann beim Monopoly.

Marion war hinten im Freien. Sie wechselte gerade eine Propangasflasche und sah mich nicht kommen. Als ich aufs Deck trat, begann das Ding unter meinem Gewicht zu schwanken und sie sah auf. »Ich mach mir gerade was zu essen«, sagte sie unter ihrem Regenmantel. »Willst du mir Gesellschaft leisten?«

»Was machst du dir denn?«, fragte ich und lehnte mich gegen die Wand, um nicht das Gleichgewicht zu verlieren. Das Deck war nass und glitschig.

»Gulasch«, sagte sie und hievte die volle Gasflasche an ihren Platz. »Ich wollte mir gerade so ein Scheißgulasch kochen, als das Gas auf einmal alle war.«

»Ja, bei einem Gulasch bin ich dabei«, sagte ich und verdrängte den unvermeidlichen Gedanken an Carl. Ich sah über den Hafen hin, während sie die Schläuche festschraubte. Der Regen zupfte überall um mich herum an der Oberfläche des Wassers und der Hafen schien zu köcheln. Der Schleier, der vor meinem Häuschen silbrig geglänzt hatte, war jetzt stumpf und dunkelgrau. Die vertrauten Ponton- und Motorboote kauerten sich unter der farblosen Düsternis ins Wasser. Ein blauer Himmel kam mir wie ein ferner Traum vor. Marion fluchte neben mir leise vor sich hin. Vielleicht hatte das Telefon nie wirklich geläutet. Vielleicht hatte ich mir das ganze Gespräch nur eingebildet. Aber wo ich gegen die Tischkante gestoßen war, tat mir meine Hüfte noch weh. Das war wirklich.

»Geh rein!«, sagte Marion. »Ich komm gleich.«

Vorsichtig ging ich über das schmale Deck, zog den Kopf ein und trat durch die kleine Tür. Drinnen war alles auf Marions Größe abgestimmt, die genau 1 Meter 52 betrug. Ich nahm den Augenschirm ab und legte ihn oben auf den Kühlschrank, der mir gerade mal bis zum Kinn reichte. Eine Pfanne stand auf dem zweiflammigen Herd, in der halb fertige Hamburger in einem See von Fett ersoffen. In der kleinen Spüle lehnte ein Sieb mit gekochten Hörnchen, von denen das Wasser bereits abgetropft war. Alle Fenster hatten Vorhänge, die, um größtmöglichen Sichtschutz zu bieten, unten und oben an Stangen befestigt waren. Dutzende kleine schwarze Scotchterrier tauchten aus den Fältchen auf und darin unter. Es war dunkel drinnen, wie in einem Kaninchenloch.

»Probier den Herd!«, schrie Marion durch das geschlossene Fenster. Ich drehte an dem schwarzen Knopf. Es zischte und klickte ein paar Mal, aber es gab keine Flamme. Ich drehte den Knopf wieder auf AUS. Schob die Scotchterrier zur Seite und schüttelte den Kopf. Ich hörte ein paar Mal gedämpft »Scheiße!« und »Verdammt noch mal!«, dann kippte der Raum und Marion kam das Seitendeck lang. Sie riss die Tür auf und sagte: »Der beschissene Sparbrenner will nicht.«

In der Küche war nur für eine Person Platz. Ich zog mich ins Wohnzimmer zurück, das mit Sperrholz getäfelt war. Die hart gepolsterte Couch ließ sich zu einem Bett auseinander klappen. Neben einer Sturmlichtimitation lagen Zeitschriften auf einem Holztischchen: »Michigan Outdoors«, »McCall's«, »Reader's Digest«. Ich stellte mir Marion hier abends allein vor, wie sie im Licht der Lampe in den Magazinen las. Das Zimmer war ganz sauber, aber es roch unvermeidlich nach Mehltau, wie Pilze in einer Höhle. Marion hatte den Kopf in den Herd gesteckt. Sie hatte eine Schachtel Streichhölzer in der Hand. Ich stellte mir uns beide in Stücke gerissen vor, malte mir aus, wie die Pontons panisch hin und her schaukelten, sah Arme und Beine wie Feuerholz am Kai aufgeschichtet. Ich hielt den Mund, um sie nicht abzulenken. Selbst im Sitzen war mein Kopf zu nahe an der Decke. Mensch, ließ sie denn hier nie Luft rein?

»Bist du echt hungrig oder nur ein bisschen?« Der Ofen schluckte ihre Stimme.

»Mittel.« Ich hatte überhaupt keinen Hunger. Ich hatte keinen Magen. Ich bestand nur mehr aus zwei Lungenflügeln, die sich jeden Augenblick mehr anstrengen mussten, um Luft zu bekommen. »Stört es dich, wenn ich ein wenig lüfte?« Ich war schon aufgesprungen, schob die grauenhaften Vorhänge zur Seite und drehte an dem kleinen Knopf, mit dem man das Fenster öffnen konnte. Fünfzehn Zentimeter waren das Äußerste. Ich hatte bei mir zu Hause immer auf allen Seiten die Fenster offen und die Luft konnte kreuz und quer durch die Räume streichen. Warum war ich jetzt nicht zu Hause? Der Knöchel meines Zeigefingers war von tiefen Bissspuren übersät. Ich schob die Hand in die Gesäßtasche.

»Wann hattest du zum letzten Mal eine Verabredung?«, fragte ich Marion. Die Antwort war ein Sausen und Brausen aus dem Herd. Marion taumelte rückwärts und landete mit dem Hinterteil auf dem Fliesenboden.

»Das war's«, sagte sie. »Was war das? Ich hab dich nicht verstanden.«

»Lebst du gern allein?«

Sie öffnete, ohne mir zu antworten, ein Einmachglas mit gekochten Tomaten, goss die Flüssigkeit ab, schnitt die Tomaten und gab sie den Hamburgern bei. Sie stocherte ein paar Mal mit einer Palette brutal in der Pfanne und stieß, nachdenklich seufzend und langsam, eine Litanei von Flüchen aus.

»Ich hab meine Ruhe, verflucht!«, sagte sie schließlich. »Ich sag dir aber, was mir fehlt«, fuhr sie fort, als sie das Fett abgoss. »Jemand, mit dem ich lachen kann.« Marion lächelte in sich hinein. »Scheiße, er war so lustig.«

Wir tranken beide eine Flasche Bier zum Essen. Ich stellte zwei Fernsehtischchen auf und wir setzten uns auf die Couch. Das Gulasch ging in geriebenem Parmesan unter und es gab Butterbrote dazu. Es war mir gelungen, noch ein paar Fenster zu kippen. Dann und wann fuhr mir ein feuchter Hauch über die Stirn.

Wir guckten »Jeopardy!« und spielten Cribbage. Sie hatte einen mariongroßen Fernseher, und ich musste die Augen zusammenkneifen, um die Lösungen mitzubekommen.

»Wer ist Morley Safer?«, sagte sie.

»Wer ist Hugh Downs?«, konterte ich.

Marion verlor 1.400 Dollar. Beim Cribbage machte sie mich zweimal fertig und lag nun drei Spiele vorn. Auf dem Nachhauseweg spielte ich mit dem Knopf meines AM-Radios. Gequatsche, Rauschen, ein Werbesong, Rauschen und wieder Gequatsche. Ich erwischte dreißig Sekunden von Elton Johns »Elderberry Wine«, bevor eine Lotto-Werbung eingespielt wurde. Ich parkte den Wagen hinten und ging durch die Küche ins Haus. Ich musste mich beschäftigen, mich beschäftigen, irgendwas tun. Ich lief ins Wohnzimmer und schnappte mir die Vorhänge, die aufgehängt werden mussten. Zwei Meter vor der Couch blieb ich stehen und griff mir ans Herz. Ich konnte keinen Schritt mehr tun. Ich atmete tief ein und schloss die Augen. Ließ die Luft langsam entweichen und freute mich, wie kräftig meine Lunge war, genoss die schlichte kreatürliche Freude des Atmens. Als ich meine Arme über den Kopf hob, seufzten die Poren meiner Haut unter der zärtlichen Berührung des Luftzugs. Ich konnte draußen die Tropfen vom Dach fallen hören.

»Er wird bald anrufen«, sagte ich laut. Die absolute Gewissheit ließ mich mit einer Hand langsam durchs Haar streichen. Neben ihm hatte in meinem Kopf nichts mehr Platz. Kein Nächtlicher Besucher und keine Jen Colby. Sogar Julianna war klein und weit weg. Wie wundervoll ich den Kopf neigte, wie unbesiegbar ich mich in den Hüften fühlte, wie jeder Zentimeter von mir über sich hinauswuchs. Als das Telefon läutete, überraschte mich das nicht im Geringsten.

»Was machst du gerade?«, fragte er.

»Ich steh mitten im Wohnzimmer und denk an dich.«

»Wie geht's deiner Schwester?«

»Alles beim Alten«, sagte ich, während Loretta im Hintergrund fragte: »Welche Schwester?«

»Ich bin bei Marion«, sagte er. Zuerst dachte ich, er meint das

Hausboot, und war verwirrt. Dann hörte ich das Summen der heißen Neonröhren. Er war in der Kneipe. Etwas in mir begann Funken zu sprühen und zu schnurren. Pause. »Ich hab Hunger«, sagte er schließlich.

Ich lachte. Draufgängerisch, wie eine Piratenbraut. »Draußen beim alten Edison-Werk hinter dem Houghtonsee gibt's ein Fernfahrerlokal«, sagte ich. »Kennst du das?«

»Das find ich.«

»Uncle Eddie's«. Ich vertraute nicht darauf, dass der Zauber des Augenblicks ihm den Weg weisen würde. »An der Morton Road.«

»Bin schon unterwegs«, sagte er. Ich rechnete damit, dass er jetzt auflegen würde, aber da war seine Stimme wieder über dem Geräusch der Neonröhren, den Stimmen, der Jukebox. »Mary?«

»Ja?«

»Sieh mal, ich weiß nicht. Ich erklär's dir, wenn wir uns sehen. Ich mein, wir gehen ja nur einen Happen essen. Vergiss es!« Er hustete, um nicht weiterzureden.

»Ist gut.« Ich legte auf. »Bis dann.«

10

Ich hatte Jeans und einen grauen Pullunder angezogen. Als ich über den Parkplatz auf den Eingang von »Uncle Eddie's« zuging, strich ich mir mit einer schnellen Bewegung die Haare aus dem Gesicht. An der Theke saß ein Fahrer neben dem anderen bei Kaffee und Kuchen. Von einem Videospiel im hinteren Teil des Lokals bellte ein elektronisches Lachen durch die Kneipe. John saß an einem Tisch vorne am Fenster und sah auf das halbe Dutzend Sattelzüge davor hinaus. Er trug ein bläulichgrünes Sporthemd, das am Hals offen war. Mir fielen zwei Dinge auf, als er sich zu mir umdrehte: die dunklen Haare an der Stelle, wo seine Schlüsselbeine zusammenstießen, und dass einen seine blauen Augen durch die Farbe des Hemds regelrecht packten und nicht mehr losließen. Ich konnte es nicht glauben, dass der Mann da saß und auf mich wartete. Dann stand er auf, und ich machte einen großen Bogen um einige Tische, um nicht in einen reinzulaufen und dann im Boden zu versinken.

»Hallo«, sagte er. Einen Augenblick sah ich ihn, wie er mit sieben Jahren gewesen sein musste: Er strahlte vor Aufregung.

»Hallo«, antwortete ich.

Wir setzten uns. Die beiden Speisekarten auf dem Tisch waren aus Plastik. Wie sie so aufeinander lagen, hatte etwas dermaßen Intimes, dass ich mich nicht dazu überwinden konnte, nach einer zu greifen. Ich sah weg und da war er, ganz nah mir gegenüber.

»Ich bin froh, dass du gekommen bist«, sagte er.

»Hast du Angst gehabt, ich könnte es mir anders überlegen?«

»Ich hab Angst vor dir, ja.« Er grinste und etwas schoss zwischen uns hin und her über den Tisch, ein blauer Blitz. Loretta verwandelte sich plötzlich in eine Wolke von Fliederblüten, die zu Boden und dann um meine Füße schwebte. Ich starrte die Tafel mit den Tagesgerichten an. Sie hing neben einem Jagd- und Fischereikalender, der eine Regenbogenforelle zeigte, die sich über dem Wasser in der Luft drehte. Biscuits and Gravy mit zwei Eiern für 2 Dollar 49 Cent. Nachdem ich meine Wahl getroffen hatte, entspannte ich mich ein wenig.

»Was willst du?«, fragte ich ihn.

»Darüber möchte ich mit dir sprechen.«

»Essen wir was.«

Er nahm die Speisekarte, öffnete sie, machte sie wieder zu, warf sie auf den Tisch, sah mich an und runzelte die Stirn: »Was mach ich eigentlich?«

Irgendwie bestellten wir was zu essen. Ich trank Eistee, er schwarzen Kaffee. Die Kellnerin war jung und hatte blaue Lidschatten und zwei Grübchen an der rechten Stelle, wenn sie jemandem zulächelte, und das war in diesem Fall meistens ich. Wenn sie John ansah, lief sie rot an, im Gesicht, am Oberkörper und an den Armen. So toll sah er aus. Als sie ging, saß er mir noch immer gegenüber.

»Du bist also verheiratet«, sagte ich.

Er wandte den Kopf ab und sah beim Fenster hinaus. Vielleicht suchte er da draußen zwischen den Sattelzügen nach der richtigen Antwort. Als er sie gefunden hatte, drehte er sich wieder zu mir um und sagte: »Es ist kompliziert.«

»Ist es nicht.«

»Doch. Ist es.« Er rollte die Ecke seiner Papierunterlage ein und wieder auf. »Ich bin verheiratet.«

Ich wartete, hoffte auf ein »… aber wir haben uns getrennt« oder gar ein »… aber sie ist verrückt«. Doch es kam nur eine Geste mit den Händen: So ist es, nichts zu machen. Über ihm hing ein abgeschliffenes Stück Rinde mit einem Foto von einem Weißwedelhirsch. Ich malte mir aus, wie es wäre, es von der Wand zu reißen und ihm damit eins über den Schädel zu ziehen. Ich baute mit seinen ungeöffneten Sahnebecherchen einen kleinen Turm, den ich dann zum Einstürzen brachte. Er nahm eine Packung

Winston aus einer Vordertasche seiner Jeans, zündete ein Streichholz an und ließ es in den Aschenbecher fallen, wo es weiterbrannte.

»Deine Hand zittert«, sagte ich mit einem leicht gemeinen Unterton.

»Ja«, sagte er und streckte sie mir hin, die Handfläche nach unten, die Finger gerade. Die Winston bewegte sich hin und her. »Ich bin ganz verkrampft im Bauch und mein Mund ist auch ganz trocken.«

»Warum?«

»Weil du da sitzt.«

Ich weiß nicht, was ich dazu sagte. Das Mädchen mit den Grübchen brachte John ein Truthahn-Clubsandwich und wurde tiefrot, als John ihr ein Dankeschön zulächelte. Sie stellte mir meinen Teller hin und zog Leine.

»Soll ich sie ausmachen?« Er machte mit der Zigarette eine leichte Bewegung.

»Nein.« Ich begann reinzuschaufeln. Von Biscuits and Gravy konnte mich nichts abhalten, weder ein mit Gulasch gefüllter Bauch noch der Zauberprinz höchstpersönlich.

»Wie sind sie?«, fragte er. Er hatte sein Truthahn-Clubsandwich nicht einmal angerührt.

»Super«, sagte ich zwischen zwei Bissen. »In Fernfahrerlokalen sind die immer gut.«

»Doreen isst kein Hackfleisch und –«

Ich unterbrach ihn. »Sie scheint ein netter Mensch zu sein.«

»Das ist sie«, sagte er. Ich hasste ihn.

Er drückte die Zigarette aus und machte sich an sein Sandwich. Ich musste an Doreen am Strand denken, an ihren roten einteiligen Badeanzug mit dem bunten Papagei vorne, Juliannas Fuß auf ihrem Knie, Papiertaschentuchstücke zwischen den kleinen Zehen. Sie tauchte das Bürstchen ein, strich den überschüssigen Lack ab und betupfte, sich beiläufig konzentrierend, die hin und her wackelnden Zehennägel mit Farbe. Sie beiden sprachen wie Freundinnen miteinander, wie zwei alte Frauen, als ob sie einander gern hätten, obwohl sie Mutter und Tochter waren: Julianna sagte etwas, woraufhin Doreen ihren Kopf zurückwarf und laut herauslachte. Mit dem Nagellack in der einen und dem winzigen Bürstchen in der anderen Hand strich sie sich mit dem Handgelenk das Haar aus der Stirn und sagte: »Da liegst du goldrichtig, Kindchen.«

Es war nur ein Augenblick. Nichts, was wichtig gewesen wäre. Ich weiß gar nicht, worüber sie sprachen. Die Sonne schien und der Wind trieb das Lachen zu mir herüber. Das war alles.

»Ihre Mutter lebt bei uns«, sagte er nach einer Weile. »Doreen arbeitet abends im Supermarkt in Lake City. Nana kümmert sich um Dschudschu.« Ich schwieg und ließ ihn reden. »Wir sehen uns nicht viel«, fuhr er fort, nachdem er sich eingehend seinem Sandwich gewidmet hatte.

Ich guckte zum Fenster hinaus und ließ den Blick auf meinem Mercury ruhen. Er stand unter dem Lichtmast und das Chrom glitzerte wie der Kassaugasee an einem sonnigen Tag. Wie viele Arten von Einsamkeit gab es auf der Welt? Alle paar Minuten rief ein Junge aus der Küche: »Marcia! Marcia! Gib mir einen Kuss, komm schon!«, und dann lachte immer jemand. Das Mädchen mit den Grübchen rief durch die Durchreiche in die Küche: »Halt doch endlich das Maul!«

Ein Lastwagenfahrer am Tresen bearbeitete sich mit einem Zahnstocher. Er hatte die Oberlippe bis zur Nase hoch- und die Augenbrauen konzentriert zusammengezogen. Er deutete mit der freien Hand Richtung Küche und sagte zu dem Mädchen mit den Grübchen: »Der ist echt scharf auf dich, Kleine.«

»Ich hab eher das Gefühl, dass ihm jemand ins Hirn geschissen hat«, antwortete sie.

John lehnte sich zurück und streckte die Füße unter dem Tisch aus. Mit den Fritten ließ er sich jetzt Zeit. Er nahm jedes Stück einzeln, tunkte es in Ketchup und schob es sich in den Mund. Dann wischte er sich Daumen und Zeigefinger an der Serviette ab, bevor er nach dem nächsten Stück griff.

»Verlass sie, wenn du einsam bist«, sagte ich, die Dinge schwarzweiß sehend und vereinfachend.

»Ich wusste nicht, dass ich einsam bin«, erwiderte er. »Bis ich dich mit dem Schläger in der Hand sah, wie du drauf gewartet hast, dass die Pitcherin sich aufwärmt, und wie dann der Schläger durch die Luft gesaust ist, als ob du jemandem die Birne abschlagen wolltest.«

»Das war's also …«

»Mir gefällt die Vorstellung, dass du mich verprügeln könntest, wenn du wild wirst.« Wir sahen einander in die Augen, so lange wir es aushielten. »Und dann der Dreier.«

»Hast du das schon mal gemacht?«, fragte ich unter einem gewissen perversen Zwang, mir selbst weh zu tun.

»Was getan?«

»Das.«

Er saß da und überlegte, ob er mich anlügen sollte. Dann sagte er: »Ja. Einmal. Es war ein Fehler.«

»Das da ist auch einer.«

»Ich weiß«, sagte er mit einem trägen Lächeln und tastete mich mit seinen Blicken von oben bis unten ab. Ja, er war ein Scheißkerl, das stand fest. Wir sprachen über Softball und Sport in der Schule und die Cheerleaderausscheidungen an Juliannas Junior High School vor ein paar Monaten.

»Sie hat uns mit ihren Spagaten, Rädern und Sprüngen durch das ganze Haus in den Wahnsinn getrieben«, sagte er bei der dritten Tasse Kaffee. »Sie und Donna – zwei Wochen lang dieselben Lieder, dieselben Prozeduren, immer wieder.«

Ich musste daran denken, wie zuerst Sharon und dann Stacy jedes Jahr im Frühling diese Ausscheidungen mitgemacht hatten. Zu guter Letzt war Stacy ein Cheerleadermädchen auf Lebenszeit geworden, während Sharon davongekommen war.

»Als ich an dem großen Tag von der Arbeit nach Hause gekommen bin, war es ganz still.«

»So, ah.«

»Sie steckte im Baumhaus und rührte sich nicht.«

»Hatte Donna es geschafft?«

»Keine der beiden hat's geschafft«, sagte er. »Und als ich sie fragte, wie es gelaufen wäre, meinte sie bloß, dass sie es nie versucht hätte, wenn ihr im Vorhinein klar gewesen wäre, wie gemein sie sind.«

Ich erzählte ihm gerade, wie mein Vater das E-Werk im Osten der Stadt gereinigt und dabei einen Stromausfall im halben Bezirk verursacht hatte, als das Mädchen mit den Grübchen auftauchte und die Rechnung brachte. »Aber nur keine Hektik«, sagte sie. »Ihr könnt die ganze Nacht sitzen bleiben, wenn ihr wollt.«

Es hatten Lkws gehalten, und es waren Lkws weggefahren. Ein paar Tische weiter saßen drei Männer und debattierten darüber, ob der Wolverine Truck Stop auf der I-94er für die Dusche zwei Dollar verlangte oder ob das bloß der Einsatz für das Handtuch war.

»Du bekommst für die zwei Dollar ein Handtuch, kriegst aber nichts zurück, wenn du's abgibst«, sagte einer der Männer, der eine Kappe mit dem Schriftzug Schnieder Trucking aufhatte.

»Aber nehmen wir mal an, du hast dein eigenes Handtuch – dann ist die Dusche gratis«, sagte ein anderer und schob sich die Kappe von Jim's Heating & Cooling nach hinten.

»Gibt doch kein Schwein das Handtuch zurück, wenn's dafür kein Geld gibt«, warf der Dritte ein.

»Vielleicht sind's drei Dollar Einsatz und man kriegt einen zurück«, unterbrach ihn der Typ mit der Schnieder-Trucking-Kappe. »Zwei Dollar für das verfluchte Handtuch.«

Als ich klein war und meinen Vater ins Shoreline Pub begleiten durfte, hatte ich nur solche Gespräche gehört. Ich wartete beinahe darauf, ihn gleich in ihrer Mitte auferstehen zu sehen. Mich begannen die kleinen Haare an den Armen zu kitzeln. John und ich teilten uns die Rechnung und brachen auf. Er lächelte dem Mädchen mit den Grübchen zu, die auf unseren Tisch zusteuerte, um ihn abzuräumen. Er hatte keine Ahnung, was er mit ihr angestellt hatte. Als wir fast bei der Tür waren, holte John einen Vierteldollar hervor und steckte ihn in einen Kaugummiautomaten, der unter einem Poster der Muskelschwund-Spendenaktion von Jerry Lewis im Fernsehen an der Wand stand. Er drehte die Kurbel und es kam eine Kugel aus Plastik heraus. Er steckte sie ein und öffnete die Tür. Wir traten in das Summen der Parkplatzbeleuchtung hinaus. Es hatte zu regnen aufgehört. Der Mercury funkelte wie ein Weihnachtsbaum. Ich schloss die Augen und atmete die saubere feuchte Luft tief ein. Als ich die Augen aufmachte, öffnete John die Kugel aus dem Automaten. Er nahm einen Kinderring heraus und reichte ihn mir mit einem halben Lächeln. Ich steckte ihn mir an meinen kleinen Finger. Es war ein rundes, tief pinkfarbenes Ding aus Plastik an einem elastischen Band.

»Danke«, sagte ich. Ich hielt ihm die Hand hin, damit er den Ring bewundern konnte.

»Passt zu dir«, sagte er, was mir komisch vorkam. Langsam gingen wir über den nassen Asphalt. Die Nacht hielt den Atem an. Als wir den Merc erreichten, lehnte er sich dagegen, stützte sich mit dem Ellbogen auf das Dach, den Kopf in der Hand, und sah mich an.

»Es gibt nicht viele Frauen, die mit so was umgehen können.« Er wusste, wie man Mädchen eroberte. »Ich muss nach Hause«, sagte er. »Sonst würde ich dich bitten, eine Runde mit mir zu fahren.«

»Das nächste Mal«, sagte ich, niedergeschmettert und erleichtert zugleich.

»Versprochen?«

Ich nickte. Auf der 27er draußen sah ich eine halbe Meile entfernt rote Lichter blinken. Warnleuchten um einen Unfallort. Ich versuchte mir einen Verletzten vorzustellen, dessen Leben sich in einem Augenblick zertrümmerter Scheiben und zusammengestauchten Metalls für immer verändert hatte. Es gelang mir nicht, wir standen zu nah beisammen. Es blieben bloß Lichter in der Ferne. Er fuhr mir ganz leicht mit einem Finger über das Kinn und zog dann seine Hand zurück. Es gab nichts zu sagen. Als der Mond durch die vergilbten Spitzen der Wolken fuhr und uns sein Gesicht zeigte, lehnten wir den Kopf zurück und sahen nach oben. Meine Haut fühlte sich rau an, wo sein Finger darübergestrichen war. Morgen würde dort ein verräterisches Mal zu sehen sein. Jeder, der mich sah, würde erschrecken und sagen: »Mary! Dich hat jemand berührt!« Ich stieg ins Auto und öffnete das Fenster. Er beugte sich, die gekreuzten Arme auf der Tür, zu mir herein. Als mich die dunklen Haare auf seinem Unterarm an der Schulter streiften, brannte es mich.

»Wir sehen uns morgen. Beim Spiel«, sagte er.

»Ja.« Ich starrte sein Handgelenk an.

»Gehst du nachher zu Marion's?«

»Ja.« Ich hätte es mit den Lippen berühren können.

»Würdest du ein Bier mit mir trinken? Ich versprech auch, dir keine schönen Augen zu machen.«

»Also.« Ich startete den Wagen. »Zumindest nicht so, dass es jemand sieht.«

Er legte mir die Hand auf den Kopf und ließ sie zärtlich über die Haare in den Nacken gleiten.

»Heute werde ich nicht gut schlafen«, sagte er. Dann trat er zurück.

»Ich auch nicht«, erwiderte ich. »Bis morgen.«

Ich sah ihn im Rückspiegel kleiner werden, als er zu seinem Auto ging, die Hände in den Taschen seiner Jeans. Ich fuhr auf Nebenstraßen, um dem Unfall auf der 27er auszuweichen, und blieb ein paar Kilometer vor Riverton bei einer Shell-Tankstelle stehen. Mich umgab eine Insel grellen fluoreszierenden Lichts, als ich hinter dem Wagen stehend den Zapfhahn in den Tankstutzen schob. Überall um mich herum stieg aus der triefenden Dunkelheit der Gesang von Grillen auf. Ein Mann stand hinter der Glaswand der Tankstelle. Er lehnte sich über den Kassentisch und las irgendwas. Sonst war niemand zu sehen. Das Licht drinnen war ganz hell, die Nacht draußen tödlich finster. Alles, was sich bewegte, waren die Ziffern an der Zapfsäulenanzeige. Ich war in ein Bild von Edward Hopper gestolpert, einsamer ging's nicht. Der Schlauch zuckte und die Zufuhr schnappte ab. Ich schraubte den Deckel zu und ging hinein, um zu zahlen.

»Und eine Schachtel Kools«, sagte ich und hievte ein Sixpack auf den Ladentisch.

Der Mann langte nach oben über seinen Kopf und nahm die Zigaretten herunter. Er warf ein Heft Streichhölzer drauf.

Ich sagte nicht: »Schöne Nacht.«

Und er antwortete nicht: »Endlich hat's zu regnen aufgehört.«

Die Zigaretten fühlten sich wie ein Goldbarren an. Ich stieg in den Merc, riss das Zellophan auf und schlug mit der Packung ein paar Mal gegen das Handgelenk. Fest gestopft waren sie mir lieber. Ich entfernte das Stanniolpapier und steckte mir eine zwischen die Lippen, jede Bewegung altbekannt, vertraut, magisch.

Ich startete den Motor und fuhr los. Sobald ich auf der Straße war, drückte ich den silbernen Knopf des Zigarettenanzünders, schaltete das Radio ein und suchte herum, bis ich bei einem alten Motownsender hängen blieb. Ich nahm den Anzünder, drückte die Zigarette dagegen und machte einen tiefen Zug. Es war die erste seit sieben Jahren. Mensch, fühlte sich das geil an. Als ob mir ein wunderschönes Schwert in die Lunge gleiten würde. Ich erreichte die Abzweigung nach Riverton, aber ich konnte noch nicht nach Hause. Die Zigarette schmiegte sich zufrieden zwischen meine Finger am Steuer. In der anderen Hand hatte ich eine offene Flasche Bier. Noch ein Zug, noch ein genussvolles Stechen. Sieben Jahre clean, und noch immer gab es nichts Schöneres. Menschen, die das Rauchen nicht lassen konnten, waren Menschen, denen es nicht gelungen war, einen anderen Trost zu finden. Mein Hirn begann zu sprühen und zu brennen. Die Hände schwollen an und wurden schwer, die Beine füllten sich mit Blei. Auch ich war untröstlich. Er war verheiratet. Er hatte eine Frau und er hatte Julianna. Ich sah sie vor mir, wie ich so dahinfuhr. Sie hatte eine Hand gehoben, um ihre gelben Augen zu beschatten, und sah mich an. Und wie sie mich ansah!

Ich fuhr weiter durch die Gegend und trank mein Bier. Sie spielten »Let's Stay Together«, dann »Under My Thumb«. Der nasse Belag zischte unter den Reifen draußen in der Nacht. Die Glut der Zigarette über dem Lenkrad kam mir wie das Licht eines Leuchtturms vor. Ich fuhr geradeaus, bremste, drehte um und fuhr wieder geradeaus, mein Kopf war leer. Solange ich so fuhr und rauchte, war alles egal. Keine Folgen, keine Reue. Im Wagen war die Welt einfach, mit dem leisen Rauschen der Musik in den Ohren, dem rechten Arm locker auf der Lehne des Sitzes und der Brise, die beim Fenster hereinwehte. Der Mond hatte seine Schüchternheit abgelegt und hing jetzt unerschrocken draußen vor dem Fenster links von mir. Das Licht fiel auf die ausgefransten Wipfel der Kiefern, die im Norden den Horizont bildeten.

Als ich klein war, nahm mich mein Vater zum Eisfischen mit. Auf dem Heimweg blieben wir beim Shoreline Pub stehen, in dem sich die Eisfischer alle mit Wild Turkey oder Maker's Mark aufwärmten. Blaugefroren, aber glücklich, bei meinem Vater sein zu dürfen, kletterte ich auf einen Barhocker zu den anderen. Hinter der Theke setzte Fran ihr Ich-hab-alles-gesehen-Gesicht auf und fragte mich: »Was soll's denn sein, Kleine?«

»Eine Cola mit Rum«, antwortete ich wie aus der Pistole geschossen.

Sie nickte unmerklich. Jede andere hätte mir erzählt, dass ich erst acht war, aber sie spürte, dass wir zwei Mädchen in einer wilden Kneipe am Arsch der Welt waren, die wussten, was los war. Ich würde eines Tages erwachsen werden, mir die Haare färben und wie Fran hinter einer Theke stehen.

»Einen Jameson, Frannie.« Vater schüttelte seinen Mantel bei der Tür ab, wo bereits eine Lache geschmolzenen Schnees stand. Er schwang ein Bein auf den Hocker neben mir. Fran brachte ihm einen doppelten Whiskey und mir eine Cola mit drei Tropfen Rum drin. Dad war der Einzige, den ich sie je Frannie nennen hörte.

Ich lehnte mit einem Arm am Tresen. Den anderen streckte ich nach der Schüssel mit Brezeln aus, die mir Fran hingestellt hatte. Ich wusste, wie ich mich im Shoreline zu verhalten hatte. Ich wetzte nicht hin und her, schlug nicht mit den Fersen der Stiefel gegen den Barhocker und bettelte Dad nicht um Vierteldollarstücke für den Erdnussautomaten an. Ich hielt den Mund, trank meine Cola und hörte den Männern zu.

»Da draußen ist's heute kälter als in einer Muschi, die die Tage hat.« Das fanden die anderen auch. Ich wusste zwar nicht, welche Tage, nickte aber trotzdem.

»Und wie hat sich Mary angestellt?«

»Scheiße, es war zum Totlachen!«, sagte Dad und schlug mit der flachen Hand auf den Tresen. »Ihr könnt euch das nicht vorstellen. Sie ist direkt in ein altes Loch gestiegen.« Alle schüttelten im gleichen Rhythmus den Kopf. Ich kaute an meiner Brezel und ließ die gelbe Plastikschüssel nicht aus den Augen. »Ich hab sie zur Unterstützung mitgenommen. Sie ist mit einem Köder an einem Rohr hinter mir gestanden. Auf einmal hör ich ein Krachen, dreh mich um, und da steckt sie zur Hälfte im Eis.« Jetzt mustern mich alle. »Kein Scheiß, sitzt da, ein Bein ausgestreckt, das andere verschwunden, und – was glaubt ihr? – hat sie das Rohr losgelassen? Nein, verdammt noch mal! Es war zum Totlachen, sag ich euch!«

Harold Tucker legte Fran eine Hand auf den Arm. »Was zu trinken für die Kleine, auf meine Rechnung.«

»Und hast du was erwischt?«, fragte mich ein Mann in einem rotschwarz karierten Flanellhemd.

»Alles, was erlaubt ist«, antwortete ich.

Dafür erntete ich von allen in der Runde einen herzlichen Lacher. Stolz legte mir Dad seine schwere Hand auf die Schulter. Fran stellte mir eine zweite Cola mit Rum hin und zeigte mit dem Daumen auf Harold Tucker, der mir zunickte. Ich erwiderte sein Nicken, mit ernstem Gesicht, den Rücken gerade.

»Erzähl das um Himmels willen ja deiner Mutter nicht, dass du im Eis eingebrochen bist«, sagte Dad und lachte. »Sonst hat sie mich am Arsch.«

Erzähl auch deiner Mutter nicht, wo wir auf dem Heimweg stehen geblieben sind, dass du Cola mit Rum getrunken hast, dass du gehört hast, welchen Witz ich gerissen habe, dass ich Frannie auf dem Schoß sitzen hatte, dass du meine beste Freundin bist. Erzähl ja deiner Mutter nicht …– als ob ich je auf die Idee gekommen wäre, das zu tun. Wir spielten Pool, ich und Harold gegen Dad und den Kerl mit dem rotschwarz karierten Flanellhemd. Als ich die 8er-Kugel einlochte und damit das Spiel entschied, legte mir Mister Karo die Hand aufs Kreuz.

»Wenn du ein wenig größer wärst, würde ich dich glatt zu mir mitnehmen.«

Sein Atem war heiß vom Whiskey und rauchig wie der von Dad. Ich lächelte und versuchte ihm zu entkommen, ohne ihn zu kränken. Da spürte ich Dads Arm auf meiner Schulter.

»Hände weg, Joe!«, sagte er und brachte mich in Sicherheit. »Musst dir schon eine eigene Freundin suchen!«

»Hast du noch mehr solche zu Hause?«, fragte Joe und kreidete, dabei auf mich heruntergrinsend, die Spitze seines Queues ein.

»Sicher, wenn du auf Windeln stehst.«

Jemand fing an. Die Kugeln stoben in alle Richtungen, stießen panisch gegeneinander. Die Männer lachten. Ich hatte einen Knopf im Bauch. Ich wollte nach Hause, wollte aber auch dableiben. Ich kletterte auf einen Hocker in der Nähe des Tisches und wartete auf das Ende der Runde. Fran brachte ein paar Mal ihren blaugoldenen Aluminiumqueue, den sie unter der Bar aufbewahrte, zum Einsatz. Auf dem Tisch neben mir lag ein Cocktailuntersetzer mit einer Zeichnung von zwei Männern in Anzügen, die mit einer nackten Frau sprachen. Sie hatte riesige runde Titten und einen ebenso riesigen runden Arsch. Die beiden Männer grinsten. Ich stellte mein Glas drauf, ohne den Text unter dem Bild zu lesen. Ich war feuerrot im Gesicht. Ich betrachtete meine knorrigen Knie unter der Kordsamthose. Mein Detroit-Tigers-Sweatshirt hing flach an meiner achtjährigen Brust.

»Mary!« Dad sah zu mir her. Er hatte eine Hand in der Hosentasche. Hatte er mich dabei beobachtet, wie ich die obszöne Zeichnung angesehen hatte? Wie mein Gesicht in dem Schummerlicht glühen musste!

»Spiel was, komm!«, sagte er und schnippte mir ein paar Vierteldollarmünzen zu. Ich trampelte mit meinen Stiefeln zur Jukebox, drückte drei seiner Lieblingssongs und stapfte zu meinem Platz zurück, wo eine neue Schüssel mit Brezeln auf mich wartete.

»Willst du einen Burger oder was?«, fragte mich Fran über ihre Schulter, während sie zielte. Ich schüttelte den Kopf. Der Knopf in meinem Bauch war zu groß. Als die ersten Takte Musik auf den Billardtisch niederrieselten, sah Dad auf und grinste mich durch den Rauch seiner Zigarette hindurch an.

»Merle Haggard sucht sie aus«, sagte er. »Kann ein Mann eine bessere Freundin haben?«

Er tätschelte Fran den Hintern und vermieste ihr dadurch den Stoß. Sie gab ihm einen Klaps auf die Hand und küsste ihn dann laut mitten auf den Mund. Ich kratzte mit dem Daumennagel das Salz von der Brezel. Ich würde eher einen Fischhaken schlucken, als im Shoreline Pub losflennen. Als Dad mit dem Spiel fertig war, hob er mich von meinem Hocker und tanzte einen verjazzten Foxtrott mit mir. Vielleicht hatte ich keine großen runden Titten und keinen großen runden Hintern, aber ich konnte tanzen. Und das wussten alle im Shoreline Pub.

Erzähl das deiner Mutter nicht! Ein Pieps von mir, und diese Nachmittage mit Dad wären für immer vorbei. Auf dem Heimweg war es immer dasselbe: Alle paar Minuten kam Dad aufs Bankett ab und riss dann den Lastwagen wieder auf die Straße. Ich redete, ohne Luft zu holen, und fragte ihn dieses und jenes, damit er wach blieb und aufpasste. Zwei Kilometer vor unserem Haus öffnete er immer das Handschuhfach und bat mich, nach den Fruchtkaugummis zu suchen. Dann steckte er sich einen in den Mund und sagte mir, ich solle auch einen nehmen.

»Warum soll deine Mutter sauer werden? Sie braucht nicht zu merken, dass wir wieder mal was getrunken haben, oder?«, sagte er. Ich kaute meinen Kaugummi, damit niemand die drei oder sechs oder neun Tropfen Rum roch. Dads Saufkameradin, die beste Freundin, die sich ein Mann vorstellen konnte – Mensch, was hatten wir für Spaß zusammen! Als ich fünfzehn wurde, saß ich schon hinter dem Steuer, obwohl ich noch nicht das gesetzliche Alter erreicht hatte. Mom war es inzwischen egal, wo er sich rumtrieb. Ich musste ihn nur suchen, wenn sie Geld brauchte. Er kam erst mit, wenn ich mich zu ihm gesetzt und wie in den »guten alten Zeiten« eine letzte Runde mit ihm getrunken hatte.

»Deine Mutter hat ja keine Ahnung, verdammt …«, begann er. Oder: »Deine Mutter und die Mädchen …«; damit meinte er Sharon und Stacy. Und dann erzählte er mir alles über seine letzte Freundin, wie sie sich um ihn kümmerte und nicht über ihn meckerte, an ihm rumnörgelte oder schwanger wurde. »Sie versteht, was los ist, wie du.«

»Dad, du bist ein beschissener versoffener alter Schürzenjäger.«

»Ein versoffener alter Arsch«, meinte er dann zur Belustigung aller. »Aber du bist trotzdem meine beste Freundin.« Und dann tanzten wir zu Patsy Cline oder Ray Price und ich schob ihn zur Tür raus und brachte ihn nach Hause.

Zwei Jahre später machten seine Lunge und seine Leber nicht mehr mit. Fran war eine von seinen alten Freundinnen, die zum Begräbnis kamen. Ich stand neben Mom, und Fran blieb auf Distanz, obwohl sie mich natürlich gesehen hatte. Als sie auf den Gang ging, um eine zu rauchen, folgte ich ihr. Ich war jetzt siebzehn und größer als sie.

»Hat er dich geliebt?«, fragte ich und sah dabei das Christusbild an, das hinter ihr hing.

»Er war ein guter Mensch«, sagte sie unbestimmt.

»Hast du ihn geliebt?« Erzähl mir was, erzähl mir irgendwas, was einen Sinn ergibt!

Schließlich zuckte sie verlegen mit den Schultern. »Du bist zu jung, um das zu verstehen.«

»Schlampe«, sagte ich und musterte den blonden Bart von Jesus.

Sie bat mich nicht, zu wiederholen, was ich gesagt hatte. Sie hatte schon richtig verstanden. Ich sah ihr in die Augen. Ich hasste mich, hasste sie aber noch mehr.

Der Mond war verschwunden und hatte sein fahles Glühen mitgenommen. Ich fuhr mit den schmalen Strahlen der Scheinwerfer, die sich an das Auto klammerten, quer durch zwei Bezirke. Links und rechts der Straße erhoben sich undurchdringliche Kiefernwände. Wenn sich draußen in der Dunkelheit etwas bewegte, hatte es sicher nichts Gutes im Sinn.

Heute werde ich nicht gut schlafen. Johns Kopf auf einem Kissen, hellwach. Johns Kopf auf einem Kissen neben mir. Ich fragte mich, ob Julianna jetzt wach war. Fragte sie sich, wo ihr Dad jetzt war?

Im Scheinwerferlicht tauchte am rechten Straßenrand ein Schatten auf. Es waren mehrere dunkle Formen. Sie waren zu klein für Wild. Zwei Köpfe hoben sich, schwarze Massen, die den Blick des Mercury mit roten Augen erwiderten. Am Rand des Asphalts glitzerte Blut. Das Bild verschwand, kaum dass es aufgetaucht war. Dann sah ich nichts als Sand und Erde vorbeiflitzen. Zu groß für Füchse, zu dunkel für Kojoten, und die Wölfe hatte man in diesem Teil des Bundesstaates schon vor Jahren ausgerottet. Überall streiften ausgesetzte Hunde durch die Wälder, die jagten oder die Tiere fraßen, die überfahren wurden. Im letzten Frühling hatten sie bei den Millers mehrere Schafe gerissen.

Die Nacht wurde schwärzer und kälter. Ich drehte das Autoradio ab. Ich hatte ein Zuhause. Ich hatte Schlösser an den Türen. Doch gleich da draußen gab es dunkle, hungrige Gestalten, die einmal Hero oder Jack geheißen hatten. Schnauzen, die sich einmal an eine Hand geschmiegt hatten, um getätschelt zu werden, reckten sich jetzt in die Luft, um die Witterung einer Beute aufzunehmen. Menschen kehrten Dingen, für die sie verantwortlich waren, den Rücken, als ob diese sie nicht mitten in der Nacht heimsuchen und ihnen die Gurgel aufreißen würden. Mich fröstelte. Ich schloss das Fenster und zündete mir noch eine Zigarette an. Mein Kopf dröhnte wie eine Kesselpauke. Der Mercury rollte nach Hause.

11

Der Tag nach Uncle Eddie's war ein Dienstag. Ich hatte ein Turnierspiel. John würde da sein. Früh am Morgen rief Mom aus dem Krankenhaus an und riss mich aus einem unruhigen, erschöpfenden Schlaf. Sie hatte Stacy besucht. Es ging ihr gut. Der Scheißbalg erfing sich nur langsam, würde es aber schaffen. Nein, sie bräuchten nichts da oben, aber ob ich wohl Zeit hätte, sie und Sharon am späteren Vormittag zu treffen? Gegen halb elf brach ich zum Messegelände auf. Der Parkplatz war voll, überall Pickups, Viehwagen, Minivans – da stand so ziemlich alles, was die Leute praktisch fanden, um Sachen rumzufahren. Die Kleinviehhalle war das reinste Chaos. Neben Kaninchen mit Schlappohren, die außer Rand und Band in ihren Käfigen im Kreis hoppelten, plusterten exotische Hühner ihr golden-rotes Halsgefieder auf und schüttelten es.

»Geflügel in Abschnitt C!«, schrie eine Frau mit einer gelben Kunststoffjacke.

»Daniel! Daniel! Der Trog schwappt über, lass dir Zeit!«

»Enten, Gänse, Hühner, Abschnitt C bitte.«

»Sachte, sachte, Liebling, das ist ja kein Fußball!«

Ich musste daran denken, dass Jen Colby letztes Jahr ein Meerschweinchen oder so was angemeldet und sich bei der Kleintierschau ein rotes Band geholt hatte. Sie trug es den ganzen September in einem Ziploc-Beutel mit sich rum. Sie war wie alle anderen Kinder hier, wie die Kinder, die gerade vor mir gingen. Ich beobachtete die kleinen Gestalten, die überall um mich herum hin und her wirbelten. Selbst wenn man sich angestrengt hätte, wäre es unmöglich gewesen, eine länger im Auge zu behalten.

Ich sah ihn im Rückspiegel kleiner werden, als er zu seinem Auto ging, die Hände in den Taschen seiner Jeans. In meinem Kopf sprühten silbrige Funken, und ich bekam weiche Knie, als ob ich fliegen, als ob ich mit dem Kopf voran in ein Haus aus Glas krachen würde.

Ich kämpfte mich über den schlammigen Hauptgang zu dem Zelt mit den zum Wettbewerb eingereichten Backsachen und Konfitüren. Die Jury tagte erst zu Mittag, aber schon jetzt war die Menge von Kuchen, Broten, Torten und Marmeladen überwältigend. Da gab es Kinder auf der Welt, die nichts zum Frühstück bekamen, ältere Männer, die sich nicht einmal eine Tasse Kaffee leisten konnten, und hier hatten Stolz und Eitelkeit sich verbündet, um diesen obszönen Berg selbst gemachter Scheiße hervorzubringen. Ein Einmachglas mit einem schicken Ginganröckchen über dem Deckel enthielt Maulbeer-Ingwer-Marmelade. Ich möchte wissen, wer in aller Welt gute von schlechter Maulbeer-Ingwer-Marmelade unterscheiden kann. Dad hatte mir immer erzählt, dass Maulbeeren giftig seien. War das auch nur eine Geschichte, die Amy und mich vom Hof der Brickhams fern halten sollte? Ihre Maulbeeren waren genauso wenig giftig, wie ihr Cockerspaniel Mister Brickham die Finger abgebissen hatte.

»Stuart, jetzt hör aber sofort auf!«, hatte Mom gesagt. »Der Hund hat ja nicht mal Zähne.«

Mensch, was er uns über die Brickhams für Alptraumgeschichten erzählt hatte. Selbst heute, nach einem Vierteljahrhundert, konnte ich mich kaum überwinden, ein paar Worte mit ihnen zu wechseln, wenn ich sie in der Bank traf oder in Moms Einfahrt bog und gerade jemand die Post aus dem Briefkasten holte. Sie hatten nie Kinder, was sie in Amys und meinen Augen von Anfang an verdächtig machte. Mrs. Brickham hatte ihr Haar auch heute noch zu einer pechschwarzen Elizabeth-Taylor-Frisur hochtoupiert. Dad erzählte mir einmal, dass er eine Maus mit vier Babys daraus hervorschlüpfen und über ihren Hals davonrennen gesehen hatte.

Preiselbeersoße, Sauerkirschenstreusel, Apfelsoße für Hackfleisch. Und da, endlich: »Mrs. Annette Culpepper. Butterbrot-

Eingemachtes. Verkostung: 12.30 Uhr«. Hier würde ich sie also nicht mehr erwischen. Sie waren sicher schon drüben bei den Handarbeiten, die, wie üblich, in der größten Halle untergebracht waren. Bei den Handarbeiten war, abgesehen vom Obst-Gemüse-Blumen-Haus, in dem es hockergroße Sonnenblumen und grüne Paprika von der Größe des Scheißbalgs zu bestaunen gab, am meisten los.

Ich war fast schon durch die Tür, als mir eine Karte ins Auge stach. »Miss Mary Culpepper. Zucchinibrot. Verkostung: 13.00 Uhr.« Mein Name, mein Brot, zur Schau gestellt, um von allen begafft zu werden. Es war das Brot, das ich am Sonntag für Mom gebacken hatte.

Schließlich fand ich Sharon, die sich anstellte, um sich bei den handgenähten Kindersachen einschreiben zu lassen. Mom sah sich gerade auf der anderen Seite des Gangs ein besticktes Taufkleidchen an. Sharon hatte die Spielanzüge in der Hand, die wir letzten Monat für Stacys Babyparty gemacht hatten.

»Wird aber auch Zeit«, sagte sie, als sie mich sah. »Wir sind fast fertig.«

»Hat dir das Stacy erlaubt?«, fragte ich und deutete auf die Spielanzüge.

»Sie weiß es nicht«, antwortete Sharon.

»Ich hab dir gesagt, tu's nicht«, sagte Mom. »Sie kann jetzt keine Aufregung brauchen.«

»Sie erfährt es doch nicht«, erwiderte Sharon. »Außer du sagst es ihr.«

Die Spielanzüge waren so gefaltet, dass man die kleinen Tiere sehen konnte, die ich gestickt hatte. »Du bist einfach rüber und hast dich bedient?«, fragte ich.

»Ich hab einen Schlüssel«, antwortete sie, als ob ich sie eines Raubüberfalls bezichtigt hätte. Ich sah sie vor mir, wie sie ganz ruhig ins Kinderzimmer ging, in dem das 900-Dollar-Bettchen wie eine Raketenkapsel vor sich hin glitzerte, und die Peter-Rabbit-Kommode durchwühlte, bis sie gefunden hatte, was sie suchte, während Stacy und der Scheißbalg hilflos im Spital lagen. »Sie waren in der *letzten* Lade«, fügte Sharon hinzu.

»Neben meinem Zucchinibrot?«

»Schluss jetzt, Mädchen!« Als wir Moms schmale Lippen sahen, hielten wir den Mund. Sharon wandte sich dem Anmeldetisch zu und gab ihre Karte ab. Mit der linken Hand hielt sie den Stapel Spielanzüge, während sie mit der rechten nicht vorhandene Falten an den Plissees und Aufschlägen glatt strich. Ein dicker, flauschiger kleiner Bär, der auf dem Rücken lag und sich die Zehen hielt, lachte Sharon an. Er dachte sicher, er sei der Liebe willen gemacht worden. Nun würden kritische Finger die Stiche pro Zentimeter zählen und die Rückseite nach nicht vernähten Fäden untersuchen.

»Deine Gruppe ist um eins dran«, sagte Suzanne O'Dell, die hinter dem Anmeldetisch saß, zu Sharon. Sie lächelte. »Hallo Mary.«

Ich lächelte auch. Suzanne O'Dell war eine viel beschäftigte Frau. Machte sich in der Handarbeitenhalle nützlich, organisierte das Bierzelt, schlug Homeruns, die drei Punkte brachten. Bald würde es ihr wie Amy gehen. Nicht dass mich das was anging.

»Steh da nicht so rum wie bestellt und nicht abgeholt!« Mom wartete an der Tür auf mich. »Wir gehen was essen.«

»Warum wolltest du mich sehen?«, fragte ich.

»Tut mir Leid«, sagte Mom, was hieß, dass ich sie verletzt hatte. »Hattest du heute was anderes vor?«

»Ja«, sagte ich. Und als ich es sagte, hatte ich auf einmal etwas vor. Mir war etwas aufgegangen, ein zartes, scheues Pflänzchen von einer Idee, mit Ranken, die sich schon wie Efeu um meine vorderen Gehirnlappen schlangen. »Ich wollte Stacy besuchen.«

»Darüber müssen wir reden«, sagte Sharon.

»Worüber?«

»Über Stacy. Sie schicken sie Freitag nach Hause.«

Wir steuerten auf die Tische mit den Bänken zu, an den Hotdog-, Kielbasawurst- und Elefantenohrenbuden vorbei. Eine Gruppe von Teenagern drängte sich vor dem Stand mit den Hascheebrötchen. Gepflegte honigfarbene Pferdeschwänze, in glänzenden Stiefeln steckende Blue Jeans, gerade Nasen und Zähne. Pferdestallmädchen. Sie lachten laut, als wir vorbeigingen.

Instinktiv zuckte ich zusammen, obwohl ich zwanzig Jahre älter war als sie und sie mich nicht mehr verletzen konnten.

»Wie spät ist es denn?«, fragte ich und sah in die Luft.

»Elf«, sagte Mom. »Halten wir dich auf?«

Ich gab ihr keine Antwort, holte mir ein paar Fritten mit Chilisoße und einen Becher Kaffee und suchte mir einen Tisch im Schatten. Mom nahm einen Hamburger und eine Cola. Sharon stellte sich um eine Pizza mit Käse an. Während ich aß, beobachtete ich einen Jungen in einem Overall, der den metallenen Wassertrog beim Viehstall füllte. Es war laut. Die Ochsen schnaubten und furzten, was das Zeug hielt. Ein schöner Platz, um was zu essen.

»Du siehst müde aus«, meinte Mom.

»Gibt's sonst was Neues?« Ich blies in meinen Kaffee.

»Was hältst du davon, dass wir uns die Hausarbeit bei Stacy teilen und einen Stundenplan machen? Das wär doch schön«, sagte sie.

Da kam Sharon. »Du arbeitest nicht«, sagte sie. »Da könntest du doch den Großteil übernehmen, dachten wir.«

»Haha«, murmelte ich und kaute an einer Fritte.

»Was bist du denn so scheißsauer heute?«, meinte Sharon. »War doch nur ein Scherz.«

»Deswegen hab ich auch haha gesagt.«

»Hast du letzte Nacht nichts geschlafen?«, fragte Mom.

Heute werde ich nicht gut schlafen.

Ich auch nicht.

Ich sah meine Mutter an. Ich sah meine Schwester an. Ich schob Sharon die Fritten hin. Nahm mir eine Zigarette und steckte sie an. Mom sah weg und biss sich buchstäblich auf die Zunge. Durch die Anstrengung traten ihre Wangen hervor und sie sah aus wie Marlon Brando. Sharon kaute an der Rinde ihrer Pizza und starrte mich an.

»Wem ist denn eingefallen, mein Zucchinibrot einzureichen, ohne mich zu fragen?« Ich drehte mich von den beiden weg, als ich den Rauch ausblies.

»Siehst du?«, meinte Sharon. »Ich hab dir gesagt, dass sie durchdreht.«

»Ich muss heute Nachmittag ein paar Sachen einkaufen«, sagte ich. »Ich kann nicht mehr lange bleiben.«

»Gut«, sagte Mom und sah in die andere Richtung. Auf dem Platz neben mir hatte jemand »Blas mir einen!« eingeritzt. Scheiße, man hatte keine Chance.

»Wo hast du denn den Ring her?«, wollte Sharon wissen.

»Aus einem Kaugummiautomaten«, antwortete ich, ohne vom Tisch aufzusehen. Ich hatte ihn nur zum Duschen heute morgen abgenommen. Seine sentimentale Dummheit spiegelte sich unübersehbar in der Oberfläche meines Kaffees.

»Ich dachte, er wäre von deinem Freund«, sagte sie leichthin. Das war bei Sharon ein Dauerthema: mein imaginärer Freund. Ich legte die Hand auf den Schoß.

»Das mit dem Zucchinibrot tut mir Leid«, sagte Sharon.

»Dir braucht es nicht Leid zu tun«, keifte Mom. »Du warst es ja nicht. Ich war's.« Sie wandte sich mir zu. »Du hast so viel Kreatives in dir und lässt es nie jemandem sehen. Ich dachte, es würde dein Selbstvertrauen stärken.« Sie saß da und starrte mich wütend an, mich und meine Kreativität. »Du könntest dir mit dem Brot was verdienen«, fuhr sie fort. »Und deine Sticksachen könntest du in dem kleinen Laden in Grayling verkaufen. Die Leute zahlen viel Geld für so was. Du bist so gut, zeigst es aber niemandem. Es macht mich einfach krank, das anzusehen.« Sie stocherte in ihrem Hamburger herum, um mir zu zeigen, wie sehr ich ihr das Essen vermiest hatte. »Willst du dein ganzes Leben lang einen Schulbus fahren?«

»Es gibt Schlimmeres, als die Kinder sicher zur Schule und wieder nach Hause zu bringen.« Ich unterbrach mich. Sharon fixierte Mom, damit sie den Mund hielt.

Mom hörte auf, ihren Hamburger zu malträtieren, und ließ ihre rechte Hand wie ein totes Glied auf den Tisch fallen. Eine echte Kapitulationsgeste. Sharon schien sich für Mom und sich selbst zu schämen. Sie sagte: »Ich muss heut arbeiten, aber vielleicht geh ich nach der Schicht zu Marion's.«

Dass Sharon mir nachspionierte, fehlte mir gerade noch. »Was machen wir jetzt mit Stacy?«, fragte ich.

»Wir haben uns Folgendes überlegt –«, begann Sharon.

»*Überlegt*, festgelegt ist überhaupt noch nichts«, unterbrach Mom sie.

»Ich fahr morgens rüber«, setzte Sharon fort. »Und Mom ist abends da und macht das Essen und so.« Ich war schon neugierig, wofür ich vorgesehen war. »Und du könntest die Wochenenden übernehmen«, meinte sie schließlich.

»Es wäre ja bloß für ein paar Wochen«, fügte Mom hinzu. »Geht das?« Die beiden beäugten mich, als ob ich Schwefelsäure wäre, die sie gleich bespritzen würde.

»Okay«, sagte ich. Es trat eine Pause ein, in der sie die vorbereiteten Argumente wegsteckten.

»Ja?«, fragte Mom.

»Wofür hat man denn eine Familie, stimmt's?«, antwortete ich. »Ihr habt euch doch auch alle um mich gekümmert, als ich krank war, und jetzt kümmern wir uns alle um Stacy.« Ich stand auf und warf den Kaffeebecher in die Mülltonne. »Sonst noch was?«

»Kannst du nicht wenigstens bis zum Eingemachten um halb eins bleiben?«, fragte Mom.

»Ich muss jetzt. Tut mir Leid.«

»Wir rufen dich an, wenn du ein Band bekommst«, sagte Sharon.

»Bin unterwegs«, sagte ich im Gehen.

»Wir rufen trotzdem an«, rief sie mir nach.

»Kann dich nicht dran hindern.« Meine Worte gingen im verängstigten Schnaufen der Schweine in den hölzernen Ställen unter. Auf dem Weg nach Traverse City rauchte ich das Päckchen Kools auf und nickte ein paar Mal fast ein. Ich hatte die letzte Nacht nur vier Stunden geschlafen. Wenn das so weiterging, würde ich tot sein, bevor der Prozess am Freitag begann. Dann wären die ganzen Kämpfe mit Mad Dog Mahoney umsonst gewesen. Ich blieb während des ganzen Mittagessens bei Stacy und verdrückte das Jell-O, von dem sie gerade mal gekostet hatte. Der Scheißbalg war über den Berg, Ruther im Geschäft. Stacy fasste wieder Tritt, zeigte mir ihre Brustpumpe und erklärte mir, wie sie funktionierte.

»Und guck dir das mal an!«, sagte sie kichernd. »Gib dir das!« Sie verschränkte die Arme, so dass ihr Brustansatz im Ausschnitt ihres gelben Baumwollnachthemds sichtbar wurde.

»Die sind aber wirklich riesig, Stace«, musste ich zugeben.

Ich verließ das Krankenhaus und fuhr in die Stadt. Der zarte Trieb der Idee von vorhin auf dem Messegelände war folgender: Ich wollte einen Einkaufsbummel machen, den ersten in meinem Leben. Am einfachsten wäre es gewesen, in das Kaufhaus Lehmann zu gehen, aber ich konnte es nicht riskieren, Lori Baumann über den Weg zu laufen. Ich parkte den Mercury und steckte Geld in die Parkuhr. Ging einen halben Block und kehrte um, um noch einen Vierteldollar einzuwerfen, damit dem Wagen nichts geschah.

Das erste Geschäft auf meiner Liste war »The Candle Shoppe«. Als ich eintrat, klingelte ein Glöckchen über der Tür. Drei Köpfe fuhren herum. Ich zog die Stirn in Falten und musterte die Gagelstrauchzweige und mimte eine entschlossene Käuferin, die keine Zeit für Plaudereien hat. Überall Kerzen, deren Geruch mir in die Nase stieg – ganz lange, ganz dünne, kugelförmige mit Dochten, die wie Bomben aussahen. Ganz unten im Regal stand ein Korb mit der Aufschrift: »50% ermäßigt«. In dem Korb waren lauter kleine weiß gesprenkelte Kerzen. Auf manchen stand »Wiesenblumen«, auf anderen »Nach dem Regen«. Ich hielt sie mir unter die Nase, roch aber fast nichts. Aus der Nähe konnte ich im Wachs winzige Vergissmeinnicht ausnehmen. Ich nahm je zwei Kerzen, zog mein T-Shirt unten hoch und legte sie in den improvisierten Beutel. Ich zögerte einen Augenblick bei »Sternennacht«, schlug dann aber auch zu. Ich bezahlte mit meiner Kreditkarte und war noch immer zu beschäftigt, um mit jemandem zu plaudern.

Gnädigerweise zeigte kein Glöckchen meine Ankunft an, als ich »Lorelei's Closet« betrat. Ein leichter, warmer Duft schwebte im Raum, der mich an gebratene Zitronen erinnerte. Der cremefarbene Teppich passte gut zu den schweren Vorhängen aus Wildseide am Fenster zur Straße. Es drang kein Laut von draußen herein. Klassische Klaviermusik rieselte weich und melodiös durch den Laden. An einem kleinen runden Tisch stand eine Frau und faltete Seidenschals. Sie lächelte. »Ich heiße Carol. Ich helfe Ihnen gerne, wenn Sie Fragen haben.«

Ich hatte völlig vergessen, wie sehr mir dieses Geschäft gefiel. Amy und ich waren hier gewesen, um ein Hochzeitsgeschenk für Stacy zu kaufen. Es gab Hemdchen, Höschen, Unterröcke, Unterkleider, lang und kurz und tailliert. Büstenhalter mit Bügeln, ganze und halbe Körbchen aus Polyamid, Spitze, Baumwolle, Lycra und jeder vorstellbaren Kombination. Normalerweise konnte ich mich aus einer Dessousabteilung gar nicht schnell genug verdrücken. Doch hier schienen mich die pfirsich-, elfenbein- und seemuschelrosafarben schimmernden, lose auf gepolsterten Bügeln schwebenden und zauberhafte Falten werfenden Nachthemden flüsternd dazu einzuladen, sie zu berühren.

Und ich folgte der Aufforderung, fuhr mit den Fingerspitzen über die Satinausschnitte und ließ die seidenen Ärmel wie Gefieder über meine Handflächen streifen. Suchte mir einen honigfarbenen Umhang aus und drapierte das Stück über meinen Arm. Bis ich mir zwei an den Schenkeln hoch ausgeschnittene Hemdchen, vier BH- und Höschensets und drei Nachthemden (zwei kurze und ein langes, aufreizend eeeeenges) ausgesucht hatte, waren schon zwei weitere Kundinnen im Laden. Carol zeigte mir den Raum, wo ich die Sachen anprobieren konnte. Er war so groß wie das Geschäftslokal vorne zur Straße hin und mit dem gleichen weichen Teppichboden ausgelegt. Auf den schokoladebraunen und honigfarbenen Sofas lagen Kissen. Warmes Licht summte. Da und dort hing ein einzelner freundlicher, gütiger Spiegel.

»Der Umkleideraum gehört Ihnen«, sagte Carol. »Ihnen ganz allein.«

Als ich die hauchdünnen Luxusdessous und Nachthemden über die Haken im hinteren Teil des Raums hängte, kam Carol mit einem diskreten Klopfen zurück. Sie trug ein Tablett mit einem Glas, einem Krug Limonade und einer großen Stoffserviette und stellte es auf einem der Tische ab.

»Wenn Sie andere Größen probieren wollen, brauchen Sie nur zu läuten, und ich bin schon da«, sagte sie und zeigte auf einen kleinen Knopf neben der Tür. »Viel Spaß!«, fügte sie hinzu und schloss die Tür leise hinter sich. Ich fühlte mich wie Braut und Bräutigam in der Hochzeitsnacht zusammen.

Doch gleich würde der Spaß vorbei sein, der Traum ein Ende haben. Ich zog meine Sportschuhe aus und knöpfte meine Shorts auf. Schälte, streckte und wand mich, bis ich nackt mitten im Raum stand. Es war einfach, den Spiegeln aus dem Weg zu gehen, wenn man wollte – und sich ihnen zu stellen, wenn man wollte. Ich holte Luft und sah mich an. Vielleicht war es das diffuse warme Licht, das wie ein Dunstschleier wirkte. Vielleicht hatte ich mich zu einer Art Trunkenheit verführen lassen. Ich sah toll aus, jedes Stück meiner 1,78 m und 72,5 kg sah toll aus. Da gab es keine harten Kanten oder scharfen Linien. Nur goldene Hügel und Kurven. Als ich meine Arme und Schultern bewegte, kamen klar umrissene Muskeln zum Vorschein. Ich kam mir wie eine richtige Venus vor. Ich ließ mir Zeit beim Probieren und genoss jeden seidenen Wimpernschlag. Ich trank von der Limonade, tupfte mir mit der Stoffserviette den Mund ab und wurde weder von Carol noch von sonst jemandem gestört. Es gab nicht ein Stück, das mir nicht perfekt stand. Ich musste einfach alle nehmen. Als ich aus dem Umkleideraum trat, nahm mir Carol die Sachen ab und ging damit zur Kasse. Ich sah mich in der Abteilung mit den Badesachen um, während sie eine andere Frau mit einem Arm voll Wonne nach hinten begleitete.

Ich entschied mich für ein Wiesenblumen-Badesalz, das zu den Kerzen passen würde, und eine frische, nach Gras duftende Pflegelotion. Außerdem nahm ich einen Bimsstein, einen Luffaschwamm und – der absolute Wahnsinn – ein rundes rosa Gefäß mit geruchlosem Körperpuder und eine mit Satin gesäumte Puderquaste. Es machte doch Spaß, einen Körper zu haben. Als ich mit der Kreditkarte an der Kasse stand, hatte ich mich in ein Bündel sexueller Energie verwandelt. Ich hätte alles verführen können, ob Mann, Frau oder Tier.

»Sie haben einen wunderbaren Geschmack«, sagte Carol, als sie die Satinstrapse behutsam in Seidenpapier bettete.

»Danke«, sagte ich. Jetzt war ich nicht mehr zu beschäftigt, um mit jemandem zu plaudern. Ein zarter Duft stieg von ihren Händen auf, als sie das Seidenpapier mit einem goldenen Schildchen verklebte, auf dem die Buchstaben LC prangten. Auf ihrem Namensschild stand »Carole«. Carole mit einem sinnlosen »e« am Ende. Ich liebte sie. Meine Beute kam in zwei große Tragtaschen, die beide in Rosa und Gold für »Lorelei's Closet« warben. Sie reichte sie mir über den Ladentisch. Ich streifte mit meinen rauen, sich wie Schmirgelpapier anfühlenden Händen zufällig ihre Finger. Sie lächelte. Ich öffnete die Tür und trat in die gleißende Sonne. Machte zwei Schritte Richtung Wagen und – zack! – stieß mit Carl zusammen. Mit zwei Lorelei-Taschen erwischt zu werden hätte mich nicht mehr erschreckt, wenn wir noch verheiratet gewesen wären. Ich wurde rot, weiß und wieder rot, bis er mich fragen konnte, was ich denn in Traverse City triebe.

»Stacy« sagte ich. Plötzlich juckte es mich an der Nase, aber ich hatte die Hände nicht frei. Sie trugen den Beweis meiner zügellosen Sexualität. »Ich hab Stacy besucht, hab ihr ein paar Geschenke gekauft, das sind Geschenke für sie, weil sie so deprimiert ist, weißt du, sie musste zwölfmal genäht werden, und sie hat Angst, dass sie Hormone nehmen muss und dass ihr dann ein Bart wachsen wird, und deswegen hab ich ihr ein paar Sachen gekauft, dass sie sich wieder wie eine Frau fühlt.« Um Himmels willen, was brabbelte ich denn da?

»Mary, darf ich vorstellen, das ist Ann«, sagte Carl. Er wandte sich der Frau neben ihm zu. »Ann, das ist Mary, meine frühere Frau.«

Ich nahm beide Taschen in eine Hand, um die Hand zu schütteln, die sie mir hinhielt, und kratzte mich dann sofort an der Nase.

»Freut mich, Sie kennen zu lernen«, sagte sie. Kurzes, lockiges blondes Haar, hellrosa Lippenstift, außergewöhnlich schöne Zähne. »Ich habe schon viel von Ihnen gehört.« Diese Äußerung schwebte wie ein wirklich grauenhafter Furz über uns dreien. Ich nahm mich zusammen.

»Und Sie«, sagte ich, »sind eine völlige Überraschung für mich.« Ich sah ihr direkt in die Augen. Ein dunkles Haselnussbraun. Sie sah nicht weg. Noch eine Minute, und ich würde mich zu ihr hinbeugen und sie auf den Mund küssen, nur um sie davonlaufen zu sehen. Sie trat einen kleinen Schritt zurück und guckte Carl an, der nervös war, weil er nicht wusste, was er sagen sollte.

»Ann arbeitet für die Umweltschutzbehörde«, lautete sein Angebot.

»Hm«, sagte ich.

»Stacy hat also das Baby zur Welt gebracht«, versuchte er es noch einmal.

»Am Sonntag.«

»Ja. Deine Mutter hat mich angerufen.« Was hieß: du nicht. Ich wartete und ließ ihn zappeln. »Tut mir Leid, dass sie es so schwer gehabt hat«, setzte er hinzu.

Hatte ich wirklich gesagt, dass ihr ein Bart wachsen würde? Ich schwieg, lächelte zuerst ihn und dann Ann an.

»Ist das Ihr erster Neffe?«, fragte sie.

»Ja.«

»Das muss aufregend für Sie sein«, meinte sie.

»Ja.«

»Ja. Ann muss zurück«, sagte Carl. Das war für uns alle das Signal zur Flucht.

»Und was machst *du* in Traverse City?«, fragte ich und drehte an Johns rosa Plastikring, damit er Carl anfunkelte. Er sah mich an wie damals, als ich beim Euchre die Partie entschieden hatte.

»Arbeiten.«

»Spielst du heute Abend?«, fragte ich ihn.

»Nein. Du?«

»Ja«, sagte ich. »Gegen Watering Hole.«

»Kneipe gegen Kneipe, hm?«, sagte er. Ins Watering Hole nahm man im Unterschied zu Marion's seine Kinder nicht auf einen Burger mit. »Viel Glück!«, fügte er hinzu und schickte sich zu gehen an.

»Danke.« Ich richtete meine Aufmerksamkeit auf Ann, sagte aber nichts.

»Nett, Sie kennen gelernt zu haben, Mary.« Sie schenkte mir ein aufrichtiges Lächeln.

»Danke.« Ich trat zurück und ließ die Tragtaschen, einen Blick herausfordernd, hin und her schaukeln. »Also, bis dann.«

Ich blieb noch eine Zeit lang so stehen und sah ihnen nach. Wie weit sie wohl gehen würden, bevor einer von ihnen was sagte? Mir dämmerte, dass er mich, wenn es nicht wegen Amy gewesen wäre, früher oder später wegen einer anderen verlassen hätte. Das war eine neue Vorstellung, die mir nicht gefiel. Schließlich ging ich zu meinem Wagen. Die Sonne knallte mir auf den Kopf. Der Bürgersteig glühte. Ich sperrte den Kofferraum auf und stellte die Taschen vorsichtig hinein. Sah auf die Uhr und schob noch zwei Vierteldollarmünzen in die Parkuhr. Ach was, wenn ich schon mal dabei war. Ich überquerte die Straße, sah mich um, ob ich noch einem Bekannten über den Weg laufen würde, und schlüpfte ein Stück weiter in ein Nagelstudio. Ein Mädchen mit einem schwarzen Pagenkopf sah von einer Zeitschrift auf und lächelte.

»Hallo«, sagte sie.

»Ich hab keinen Termin«, antwortete ich.

»Kein Problem«, strahlte sie mich an. »Was können wir für Sie tun?«

»Ich bräuchte eine Maniküre.«

»French, Modellage, Tips, Acryl …?« Ich wusste nicht, was ich sagen sollte. Das Einzige, was mich davon abhielt, den Rückzug anzutreten, war die Rauchsäule, die aus einem unsichtbaren Aschenbecher links von ihr aufstieg. Ein Nagelstudio war völliges Neuland für mich.

»Ich weiß nicht«, sagte ich, »ist mein erstes Mal.«

»O du meine Güte, na dann kommen Sie mal!« Sie drehte sich um. »Sandy!«, rief sie. »Bist du frei?«

»Darf ich mir eine nehmen?«, fragte ich sie und zeigte auf die Packung Merits neben ihr.

»Sicher.« Sie gab mir die Packung. »Hinten dürfen Sie aber nicht rauchen.«

Sandy trat hinter einem Vorhang hervor und deutete mir mit einer kaum wahrnehmbaren Bewegung ihres Kopfes, zu ihrem

Platz zu kommen. Ich folgte ihr und schob mir die noch nicht angesteckte Zigarette hinters Ohr. Ich nahm Sandy gegenüber Platz und beschrieb meine Lage. Sie war ein coolerer Typ als das schwarzhaarige Mädchen. Sie zuckte nicht einmal mit den Wimpern, als sie mir »ein neues Set« vorschlug: Reinigen, Massieren, Nagelhautentfernen, Schneiden und Lackieren für fünfzehn Dollar.

»Klingt gut«, sagte ich und legte meine Hände auf das Tischchen zwischen uns. Ich sah zwei Frauen, die an anderen Plätzen etwas mit sich machen ließen. Ich vermied es, sie anzusehen, und fragte mich, ob es wohl wie auf einem Männerpissoir einen ungeschriebenen Verhaltenskodex gab. Sandy griff nach meiner linken Hand, hob sie hoch und musterte jeden einzelnen Nagel, als ob er eine ansteckende Krankheit hätte.

»Du liebe Güte«, sagte sie, »was haben Sie denn mit denen angestellt?«

Der Plastikring glitzerte uns glücklich an. Ich hatte vergessen, ihn abzunehmen.

»Cheryl«, sagte Sandy laut. Sie hielt noch immer meine Hand. »Das musst du dir mal ansehen!« Niemand sprach, während das schwarzhaarige Mädchen nach hinten kam, um einen Blick auf meine Nägel zu werfen.

»Wow«, sagte Cheryl. »Da hol ich besser Elizabeth.« Sie flüsterte hinter einem Vorhang mit jemandem. Sandy und ich sahen uns weiter die Risse und Zacken an, aus denen meine Nagelhaut bestand. Man konnte noch Spuren der gelben Farbe von Sonntag sehen, die sich nicht hatten wegbürsten lassen. Ich hörte Stimmen hinter dem Vorhang.

»Ich brauche Elizabeth.«

»Sie ist am Klo.«

»Sie soll schnell rauskommen. Ich hab da jemanden für sie.«

»Ich hol sie nicht aus dem Klo. Sie ist auf Pause.«

»Sie wird gleich kommen«, sagte Cheryl forsch zu mir. »Sie haben Glück, dass Sie sich für uns entschieden haben.« Dann starrte auch sie meine Hand an, als ob sie ein totes Tier vor sich hätte. Ich musste an Caroles duftende Fingerspitzen denken, die meine gestreift hatten. Ich würde mich nicht für meine Nägel entschuldigen. Ich würde auch keinen Rückzieher machen. Ich würde meine Maniküre bekommen, auch wenn ich Elizabeth eigenhändig aus dem Klo zerren musste.

Eine halbe Stunde später hatten Elizabeth und ich ein Stillhalteabkommen geschlossen. Sie seufzte nicht, schrie nicht auf und verlangte keine Erklärungen, und ich jammerte nicht und zuckte nicht vor lauter Schmerz zusammen, wenn sie mit ihren Operationswerkzeugen in meine Finger grub. Sie hatte starke, trockene Hände, die wussten, was sie taten. Ich entspannte die Arme und ließ sie meine Finger in jede Stellung biegen und drehen, in die sie nur wollte. Nach der Massage fühlte ich mich wohlig müde und angenehm. Ich mochte Leute, die einem die Nägel pflegen, das Haar schneiden oder einen Gebärmutterabstrich machen konnten, ohne einem den Kopf dabei abzureißen.

»Macht fünfzehn Dollar«, sagte sie schroff.

»Würden Sie sie mir auch lackieren?«, fragte ich.

»Wenn Sie gezahlt haben«, sagte sie mit kaum verhohlener Ungeduld. Ich zahlte. »Welche Farbe wollen Sie?«

Mein Blick schweifte über den Ständer mit den Nagellacken hinter ihr. Panik kroch mir die Arme hoch, als ich nach den vielen Rottönen, verschiedenen Modefarben und Thermolacken schielte. »Was schlagen Sie vor?«, entgegnete ich.

»Farblos«, antwortete sie und langte schon nach dem Fläschchen.

Als sie fertig war, sahen meine Hände aus wie von jemand anderem. Vielleicht nicht schlank und wie Perlmutt, aber jedenfalls phantastisch. Nachdem sie die letzte Schicht aufgetragen hatte, begleitete sie mich nach vorn, wo kleine Trockner surrten. Ich folgte ihr und setzte mich und hielt die Hände, wie angeordnet, mit den Handflächen nach unten unter das Gebläse.

»So«, sagte sie und ging. Sofort bat ich Cheryl um Feuer. Da saß ich nun mit einer Hand unter dem Trockner und einer Zigarette in der anderen. Ich schlug die Beine übereinander, lehnte mich zurück und nahm alle dreißig Sekunden die Zigarette in die andere Hand.

»Sehen Sie sich das an!«, sagte Cheryl und beugte sich mit ihrer schwarzen Turmfrisur über den Tisch, um das Werk zu bewundern. »Fühlen Sie sich nicht toll?«

»Ja, tu ich.«

»Nur fünfzehn Dollar haben eine andere Frau aus Ihnen gemacht.«

12

Den Rest des Nachmittags verbrachte ich in der Wanne, beschäftigte mich mit meinen neuen Mädchenspielsachen und pustete Seifenblasen durch die Gegend, denen Frank über den Badezimmerfußboden nachjagte. Auf dem Klodeckel stand eine Dose Stroh-Bier in Reichweite, daneben Amys alter Einmachglasdeckel. Alle paar Minuten bewunderte ich meine Nägel, wenn ich mir eine Zigarette anzündete und meine Ellbogen mit Bimsstein bearbeitete. Der rosa Ring aus dem Kaugummiautomaten glitzerte an meinem Finger und fühlte sich in dem schillernden Schaum so richtig zu Hause. So in der Wanne liegen, an einem Bier nippen, eine rauchen und vor mich hin singen – warum hatte ich das nie getan? Heute war Dienstag. Vier Tage noch, bis der beschissene Prozess begann, bis ich vor all den Leuten aussagen musste, vier wunderbar lange Tage. Bis Freitag blieb mir noch unendlich viel Zeit. Über Freitag brauchte ich mir nicht den Kopf zu zerbrechen.

Deine Hand zittert.

Ich bin ganz verkrampft im Bauch und mein Mund ist auch ganz trocken.

Der Gedanke an ihn ließ keine Funken mehr sprühen, sondern führte eher dazu, dass ich ganz weich im Bauch wurde. Das Telefon läutete zwei Mal. Ich hob nicht ab. Der erste Anruf war wahrscheinlich von Sharon, die mir berichten wollte, ob ich ein blaues Band gewonnen hatte, der zweite vermutlich von Carl, um mir was weiß ich zu sagen. John würde am Abend auf dem Sportplatz im Everett Park sein; ich wollte mir die Stunden bis dahin von nichts und niemandem verderben lassen. Die »Wildblumen«

brannten ganz ruhig am Rand des Waschbeckens und die kleine Flamme ließ die Vergissmeinnicht tanzen. Als ich aus der Wanne stieg, war ich vom Bier und von den Zigaretten angenehm benebelt. Es reichte für einen gewissen Optimismus. Ich tupfte mich mit einem dicken Gästehandtuch ab, das mir Carls Mutter geschenkt hatte, als ich in das Häuschen gezogen war. Die Handtücher waren riesig, verschwenderisch üppig, und ich hatte sie noch nie verwendet, geschweige denn irgendwelchen Gästen gegeben, die ich gar nicht hatte. Ich öffnete das Siegel der Körperlotion und gab mir ein wenig auf die Hände, um auszuprobieren, wie stark sie war. Sie duftete nach frischem Gras. Ich cremte mir die Arme, die Schultern, die Brüste und den Hals damit ein. Die Kühle drang in die Poren und ließ jeden Zentimeter meiner Haut tief atmen. Ich drückte noch eine Handvoll aus der Flasche und betupfte damit meinen Bauch, die Schenkel, Hüften und Beine. Massierte sie so sanft ein, als ob ich jemanden, den ich liebte, verwöhnen würde. Dann setzte ich mich auf den Rand der Wanne und cremte mir die Füße ein. Hätten sie einen Tränenkanal gehabt, hätten sie vor Dankbarkeit geweint.

Ich zündete mir noch eine Zigarette an, schnappte mir noch ein Bier und ging ins Schlafzimmer. Bevor ich mich anzog, trug ich da und dort noch ein wenig von dem geruchlosen Puder auf, nachdem ich vorsichtshalber daran gerochen hatte. Dazu summte ich »I Enjoy Being a Girl«. Das war unsere Hymne gewesen, als Amy und ich im ersten Jahr den Supergirlieklub gegründet hatten. Wir trugen eine Woche lang nur Kleider, schminkten uns und kämmten uns gewissenhaft das Haar. Wir kicherten und hielten den Kopf gesenkt, damit wir die Jungs, die uns in dieser Woche nicht von der Seite wichen, unter den Wimpern hervor angucken konnten. Als wir am Abend nach Hause kamen, verglichen wir im Schlafzimmer unsere Beobachtungen, kugelten uns vor Lachen und schwelgten in Verachtung darüber, wie die Jungs uns die Türen aufhielten und dunkelrot anliefen, wenn wir uns mit dem Kopf an sie lehnten. Ted Hearling trug Amy sogar die Bücher.

»Im Ernst?«, prustete ich. »Er hat dir die *Bücher* getragen?«

Als die Woche vorüber war, kehrten wir zu Sporthosen und Baseball-T-Shirts und in unsere Anonymität zurück. Das Experiment war vorbei. Doch im darauf folgenden Herbst, als unsere Klasse am Festwagen für den Homecoming-Umzug arbeitete, tat Amy so, als könnte sie einen vollen Müllsack nicht allein hochheben. Jimmy Heath, auf den ich insgeheim stand, half ihr. Er fragte sie noch am selben Tag, ob sie beim Homecoming-Abend seine Tanzpartnerin sein wollte. Nach einiger Zeit war Amy nur mehr wie früher, wenn wir allein waren. Dann spotteten wir über Wimpernzangen und Lippenstifte, liefen um den Everett Park um die Wette und sammelten im Kassauga River Steine. Als ich sie mit dem Getue Schluss zu machen bat, meinte sie: »Ich bin nicht wie du. Dir ist es egal, ob jemand mit dir ausgeht.« Ich wollte schon etwas einwenden, als mich der Ton der Bewunderung in ihrer Stimme schweigen ließ.

Ich musste lachen, wenn ich daran dachte, wie stolz sie jetzt auf mich sein würde, das Supergirl Nummer eins. Ich stellte das Puder weg und schloss behutsam den Deckel. Frank saß fasziniert am Rand der Kommode. Meine Haut hatte jetzt keine Panzerung mehr und war verwundbar, spürte jede noch so beiläufige Berührung. Schon das Dessous aus dem Seidenpapier zu nehmen war wie ein ausgiebiges Vorspiel. John war zu diesem Zeitpunkt beinahe überflüssig geworden. Ich entschied mich für ein Baumwollhöschen und einen dazu passenden blasslila BH. Ob sexy oder nicht, mich juckte nichtbaumwollene Unterwäsche und ich schwitzte darin. Ich betrachtete mich im Spiegel über der Kommode und fürchtete, dass die Sachen, die in Lorelei's Closet so gut gewirkt hatten, in meinem Schlafzimmer ihren Zauber verloren haben könnten. Ich sah irre aus. Ich zog mir Socken an, die ebenfalls aus reiner Baumwolle waren. Dann eine Stretchhose und das T-Shirt mit der Aufschrift Marion's Bar and Grill. Ich ging ein paar Mal zwischen Küche und Schlafzimmer hin und her und spürte den Schauer des Neuen unter dem vertrauten Alten, fühlte, wie die beiden Seiten meines Ichs nicht ganz im Gleichklang aneinander rieben. Ich machte Ordnung, wechselte die Laken und das Katzenstreu. Steckte eine Flasche mit Leitungswasser,

Handschuh, Brieftasche und Augenschirm in die 200-Jahre-Amerika-Tasche. Guckte, ob ich meinen Carmex-Lippenbalsam dabei hatte und fuhr mir sicherheitshalber damit über die Lippen. Schnappte mir meine Kools, küsste Frank zwischen die Ohren und machte mich auf den Weg, auf zum Sportplatz und zu John.

Das Spiel war ein Desaster, die Watering-Hole-Mannschaft wehrte sich kaum. Ich schlug im sechsten Inning einen Two-Run-Homer, damit sich niemand den Kopf darüber zerbrechen brauchte, ob ich es noch voll drauf hatte. Als ich von Base zu Base lief, dachte ich an die unergründlich blauen Augen oben auf der Tribüne, die meinen Lauf verfolgten. Er war beim drittletzten Schlag des dritten Innings aufgetaucht. Als ich das Homeplate erreichte, waren meine Schenkel so heiß, dass ich mich fragte, wie ich den Rest des Spiels überstehen sollte. Sizemor Septic spielte heute Abend nicht, und das bedeutete, dass weder Carl noch Amy da sein und wir etwas Luft haben würden, sobald wir einmal bei Marion's saßen. Und das bedeutete auch, dass John nur wegen mir gekommen war. Als ich nach dem Spiel zum Wagen ging, winkte ich ihm kurz zu. »Wir sehen uns dann«, sagte ich, als ob er Sharon oder Peg Monroe wäre.

In den Liedern aus der Jukebox ging es von dem Augenblick an, als ich das Lokal betrat, um Sex, um Sex und nochmals um Sex. Als John ein paar Minuten nach mir auftauchte, flüchtete ich auf die Toilette. Da stand ich nun, von Sperrholztafeln umgeben in einer Luftverbessererwolke. Ich betrachtete mich im Spiegel, das grobe gewellte Haar, den kräftigen Hals, das komische Kinn. Dann sah ich mir in die Augen. Loretta ging mit verschränkten Armen auf und ab. Im Lokal lief gerade »Prove It All Night«. An diesen Song hatte ich seit Jahren nicht mehr gedacht. Amy und ich hatten auf dem Schwarzmarkt Karten für 200 Dollar gekauft, als Springsteen in unserem ersten Jahr in Detroit sang. Ich erzählte meiner Mom, dass ich bei Amy, und Amy ihrer Mutter, dass sie bei mir schlafen würde. Ich fuhr mit Amys Pinto nach Detroit und hörte die fünfstündige Fahrt lang nur Springsteen-Kassetten. Damals hatte ich das Gefühl, in Riverton zu ersticken. Ich hatte keinen Freund und brannte vor Verlangen. Damals hätte ich mich nicht in der Toilette versteckt, wenn Schwierigkeiten bei der Tür hereinspaziert wären; ich wäre aufgesprungen und hätte die Schwierigkeiten auf ein Bier eingeladen. Ich verließ die Toilette und entdeckte John am Ende des Tresens. Er unterhielt sich mit jemandem, den ich nicht kannte. Ich trat von hinten an ihn heran, legte ihm ungeniert einen Arm um die Schultern (berührte ihn! berührte ihn!) und sagte: »Was trinkst du denn, John?«

»Whiskey und Wasser«, antwortete er und wandte sich mit einem Lächeln, das mir Hören und Sehen vergehen ließ, von seinem Kumpel ab. Schon im nächsten Augenblick klatschte Loretta einen Zwanziger auf die Theke und sagte Marion, was ich wollte. Wir tranken, bis wir zuerst meinen und dann seinen Zwanziger verputzt hatten. Ich erinnere mich nicht an ein Wort, das wir wechselten. Dann verzogen wir uns mit unseren Drinks nach hinten zum Billardtisch. Das Lokal war halb leer, die meisten Männer waren noch beim Spiel der Herrenliga. Ich sah nur ein paar bekannte Gesichter. Seit wann sah denn der Billardtisch wie ein Bett aus? Seit wann knisterte es denn vor Spannung, wenn jemand den Queue einkreidete? John baute die Kugeln wie ein Profispieler auf, während ich ihm gegen die Wand gelehnt zusah. Sein Eröffnungsstoß war fest und schnell. Meine Schenkel wurden wieder heiß, als die Kugeln in alle Richtungen davonstoben. Wir waren etwa gleich stark. Ich war bei den langen geraden Stößen besser, er dagegen konnte jede Kugel versenken. Wenn wir einander nahe kamen, flammte jedes Mal ein Feuer auf, das nur wir sahen. Der Queue lag sanft in meiner Hand, aus der Jukebox kamen weiter Springsteen-Songs, und die Kugeln glitten in die Taschen, als ob ich sie mit einem Magneten steuern würde. Ich spürte seinen Blick auf mir, spürte, wie mir der Johnny Walker durch die Adern lief, spürte die Zigarette in meinem Mundwinkel glimmen. Als er sich über den Tisch beugte, um einen Stoß zu führen, verschlang ich seine nackten Unterarme und die sich unter seinem T-Shirt bewegenden Schultern mit meinen Blicken. Er wollte die Achterkugel spielen; die Konzentration verlieh seinem Gesicht etwas Hartes, Unnahbares. Ich beugte mich ganz nah neben ihm über den Tisch. Wir wandten beide den anderen

Leuten im Lokal den Rücken zu. Ich legte meine Hand auf seine Hand am Queue.

»He«, flüsterte ich, »hauen wir ab!«

Die Achterkugel blieb, wo sie war, mit dem Queue daneben. Als wir über den Parkplatz gingen, sagte er: »Fahren wir mit deinem.«

Ich sperrte die Beifahrertür auf, als ob es die Büchse der Pandora wäre. Als wir durch die heiße Augustnacht rollten, leistete uns nur unser ungläubiges Lächeln Gesellschaft. Er zündete für jeden von uns eine Zigarette an. Ich gab Gas. Die Tomford Road gab sich dem Mercury hin wie eine Geliebte. Ich bog in die Zufahrt ein und fuhr am Haus vorbei ganz nach hinten. Wir saßen da und schwiegen, nur er und ich und ein paar graue Nachtfalter, die vor der Windschutzscheibe hin und her tanzten. Seine Hand machte Anstalten, die Tür zu öffnen. Ich griff nach ihm und erwischte eine Hand voll von seinem T-Shirt. Meine Knöchel streiften die warme Haut seines Halses. Ihn zu spüren schlug etwas in mir entzwei. Da war jemand neben mir, der mir zu nah kam. Ich wollte ihn wegstoßen, ihn bestrafen, ihn in Stücke reißen. Was jetzt geschah, hätte ich nicht verhindern können, auch wenn die Scheinwerfer einer ganzen Flotte von Polizeiautos auf den Wagen gerichtet gewesen wären.

Ich rutschte vom Lenkrad weg zu ihm hinüber. Da berührten meine Lippen schon seine, brachten seinen Mund dazu, sich zu öffnen. Meine Zunge stieß gegen seine; sie war warm und feucht. Ich riss an seinem T-Shirt, bis es mit einem lauten Ratsch nachgab. Dann glitten meine Hände über seinen nackten Oberkörper, seinen harten Bauch, der in den Jeans verschwand. Ich zerrte an seiner Hose, bis sie sich öffnete, süß wie sein Mund. Sein Schwanz drängte sich gegen meine Hand, warm und einladend. Meine Finger umschlossen ihn und ich verbiss mich in Johns Schulter. Er schmeckte scharf, salzig und süß. Jetzt war ich über ihm und drückte ihn auf den Rücken nieder. Seine Beine glitten über den Sitz. Ich zog ihm die Hose bis zu den Knien hinunter, war zu ungeduldig, mich weiter damit zu befassen. Er berührte mich überall. Ich fuhr ihm mit einer Hand durchs Haar, während meine Zunge seinen Hals, seine Ohren, seinen Oberkörper und jede der beiden so verdammt phantastischen Schultern erkundete. Es dauerte eine Ewigkeit, bis ich auch nur halb aus meiner Stretchhose raus war. Er lag fast nackt unter mir. Das Blut unter seiner Haut verströmte eine beinahe animalische Wärme, einen animalischen Geruch. Ich zog mir das T-Shirt über den Kopf. Er streifte mir den BH ab, als ob es Seidenpapier wäre. Ich hielt ihm die Hände über dem Kopf fest und schob ihm die Zunge tief in den Mund. Ich war so außer mir, dass ich ihn dabei an den Lippen verletzte. Langsam ließ ich mich auf ihm nieder. Zuerst führte ich ihm mit meiner freien Hand behutsam den Schwanz, hielt mich aber nicht mehr zurück, als ich spürte, wie seine Hüften nach oben stießen. Als meine Muschi seinen Schwanz umschloss, überflutete mich die Leere, die dort all die Jahre geherrscht hatte. Die Einsamkeit schnürte mir die Luft ab. Ich verfluchte den Scheißkerl, der das ausgelöst hatte. Ich warf mich brutal gegen ihn, mein Schambein schlug gegen seines. Ich hasste ihn dafür, dass er nicht früher in mein Leben getreten war.

»Ich zeig dir's, bis dir schwarz vor den Augen wird«, zischte ich ihm ins Ohr. Die einzige Antwort war die seiner Hüften, die sich unter mir hoben und senkten. Ich spürte ihn so voll in mir, dass ich die Beherrschung verlor. Ich ließ seine Handgelenke los und versetzte ihm eins in die Schulter. Der nächste Schlag erwischte ihn seitlich am Kopf. Wir bebten, bäumten uns auf, und ich spürte ihn immer härter werden. Er griff nach meinem Busen und drückte ihn, bis die Haut unter der Kraft seiner Fingernägel riss. Seine andere Hand tastete nach meinem Hals. Ich krümmte mich, mein Kitzler war in Flammen. Ich packte seine Handgelenke, als ob ich sie brechen wollte. Er folgte mir, als sich jedes Molekül meines Körpers nach innen stülpte. Ich hörte seine Stimme, meine Muschi schwoll an und begann stärker und stärker zu pulsen. Dann kehrte eine Welle eiskalter Hitze mein Innerstes nach außen.

»Du kommst«, flüsterte er. Ich nickte und presste mich gegen ihn. Seine Hand umklammerte meinen Hals, als er mich schneller und schneller hin und her bewegte. Die Luft wurde dick und begann mich zu brennen. Ich konnte nicht mehr atmen. Ja, Vergessen. Er schrie auf und zog mich an sich, als er kam. Die letzten Stöße spalteten mich bis in den Kopf hinauf. Wir blieben so liegen, bis wir wieder ruhiger atmeten. Mir schlief das linke Bein ein, das unter dem Armaturenbrett eingekeilt war. Ich bewegte einen Arm und stieß mit dem Ellbogen gegen die Metallkante der Schnalle des Sicherheitsgurts. »Au«, sagte ich leise.

Wir wickelten uns aus dem Mercury, ließen die Hälfte der Kleider im Wagen liegen und steuerten geradewegs auf das Schlafzimmer zu. Seine Bein-, Bauch- und Brustbehaarung war erstaunlich weich und seidig. Auch sein Schamhaar war nicht bockig und grob, sondern legte sich in warmen, luftigen Wirbeln um meine Finger. Bald stieg die Leere wieder in mir hoch und ließ mich in Einsamkeit ersticken, und wir fielen noch einmal mit der gleichen unbändigen Wildheit übereinander her. Dem Wecker beim Bett zufolge war es noch nicht einmal Mitternacht, aber inzwischen waren Jahre wieder gutgemacht. Glänzend vor Schweiß und erschöpft nahmen wir gemeinsam eine Dusche. Zärtlich trocknete er mich mit dem Gästehandtuch ab. Im Schlafzimmer ließen wir uns aufs Bett fallen, streckten uns aus und betupften einander mit meinem geruchlosen Puder. Ruhig lagen wir da und küssten die Stellen, an denen wir einander weh getan hatten. Schließlich glitten wir in eine dämmrige Stille. Wieder und wieder strich er mir die Haare aus dem Gesicht, bis er einschlief.

Der Mond schien ins Zimmer. Ich hatte am Nachmittag auf der Kommode eine leere Bierdose stehen gelassen. Die goldgeprägten Titel der Bücher auf dem Regal glitzerten mich an. Ich dachte an den blasslila BH und das Höschen, die irgendwo im Wagen lagen. Freude kribbelte mir durch die Adern. In der Küche brannte ein schwaches Licht und im Wohnzimmer lief leise das Radio. Kein Grillenzirpen durchbrach die wohlige Ruhe. Sie spielten »Black Coffee in Bed«. Die Musik war ganz leise und zart, weit weg. Diese Nacht würden mir keine Bilder von Jen Colby kommen, wie sie bewegungslos in ihrem Nest lag, würde kein Nächtlicher Besucher mich erdrücken. Diese Nacht würde nie enden.

Die Zeit ließ sich nieder, und ich blieb wach, um den dehnbaren Augenblick zu genießen. Nur ich und das alte Lied, das durch die stillstehende Welt klang. John war in einen tiefen Schlaf gefallen, wie er einen nach zu viel Lust überkommt. Ich war in dieser Zeitblase so weit von ihm entfernt, wie ich ihm nur wenige Minuten zuvor nahe gewesen war. Die Schwere ließ mich los. Noch immer ausgestreckt schwebte ich hoch, über John auf dem Bett hinweg und über Frank, der sich bei der Kommode zu einem goldenen Knäuel zusammengerollt hatte, beim Fenster hinaus. Der Nachtwind hob mich empor und ich hing in der Luft. Da war ich nun, ganz durchlässig, von den Fesseln der Zeit befreit, und konnte hin und her schaukeln, so weit ich wollte. Ich warf noch einen letzten Blick auf John, auf die kleinen Knorren, wo seine Wirbelsäule sich unter seiner Haut dahinschlängelte, und ließ mich vom Wind hochtragen, weg von meinem Zuhause. Das Kiefernmeer unter mir wogte schwarz und wild. Ich schwebte nur fünfzehn Meter über den struppigen Wipfeln der Bäume, hatte aber das Gefühl, nach dem Mond und den Wolkenbergen greifen zu können. Ich sah das Nachtlicht bei den Millers nebenan und folgte den Scheinwerfern eines Holzlasters auf der 108er. Das Mondlicht wirkte wie Röntgenstrahlen. Unter den Bäumen träumten Maulwürfe und Opossums davon, dass das Laub bald fallen würde. Und die Erde hallte von dem sorglosen Summen der Körper zahlloser Maden und Regenwürmer wider. Ich ließ mich höher treiben. Ich war entkommen. Ich war Luft. Ich war nur mehr ein Wunsch, der in Erfüllung gegangen war.

◆

Als ich am nächsten Morgen die Augen aufschlug, lag ich in meinem Bett, John noch neben mir. Im kalten weißen Licht des Tages sah er sehr verheiratet aus. Sein Gesicht wies alle Einzelheiten auf, die sich eine Ehefrau schon seit Jahren eingeprägt haben würde. Der Schatten eines Barts brach durch die Haut. An den äußeren Augenwinkeln waren zarte Fältchen zu erkennen. Am Nasenrücken hatte er eine winzige, L-förmige Narbe. Ich rührte mich nicht. Sobald er aufwachte, würde ich mit ihm kämpfen müssen. Alles, was wir letzte Nacht getan hatten, die ganze Energie, der ganze Sex, schien nichts mit dem Gesicht neben mir zu tun zu haben. Er sah jetzt wie Juliannas Vater aus. Wenn er gleich wieder mit mir schlafen wollte, würde es Schwierigkeiten geben. Vielleicht wurde er aber auch mit einem angestrengten Lächeln auf den Lippen wach, sah mir nur in die Augen, wenn es nicht anders ging, und machte sich dann schnell davon. Ein würdevoller Rückzug kam allerdings nicht in Frage, stand doch sein Wagen noch hinter der Kneipe. Er war nackt in meinem Haus und hatte keine Möglichkeit zu fliehen. Wenn er nur nicht wach werden würde!

Draußen vor dem offenen Fenster kündeten Trauertauben einen verhängnisvollen Tag an. Durch das Gurren hörte ich das Radio im Wohnzimmer nicht mehr. Das Licht war ungewöhnlich hell und farblos. Jemand musste die Sonne durch eine Riesenglühbirne ersetzt haben. Frank sprang aufs Bett und spazierte John über die Beine. Er bewegte sich. Ich geriet in Panik und dachte daran, mich schlafend zu stellen. Ihm die Möglichkeit zu geben, sich anzuziehen, sich durch die Hintertür davonzustehlen und zu Fuß in die Stadt zu gehen. Er öffnete das Auge, das nicht in meinem Polster vergraben war, und sah mich damit einen Augenblick lang an. Dann richtete er seinen Blick auf die blauen Flecken an meinen Schultern und Brüsten. Dann trafen unsere Blicke einander.

»Du bist noch da«, sagte er.

Tränen traten ihm in die Augen. Ich wollte ihm gerade die Hand aufs Gesicht legen, als ihm die Augen übergingen. Im nächsten Augenblick hatte ich ihn schon umarmt und hielt ihn fest, während er gegen meinen Hals geschmiegt drauflosweinte. Ich streichelte ihm über den Rücken, die Arme und den Kopf, ohne ein Wort zu sagen. So schnell und so einfach waren der John von letzter Nacht und der Mann neben mir zu ein und demselben Menschen geworden. Er machte mir französischen Toast zum Frühstück, während ich am Tisch saß, Kaffee trank und eine rauchte. Ich hatte eins der kürzeren Seidennachthemden angezogen und kam mir wie Bonnie Parker vor. Er war in seine Jeans geschlüpft, das war alles. Jedes Mal, wenn ich aufblickte und seinen nackten

Rücken am Herd sah, rückte der Zeugenstand von Freitag ein Stück weiter in die Ferne.

»Magst du ihn lieber weich oder knusprig?«, fragte er.

»Weich.«

Er sah mich über die Schulter hinweg an, wie um sich zu vergewissern, dass ich nicht verschwunden war. Frank strich zwischen seinen nackten Füßen hin und her, schmiegte sich an ihn und schnurrte. Ich konnte das verstehen.

»Meine Lieblingsfarbe ist Blau«, sagte John und schob die Hälfte der Portion auf einen Teller. »Und deine?«

»Grün«, antwortete ich. Eigentlich war es Rosa, aber ich schämte mich, das zuzugeben. »Rosa.«

Er drehte sich wieder nach mir um, warf einen Blick auf den Ring aus dem Kaugummiautomaten, den ich noch immer trug, lächelte und sagte dann: »Deshalb bist du auch so wunderbar.« Er brachte mir den Teller. »Weich«, sagte er.

Ich drückte die Zigarette aus und schenkte uns noch Kaffee ein, während er seinen Toast noch auf dem Herd ließ. Ich musste an letzten Sonntag denken, als ich ihn gefragt hatte, ob er zu Hause nicht erwartet würde, und er mit einem merkwürdigen Ausdruck geantwortet hatte: »Nicht wirklich.« Welches Frühstück aßen Julianna und ihre Mutter im Augenblick?

»Was hast du denn heute vor?«, fragte er.

»Trübsal blasen und an dich denken«, sagte ich.

Er setzte sich mit seinem Teller zu mir. Frank sprang auf den Tisch und bildete mit uns ein Dreieck. Er saß gerade, hatte die Ohren gespitzt und den Schwanz höflich um die Vorderbeine geschlungen, als ob er sich an unserem Gespräch beteiligen wollte.

»Und wie sieht's mit deinen Plänen für heute aus?«, erkundigte ich mich.

»Ich dachte, ich könnte einfach so rumhängen und dir zusehen, wie du Trübsal bläst.«

»Musst du nicht zur Arbeit?«

»Mittwoch hab ich frei. Ich arbeite an den Wochenenden.« Er hörte zu kauen auf und sah mich verlegen an. »Oder hast du was anderes vor?«

»Nein«, antwortete ich. »Nein, ich hab nichts anderes vor.«

Ich nahm zwei Stückchen Toast von meinem Teller und schob sie Frank zu, der zweimal daran schnüffelte, mit dem Schwanz zuckte und sie dann fraß.

»Gehst du gern fischen?«, fragte er mich.

Nach dem Frühstück verstauten wir meine Angelausrüstung und zwei Ruten im Wagen. Wir fuhren in die Stadt, damit er sich seinen Wagen holen konnte. Wir wollten uns am Hafen treffen. Marion lieh mir ihr Boot mit dem kleinen 9,9-PS-Motor, wann immer ich wollte, nur anrufen musste ich vorher. Ich hielt unterwegs beim Anglerladen, um ein paar frische Regenwürmer und eine Schachtel Grillen zu besorgen. Die schwarze Kuhglocke gab einen dumpfen Schlag von sich, als die Fliegentür hinter mir zuschlug. Carl debattierte gerade mit einem Kerl, der einen neuen Bärenjagdschein wollte. Ich nickte zum Gruß, nahm mir eine leere Schachtel und ging zur Kiste mit den Grillen hinter dem Tresen. Mir fiel ein, dass ich Carl gestern in Traverse City über den Weg gelaufen war. Es kam mir schon so lange her vor. Ich nahm das Netz und begann meine Schachtel zu füllen. Ich langte mit beiden Händen tief hinter den Maschendraht. Nichts machte einen Sonnenbarsch hungriger als eine kleine braune Grille, die an einem Haken zappelte.

»Hör mal! Er ist weg. Ich weiß nicht, wo er geblieben ist«, sagte der Kerl vorne. »Deswegen musst du mir einen neuen ausstellen.«

»Du bist sechs Wochen drüber«, sagte Carl. »Ich kann das nicht tun.«

»Ich hab mir hier meine Scheine geholt, seit Stu Culpepper den Laden aufgemacht hat«, sagte der Mann kopfschüttelnd. Er sah sich um und seufzte verdrossen. Die Stirn in wilde Falten ziehend, ließ er seinen Blick zu der verstaubten Trophäenforelle über der Tür wandern. »Eine Schande ist das«, murmelte er.

Ich warf Carl einen Blick zu. Er lächelte. »Tut mir Leid, Jerry. Ich kann mir echt vorstellen, wie das für dich ist«, sagte er. »Wirklich.«

»Ja, sicher«, entgegnete Jerry abwesend. Er guckte weiter dahin und dorthin und furchte pathetisch die Stirn, als ob jede Angel, jede Spule und jeder Elritzenkübel ihn weiter in Melancholie verfallen lassen würde. »Stu hatte nie was für Förmlichkeiten über.«

»Stimmt«, gab ihm Carl Recht. »Hatte er nicht.«

Ich hatte meinen Vater immer begleitet, wenn er frühmorgens zum Laden loszog, um aufzusperren. Er fuhr den Laster ums Haus, hinter die Elritzenbecken. Ich steckte den Arm ins Wasser und versuchte eine zu fangen. Ich war kaum groß genug, um auf den Zehenspitzen stehend einen Arm bis zum Ellbogen ins Wasser zu kriegen. Ich hatte den Ärmel des Pullovers hochgeschoben, die Finger weit gespreizt und bewegte die Hand hin und her. Ich konnte die Elritzen spüren. Ich sah ihre Silberrücken links, rechts, links durch das dunkle Wasser flitzen.

»Komm schon!«, sagte Dad. »Nimm deine Hand da raus!«

Ich zog sie heraus. Die kalte Luft biss in die nasse Haut. Schnell zog ich mir den Ärmel hinunter.

»Halt mal!«, sagte er, drückte mir die Tüte von Howard's Bakery in die Hand und schloss die Hintertür auf. »Kannst froh sein, dass da keine Piranhas drin sind. Würden dir in zehn Sekunden alles Fleisch von den Knochen reißen.«

»Was sind Piranhas?« Aus der Tüte stieg ein süßer Geruch auf.

»Fische, die Menschen fressen, nur so groß«, sagte er und zeigte mir seinen Daumen. »Mit großen Kiefern und langen Zähnen, wie Nadeln. Fährt ein Typ im Dschungel mit seinem Kanu raus, lässt seine Hand ins Wasser baumeln, und im nächsten Moment sieht das Wasser dort, wo sein Arm ist, aus, als ob es kochen würde.«

Er drehte das Licht auf, während er sprach, öffnete die Rollos und sperrte die Vordertür auf, über der die schwarze Kuhglocke hing.

»Sprudelt und schäumt, so wild sind die verfressenen Biester«, fuhr er fort. »Der Typ hat nicht mal was gespürt, so schnell ist alles gegangen. Er zieht die Hand aus dem Wasser, aber da ist nichts. Nur ein blutiger, zerfetzter Stumpf. Der Kerl ist an dem Schock und dem Blutverlust gestorben. Passiert immer wieder mal.« Er drückte auf den Knopf der alten Ladenkasse, um damit einen Schlusspunkt unter die Geschichte zu setzen. Die Lade sprang auf. Er zog den blauen Kunststoffgeldbeutel aus seinem Jackett und legte die Scheine sorgfältig in die Lade. 1-, 5-, 10- und ein paar 20-Dollar-Scheine.

»Einmal werden sie uns, ohne es zu merken, mit einem Schwung Elritzen einen Piranha schicken«, sagte er zu mir, »und dann heißt du Stummel.«

»Wird nicht passieren«, sagte ich und biss in mein Doughnut mit Marmelade.

»Kommt immer wieder mal vor.«

Was er mir alles erzählt hat! Dass man den Geist von George Washington sieht, wenn man in den Spiegel guckt und von zehn rückwärts zählt, bevor man das Licht abdreht – Amy und ich schafften es nie weiter als bis vier-drei-zwei. Dass einem ein Eichhörnchen die Beine hochläuft und einem mit seinem Schwanz den Arsch auswischt, wenn man im Wald scheißt. Dass einem die Zunge festklebt, wenn man damit einen gefrorenen Metallzaun berührt. (Die Geschichte erwies sich als wahr.) Und als wir einmal Eisfischen waren, erzählte er mir, dass es nur eine Möglichkeit gebe, gefrorene Fliegenlarven aufzutauen: nämlich sie einige Minuten lang in den Mund zu nehmen, bevor man sie auf den Angelhaken spießte. Das tat ich prompt, und die Leute im Shoreline Pub fielen fast vom Hocker vor lauter Lachen, als sie das hörten.

Ich machte den Deckel der Grillenschachtel zu und stellte sie auf den Ladentisch neben die vorsintflutliche Kasse.

»Hast du ein paar Regenwürmer?«, fragte ich Carl. Auf ein Patt erpicht drehten er und Jerry sich zu mir um.

»Was?«

»Regenwürmer«, wiederholte ich.

»Fährst du heut raus?« Sein Ton hatte etwas Besitzergreifendes, als ob ich sechzehn wäre und mich überall rumtreiben würde. Es folgte ein Augenblick der Spannung, in dem Carl Jerry ansah.

»Um mich mach dir bloß keine Sorgen!«, sagte Jerry mit den Händen in der Tasche. »Ich fahr heut nirgendwo hin.« Er durchwühlte ein Regal mit orangen Jacken und überlegte sich einen neuen Einstieg. Carl und ich gingen zu den Kühlern nach hinten.

In einem stand ein großer Plastikkübel. Ich wollte wieder bei John sein. Ohne ihn fühlte ich mich allein, der wirklichen Welt und ihren wirklichen Gefahren ausgeliefert.

Ich hörte Jerry vorne im Laden sagen: »So ein Witz! 18,99. Bei Kmart kosten die 14,50, weißt du das, Carl?«

»Vielleicht haben die auch einen zweiten Bärenjagdschein für dich«, schrie Carl nach vorn. Jerry lachte. Carl langte in den Kübel und gab ein paar Hand voll von dem sich ringelnden Dreck in einen Becher.

»Erzähl Amy nichts von Ann!«, sagte er und sah in den Kühler, als ob eine der beiden da drinnen auf ihn lauern würde. John war drei Häuser weiter im Gas 'n Go und holte sich gerade eine Packung Slim-Jim-Sandwiches aus dem Regal oder klemmte sich eine Achterpackung Pepsi Cola unter den Arm. Er fehlte mir, und die Sehnsucht nach ihm verursachte mir eine leichte Übelkeit, die sich wie Heimweh anfühlte. Carl sagte: »Wirst du doch nicht, oder?«

»Was ist denn los?«, fragte ich. Er wollte mir nicht in die Augen sehen. Ich entdeckte ein paar vertraute Schuppen um seine Ohren. Ohne weiter nachzudenken, hob ich die Hand und strich sie ihm mit einer leichten Bewegung weg.

»Gar nichts«, sagte er zur Tür des Kühlschranks. »Aber du weißt ja, wie Amy überreagiert.«

»Nur in letzter Zeit.«

Carl gab mir die Regenwürmer. Wir gingen zum Ladentisch nach vorn, wo Jerry mit einem 59-Cent-Schwimmer spielte. »Hat einen Sprung«, sagte er zu Carl und schnipste ihm das Ding zu.

Ich zahlte und ging hinten raus. Ich fuhr mit der Hand durch das Elritzenbecken. Ein köstlicher Schauder durchflutete mich von den Fingerspitzen bis zum Oberarm. Es könnte eben jetzt passieren, und ich würde nichts mitbekommen, weil man nichts fühlte. Ich ließ den Arm im Wasser, solange ich es aushielt. Als ich ihn herauszog, war die Hand weißlichblau vor Kälte, und ich verspürte ein Gefühl der Erleichterung und des Triumphs. Durch die Tür hörte ich Jerry reden – »... ich will wirklich nicht bei McBain einkaufen ...« – und Carl leise lachen. Die Regenwolken hingen so tief, dass sie sich in der glänzenden Motorhaube meines Wagens spiegelten. Ein perfekter Tag zum Angeln. Als ich im Hafen ankam und ihn sah, war mir, als ob ich nach einem Jahr auf See endlich wieder Land sichten würde. Ich parkte neben seinem Cutlass und stieg aus. Er stand mit verschränkten Armen gegen den Wagen gelehnt da.

»Einen Augenblick hab ich schon gedacht, du hättest es dir vielleicht anders überlegt«, sagte er.

»Und mich doch dafür entschieden, zu Hause Trübsal zu blasen?«

»Zum Beispiel. Du hast dir echt Zeit gelassen.«

Ich fing sieben Sonnenbarsche, und John holte sich einen Zander, der so groß war, dass wir schon glaubten, sein Haken hätte sich in irgendwelchen Unterwasserpflanzen verfangen. Es hatte zu nieseln begonnen. John hatte seine Jeans, ein altes T-Shirt von mir und, ebenfalls von mir, einen gelben Regenponcho an. Ich hatte mir trotz Augenschirm die Kapuze meiner Jacke über den Kopf gezogen. Wir kauerten nebeneinander. Unsere Beine berührten sich und die Angelruten krümmten sich links und rechts über den Rand des Bootes. Der samtige Nebel, hinter dem sich nach allen Seiten hin die Küste versteckte, dämpfte unsere Stimmen. Der See lag flach und schlammfarben da. Irgendwo sauste ein einsamer Fisch aus dem Wasser und tauchte mit einem dumpfen Plumpsen wieder ein.

Wir angelten den Rest des Vormittags, aßen Kuchen und Chips, die wir mit Pepsi runterspülten. John fing ein paar Barsche. Bald würde es Zeit sein, nach Hause zu fahren. Der Zauber verblasste bereits. Fragen blubberten an die Wasseroberfläche, kleine Luftblasen voller Angst. Wann würde ich ihn wiedersehen? Ich schlug eine Stechmücke mit solcher Wucht tot, dass mir das Blut übers Knie spritzte. Ich kratzte mich, als ob sich an der Stelle die ganze Bedürftigkeit konzentrieren würde, die sich in mir zusammenbraute. Es war nicht fair, nach ein paar Stunden süßen Vergessens zu einer toten Sechsjährigen zurückkehren zu müssen, die mich nicht losließ, als ob *ich* sie umgebracht hätte. Was war nicht in Ordnung mit mir? Wann würde ich ihn wiedersehen? Ich griff nach einer Grille und spießte sie auf den Haken. Sie zappelte wie wild. Solche Gedanken führten mitten ins Unglück. In einem schwungvollen Bogen warf ich die Angel aus und ließ etwas Schnur nach. Einen wollte ich noch fangen.

»Hast du was?«, fragte er.

»Bist du noch verheiratet?«

Er sah an seinen Beinen hinunter, wie um nachzusehen, ob er es noch war oder nicht. »Ja.«

»Und wird sich das ändern?«

»Nein.«

»Warum trägst du keinen Ring?«

»Wegen der Arbeit, wegen der Maschinen«, antwortete er. »Ich könnte hängen bleiben und mir den Finger abreißen.«

Zum Mittagessen briet ich die Sonnenbarsche, während John und Frank auf dem Boden in der Küche mit einem Alufolieböllchen spielten. Wir aßen, bis wir schwer wurden. Dann schliefen wir wieder miteinander. Nachdem er gegangen war, betrachtete ich mich im Spiegel über der Kommode. Der Oberkörper war mit blauen Flecken übersät, die mich stumm aufschreiend zu warnen schienen. Als ich mit Worten und Händen grob geworden war, hatte ihm das gefallen und er hatte mitgemacht. Vielleicht kämpfte er auch mit einem Geist. Das war nicht schlimm. Ich tat nur mir selber weh. In der Dusche quälten mich Gewissensbisse, jeder Tropfen war ein Vorwurf. So schnell ich konnte, zog ich mich an und verließ das Haus.

13

Stacys Zimmer im Krankenhaus quoll vor Besuchern über. Der Scheißbalg brauchte keinen künstlichen Sauerstoff mehr und sah von Stunde zu Stunde kräftiger aus. Die Leute hatten nun keinen Grund mehr, sich zu fürchten. Stacy thronte im Bett wie Marie Antoinette.

»Wie steht's?«, fragte ich Ruther. Ich hatte ihm und seinem todbringenden Schwanz vergeben.

»Mir geht's wunderbar«, sagte er. Er sah so beschissen aus, als ob er auch in ein Krankenhausbett gehörte. »Es ist einfach toll, oder? Der reinste Wahnsinn.«

Als Ruther in einer Besucherflaute ein paar Freunde zum Wagen begleitete, sagte Stacy: »Und wie geht's dir heute?«

»Warum?«

»Ich weiß nicht. Du glühst irgendwie.«

»Ich glühe?«

»Ja«, sagte sie. Ich drehte an meinem Plastikring und begann noch mehr zu glühen. Stacys Augen verengten sich zu Schlitzen. »Du hast mit jemandem geschlafen«, verkündete sie.

Ich war zu überrascht, um es abzustreiten. »Wie weißt du das?«

»Ich seh das. Immer. Das ist eine Gabe.«

»Echt?«

»Ruther sollte es sich genau überlegen, bevor er mich betrügt.«

»Er sieht beschissen aus«, sagte ich.

»Nicht das Thema wechseln!«, sagte sie. Ich schwieg. »Wer ist es denn?«

»Niemand.«

»Na komm, sag schon! Wer ist es?« Sie rutschte nach oben, keine Spur mehr von Schwäche.

»Niemand, und halt ja Mom und Sharon gegenüber den Mund!«

Sie sah mich beleidigt an. »Erzähl ich es dir jedes Mal, wenn Sharon Sex gehabt hat?«

»Okay, wann war das letzte Mal?«

»Montag«, sagte Stacy überzeugt.

»Montag?«, sagte ich. »Letzten Montag? Vor zwei Tagen?«

»Sie war gestern Nachmittag da, nachdem du weg bist.«

»Ich hab sie vormittags gesehen. Mir ist nichts aufgefallen.«

»Dir vielleicht nicht«, sagte Stacy affektiert. Gestern Vormittag auf dem Messegelände war Sharon völlig cool gewesen und hatte mich wegen meines Rings und meines geheimnisvollen Freundes aufgezogen. Mensch, das Mädchen war echt eine Nummer!

»Ich wusste gar nicht, dass sie mit jemandem ausgeht«, sagte ich lahm.

Stacy lachte laut auf. »Mit jemandem ausgeht?«, sagte sie. »Himmel, du hörst dich ja an wie Mom.«

Ich saß da und wusste nicht, was so verflucht lustig war. Hoffentlich kam Ruther bald wieder. »Was?«

»Sie *geht* mit niemandem *aus*, sie hat mit jemandem *gebumst*, das ist alles. Himmel, ich halt das nicht aus mit dir.«

Es war keine Frage der Generation. Wir waren nur sieben Jahre auseinander. In Wahrheit demütigte mich die Vorstellung, dass Sharon einfach mit irgendwem ins Bett ging. Das leise Glühen wurde zu einer brennenden Geißel.

»Du bist so prüde! Ist dir das eigentlich bewusst?« Das Lachen sollte ihren Worten die Spitze nehmen. Das tat es nicht.

»Von wem sind die denn?«, fragte ich, auf einmal einen Chrysanthemenstrauß auf dem Fensterbrett bewundernd. Stacy sagte einen Augenblick lang nichts. Sie rang mit sich, ob sie mich weiter quälen oder mit ihren vielen Bewunderern prahlen sollte.

»Der Strauß ist von dir und Mom und Sharon«, sagte sie. »Und dem Baby geht es schon viel besser, danke der Nachfrage.«

»Okay«, sagte ich. »Ich bin ein Arschloch. Tut mir Leid.«

»Vielleicht bist du nur zerstreut, weil du so viel Sex hast«, stichelte sie.

»Du bist ja nur neidisch, weil du den ganzen Sommer über eine abstoßende schwangere Kuh warst, die Ruther nicht einmal gegen Bezahlung gebumst hätte.«

Die Stille war fast greifbar. Wo war denn das hergekommen? Stacys Mund öffnete sich leicht. Es kamen keine Worte heraus.

»Es tut mir Leid«, sagte ich. »Ich wollte das nicht sagen.«

»Ich glaub schon«, sagte sie. »Es stand dir seit Monaten ins Gesicht geschrieben.«

»Sag das nicht! Ich hab dir doch die Party gemacht, oder?« Schluss jetzt. Halt den Mund.

»Du solltest den Kopf nicht in den Sand stecken, verdammt noch mal, dann würde dir aufgehen, dass es ein paar wirklich *großartige* Dinge auf dieser Welt gibt.«

»Ich bin zufällig nicht davon überzeugt, dass eine frömmelnde Mutterschaft da dazugehört.« Mist, warum tat ich das?

»Du hast ja keine Ahnung, wovon du sprichst«, sagte Stacy, den Tränen nahe. »Du warst ja nie schwanger. Du hast ja nie –«

»Doch«, unterbrach ich sie. »War ich.«

Ich betrachtete meinen Daumennagel. Der glatte Lack hatte bereits eine kleine Kerbe abbekommen. Wie waren wir so weit gekommen? Was hatte ich da gesagt?

»Tut mir Leid«, antwortete Stacy schlicht.

»Vergiss es!«, sagte ich. »Ist lange her.« Fünfzehn Jahre. Das Würmchen wäre jetzt schon drei Jahre älter als Julianna.

»Warum – hast du – tut mir wirklich Leid.« Stacy war erschüttert. Wie hatte ich nur die ganze Scheiße auf ihr abladen können?

»Mom und Sharon wissen nichts davon.«

»Warum?«, fragte sie.

»Warum was?«, antwortete ich stur.

»Warum hast du es denn nicht bekommen?«

»Ich wäre eine fürchterliche Mutter.«

»Dass Mom und Dad als Eltern so daneben waren, heißt ja nicht, dass du auch so bist.« Stacy wurde auf einmal wütend. »Du kannst deinen Kopf drauf verwetten, dass Ruther und ich es tausendmal besser machen werden.«

»Was meinst du?« Ich runzelte die Stirn. »Was war denn mit Mom und Dad nicht in Ordnung?«

»Soll das ein Scherz sein?« Stacy lachte wieder. Es war übel.

»Wir waren eine tolle Familie«, sagte ich. »Mom und Dad waren wunderbar.«

»Mary, sie haben nur gestritten.«

»Ja?« Ich wurde laut. »Streit gibt's in jeder Familie.«

»Dad hat gesoffen und war nie zu Hause.«

»Das heißt aber nicht, dass er kein wunderbarer Vater war.« Das klang absurd, selbst in meinen Ohren. »Du stellst es so hin, als ob –«

»Mom war nie da –«

»– irgendwas nicht gestimmt hätte –«

»– und hat ihn immer suchen müssen. Verflucht noch mal, du hast uns doch aufgezogen.«

»Hab ich nicht.« Ich wollte sie schlagen.

»Frag doch Sharon!« Stacy guckte mich befremdet an. »Was ist denn mit dir los? Wo warst du denn die ganze Zeit, dass dir das alles entgangen ist?«

Ich stand auf. Das war nicht fair, ich wollte nichts mehr davon wissen.

»Hör mal, Stace …« Ich wusste nicht, was ich sagen sollte. »Das mit der schwangeren Kuh tut mir Leid. Das war gemein.«

»Bin ich frömmlerisch?«, fragte sie mit in Falten gezogener Stirn.

»Ja«, sagte ich leise auf dem Weg zur Tür.

»Wenn du Ruther über den Weg läufst, sag ihm, er soll reinkommen!«

An der Tür drehte ich mich um. Ich wollte sie schütteln und dazu bringen, dass sie alles zurücknahm, was sie gesagt hatte. Ihre Augen waren geschlossen, sie ruhte sich aus. *Warum hast du es denn nicht bekommen?* Es kam keine Antwort, da war nur Leere statt meiner Gedanken.

Auf dem Heimweg kaufte ich eine »Riverton Gazette« und eine Zwölferpackung, wenn ich schon mal dabei war. Zu Hause überlegte ich mir, Amy anzurufen und zu fragen, ob sie Lust auf

Gesellschaft hätte. Es hob aber niemand ab, also ließ ich mich in meinen Lehnstuhl fallen und nahm mir die Turnierergebnisse vor. Die »Gazette« kam immer mittwochs raus. Diese Woche schrieben sie jede Menge über die Kassauga-County-Messe, das Labor-Day-Fest und das Softballfinale. Den ganzen Sommer lang bereitete sich die ganze Stadt auf das große, lange Labor-Day-Wochenende vor. Andere Städte konnten sich der »größten Feierlichkeiten« zum Unabhängigkeitstag brüsten, aber alle kamen am Ende des Sommers nach Riverton. Nach dem Rummel verwandelte sich Riverton bis zum Juni des darauf folgenden Jahres wieder in eine Geisterstadt.

Ein Kommentar stach mir ins Auge. Üblicherweise waren es nur Nörgeleien über Nutzungsrechte oder den Ausschuss für Kläranlagen. Doch diesmal lautete die Schlagzeile: WELTVERBESSERER MACHEN TRAGÖDIE ZU GRÄUELTAT. Der Artikel behauptete, dass Patricia Colby dafür herhalten müsse, die wegen mehrerer spektakulärer Fälle von Kindesmisshandlung im vergangenen Jahr in Detroit empörte Öffentlichkeit zu beschwichtigen.

»Aber das ist keine Frau, die in der Großstadt von der Fürsorge lebt und bei der Drogenabhängige ein und aus gehen. Patricia Colby ist eine ehrbare Frau, die den Haien zum Fraß vorgeworfen werden soll, weil es der Karriere einer militanten liberalen Anwältin förderlich ist.« Der Kommentar war nicht gezeichnet. Er hätte von jedem sein können: von Peg Monroe, von Harold Tucker, von Marion. Mir drehte es den Magen um.

»He«, rief da jemand von der Veranda. »Wem muss man denn hier einen blasen, wenn man einen Eistee haben will?«

Ich steckte die Zeitung weg und ging zur Tür. Es war Julianna. Sie saß auf Eleanor Prudhomme, sah finster drein und atmete schwer.

»Ich nehme an, das hast du auch von Onkel Ted.«

Sie nickte. Ihr ärmelloses T-Shirt war durchgeschwitzt. Den Fischerhut hatte sie in die Hosentasche gestopft. Sie hatte beide Füße auf den Pedalen und hielt sich mit einer Hand am Geländer der Veranda fest.

»Wohin bist du denn unterwegs?«, fragte ich.

»Nur noch sechs Meilen und ich hab den Gulf of Bothia erreicht«, sagte sie, wischte sich den Schweiß um die Augen ab und warf einen Blick auf den Meilenzähler. »Dann mach ich für heute Pause.«

»Komm, ich geb dir was zu trinken.«

Sie lehnte Eleanor mit großer Sorgfalt seitlich ans Haus und eine halbe Stunde später saßen wir am Küchentisch und spielten Yahtzee. Frank miaute, weil er nach draußen wollte. Ich öffnete ihm die Hintertür und er raste hinter wer weiß was her über die Veranda auf den Holzstoß zu. Bald war Essenszeit, aber die Feuchtigkeit in der Luft machte mich faul. Julianna schien etwas zu beschäftigen. Sie redete nichts. Normalerweise plapperte sie beim Yahtzeespielen lauter Unsinn, war eine schlechte Verliererin und eine unerträgliche Gewinnerin. Jetzt hatte sie eben mit dem ersten Wurf kommentarlos eine Große Straße gemacht.

»Was ist denn mit dir los?«

»Ich überlege mir, ob ich in Kanada bleiben soll«, sagte sie, nahm den Hut aus der Tasche und zog ihn sich tief in die Stirn.

»Du willst überhaupt nicht wiederkommen?«, fragte ich und ließ die Würfel rollen. Zwei Sechsen.

»Es gefällt mir hier nicht«, sagte sie finster. »Diese Stadt ist Scheiße.«

Das klang nicht nach Julianna. Ein kleiner Schatten kroch über den Tisch. Es gab hunderttausend Dinge, die ihr Kummer bereiten konnten, aber ich fragte nicht nach. Ich würfelte wieder. Full House.

»Doofer Ring«, sagte sie und deutete auf meinen kleinen Finger. »Wo hast du den her?«

»Aus einem Kaugummiautomaten.«

Durch die Hintertür war das leise Geräusch eines Tieres zu hören. Was Frank wohl im Schilde führte? Diesen Sommer hatten schon zwei Opossumjunge dran glauben müssen. Vielleicht war er auch hinter einer Ringelnatter im Gras her. Es war ein leises warnendes Knurren beim Holzstoß, das mir eine Gänsehaut über den Rücken jagte. Ich stand auf. Auf einmal ein Kreischen und Fauchen. Durch die Tür sah ich es golden und braun aufleuchten.

Frank. Und da war etwas Größeres und Dunkleres. Ich schrie, aber der Hund war zu groß, um sich durch Schreie verjagen zu lassen. Das verdammte Biest hatte Frank bei den Schultern gepackt und schüttelte seinen Kopf hin und her. Ich lief ins Schlafzimmer, ließ mich auf die Knie fallen und holte die Remington hinter dem Bett hervor. Julianna stand hinter mir in der Tür.

»Bleib im Haus!«, schrie ich und riss das Gewehr an mich. Schon war ich aufgesprungen und lief durch die Küche, rammte mit einem Bein die Tischkante; ein Stuhl radierte über den Boden. Ich stieß die Fliegentür auf, entriegelte mit einer Hand die Sicherung und schob mit der anderen den Schaft zurück. Als ich die Stufen hinter mir hatte, schoss ich einmal in die Luft, um das Biest zu erschrecken. Es ließ Frank los und lief Richtung Wald. Ich schob den Schaft wieder zurück, gab etwas Vorhalt und schoss. Eine hölzerne Faust donnerte mir gegen die Schulter. Die Hinterbeine gaben nach, der Hund torkelte noch ein paar Schritte und fiel dann hin. Ich rannte los.

Ich hörte, wie Dad zu mir sagte: *Lauf nie, wenn du ein Gewehr in der Hand hast!* Ich blieb ein, zwei Meter von dem Hund entfernt stehen. Es war eine Schäferhund-Neufundländer-Mischung, halb verhungert. Das Tier hatte eine Ladung Schrot im Bauch, lebte aber noch. Ich trat zurück, schob den Schaft abermals zurück und schoss es in den Kopf. Dann ging ich Frank suchen.

»Mary?« Julianna stand auf der hinteren Veranda.

»Bleib, wo du bist!«, rief ich ihr über die Schulter hinweg zu.

Frank lag im Gras und bewegte sich nicht. Vorsichtig berührte ich eine Vorderpfote. Er fauchte und spuckte, rührte sich aber nicht. Der Hund hatte ihn am Hals vom Ohr bis zur Brust aufgerissen.

»Frank, ist ja alles gut, Frank. Ich bin's, deine Mama.« Ich sprach ganz leise, verspielt, setzte auf meine »Zeit-zu-essen«-Stimme. Julianna tauchte neben mir auf, als ich mich zu ihm hinkniete. Ich hatte sie nicht kommen hören. Sie sah Frank, wie er da auf dem Boden lag und blutete.

»Lauf ins Badezimmer und bring mir ein paar Handtücher, schnell!«

Sie verlor ihren Hut, als sie über den Hof stürzte. Ich wartete, bis sie im Haus war, bevor ich langsam eine Hand ausstreckte und sie Frank auf die Wange legte. Er knurrte, wehrte sich aber nicht. Ich begann ihn zu streicheln und murmelte leise vor mich hin, aber er war in seiner eigenen Welt.

»Da, Frank.« Mit leiser, weicher Stimme. »Bist ja mein Frufru. Ich bin bei dir.«

Wie schlimm war es? Konnte ich ihn zu einem Tierarzt bringen, oder wäre es barmherziger, ihn gleich zu erschießen? Ich stellte mir vor, was der Schrot anrichten würde. Eher würde ich mir selbst den Lauf in den Mund schieben. Die Fliegentür schlug zu. Ich sicherte das Gewehr und lehnte es vorsichtig gegen den Stamm des Birnbaums, während ich weiter ganz ruhig auf Frank einredete. Ich lief Julianna entgegen und nahm ihr die Handtücher ab.

»Ist er tot?«, fragte sie.

»Nein«, sagte ich. »Geh ins Haus!« Ich wollte nicht, dass sie sah, was die Remington von dem Hund übrig gelassen hatte.

»Ich will nicht allein im Haus sein«, sagte Julianna. Sie sah mich mit weit aufgerissenen Augen an. Das Haus hinter ihr wurde zu einem Ort, an dem ich auch nicht mehr gern allein sein wollte.

»Setz dich zu ihm und red mit ihm!«, sagte ich. »Aber berühr ihn nicht!«

Ich lief in den Schuppen, um die Gartenhandschuhe und einen leeren Rupfenfuttersack zu holen. Frank wehrte sich mit einer Pfote, als ich ihn vorsichtig in die Handtücher wickelte, und kratzte mich durch die Handschuhe, bis ich endlich den Sack um die Handtücher gepackt hatte. Julianna kniete neben mir im Gras. Ihre Stimme zitterte, aber sie sagte brav immer wieder »Hallo Frank, hallo Frank«, um ihn zu beruhigen.

»Schnell.« Ich nahm das Bündel zur Brust. »Lauf und bring mir die Brieftasche und die Schlüssel aus der Küche!«

Ich hatte Frank von Stacy als Abschiedsgeschenk bekommen, als ich in das Haus an der Second Street gezogen war. Sie war damals erst zwölf und hatte ihn von ein paar Kindern gekauft, die sich vor dem Supermarkt mit einer Schachtel voller Kätzchen aufgepflanzt hatten. Sie dachte, dass ich mich ganz allein in dem Haus einsam fühlen würde. Frank war mit mir gekommen, als ich Carl geheiratet hatte, und er war mit mir gekommen, als ich in das Häuschen gezogen war – meine schäbige, alte Supermarktparkplatz-Katze.

Julianna saß hinten und hielt Frank, während ich viel zu schnell direkt in die Tierklinik nach Cadillac fuhr. Sie hatte ihn so fest gepackt, dass er sich überhaupt nicht bewegen konnte, und streichelte ihn zwischen den Ohren, wo sein Kopf zwischen den Handtüchern hervorlugte. Blut sickerte durch den Rupfensack auf ihre Hände und ihr T-Shirt. Als ich auf die 55er einbog, begann er mit der guten Pfote wieder um sich zu schlagen und sich zu wehren, aber Julianna hielt ihn fest. Als ich in den Rückspiegel blickte, sah ich einen großen Blutfleck an ihrer Schläfe, wo sie sich das Haar nach hinten gestrichen hatte.

»Wisch es dir ab!«, sagte ich.

»Was?« Verwirrt blickte sie zu mir auf.

»Du hast Blut im Gesicht«, sagte ich grob. »Verflucht noch mal, wisch es dir ab!«

Julianna rieb mit dem Gesicht gegen ihre Schulter, so gut es ging, und machte es dadurch noch schlimmer. Ich sah auf die Straße. Ich konnte den Anblick im Rückspiegel nicht ertragen. Als wir viel schneller als erlaubt die Stadtgrenze passierten, hielt ich das Lenkrad noch fester.

»Seine Augen sind zu«, sagte sie und tat ihr Bestes, um nicht zu weinen.

»Gleich sind wir da.«

Zwei Stunden später verließ ich das Foyer der Klinik und schnorrte mir von einem Wärter, der gerade Pause machte, eine Zigarette. Julianna hatte ihre Mutter angerufen, um ihr zu sagen, wo sie war. Glücklicherweise hatte Doreen mich nicht sprechen wollen. Ich hatte ihnen meine Kreditkarte und die Nummer meines Tierarztes in Rivington gegeben und ihnen gesagt, dass sie tun sollten, was getan werden musste. Es war eine Notfallklinik für Tiere, und daher gab es ein ständiges Kommen und Gehen aufgelöster Leute, die irgendwelche Kisten oder Körbe oder, was schlimmer war, unförmige Bündel wie ich das mit Frank trugen. Ich sehnte mich nach dem ruhigen Wartezimmer meines Tierarztes, nach den Routineuntersuchungen, den kleinen Leckereien für die Tiere. Ich ging wieder hinein, wo Julianna und ich uns die Zeit mit Galgenraten vertrieben. Papier und Bleistift hatten wir an der Rezeption geklaut.

Um Viertel nach sieben führte uns ein junger Mann in Arbeitskleidung in einen eigenen Warteraum. Himmel, das war das Zimmer für schlechte Nachrichten. Julianna klebte an mir wie eine Klette. Frank war am Leben. Blut verloren, Muskeln durchtrennt, Nervenstränge verletzt, Schock. Warten und sehen, wie es weiterging. Am besten nach Hause fahren.

»Darf ich ihn sehen?«

Er lächelte mild, wie das Ärzte sonst kaum tun. »Frank und frei: Ich glaub nicht –«

»Das Wortspiel war wohl keine Absicht«, sagte ich.

»Bitte?«

»Frank und frei«, sagte ich. »Er heißt Frank.«

Der Mann lächelte wieder. Er war wahrscheinlich schon an unberechenbares Verhalten gewohnt.

»Ich glaube, es wäre stimmungsmäßig nicht gut, wenn Sie ihn jetzt sehen würden.« Was mir Bilder durch den Kopf gehen ließ, die ich nicht gebraucht hätte. Er sah Julianna an, um sie in das Gespräch mit einzubeziehen. »Außerdem ist er nicht bei Bewusstsein.«

Auf der Fahrt zurück nach Riverton war Julianna ganz still und sah auf ihrer Seite zum Fenster hinaus.

»Tut mir Leid, dass ich dich bei der Hinfahrt angebrüllt habe«, sagte ich.

»Ist schon okay.« Sie lehnte ihren Kopf zurück und schloss die Augen wie jemand, der schon viel älter war als zwölfeinhalb. Ich wusste nicht, ob sie sich wegen Frank oder was anderem Sorgen machte.

»Ich bin erschrocken, als ich dein blutverschmiertes Gesicht sah.« Meine Stimme zitterte ein wenig; es genügte, darüber zu sprechen. »Es tut mir Leid.«

»Wir müssen das Ding begraben«, sagte sie mit noch immer geschlossenen Augen. Das Ding. Den toten Hund hinter dem Haus.

»Da wirst du wohl Recht haben«, antwortete ich. Ich hätte gern meine Zigaretten dabei gehabt.

»Gehen wir aber zuerst noch auf einen Sprung ins Little Skipper, okay?«, sagte ich. »Ich hab sechs Dollar.«

Nach dem Essen fuhren wir zu mir nach Hause. Die Dämmerung begann schon ihre Schleier über das Land zu breiten. Ich nahm den leeren Rupfensack aus dem Kofferraum und schickte Julianna um eine Schaufel in den Werkzeugschuppen. Sie saß am Rand der Wiese, als ich unter den Föhren eine Grube aushob. Ich rollte den Kadaver mit der Ferse auf den Futtersack und zog dann das Ganze rüber zum Grab. Versuchte, die Fliegen zu übersehen, die bereits um seinen Kopf schwirrten. Er fiel mit einem dumpfen, unnatürlichen Plumpsen in die Grube. Wir pflückten am Feldrain der Millers ein paar Wiesenblumen und streuten sie über den Kadaver, bevor ich das Loch zuschüttete. Das Geräusch der von der Schaufel rutschenden und auf die Ränder des Futtersacks klatschenden Erde war das einsamste Geräusch der Welt. Julianna ging hin und her, um die lose Erde niederzutreten. Ich wünschte mir nur, dass sie kein Gebet sprechen wollte. Sie sagte nichts dergleichen.

Wir gingen ins Haus. Ich räumte das Gewehr weg und wir machten den Abwasch. Dann setzte sich Julianna hin und ich holte die Jameson-Flasche und zwei Gläser hervor. Schenkte meins voll und gab ein paar Tropfen in ihres und füllte es mit Wasser. Ich ließ mich fallen und schob ihr das Glas hin.

»Ex«, sagte ich. Wir leerten die Gläser auf einen Zug. »Du solltest Eleanor Prudhomme nach Hause bringen, bevor es ganz dunkel wird.«

Sie hatte ihren Fischerhut, den sie von draußen geholt hatte, auf dem Schoß und schnipste die Krempe hin und her. »Ich hab mir überlegt, ob ich nicht die Nacht hier bleiben sollte«, sagte sie und setzte sich den Hut so auf, dass man ihre Augen nicht sah. »Vielleicht brauchst du Hilfe, wenn was passiert.«

»Das stimmt«, sagte ich.

»Ich ruf Mom an.« Sie sprang auf und griff nach dem Hörer. Ich ging ins Badezimmer und schloss die Tür. Ich ließ das Wasser rinnen und schrubbte mir Hände und Gesicht ab. Ich wollte das Gespräch nicht mitbekommen. Da klopfte es an der Tür.

»Ja.«

»Sie will mit dir reden.«

Ich trocknete mich ab und nahm den Hörer. »Hallo?«

»Und es macht Ihnen sicher nichts aus?«

»Ich kann Gesellschaft brauchen, wenn ich ehrlich sein soll.« Ich fühlte mich unwirklich, schwerelos. Das war Johns Frau.

»Das mit Ihrem Kater tut mir Leid«, sagte Doreen. »Wie geht es ihm denn?«

»Es wird wohl eine Weile dauern, bis sie mir was sagen können.« *Sei nicht so verflucht nett zu mir!* Unter dem Tisch sah ich Franks Stoffpuppe liegen. »Ich werde später in der Klinik anrufen.«

»Ich hab Dschudschu gesagt, dass sie bleiben darf – vorausgesetzt, Sie geht Ihnen nicht auf die Nerven.«

»Tut sie nicht«, antwortete ich. »Überhaupt nicht.«

Wir guckten den Natursender und futterten rote Popcornbällchen, die wir uns mit Karo-Sirup und Nahrungsmittelfarben gemacht hatten. Ich rief zweimal in der Klinik an und sprach mit ein paar netten Menschen. Tierärzte müssen wohl einen Intensivkurs in Nettigkeit absolvieren. Frank hatte was bekommen und spürte keine Schmerzen. Als wir Julianna die Couch zum Schlafen zurechtmachten, fiel mir ein, dass John vielleicht anrufen oder gar auftauchen würde. Ich konnte mich kaum dazu bringen, mir deshalb Sorgen zu machen. Loretta war vor lauter Sorgen um ihren kleinen vierbeinigen Liebling erledigt.

Kurz nach Mitternacht steckte Julianna unter einem mit rosa Rosenknospen übersäten Laken, zu ihren Füßen eine zusammengefaltete Decke. Sie hatte sich eins meiner alten Nachthemden geliehen, hatte mit den viel zu langen Ärmeln geflattert und »Ich geh ein! Ich geh ein!« geschrien. Sie lag auf dem Rücken und ihre Finger zupften an den Knospen. Sie war noch nicht müde. Ich saß in meinem Lehnstuhl am Fenster. Nur das Licht der Leselampe auf dem Tischchen neben mir war noch an.

»Jetzt bin ich nicht mehr im Plan«, sagte sie im Dunkeln. »Morgen werde ich mir den Arsch wund fahren müssen.«

»He, he, pass auf, was du sagst.« Ich nippte an einem Bier. Sie schwieg eine Weile und zupfte am Laken.

»Haben deine Eltern einmal gestritten?«, wollte sie wissen.

»Alle Eltern streiten«, sagte ich. »Das ist so. Mach dir deswegen keine Sorgen!«

Moms Gebrüll, Dads wortloses Verweigern, Leugnen und Verschwinden. Wie Stacy heute über sie hergezogen war! Ich versuchte mir vorzustellen, was wohl geschehen war, als John heute am Nachmittag nach Hause gekommen war. Ich hatte nicht darüber nachdenken wollen und wollte es auch jetzt nicht. Vielleicht war Julianna weg gewesen und hatte nichts gehört und gesehen. Aber sie hatte heute den ganzen Abend lang abwesend und bedrückt gewirkt.

»Das ist so«, sagte ich noch einmal.

Um Viertel vor vier fiel ein kalter dunkler Schatten aufs Fenster, obwohl Julianna im Zimmer nebenan vor sich hin träumte. Sein Gewicht war größer denn je, unerbittlich. Heute Nacht würde es schlimm werden. Die lähmende Kälte schlich sich über den Oberkörper nach unten, schoss mir durch die Adern, kroch mir bis ins Mark. Das Blut an Juliannas Schläfe. Ich schloss die Augen. Es half nicht. Rot und warm rann es ins Haar. Sie blickte mich an. Die Wunde am Kopf wurde dunkler, bis sie an der Schläfe fast schwarz war, und auf einmal sah ich Jen Colby vor mir. Dann war das Mädchen verschwunden und nur die Tür war mehr da. Immer wieder dieselbe Tür, sodass ich danach greifen und sie öffnen musste. Irgendwo sangen Vögel und mich fröstelte.

Im letzten Februar hatte es wie verrückt getaut. Auf einmal war Frühling, eine Woche lang. Es wurde warm und die Sonne schien. Die Colbys waren der letzte Halt auf der Strecke von der Lincoln Elementary School. Sie hatten einen Wohnwagen auf den üblichen Betonblöcken mit ein paar Geranien, der freundlichen Wirkung halber. Jen Colbys älterer Bruder und ihre ältere Schwester, die in die vierte beziehungsweise fünfte Klasse gingen, saßen weit voneinander entfernt, obwohl der Bus außer ihnen leer war. Die Colby-Kinder saßen nie zusammen. Das Mädchen stieg mit steinerner Miene zuerst aus. Der Junge blieb ein, zwei Meter von mir entfernt stehen.

»Würden Sie nach meiner Schwester sehen?«, sagte er leise. Er hatte den Blick gesenkt.

»Was?« Ich beugte mich zu ihm, um ihn besser zu verstehen.

»Meine Schwester braucht Hilfe.«

»Eure Mutter hat sie sicher zum Arzt gebracht«, sagte ich. Es war mein letzter Halt und ich wollte nach Hause. Er sagte nichts mehr. Er sah mich nur an, als ob er nie mehr in seinem Leben jemandem auf der Welt etwas verzeihen würde. Er stieg aus und ging zu seiner Schwester, die, mit dem Gesicht zum Wohnwagen, auf ihn gewartet hatte. Sie standen da und rührten sich nicht.

Ich fuhr den Bus auf das Bankett, knallte, vor mich hin fluchend, den Hebel in die Parken-Stellung und schaltete den Motor ab. Kletterte aus dem Bus und übte, was ich sagen würde – wie ich erklären würde, dass ich meine Nase in die Privatangelegenheiten anderer Leute steckte. Eine höfliche Nachfrage, eine höfliche Abfuhr, und die Sache würde erledigt sein. Ich stieg die Betonstufen hinauf und blinzelte, so hell schien die Sonne. Krokusse hatten eine Ecke der Wiese in einen violetten Teppich verwandelt. Es war ein Tag, an dem man sich das Jackett ausziehen und die sanfte Brise über die nackten Arme streichen lassen wollte, ein Tag, an dem man sich die Post mit nackten Füßen vom Briefkasten holte. Ich klopfte an den Aluminiumrahmen der Fliegengittertür. Der Junge und das Mädchen standen neben mir, als ob es gar nicht ihr Zuhause wäre.

»Da rührt sich niemand«, sagte ich zu dem Jungen. Eine sinnlose Bemerkung. Er hatte unten vorne einen Zahn, der so schief gewachsen war, dass er vor den oberen stand. Er ließ die Tür nicht aus den Augen.

»Versuchen Sie's noch mal!«, sagte er.

Ich klopfte fester. Läutete. Das Mädchen zog einen Schlüssel aus seiner Schultasche, sperrte die Tür auf und hielt sie mir auf.

»Mom?«, schrie das Mädchen. Keine Antwort. Es war völlig still.

»Mrs. Colby?«, sagte ich höflich. Ich bekam auch keine Antwort. Ich trat in die Diele. Es roch frisch gewaschen, wie wenn man nach einem langen Winter die Fenster öffnet. Der Junge und das Mädchen standen hinter mir und hatten noch immer ihre Schultaschen in der Hand. Vielleicht hatte ihre Mutter Jen zu einem Arzt gebracht, wie ich zuvor gemeint hatte. Ich konnte mich nicht erinnern, ob ich in der Einfahrt einen Wagen gesehen hatte. Ich ging in die Küche. Man hörte die Bäume vor dem Fenster rauschen. Es herrschte eine merkwürdige Stille im Haus. Es war, als ob es den Atem anhalten würde. Da stimmte etwas nicht. Wir spürten es alle drei. Die Wärme von draußen war nicht ins Haus gedrungen, obwohl die Fenster offen standen. Ich wünschte mir, dass Mrs. Colby auftauchen würde. Ich sagte den beiden, dass sie sich an den Küchentisch setzen und nicht von der Stelle rühren sollten. Sie ließen ihre Schultaschen fallen und setzten sich stumm an den Tisch. Ich ging den Korridor entlang. Nichts rührte sich. Ich kam an einem kleinen Badezimmer vorbei. Auf dem Boden lag ein Haufen schmutziger Handtücher. An den Rändern des Waschbeckens klebte getrocknete Zahnpasta. Meine Füße gingen weiter, der Rest folgte ihnen widerstrebend. Ich kam an zwei geschlossenen Türen vorbei. Die dritte stand offen.

Ich trat ein und sah mich um. Ein Bett war perfekt gemacht. Stofftiere saßen, ordentlich eins neben dem anderen, gegen das Kissen gelehnt. Das andere Bett war nicht gemacht, die Decken lagen halb auf dem Boden und an einer Ecke war das Laken lose. Kein Kissen auf dem Bett. Überall im Zimmer war Schmutzwäsche verstreut. Ein Hello-Kitty-Plastiktäschchen. Eine nackte Barbiepuppe mit nur einem Bein, das Haar durcheinander. Die Stille nahm mir den Atem, obwohl auch hier das Fenster offen war. Das erste Mal in meinem Leben dachte ich, dass es vielleicht doch böse Geister gab und dass ich mitten in einen hineingeraten war. Es gab keine andere Erklärung für die würgende Angst. Meine Lungenflügel waren nur mehr so groß wie Zitronen. Ich bekam keine Luft mehr.

Die Schranktür links von mir stand halb offen. Die Ecke einer Babydecke ragte heraus. In der Decke steckte eine schmutzige Socke mit einem großen Loch. Ein Zeh lugte aus dem Loch. Der Nagel des Zehs war dunkelblau. Ein Glühen durchzuckte mich vom Kopf bis in die Fingerspitzen. Ich dachte: »Ich sehe etwas, was ich nicht sehen soll, und jetzt muss ich für alle Zeiten hier bleiben.« Ich machte einen Schritt auf den Schrank zu, öffnete die Tür und sah hinein. Jen lag zusammengekauert auf dem Boden in einem Nest, das sie sich aus Schmutzwäsche, der Babydecke und ein paar Handtüchern gemacht hatte. Ihr Kopf lag auf dem Kissen, das sie sich vom Bett mitgenommen hatte. Sie trug Pyjamahosen, die ihr, obwohl sie so dürr war, zu klein waren. Ihr Haar war tagelang nicht gekämmt worden. Am Oberarm hatte sie mehrere Striemen. Am Haaransatz an der Schläfe eine violette und schwarze Schwellung. Ein Rinnsal dunklen Bluts schlängelte sich vom Ohr zum Unterkiefer. Ohne sie anzufassen, wusste ich, dass sie tot war. Draußen sang ein Vogel.

»Ist schon gut«, sagte ich. »Ich bin ja da.«

Neben dem Kissen lag eine Packung Salzkekse. Ein paar waren noch übrig. Auf dem Boden ein paar Krümel. Zerbrochene Buntstifte, ein Malbuch: »Disney's AristoCats«. Unter ihrem Arm ragte ein zerlumpter Stoffhase hervor, grau und ohne Fell von zu viel Liebe. In einer Ecke des Schranks stand ein kleiner Abfallkorb aus Plastik, der ihr als Ersatz für das Klo auf dem Gang gedient hatte. Der Mund war ein kleines Stück offen, als ob sie verkühlt wäre und durch den Mund atmen müsste. Die Socke mit dem hervorguckenden Zehen hatte ein Nike-Logo am Bündchen.

Ich wollte sie an den Knöcheln packen und herausziehen aus diesem dunklen, engen Raum, sie auf den Schoß nehmen und ihr sagen, dass jetzt jemand bei ihr war, sie zumindest bei der Hand nehmen und ihr einen Augenblick schenken, in dem sie nicht allein war in dieser Stille. Doch ich verließ das Zimmer, ohne etwas zu berühren. Ich ging in die Küche, hob den Hörer ab und wählte 911. Der Junge und das Mädchen hörten zu, als ich erklärte, dass es sich um einen Notfall handle und ein Kind krank sei. Ich gab Name und Adresse an, sagte der Frau, dass auch die

Polizei kommen solle, und legte dann auf. Ich setzte mich zu den beiden Kindern an den Tisch.

»Eure Schwester ist krank«, sagte ich, ohne sie anzusehen. »Ich will, dass ihr euch nicht von der Stelle rührt, bis jemand zu Hilfe kommt.«

»Wo gehen Sie denn hin?«, fragte mich der Junge.

»Ich gehe nirgendwohin«, antwortete ich überrascht. »Wir warten hier.«

Ich legte die Hände in den Schoß und sah mir den Fußballplan des Jungen an, der am Kühlschrank klebte. Eine Schachtel Cap'n Crunch stand auf der Arbeitsplatte; daneben lag ein Rezept, das jemand aus einer Zeitschrift ausgeschnitten hatte. Wir hörten einen Wagen vorfahren. Das Mädchen sprang auf und lief zur Tür.

»Mom«, sagte sie.

Ich stand nicht auf. Patricia Colby kam ins Haus und trat in die Küche. Sie hatte ihre dünnen Haare zu einem Pferdeschwanz nach hinten gebunden und trug eine Einkaufstüte vom Supermarkt. Sie stand da und sah mich an. Ihr Mund war leicht geöffnet, wie der von Jen im anderen Zimmer. Wie sie mich so anstarrte, musste ich daran denken, dass ich mich vor der peinlichen Situation gefürchtet hatte. Das war vorbei. »Ich warte hier nur, bis Hilfe kommt«, sagte ich schließlich. »Ihr kleines Mädchen ist krank.«

»Wer hat Sie hier reingelassen?«, fragte sie. Dann wandte sie sich dem Mädchen zu. »Hast du sie reingelassen?«

»Ich hab sie dazu gezwungen«, log ich.

In der Ferne konnte man einen Sirene hören. Sie kam näher. Nur hier, bis Hilfe eintraf. Nur hier, bis jemand eintraf und die Sache in die Hand nahm, mich ablöste.

»Ihr Mädchen ist krank«, sagte ich wieder. Das richtige Wort wollte mir nicht über die Lippen.

»Wovon reden Sie überhaupt? Ich kenn Sie gar nicht.«

»Mit dem Mädchen stimmt was nicht, sie muss zum Arzt«, sagte ich. Als das Gellen der Sirene vor dem Haus verstummte, lief sie in Richtung von Jens Zimmer. Ich öffnete die Fliegentür und sagte: »Den Gang entlang.«

Es waren ein junger Mann und eine junge Frau in kurzärmeliger Sanitäterkleidung mit an mehreren Stellen aufgenähten amtlichen Schildern. Weitere Sirenen näherten sich. Ein Pickup mit einem einzelnen Rotlicht am Armaturenbrett bog in die Zufahrt ein. Die freiwillige Feuerwehr. Carl war da dabei gewesen, hatte aber damit aufgehört, als er Amy geheiratet hatte. Bald standen überall Autos.

Ich kehrte in die Küche zurück und setzte mich zu den Geschwistern. Ich hörte die Mutter immer wieder sagen: »Was ist denn los? Was stimmt denn nicht?« Ihr Stimme wurde schrill vor Angst.

Mehrere Männer von der freiwilligen Feuerwehr steckten ihren Kopf um die Ecke, um mich und die beiden Kinder anzusehen. Auf einmal hörte ich in dem Durcheinander Toomey Shermans Stimme. Ich klammerte mich an den vertrauten Klang. Ein Polizist kam in die Küche. Der Junge und das Mädchen drehten sich nicht um, sahen weder ihn noch mich an.

»Haben Sie angerufen?«

»Ja.«

»Sind Sie mit der Familie verwandt?«

»Ich bin die Busfahrerin.«

»Ich muss Ihnen ein paar Fragen stellen.«

»Gehen wir raus?«, fragte ich. Jemand kam und setzte sich zu den Kindern, um aufzupassen, dass sie nicht den Gang nach hinten liefen – als ob sie das je tun würden. Der Polizist ging mit mir hinters Haus. Er stellte mir Fragen und ich beantwortete sie.

Schließlich sagte er: »Haben die Kinder, als Sie sie heute Morgen abgeholt haben, durchblicken lassen, dass etwas nicht in Ordnung war?«

»Nein.«

»Hatten Sie irgendeinen Grund zu der Annahme, dass es in diesem Haus zu Misshandlungen kam?«

»Nein«, antwortete ich. »Ich hatte keinen Grund.«

Der Nächtliche Besucher erhob sich. Er brauchte heute lange, um zu verschwinden. Ich lag da und zitterte. Ich zählte bis hundert, bevor ich die Decke zur Seite schlug. Die Kälte, die er hinterlassen hatte, war mir so sehr in die Knochen gekrochen, dass ich schwankte, als ich aufstand. Im Wohnzimmer schlief Julianna. Sie lag auf dem Rücken und hatte einen Arm über den Rand der Couch hängen. Ich musste an eine sterbende Operndiva denken. Es strich mir kein Frank um die Beine. Ich rief die Tierklinik an. Eine schläfrige junge Frau hob ab. Sein Zustand war stabil. Falls sich etwas ändern sollte, würde sie mich anrufen. Ich goss mir noch einen Schluck Jameson ein. Stand da und starrte durch das Küchenfenster meinen Geist an, der mich von draußen anstarrte. Es wurde schlimmer statt besser. Mir war übel vor Angst, die Furcht verdichtete sich. Ich blieb da stehen und dachte nach, bis der erste Hauch der Dämmerung die Bäume um das Haus färbte. Es war Donnerstag; nur mehr ein Tag bis zum Prozess.

14

Amy kam mir schon entgegen, als ich in die Einfahrt bog. Sie schlug die Wagentür fester als notwendig zu und warf eine Zickzackschere auf den Platz zwischen uns.

»Was hast du denn?«, fragte ich.

»Das ist ein Arsch!«

Darauf wollte ich nicht eingehen und sagte daher: »Danke für die Schere.«

»Bitte.«

Als ich rückwärts aus der Einfahrt fuhr, ohne die gefährliche Kurve dreißig Meter weiter rechts aus den Augen zu lassen, sagte Amy: »Du siehst beschissen aus, kann ich dir sagen.«

»Bin müde.«

»Wie geht's Frank?«

»Der ist eine einzige Naht, sieht aus wie Frankenstein.«

»Im wahrsten Sinn des Wortes«, ergänzte Amy. »Übrigens, ich hab was für ihn.« Sie legte ein kleines Geschenk auf den Platz zwischen uns. Es war mit einer Garnquaste verschnürt.

Ich hatte Amy zuvor angerufen und ihr gesagt, dass ich später kommen würde, und ihr den Grund erklärt. Julianna und ich waren gegen acht aus den Federn gekrochen. Sie hatte Eleanor nach Hause gebracht, und ich war nach Cadillac gefahren, um nach Frank zu sehen. Er war wach. Ich gab ihm seine Stoffpuppe. Er drehte die Ohren ein und beäugte mich mit finsterem Blick.

»Sie wissen noch nicht, ob seine Vorderpfoten wieder in Ordnung kommen«, sagte ich nach ein paar Minuten. »Falls nicht, wollen sie ihn einschläfern.«

»Himmel!«, sagte Amy. »Könnten wir ihm nicht einen Rollstuhl bauen wie Harley damals für Buh-Buh.«

»Sie meinen, einschläfern sei menschlicher.« Ich stellte mir Frank vor, wie er auf einem zweirädrigen Wägelchen mit einer kleinen Piratenflagge dran durch das Haus sauste. Was ich mir nicht vorstellen konnte, nicht vorstellen wollte, war Frank tot. Ich musste an den wilden Hund von gestern denken, wie seine Vorderpfote durch das Gras geschleift war, als ich ihn zur Grube gezogen hatte.

»Hast du die Zeitung?«, fragte Amy.

»Da ist sie«, sagte ich und klopfte auf meine 200-Jahre-Amerika-Tasche. Sie zog sie hervor und blätterte zu den Flohmarktanzeigen.

»Ich nehm an, du hast von Stacy gehört.«

»Ja. Herzlichen Glückwunsch«, murmelte sie. »Wie sieht er denn aus, der Kleine?«

»Als ob er's überleben würde.«

»Hm.« Auf einmal sagte sie: »Die Reise nach New Orleans kannst du vergessen.«

»Verstehe«, erwiderte ich. Sie wartete und beantwortete dann die Frage, die ich nicht gestellt hatte.

»Carl will dieses Jahr zu Hause bleiben.«

Das konnte ich mir gut vorstellen. Sie wandte den Kopf ab und sah zum Seitenfenster hinaus. »Er hat mir erzählt, dass er dich unlängst gesehen hat«, sagte sie.

»Wer?«

»Carl. Hat erzählt, dass du wegen ein paar Ködern im Laden warst.«

»Hm, hm.«

»Deine Nägel sind super«, sagte sie. »Gibt's einen Anlass?«

»Ich bums nur herum«, sagte ich und wurde dunkelrot. Ich hatte so sehr darauf gewartet, ihr von John zu erzählen, und jetzt konnte ich ihr nicht einmal in die Augen sehen. Wir schwiegen, jeder in Gedanken versunken, bis ich beim Lake-Crest-Café hielt. »Da wären wir.«

»Ist alles in Ordnung?«, fragte sie und musterte mich.

»Ich hab Hunger. Mach mal!«

Wir setzten uns an den Tisch, an dem wir uns ein Dutzend Sommer lang jeden Donnerstag niedergelassen hatten. Tammy warf ein paar Speisekarten auf den Tisch und brachte dann jeder von uns eine Tasse schwarzen Kaffee.

»Bring mir ein Scramble Ranchero!«, sagte Amy, ohne die Speisekarte auch nur berührt zu haben. Tammy war Amys ältere Schwester. Die beiden hatten nichts füreinander übrig.

»Und für mich Biscuits and Gravy«, sagte ich zu Tammy.

»Mit Speck?«

»Ja.«

Sie steckte ihren Block weg und sagte: »Morgen ist es also so weit, was?«

»Was?«

»Na die Geschichte mit Pat Colby. Ich hoffe, sie kommt auf den Stuhl.«

Ich sah den Salzstreuer an und wusste nicht, was ich sagen sollte. Da mischte sich Amy ein: »Du hast ja keinen blassen Schimmer. Halt besser den Mund!«

»Na, vielleicht hat sie sich mit der Gusseisenpfanne umgedreht und die Kleine *unabsichtlich* am Kopf erwischt?«

»Ich hab dir gesagt, du sollst den Mund halten.«

Tammy redete laut. Auch ich wollte ihr sagen, dass sie den Mund halten sollte. Amy nahm die Speisekarten vom Tisch und schob sie ihrer Schwester hin. »Und jetzt kümmere dich um unser Essen, ja?«

Tammy verschwand. »Jedes Arschloch weiß natürlich ganz genau, was los war«, sagte Amy. »Tut mir Leid, dass du dir das hast anhören müssen.« Sie machte ihre Zigarette aus, schob mir das Päckchen hin und sah mir dabei zu, wie ich mir eine anzündete.

»Danke«, sagte ich.

»Gern geschehen.« Das war alles, was sie sagte.

Ich zog einen Bleistiftstummel aus der Tasche meiner Shorts und begann die Anzeigen zu studieren. Meine Hand zitterte.

»Na, was ist denn diese Woche los?«, fragte Amy.

»Es gibt einen in der Maple Street, der interessant sein könnte.«

»Da gibt's nur Kindersachen«, sagte sie. »Du weißt ja, wie viele Kinder es da gibt.«

Wir schwiegen. Ich kreiste ein paar Anzeigen ein, während Amy abwesend beim Fenster hinaussah. Ihre Zigarette lag im Aschenbecher, ohne dass sie sie angerührt hätte. Die Asche ringelte sich wie ein grauer Wurm, bis Tammy das Essen brachte.

»Mom hat gerade angerufen«, sagte sie zu Amy. »Sie will, dass du sie anrufst.«

»Warum?«

»Vielleicht weil sie nie was von dir hört. Was weiß ich!« Klappernd stellte Tammy die Teller ab und ging.

Ich legte den Bleistift weg und begann zu essen. Amy starrte noch immer beim Fenster hinaus, sie war mit den Gedanken ganz woanders. Da klingelte das Glöckchen über der Tür und Toomey Sherman kam herein. Er nahm seine Kappe, auf der LaRue's Contracting stand, ab und klemmte sie sich unter den Arm.

»He, Tammy.«

»He, Toomey.«

»Die beiden sollten heiraten«, murmelte Amy, »und ihre Kinder Timmy und Tommy taufen.« Ich musste lachen.

Er blieb an unserem Tisch stehen. »Morgen, die Damen!«

»Wie steht's?«, fragte ich ihn.

»Muss gut gehen, wenn's draußen so schön ist, ja.« Er nickte vor sich hin, schob die Hände in die Taschen seiner Windjacke und zog sie wieder raus.

»Die Morgenstunden sind am schönsten«, sagte Amy. »In ein paar Stunden ist es heißer als in der Wüste.« Sie nahm einen Bissen. Toomey machte einen Schritt rückwärts.

»Und was macht das Haus?«, erkundigte ich mich.

»Einen Haufen Arbeit. Na, du weißt schon.« Er setzte seine Kappe auf und nahm sie wieder ab. »Ich mach grade den Zaun. Du kannst ja mal gucken kommen, wenn ich fertig bin, ja.«

»Das mach ich«, sagte ich.

Er berührte mich seitlich am Arm, ging zur Theke und schwang ein Bein über einen Hocker, als ob er ein Pferd besteigen würde.

»Netter Kerl«, sagte Amy in einem leicht abwertenden Ton. »Harley und er waren unlängst am Abend bei uns Euchre spielen. Er hat eine ganze Kiste Budweiser und fünf Tüten Chips mitgebracht.«

Es war Toomey Sherman gewesen, der mich nach Hause gebracht hatte, als ich Jen Colby im Schrank gefunden hatte. Ich war von drei verschiedenen Personen befragt worden, eine in Uniform und zwei ohne. Jemand hatte sich darum gekümmert, dass der Bus zur Lincoln Elementary School zurückgebracht wurde. Toomey schlug mir vor, mich mit seinem Wagen nach Hause zu bringen, damit ich nicht noch in ein Polizeiauto steigen müsste. Wir stiegen ein und los ging's. Das Ding hatte einen Vierradantrieb. Ich starrte auf das rote Feuerwehrlicht über dem Armaturenbrett, das jetzt nicht mehr blinkte. Ich fühlte mich wie in einer Raumkapsel, völlig von allem abgeschnitten.

»Fahr mich ein wenig rum!«, sagte ich.

»Ich zeig dir mein Haus, ja.« Er hatte auf der anderen Seite des Sees ein Grundstück gekauft. Von dem Haus war nur ein großes Loch und eine Menge Holzpflöcke zu sehen, mit denen sie das Fundament abgesteckt hatten. »Also, das ist die Küche, ja, und von da geht man dann durch und, zack, ist man schon im Wohnzimmer.« Laut zählend schritt er die Entfernungen ab und breitete die Arme aus, um mir zu zeigen, wo die Wände hinkommen würden. Ich kletterte auf den Erdhügeln herum, bis ich müde wurde und mich auf einem der Berge niederließ.

»Und das ist die Aussicht, ja.« Er drehte mir den Rücken zu, sah zum See und hatte die Arme ausgestreckt, als ob er das ganze Ufer umarmen wollte. Ich zog meine Turnschuhe aus und vergrub meine Zehen in der Erde, die warm war, weil den ganzen Tag die Sonne draufgeknallt hatte.

»Du wirst dir deine Sachen schmutzig machen«, sagte Toomey, als er sich zu mir umdrehte.

»Ist mir egal«, antwortete ich.

Er kramte in seinen Taschen, zog ein paar Tootsie Rolls hervor und gab mir eine. Ich biss in die körnige, klebrige Schokomasse und bohrte die Zehen noch tiefer in die Erde, krallte mich richtig darin fest. Wie gern hätte ich jetzt mein altes Fahrrad noch gehabt, um damit durch die Gegend fahren zu können! Amy und ich waren früher mit unseren Rädern kreuz und quer durch den ganzen Bezirk geradelt, einmal sogar bis nach Cadillac. Heute war ein schöner Tag, um auf einem Rad durch die schattigen Stellen immer wieder ins warme Sonnenlicht zu fliegen. Mir wollte nicht einfallen, wo das Rad abgeblieben war. Vielleicht konnte mich Toomey bei Mom absetzen und ich könnte in der Garage nachsehen, vielleicht war es dort. Ich könnte Amy anrufen und wir könnten eine Radpartie zum Cedar-Hill-Friedhof oder zum Jefferson Highway hinüber machen. Einfach nur rumfahren, bis wir die Beine nicht mehr spürten.

Toomey stand abseits und überließ mich mir selbst. Junge grüne Blätter glitzerten im Sonnenlicht. Die Stirn in Falten legend starrte ich sie an. Wie konnte es so was Schönes geben nach dem, was ich gesehen hatte? Als ob Gott sich an der Leiche einer Sechsjährigen ebenso erfreuen würde wie an einem knospenden Kirschenbaum. Ich legte mich hin und starrte in den leeren Himmel über mir. Hatte Gott die Welt in einem Augenblick der Neugier erschaffen und sich dann davongemacht wie ein Kind, das ein Spielzeug kaputtgemacht hat? Es gab niemanden, der für das, was er zurückgelassen hatte, verantwortlich gewesen wäre.

»Toomey, kommst du mal bitte einen Augenblick!«

Er kletterte auf den Erdhügel und machte seine Sachen schmutzig, als er sich neben mich setzte. Ich weiß nicht, was er in meinem Gesicht gesehen hatte, aber er nahm meine Hand und hielt sie fest. Seine Hand war groß und schwielig und hing an einem pochenden Herzen. Ich beugte mich zu ihm und küsste ihn. Wir standen auf und suchten uns ein sauberes Fleckchen Wiese. Durch den Wald rundherum und den See sah niemand, wie unsere beiden Körper einander fanden. Als wir wieder normal atmen konnten, sagte Toomey: »Jetzt sollten wir aber gehen, ja.«

»Ja.« Ich stand auf, um mich anzuziehen. Das Gras war weit, weit unter mir. Ich beugte mich vor und kotzte das Frühstück aus. Zu meinen Füßen bildete sich ein kleiner See, den ich überrascht ansah. Da kam schon die nächste Welle. Toomey stand neben mir und hielt mich an den Schultern. Er gab mir sein Jeanshemd, damit ich mir den Mund abwischen konnte. Ich hatte mir die Turnschuhe voll gekotzt. Es dauerte lange, bis alles draußen war.

Toomey half mir beim Anziehen und brachte mich zum Wagen. Er machte alle Fenster auf, damit ich genug frische Luft bekam. Die Bauchmuskeln taten mir weh und mein Hals war ganz rau. Ich würde Hilfe brauchen, um ins Haus zu kommen.

»Ich werde es niemandem erzählen, dass du gekotzt hast«, sagte Toomey wie nebenbei. Was so viel heißen sollte, als dass er niemandem ein Wörtchen über irgendwas erzählen würde.

»Danke.«

»Und du wirst dafür sorgen, dass diese Frau ins Kittchen kommt, ja.«

Ich wusste nicht so recht, was ich darauf antworten, was ich denken sollte. Keiner von uns beiden sagte mehr etwas, bis Toomey in die Einfahrt zu meinem Haus bog. Da stand Moms blauer Escort. Sie kam zum Wagen, nahm mich am Ellbogen und half mir aussteigen.

»Danke fürs Nachhausebringen, Toomey«, sagte sie in den Wagen. Er musste sie von den Colbys aus angerufen haben. Den Rest des Gesprächs hörte ich nicht mehr. Ich sah Frank im Wohnzimmerfenster sitzen und mich ansehen. Sein Mund verzog sich zu einem stummen Miau. Das Fenster war zu und er war drinnen. Ich wollte auch drinnen sein, wo Frank war. Ich sagte dem Wagen auf Wiedersehen und ging und ging, und da war die Haustür und dann war ich drinnen und nahm Frank auf den Schoß und die Fenster waren zu und Gottes wunderschöner Frühlingstag war endgültig ausgesperrt.

»Er steht auf dich, so viel ist klar«, flüsterte Amy.

»Was?«

»Toomey. Ich glaub, er ist ein bisschen in dich verknallt.« Amy lächelte, aber ihr Lächeln hatte etwas Seltsames. Sie nahm den Bleistift und begann weitere Flohmarktanzeigen in der Zeitung einzukreisen. »Wir fangen in der Waterman Street an und arbeiten uns nach Westen vor«, sagte sie.

Ich haute rein. Auf der anderen Seite der Straße ging jemand mit breiten Schultern und dunklem Haar in den Eisenwarenladen. Ich beugte mich vor, um besser sehen zu können, aber es war ein Mann, den ich nicht kannte.

»Mary?«

»Was?«, fragte ich mit vollem Mund.

»Zum dritten Mal: Willst du noch Kaffee?« Amy war sichtlich verärgert.

Tammy stand mit einer vollen Kanne neben mir. Ich nickte. Sie schenkte mir ein, während Amy ihren Teller über den Tisch schob und mich finster ansah.

»Was ist mit dir los?«, fragte sie.

»Mit mir? Was hast du denn?« Ich hatte sie noch nie so gereizt erlebt.

Sie wartete, bis Tammy weg war, und sagte dann: »Ich hab ein kleines Problem, danke der Nachfrage.«

»Was für ein Problem?«

»Carl.«

Ich holte tief Luft und atmete aus. »Was?«

Sie goss noch ein Becherchen Sahne in ihren Kaffee. Dann sagte sie: »Willst du mir was sagen?«

»Worüber?«

»Über irgendwas.«

»Hm, na ja.« Jetzt war der Augenblick gekommen, um ihr über die Frau in Traverse City zu erzählen. »Nein.«

»Wir haben seit vier Monaten nicht mehr miteinander geschlafen.«

Wir starrten beide auf den Löffel, mit dem sie sachte den Kaffee umrührte. Als ich aufblickte, hatte sie Tränen an den Wimpern. Da saß meine beste Freundin und weinte. Ich konnte keine tröstenden Worte finden.

»Sag mir die Wahrheit, okay?« Sie schnappte sich einen Stoß Papierservietten und zwinkerte, bis es ihr gelang, die Tränen zu stoppen.

»Amy, es tut mir Leid –«

»Verflucht noch mal!«, sagte sie und schlug auf den Tisch, dass der Löffel in der Tasse klapperte. »Ja oder nein«, sagte sie schnell, »hast du was mit ihm oder nicht?«

Ich stand auf der Leitung. »Mit wem?«

»Mit Carl«, sagte sie, »mit wem denn sonst?«

Die verdammte Welt blieb auf einmal stehen. Ich ließ ihre Worte wirken. Dann ging alles wieder seinen Gang.

»Nein«, sagte ich, »ich hab nichts mit Carl.« Ich versuchte darüber zu lachen. Aber Loretta stand auf und sagte: »Was hältst du denn von mir? Glaubst du denn, ich würde dir deinen Mann wegnehmen?«

Auf einmal war es ganz still geworden. Tammy sah von hinter der Theke zu uns herüber. Alle Augen waren auf uns gerichtet. Amy blickte tapfer zu mir auf und wartete, dass ich mich wieder setzte. Als ich das nicht tat, sagte sie: »Könnten wir das bitte später klären?«

»Was klären? Was für ein Arschloch du bist?«

»Okay«, sagte sie und holte tief Luft. »Vergiss –«

»Ich kann's nicht glauben: Jetzt kennst du mich so lang und glaubst, dass ich nicht besser bin als du!«

Das hatte gesessen. Die Stille wurde dichter. Amys Gesicht war auf einmal ganz weiß und hart. »Natürlich nicht«, sagte sie, »du bist ja die große, einsame Märtyrerin.«

»Märtyrerin – so ein Blödsinn!«

»Nicht ein Blöken, als er dich verlassen hat. Nur nicht jammern, um Himmels willen, das tut man nicht.«

»Was wolltest du mir eigentlich sagen? Bitte nimm mir meinen Mann nicht weg?«

Ich musste mich setzen. Ich musste den Mund halten. Ich musste da raus, aber ich hatte den Punkt überschritten und jetzt gab es kein Zurück mehr.

Amy sagte: »Wenn du wirklich meine Freundin wärst, hättest du mir damals erzählt, wie du dich fühlst.«

»Und wenn du wirklich meine Freundin wärst, hättest du mir damals erzählt, was los war, und ich hätte die Geschichte nicht von ihm erfahren müssen.«

Meine Lippen bewegten sich, aber ich konnte nur daran denken, dass das die Art von Szene war, die ich ihr normalerweise später haarklein am Telefon erzählen würde. Ich hörte sie im Geiste sogar lachen. »*Was* hast du gesagt?« Aber es war nicht später, es war jetzt. Und Amy lachte nicht, sondern zog sich mit jedem Wort weiter von mir zurück.

»Warum hast du mir das nicht gesagt?«, fragte sie und warf die Serviette auf den Tisch. »Warum?«

»Willst du mir jetzt die Schuld daran geben?«

»Weil du eher sterben würdest, als den Mund aufzumachen und zuzugeben, dass du Gefühle hast.«

»Hör auf, Amy!«

»Weil du dann ein Mensch wärst wie alle anderen.«

»Nein«, sagte ich. »Selbst im schlimmsten Fall könnte ich nie so sein wie du.« Ich drehte mich um und ging. Grob stieß ich mit der Handfläche die Tür auf.

»Hau nur ab!«, schrie Amy. »Fahr nach Haus und lass dich voll laufen!«

Einen Augenblick lang hatte ich Angst, die Schlüssel auf dem Tisch liegen gelassen zu haben. Aber sie waren in meiner Tasche. Schon hatte ich den Motor angelassen und der Mercury rollte davon. Meine Zigaretten hatte ich allerdings vergessen. Ich hielt am Gas 'n Go, bezahlte mit einem Fünfer und ließ das Wechselgeld liegen. Noch bevor ich draußen war, hatte ich mir eine Kool angezündet. Schoss auf die Straße und wartete nur darauf, jemanden rammen zu können, der mir zu nah kam. Ein leuchtendes gelbes Zeichen an einem Baum ließ mich schnell nach rechts abbiegen; der Flohmarkt war zwei Straßen weiter. Als ob ich die letzten sieben Jahre damit verbracht hätte, einen Plan auszuhecken, ihn mir zurückzuholen. Als ob ich außerhalb ihres Lebens nichts Eigenes gehabt hätte. Als ob ich die ganze Zeit hindurch erstarrt, zu einem bitteren kleinen Körnchen Eifersucht tiefgefroren gewesen wäre.

Rücksichtsvoll fuhr ich mit dem Wagen an den Straßenrand. Respekt zeigen, wenn man sich fremdem Eigentum nähert. Sie hatten drei Tische aufgestellt – ein gutes Zeichen. Am Zaun entlang eine ganze Menge Kleider an Haken. Ich blieb am ersten Tisch stehen. Ein Reisewecker, elektrische Lockenwickler, eine verrostete Dukes-of Hazzard-Proviantdose.

»Guten Morgen«, sagte ich.

»Heut wird ein schöner Tag«, meinte eine ältere Frau, die in einem Gartenstuhl saß. Die Dame neben ihr, die auch in ihrem Alter war, nickte und lächelte.

»Sehen Sie nur alles durch«, sagte sie.

Auf dem zweiten Tisch entdeckte ich eine gesprungene Porzellanteekanne mit einem Glyzinienmuster für 75 Cent. Ich nahm sie und ging weiter. Ganz am Rand lag ein Gefrierbeutel aus Plastik, der mit altem Schmuck voll war. Ich nahm ihn und sah mir die eidechsen- und papageienförmigen Broschen an. Amy würden sie gefallen und der ganze Beutel kostete nur zwei Dollar. In meinem Magen ging ein kleines schwarzes Loch auf und schloss sich wieder. Ich legte den Schmuck zurück und ging weiter. Ich dachte am besten gar nicht darüber nach. Ein Schuhkarton voll mit zwanzig Jahre alten Simplicity-Schnittmusterbogen für fünf Cent das Stück. Damit könnte vielleicht Sharon etwas anfangen. »Wie viel kostet der ganze Karton?«, erkundigte ich mich.

»Einen Dollar?«, meinte die eine Frau.

»Fünfzig Cent«, antwortete ich. Sie nickte.

»Darf ich die Sachen da hinlegen?«, fragte ich. »Ich will mich noch umsehen.«

»Ich mach das schon«, antwortete ihre Freundin, hievte sich aus dem Gartenstuhl hoch und nahm die Sachen, die ich kaufen wollte. Ein zerzauster Zwergpudel hüpfte über die Einfahrt, um meine Knöchel zu begrüßen.

»Hallo Hündchen!« Ich streckte ihm eine Hand hin, damit er mich beschnüffeln konnte, und kraulte ihn an den Ohren. Er stieß mit der Schnauze gegen mein Bein und setzte sich dann wedelnd hin.

»Was denn?«, fragte ich.

Das Wedeln wurde immer wilder. Ich musste an Frank in der Tierklinik denken. Normalerweise hielt er zu dieser Zeit neben seiner Stoffpuppe am Fuß des Bettes seinen Vormittagsschlaf. Er würde mir nachher die Hölle heiß machen, wenn er den Pudel an mir roch. Als ich den dritten Tisch erreichte, traute ich meinen Augen nicht – nur Glassachen, der ganze Gartentisch voll: ein vollständiges Teeservice mit einem Weidenmuster, drei Schäferinnen, vier Likörgläser aus mattem Kristallglas und eine ganze Reihe einzelner Teetassen mit Untertassen. Die ganze Bandbreite von Schnapsgläsern bis zu Pudelstatuetten. Und das Beste waren mehrere mundgeblasene schlanke, zarte Vasen.

»Ich nehm das alles«, sagte ich und zeigte auf den Tisch.

Die beiden Freundinnen unterbrachen ihr Gespräch. Die Besitzerin sah mich verdutzt an, guckte zum Tisch und dann wieder zu mir.

»Wie viel geben Sie mir dafür?«

»Zehn Dollar«, antwortete ich.

Sie schüttelte den Kopf. »Die Sherrygläser allein kosten einen Dollar das Stück.«

Ich ließ meinen Blick noch einmal über die Sachen schweifen. Da waren einige wirklich nette Stücke darunter, das stand fest. Ich sah mir die Preise von einigen Einzelstücken an. Sie schwieg und ließ mich nachdenken. Das war mehr, als ich mir leisten konnte.

»Ich hab Zeitungen dabei, um die Sachen einzuwickeln«, sagte ihre Freundin zu mir, die bereits die Teekanne verpackt hatte. Zwei alte Freundinnen, die einander wahrscheinlich von der Schule her kannten.

»Fünfzehn«, sagte ich vorsichtig.

»Zwanzig?«

»Achtzehn«, antwortete ich bestimmt. »Die Kaffeebecher können Sie behalten.« Sie waren aus Keramik und taugten nichts. »Dafür geben Sie mir die National-Geographic-Hefte drauf.« Sie konferierten kurz in ihren Gartenstühlen und willigten dann in den Handel ein. Dann wickelten wir drei sorgfältig Stück für Stück in Zeitungspapier. Es wurden zwei volle Kartons. Sie halfen mir, die Kartons zum Wagen zu schleppen, und der Pudel trottete hinter uns drein. Ich gab der Frau die 19 Dollar 25. Ich hatte eigentlich nicht genug Geld, um es so beim Fenster rauszuwerfen, aber ich wollte mir an diesem beschissenen Morgen etwas Gutes tun.

Auf dem Heimweg sah ich einen grünen Cutlass an der Ampel in der Chessman Road warten. Mir wurde heiß und kalt, als ich neben ihm stehen blieb, aber es saß ein alter Mann am Steuer. Hinter dem geschlossenen Fenster bewegte sich sein Mund zur Musik im Radio. Ich hielt bei Sullivan, um mir die Anrufbeantworter anzusehen. Sie waren billiger, als ich gedacht hatte. Ich entschied mich für den einfachsten, das Modell mit den wenigsten Knöpfen. Mensch, wozu brauchten die Leute so viele Knöpfe! Ich zahlte mit meiner Kreditkarte, die ich in letzter Zeit ziemlich oft gezückt hatte.

Zu Hause trug ich die Kartons nach hinten in den Werkzeugschuppen. Ich packte die zerbrechlichen Kostbarkeiten Stück für Stück aus und stellte sie liebevoll in einer Reihe im Regal auf. Da läutete im Haus das Telefon. Ich warf die Zeitungen und Kartons zu den Sachen, die ich verbrennen wollte, und lief nach drüben. Ich wollte mich zuerst einmal für meine Überreaktion entschuldigen, dann würden wir schon etwas Komisches an der Geschichte finden. Ich fischte mir eine Dose Bier aus dem Kühlschrank und ging damit zum Tisch. Klemmte mit der Schulter den Hörer fest und schenkte mir ein Stück Glück ein. »Hallo.«

»He. Ich bin's. John.«

»John«, sagte ich, als ich mich in den Stuhl fallen ließ, ohne diesmal mit der Hüfte gegen die Tischkante zu schrammen. Ich schloss die Augen und rieb mir die Stirn. Mir wurde eng in der Brust. Mensch, ich konnte so cool sein, wenn jemand auf mich losging, da verzog ich keine Miene, zuckte ich mit keiner Wimper, und beim ersten Klang einer freundlichen Stimme bekam ich weiche Knie!

»Alles okay?«

»Ja«, sagte ich. »Ich freu mich nur, dass du dich rührst.«

Am anderen Ende der Leitung war eine Pause. Dann sagte er: »Hast du denn gedacht, ich würde nichts von mir hören lassen?«

Jetzt war ich mit einer Pause dran. »Nein, das hab ich eigentlich keinen Augenblick lang gedacht.«

Sein Lachen klang, als würde es über einen leeren Gang zu mir dringen. »Wie geht's deinem Kater?«, fragte er. Wer ihm wohl davon erzählt hatte, Julianna oder Doreen?

»Es geht. Er wird's schon schaffen.« Er musste es schaffen.

»Ich mach hier um halb fünf Schluss«, sagte er. »Dann geh ich mit Dschudschu auf den Rummel. Kannst du kommen?«

»Ich spiel heute.« Scheiße.

»Wann?«

»Halb sieben.«

»Wenn du vor dem Spiel auf den Rummel kommst, lad ich dich zu einem Hotdog ein.«

»Mit Chili und Zwiebeln?«

»Und Senf und Sauerkraut und Schmelzkäse, wenn du willst.«

Die Szene mit Amy verblasste mit jedem Wort weiter. »Nur du und Julianna?«

»Nur wir zwei auf der Suche nach unserer verlorenen Freundin.«

Bei der *verlorenen Freundin* drückte mich das kleine Loch im Magen wieder. Ich fuhr mit einem Fingernagel die Metallkante des Tisches lang.

»Wir sehen uns auf dem Rummel«, sagte ich. Er freute sich. Ich konnte ihn Räder schlagen hören.

»Ich hab hier bei der Arbeit ein Mobiltelefon«, sagte er. »Hab ich immer bei mir. Da meld nur ich mich.«

»Und die Nummer?« Ich nahm einen Stift und schrieb sie mir auf die Hand. Nachdem er aufgelegt hatte, saß ich mit einem Ellbogen auf den Tisch gestützt da und schmiegte mein Kinn in die Handfläche mit der Nummer.

Amy und ich hatten im vorletzten Sommer gemeinsam einen Flohmarkt gemacht. Und wir hatten Flohmärkte besucht, seit wir Rad fahren konnten. Einmal kauften wir für fünf Cent Karten und spielten dann den ganzen Sommer lang jede freie Minute Cribbage. Wir kletterten unter die Äste der Föhre bei ihnen hinter dem Haus, die so alt war, dass die Enden der herabhängenden Zweige den Boden berührten. Die Höhle hinter dem Vorhang der süßbitteren Nadeln war hoch genug, dass wir aufrecht sitzen konnten. Wenn es dunkel wurde, behalfen wir uns mit Taschenlampen. Es war unter der Föhre, wo mir Amy eines Nachts erzählte, dass ihre Eltern sich scheiden lassen wollten. Schwache unruhige Schatten tanzten im Licht der Taschenlampen über den Stamm.

»Er kommt nicht mehr nach Hause«, sagte sie, »aber ich darf ihn besuchen, wann ich will.«

Man sah mir an, wie ich mich fühlte. Der Teppich toter Nadeln kratzte mich an den nackten Beinen. »Wo ist er denn?«, fragte ich, ohne sie anzusehen.

»Im Augenblick bei Tante Joy«, sagte sie und gab die Karten. Ihre grellrosa lackierten Fingernägel waren ganz abgebissen. »Aber er wird nach Pineview übersiedeln.«

In Pineview gab es die einzigen Mietwohnungen in ganz Riverton. Die Leute dort feierten Partys und manchmal wurde wegen der lauten Musik die Polizei gerufen. Ich versuchte mir Mr. Richardson bei einer solchen Party mit lauter Musik vorzustellen. Mein Herz war so unruhig wie die Schatten.

»Es wird ein eigenes Schlafzimmer mit Stockbetten geben, und wir können ihn besuchen, wann wir wollen«, wiederholte sie. Ich dachte, sie meinte sich und ihre Geschwister. Sie starrte mich an. »Ja?«

»Sicher«, murmelte ich in meine Knie.

»Was?« Sie sah mich noch immer an, im grünen Schein der Taschenlampe sah sie mich an. Ich würde nicht eine Nacht in Pineview verbringen, das wusste ich, nicht eine Nacht. Nicht einmal wenn Mr. und Mrs. Richardson dort waren, was sie nicht sein würden, weil sie sich ja scheiden ließen. Meine Lungen schwollen an. Ich bekam keine Luft mehr. Lieber Gott, es kam wirklich vor, in nächster Umgebung! Plötzlich schlug Amy auf mich ein: »Mir macht es nichts. So krieg ich doppelt so viele Weihnachtsgeschenke«, schrie sie, »und doppelt so viele Geburtstagsgeschenke.«

Ich konnte nicht atmen, konnte nichts sagen, konnte mich nicht wehren. Wir würden beide in der Föhrenhöhle ersticken. Ich versuchte einen Zweig zu erwischen, während sie mich mit den Fäusten in den Rücken boxte. Schließlich entkam ich ihr nach draußen an die süße frische Luft. Es war stockfinster ohne Mond. Ich lief hintenrum, vorbei an dem alten Geißblattstrauch, vorbei am Maulbeerbaum der Brickhams. Ich tastete nach unserer Garagenwand. Drüben im Finstern hörte ich noch immer Amy.

»Mir macht es nichts, mir macht es nichts«, sagte sie immer wieder, auch noch als ich bis fünfzig gezählt hatte. Ich wollte zu ihr hin und ihr sagen, dass ich mit ihr bei ihrem Dad in Pineview übernachten würde, wann immer sie wollte. Ich wollte ihr sagen, dass sie das Bett oben haben konnte. Ich wollte sie fragen, ob sie heute bei uns schlafen wollte. Aber ich ging stattdessen ins Haus, wo Mom gerade für Dad Pfirsicheis aus einem Becher löffelte. »Wo ist denn Amy?«, fragte sie.

»Sie muss heut baden«, sagte ich. Mom stellte mir eine Schale Eiscreme hin, und ich saß mit ihr und Dad am Küchentisch und dankte Gott, dass wir eine normale Familie waren und niemand nach Pineview übersiedelte.

Ich schrieb Johns Handynummer auf ein Kaugummipapier, schenkte mir ein zweites Bier ein und begann mich mit dem Anrufbeantworter auseinander zu setzen. Den Rest des Vormittags brachte ich damit zu, mir einen Topf Chili con Carne zu machen, mit dem ich mich am Wochenende verköstigen wollte, und verschiedene Ansagen für den Anrufbeantworter aufzunehmen.

»Mary Culpepper ist übersiedelt und hat keine neue Nummer hinterlassen.«

»John, bitte hinterlass eine Nachricht! Von allen anderen will ich nichts hören.«

»Hier Mary Culpepper. Es tut mir Leid.«

Es durfte weder raffiniert noch schüchtern, weder einladend noch ablehnend klingen. Beim siebten Mal klappte es. Nachdem ich alles eingestellt und ausprobiert hatte, beäugte ich das Gerät skeptisch. Nach dem Essen würde ich Amy anrufen und die Sache ausbügeln. Gegen eins kostete ich das Chili. Ich setzte mich an den Tisch, allein, ohne Frank, und blätterte die neuen National-Geographic-Hefte durch. Dann schnitt ich noch eine halbe Zwiebel, gab sie zu, ließ das Chili weiterköcheln und legte mich hin. Ich träumte von winzigen Kindern, die hinter dem Haus beim Holzstoß verfaulten. Als ich aufwachte, atmete ich schwer. Ich hatte versucht, sie alle zu begraben. Ich lag da, starrte die Decke an und dachte daran, was mir morgen bevorstand. Der Knoten der Angst in mir wurde größer und größer, als ob *ich* unter Anklage stünde. In ein paar Stunden würde ich John sehen; sinnlos, sich über danach den Kopf zu zerbrechen.

15

Ich fuhr vor dem Rummel nach Cadillac und hatte keine Zeit mehr, Amy anzurufen. Nachdem es nun nach mehreren Tagen endlich zu regnen aufgehört hatte, sah es so aus, als ob es ein schönes Labor-Day-Wochenende werden sollte. Ich stieg in den Mercury und öffnete das Heckfenster. Überall frische Luft. Alles schien darauf zu warten, dass es losging. Unter meinem Marion's-T-Shirt duftete es zart nach Gras. Man musste ganz nahe sein, um es zu riechen. Unter dem Softballdress trug ich den cremefarbenen BH und das dazu passende Höschen. Und ich hatte eine Extraportion Lippenbalsam aufgetragen.

Sie brachten Frank in einen Untersuchungsraum und ließen mich mit ihm allein. Er sah noch immer aus, als ob er in den Müllschlucker gekommen wäre, war aber besser drauf. Ich half ihm, Amy Geschenk auszupacken: eine Dose Truthahnleckereien.

»Die kriegst du, wenn du nach Hause kommst«, sagte ich und packte die Dose weg. Dann hielt ich ihm die Garnquaste hin und ließ sie hin und her baumeln. Langsam, dass ihm ja keine Naht aufging.

»Wir wollen ihn mindestens noch ein paar Tage hier behalten«, sagte der Arzt, als ich ging. »Wir haben uns die Heilung anders vorgestellt.«

»Es geht ihm doch schon sehr gut«, sagte ich.

»Er kann sich noch nicht richtig bewegen«, antwortete der Arzt mit einem entschuldigenden Lächeln. »Früher oder später müssen Sie sich entscheiden, was Sie für am besten halten.«

Ich dankte ihm für seine Einschätzung der Lage und ergriff die Flucht. Frank war ein gemeines, rauflustiges Tier, das es mit einem erwachsenen Waldmurmeltier aufnahm. Er würde in ein paar Tagen wieder auf den Beinen sein. Ich fuhr ziemlich schnell nach Riverton zurück. Am Haupteingang zum Rummel stand Jeff Richardson und kassierte. Er trug eine grüne Plastikgeldschürze mit der Aufschrift »Handelskammer Riverton«. »Zwei Dollar«, sagte er.

»Ich dachte, du und Harley geht heute Moorhühner jagen«. Ich gab ihm die zwei Scheine, als ob wir einander höchstens einmal auf die Wange geküsst hätten.

»Harley ist ein Volltrottel«, antwortete er. »Die Jagdzeit beginnt doch erst in zwei Wochen.«

Im Hauptgang war die Hölle aus und mir wurde ganz schwindlig. Keine Spur mehr von Pfützen und Schlamm. Die umherirrenden Menschen verbreiteten die trostlose Atmosphäre eines verlassenen Zirkus. Mit stieg ein süßer heißer Geruch in die Nase und ich steuerte auf den nächsten Zuckerwattestand zu.

»Was darf's sein, Mary?« Es war Mrs. Richardson, Amys Mutter. Sie hatten mich umzingelt.

»Eine Portion Zuckerwatte, bitte«, sagte ich und gab ihr ein paar Dollar. »Wie geht's?«

»Gut, gut. Tammy hat mir erzählt, dass du und Amy heute bei ihr frühstücken wart.«

»Stimmt.« War das der Anruf, von dem Tammy gesprochen hatte, als wir dort waren? War sie sofort zum Telefon gestürzt, als ich das Lokal verlassen hatte?

Ich vergrub mich in den blauen Zuckerwatteberg, ging den Hauptgang hinunter und schielte nach einem schwarzen Haarschopf. Beim Tombolatisch blieb ich stehen und kaufte zehn Lose. Es gab einen Dodge Dakota zu gewinnen, der am Labor Day verlost werden sollte. Ich brauchte einen Wagen für den Winter; das Salz fraß meinen Mercury auf.

Wo würde ich wohl auf einem Rummel mit einem zwölfjährigen Mädchen hingehen? Ich suchte den Hully Gully, die Raketenbahn und die Riesenschaukel ab. Kreischende Gesichter flitzten vorbei, nicht auseinander zu halten. Ich inhalierte eine Zuckerwolke und beobachtete die an mir vorbei dahin und dorthin laufenden Menschen. Glocken läuteten, Summer schnarrten und alles bewegte sich gleichzeitig. Es war das erste Mal, dass ich allein auf dem Rummel war. In diesem chaotischen Dröhnen war ich unsichtbar. Hinter der Tribüne hörte ich Motorenlärm, die Vorbereitungen für den Traktorenwettbewerb heute Abend. Viehgestank mischte sich mit den Gerüchen der Wagen mit Essen. Vom Telefon bei den Toiletten rief ich meine Nummer an. Wenn ich schon mal unterwegs war, konnte ich ja auch gleich meinen Anrufbeantworter testen. Es läutete vier Mal, dann kam die Ansage. Eine fremde, strenge Stimme sagte: »Hier ist Mary. Nachrichten bitte nach dem Pfeifton.« Ich war so von meiner Stimme überrascht, dass ich kein Wort herausbekam. Ich stand da und hielt den Hörer ans Ohr. Dann sagte ich schnell: »Heute ist ein schöner Tag, den ich mag, den ich mag«, und legte auf.

Ich ging zu den Ausstellungshallen hinüber. Konnte ja mal gucken, wie sich mein Zucchinibrot hielt. Ich ging von hinten rein und schloss mich dem Strom der die Dinge begutachtenden Gestalten an. Da tippte mir jemand auf die Schulter. Es war Sharon.

»Willst wohl sehen, wie es steht«, sagte sie.

»Warum bist du nicht arbeiten?«

»Wie spielen heute.«

»Soll wohl ein Scherz sein?« Die Sleazebag-Inn-Mannschaft war im Lauf der Saison auf den letzten Platz zurückgefallen und spielte jetzt im Semifinale!

»Gegen euch«, sagte sie, »und wir werden euch den Arsch aufreißen.« Als ich zu den Backwaren rüberging, folgte sie mir wie ein Vorstehhund. Ich konzentrierte mich auf die Regale: die Brote, die Kekse, die Kuchen. »Ich hab gehört, es war recht nett bei Marion's Dienstagabend«, sagte sie.

Bei Marion's Dienstagabend mit John. Ich starrte das blaue Band an meiner Einreichungskarte an. Unter dem Augenschirm hatten meine Wangen und meine Stirn zu glühen begonnen. »Was erzählt man denn?«

»War das derselbe Typ, der am Sonntag bei dir war?«, fragte sie, ohne meine Frage zu beantworten.

»Was erzählt man denn?«

»Dass ihr zusammen weg seid.«

Wir folgten dem Strom der Leute durch die Halle. Ingwerplätzchen, Spaghettisoße und Salamis huschten verschwommen an mir vorbei.

»Reg dich nicht auf!«, sagte Sharon. »Ich wollt es einfach wissen.«

»Wer hat denn gesagt, dass wir gemeinsam weg sind?«

»Ist doch egal –«

»Wer hat's dir erzählt?«

»Tammy Richardson.«

Mensch, diese Frau könnte ein eigenes Mary-Culpepper-Blatt rausgeben. »Der Richardson-Clan beginnt mir echt auf den Geist zu gehen.«

»Ich hab dir ja schon vor sieben Jahren meine Meinung gesagt«, stimmte mir Sharon zu. »Aber du wolltest ja die Märtyrerin spielen.« Ich blieb stehen und sah sie an. Amys Worte von vorhin wurden wieder lebendig. »Schlag mich nicht!«, sagte Sharon.

»Du liebe Güte, ich und dich schlagen.« Ich öffnete die Faust. Wir traten ins Sonnenlicht hinaus. Jetzt wäre eigentlich der Augenblick für Johns Auftritt gekommen gewesen. Aber ein langer Blick in die Runde ergab alles andere, nur keinen John.

»Mom ist im Bingozelt und verspielt ihr letztes Hemd«, sagte Sharon. »Du könntest sie wenigstens begrüßen.«

Der Abend gestaltete sich ganz anders, als ich mir das vorgestellt hatte. Ich riss an dem letzten Zipfel Zuckerwatte und stopfte ihn mir in den Mund. Vielleicht hatte ich Glück und erstickte. Wir schafften es bis zum Bingozelt, ohne jemandem über den Weg zu laufen. Ich würde versuchen, Sharon zum Mitspielen zu bewegen, und mich dann unbemerkt davonmachen. Auf einer Seite des Zelts drehten sich riesige Ventilatoren, aber es war trotzdem sehr stickig. Der Ansager schmetterte ins Mikrofon: »I-siebzehn.« Mom saß mit Peg Monroe und deren Mutter an einem Tisch. Sharon und ich rutschten auf den Platz neben ihr.

»Du lieber Himmel!«, sagte Mom zu mir. »Was ist denn mit deinem Mund passiert?«

»Du erinnerst mich an ›Die Nacht der lebenden Toten‹«, fügte Sharon hinzu. Sie wühlte in Moms Tasche, holte einen kleinen Spiegel hervor und hielt in mir hin. Lippen und Zunge waren dunkelblau.

»Aagh«, sagte ich und rubbelte mir dann mit dem T-Shirt den Mund ab.

»B-vierzehn. B-vierzehn.«

Mom spielte mit vier Kärtchen gleichzeitig. Sie deutete uns, dass wir still sein sollten, während sie die Ziffern überprüfte.

»Na, wie steht's, Mary?« Peg Monroe half ihrer Mutter, die zwei Kärtchen hatte.

»Spielst du heut Abend?«, erkundigte ich mich.

»Wenn ich sie rechtzeitig nach Hause bringe«, erwiderte Peg und stapelte dabei die Bingochips zu einem kleinen Turm auf.

»Ich hab jetzt einen Katheter«, flüsterte Mrs. Monroe über den Tisch.

»Halb so schlimm«, sagte Mom, ohne ihre Kärtchen aus den Augen zu lassen.

»Besser so als was anderes«, sagte Mrs. Monroe finster.

Ich fragte mich, was sie damit meinte. Ich sah Peg an, die ihre Augen verdrehte und noch einen Chip auf den Turm legte.

»N-sechsunddreißig. N-sechsunddreißig.«

»Bingo!«, rief ein Mann weit vorne.

»Ach Gott!«, sagte Mom und bereitete alles für die nächste Runde vor. In der Pause gingen die Kassierer herum. Mom blechte für zwei Kärtchen zusätzlich. Sharon kaufte eines. »Hast du dein Band schon gesehen?«, fragte Mom.

»Ja.«

»Du scheinst dich nicht sehr zu freuen.«

»Ich freue mich.« Ich schenkte ihr ein dunkelblaues Lächeln. »Ich wollte dich nur begrüßen. Ich muss weiter.« Mom sah überrascht auf. Üblicherweise war ich für zwei, drei Kärtchen gut. »Du kommst heut Abend nicht zum Spiel, oder?«, fragte ich sie.

Sie schüttelte den Kopf. »Wann musst du denn morgen bei Gericht sein?«

»Um zehn«, sagte ich, als ob ich wirklich erscheinen und aussagen würde, als ob die ganze Geschichte nicht ein einziger Alptraum wäre, der sich noch verflüchtigen würde.

»Bleib stehen, wenn du vorbeifährst, und nimm mich mit!«, sagte Mom, ohne aufzusehen. Der Ansager begann mit der nächsten Runde. Nach einem »Auf bald mal!« zu Peg, die aussah, als ob sie sich gleich erschießen wollte, rutschte ich raus. Nachdem ich das Bingozelt verlassen hatte, blieb ich in der Hitze im Sägemehl stehen. Was hatte ich mir denn vorgestellt? Ich konnte doch nicht mit einem verheirateten Mann und seiner Tochter auf dem Kassauga-County-Rummel herumspazieren, ohne dass das jemandem auffiel. Alle paar Meter begegnete ich jemandem, den ich kannte. Auf einmal überkam mich eine schreckliche Traurigkeit. Der Rummel war nicht alles. Es gab eine ganze Menge andere Dinge, die ich auch nicht mit ihm machen konnte. Die Worte *verheirateter Mann, verheirateter Mann* hagelten wie Bleigeschosse auf meinen Kopf nieder. Ich ging wieder weiter, schlenderte an den verschiedenen Spielen vorbei. Ich sollte nach Hause fahren, aber mich bedrückten so viele Sachen. Nur John konnte sie mich für ein paar Stunden vergessen lassen. Und mir fehlte Julianna.

Kinder umschwirrten mich wie geschäftige Bienen. Die Jugendlichen zerfielen in Gruppen von Mädchen und in Gruppen von Jungs, nur hin und wieder sah ich ein vereinzeltes glückliches Quartett mit zwei Paaren. Wie Quecksilber glitten die Kleinen ihren Eltern aus den Händen. Und natürlich gab es auch ein verlorenes Kind, kein Volksfest ohne verlorenes Kind. Der Junge war etwa vier Jahre alt, eine unbewegliche Insel im Strom der Körper. Trotz seines Alters versuchte er seine Angst zu verbergen, aber seine Augen wurden größer und größer. Er würde bald in Panik geraten.

Mom hatte mich einmal im Supermarkt verloren, als ich erst fünf war. Sie hatte mich immer davor gewarnt, dass sie, wenn ich mich von ihr entfernte und verloren ginge, allein gehen und die Polizei kommen und mich ins Waisenhaus bringen würde. Als sie in der Damenoberbekleidung verschwand, versteckte ich mich hinter einem Ständer mit Wintermänteln, bis mich ein großer Mann weinen hörte, zwischen den Mänteln hervorholte und ins

Büro des Geschäftsführers brachte. Dad hätte mich nie dem Waisenhaus überlassen. Ich rechnete nicht mehr damit, je wieder mein Zuhause zu sehen. Ich war so verschreckt und verzweifelt, dass mir mein Familienname nicht einfiel. Als Mom mich abholen kam, war sie ganz weiß im Gesicht und hatte einen vor Wut verzerrten Mund.

»Mach das ja *nie* wieder!«, sagte sie auf dem Weg zum Auto. »Du hattest verdammt viel Glück. Ich war schon halb zur Tür raus, als die Durchsage kam.«

Als Loretta das verlorene Kind auf dem Volksfest sah, begann sie zu wimmern. Ich war nur ein paar Meter von dem Jungen entfernt und beobachtete, wie sich sein Kopf einmal hierhin und einmal dorthin bewegte. Er war zu klein, um den Leuten ins Gesicht zu sehen, und so sprang sein Blick von einem sich vorbeischiebenden unbekannten Knie zum anderen. War er niemandem sonst aufgefallen? Ich sah mich in der Menge um, hielt nach einer Aufregung Ausschau, suchte nach jemandem, der sich verzweifelt umblickte. Niemand, der besorgt einen Namen gerufen hätte. Dann begann der Junge zu schluchzen und gleich darauf heulte er. Ich trat auf ihn zu, bahnte mir einen Weg durch die Menschen, die stehen geblieben waren. Ich war schon fast bei ihm, als hinter ihm ein Mädchen auftauchte und ihn an der Schulter packte.

»Sei still!«, sagte sie. Der Junge weinte. »Sammy, jetzt ist Schluss!« Das Mädchen ging wahrscheinlich noch zur High School. Sie bückte sich, packte ihn grob und hob ihn bis zur Hüfte hoch.

»Ist das Ihr Kind?«, fragte ich.

Sie sah mich erschrocken an. »Ja.«

»Wo waren Sie denn, verdammt noch mal?«

Instinktiv drehte sie den Jungen von mir weg. »Wo liegt denn das Problem?«

Hätte die Kuh das Kind nicht im Arm gehabt, hätte ich ihr eine verpasst. Stattdessen sah ich zu, dass ich mich aus dem Staub machte, und zwar schnell. Manche Leute bekamen Kinder, ohne wirklich welche zu wollen; jeder konnte Kinder in die Welt setzen, ohne Vorbereitung, ohne Intelligenztest, ohne Regeln, die man kennen musste, ohne Formulare. Niemand kontrollierte, was geschah. Niemand übernahm auch nur die geringste Verantwortung. Ich war beim Vieh gelandet und steuerte auf die Tribüne zu. Ich wollte zusehen, wie die Jury ihr Urteil fällte, und mich hier in Gesellschaft der Erwachsenen beruhigen. Auf halbem Weg nach oben hörte ich jemanden meinen Namen rufen. Am anderen Ende saßen Julianna und ihr Vater und winkten mir, dass ich mich zu ihnen setzen sollte. Julianna, zwölf Jahre alt und durch nichts unterzukriegen. John schob sich die Sonnenbrille hoch und lächelte, als ich mich auf die andere Seite neben seine Tochter setzte. Jetzt war alles wieder gut.

»Wie geht's Frank?«, erkundigte sich Julianna.

»Wunderbar. Ich soll dich grüßen lassen.«

»Donna macht beim Umzug mit, weißt du noch?«, flüsterte sie zu mir herübergebeugt. »Gott sei Dank bist du endlich da. Du hast schon die Hälfte versäumt.«

Donna, die Cousine mit der Regel und der Corvette ihres Vaters. Ich drehte mich zur Bühne. Die Wahl zur Miss Kassauga County war eine Fleischbeschau der schlimmsten Art. Wenn Juliannas Cousine auf der Bühne war, saß garantiert der Rest der Familie im Publikum.

»Das ist Mary«, sagte Julianna zu einer Frau vor ihr. Die ganze Welt wurde auf einmal grellweiß; ich dachte, es sei Doreen. »Das ist Tante Sophie«, sagte Julianna. »Und das ist Onkel Ted.«

Erleichtert sah ich mit großen Augen Tante Sophie und Onkel Ted an und nickte. Onkel Ted nickte recht freundlich zurück. Ein großer, fleischiger rosaroter Mann – mehr nahm ich nicht wahr. Tante Sophie sah ganz anders aus.

»Hallo«, sagte sie. Sie war klein, dunkel und das weibliche Ebenbild von John. Sie hatte Augen, die sich außen schräg nach unten zogen, wodurch sie schläfrig und scheu wirkte. Sie richtete ihren Blick irgendwo auf mein Kinn und sah dann ein-, zweimal nirgendwohin zur Seite.

Ich würgte ein »Hallo!« hervor und hoffte, dass mein Mund nicht mehr blau war.

»Mary ist meine Freundin«, erzählte Julianna ihr. Eine nette Erklärung. Tante Sophie schenkte meinem Kinn ein kaum wahrnehmbares Lächeln und wandte sich wieder zur Bühne um. Irgendetwas stimmte nicht mit ihr, aber ich kam nicht dahinter, was es war – als ob ein Engel in einem Menschen gefangen wäre und mit den Flügeln schlagen würde, um sich zu befreien. Julianna stieß mich am Ellbogen an. »Da ist sie, die in Blau.«

Eine Reihe Mädchen in langen Abendkleidern bewegten sich über die Bühne. Ich konzentrierte mich mit aller Kraft auf sie. Keine Macht der Welt hätte mich dazu bringen können, ihn in Anwesenheit seiner Schwester und seiner Tochter anzusehen.

»Die Darbietungen hast du versäumt«, flüsterte Julianna schnell. »Donna hat ihre Stabnummer vorgeführt. Ohne Fehler.« Sie richtete ihre Aufmerksamkeit wieder auf die Bühne. Der Moderator, ein Diskjockey von WKJF, gratulierte den Mädchen zu diesem und jenem. Mit ihrer Frisur und ihrem Make-up sah Donna älter aus als vierzehn. Sie war groß, fleischig und rosarot wie Onkel Ted. Das Kleid war aus grellblauem Polyester. Der Rücken war frei. Dazu trug sie ein paillettenbesetztes Nackenband. Das Kleid war ihr ein wenig zu eng, sodass es sie unter den Achselhöhlen etwas einschnitt, aber ihre Haltung war perfekt. Das Haar hatte sie zu einem französischen Zopf nach hinten frisiert und hochgesteckt und vor den Ohren baumelten die obligatorischen Löckchen. Sie bemühte sich sehr: wie sie ging, wie sie lächelte, wie sie die Schultern nach hinten zog und die Hüften so abwinkelte, dass sie am schmälsten waren. Sie würde nie ein elegantes oder beliebtes Mädchen sein. In der gesamten Geschichte des Kassauga-County-Volksfestes gab es keine Teilnehmerin, die man für etwas anderes als eine vulgäre Kuriosität gehalten hätte. Nicht um alles in der Welt hätten die Mädchen aus den Pferdeställen diese Bühne betreten. Ihnen ging es darum, Homecoming Queen zu werden, was für diese Mädchen nicht im entferntesten in Frage kam.

Amy gehörte die ganze High School hindurch dem Homecoming Court an. Sie war zu allen nett: zu den Außenseitern, zu den Strebern und sogar zu den Weggetretenen.

»Der Witz ist, dass du den Leuten beim Sprechen in die Augen sehen musst«, erklärte sie mir. Wir waren draußen auf den Tribünen am Fußballplatz, schwänzten eine Stunde und zogen uns einen Joint rein. »Du musst gucken, als ob's sonst niemand anderen gibt auf der Welt.« Sie trat den Stummel aus. »Auch wenn's bloß Toomey Sherman ist.«

Im letzten Jahr verlor sie dann den Titel an ein Mädchen, das erst im Jahr zuvor nach Riverton gezogen war. Sie und ich gingen nicht zum Ball und verbrachten den Rest des Abends in ihrem Schlafzimmer, wo sie sich die Augen ausheulte, als ob sie sterben würde.

»Ich versteh das nicht«, sagte sie immer wieder. »Was ist nur los mit mir?«

»Du bist eben enttäuscht«, sagte ich nicht gerade hilfreich.

»Nein«, antwortete sie und tauchte aus dem zerknitterten Kleid auf, das sie aufs Bett geworfen und in das sie sich vergraben hatte. »Das mein ich nicht. Warum hab ich nicht gewonnen?«

»Amy, in zehn Jahren wirst du nicht einmal mehr daran denken.«

»Da täuscht du dich. Ich bin nicht wie du.« Sie setzte sich auf und sah mich an, als ob sie mich hassen würde. »Vielleicht ist es dir ja scheißegal, was die Leute von dir halten, du einsame Wölfin, aber ich *muss* beliebt sein.«

Ich blieb die ganze Nacht mit ihr auf. Ich tat alles, damit sie sich besser fühlte, während ich innerlich glühte, weil mir nicht aus dem Kopf gehen wollte, wie sie mich genannt hatte: die einsame Wölfin.

Und nun sah Julianna ihrer Cousine bei diesem Schönheitswettbewerb zu, als ob sie ein Filmstar wäre. Als Donna zum Interview vortrat, begann Julianna ihrem Vater auf die Knie zu trommeln und mich in die Seite zu stoßen.

»Donna Melnick, vierzehn, Tochter von Theodore und Sophia Melnick aus Manton«, sagte der Sprecher von WKJF. Donna verpasste das Stichwort nicht und lächelte. Mit dem blauen Eyeliner wirkten ihre Augen ein wenig scheu.

»Kannst du uns etwas über deine Hobbys und Interessen erzählen?«, fragte der Moderator.

Donna beugte sich zum Mikrofon, als ob sie das jeden Tag machen würde, und richtete ihren Blick auf irgendein Gesicht, das sie sich auf der spärlich besetzten Tribüne vorstellte. »Ich fahre gern Rad, arbeite gern am Computer und besuche gern meine Freundinnen.« Der Moderator wollte schon die nächste Frage stellen, als sie schnell hinzufügte: »Und ich spiele gern Klarinette.«

»Und wie sieht es mit deinen Plänen für die Zukunft aus, Donna?«

»Nun …« Sie unterbrach sich und dachte nach, als ob die Zukunft eine völlig neue und bizarre Vorstellung wäre. »Diesen Herbst werde ich auf die High School gehen«, sagte sie besonnen. »Und in vier Jahren werde ich mit der Schule fertig sein und Krankenschwester werden.«

Sie strahlte ins Publikum. Julianna bearbeitete mich von der Hüfte bis zur Schulter mit dem Ellbogen. Die Juroren lächelten unverbindlich. Ich stellte mir vor, wie es wohl sein würde, wenn sich Julianna in einigen Jahren den prüfenden Blicken der Juroren stellte. Mit Genuss hätte ich jedem Einzelnen von ihnen mit meiner Remington das Licht ausgeblasen. Nach Donna beantworteten noch fünf Mädchen die Fragen des Moderators; keine war älter als sechzehn. John lehnte sich vor und sah mich an. Ich riskierte einen kurzen Blick. Er lächelte mir verstohlen zu. Einen Augenblick lang trat die Welt in den Hintergrund. Ich weiß nicht, was ich ihm für sein Lächeln schenkte, aber es schien ihn glücklich zu machen.

»Wenn ich einen Wunsch frei hätte«, sagte die letzte Teilnehmerin des Wettbewerbs, »dann würde ich mir wünschen, in meinem Leben mehr Recht als Unrecht zu tun.«

Der Moderator klopfte ihr auf die Schulter, als ob sie ein Hündchen wäre, und schickte die Mädchen zu ihren Plätzen zurück, während die Juroren ihre Drecksarbeit taten. Onkel Ted drehte sich um und fragte John, wie spät es wäre. Das ergab ein kurzes sinnloses Gespräch, das die Zeit bis zur Verkündung des Ergebnisses schneller verstreichen lassen sollte. Ich nickte und lächelte gewissenhaft vor mich hin wie eine Touristin, die sich in einer fremden Sprache Freunde machen will. Der schläfrige Blick und das kleine Lächeln von Tante Sophie richteten sich auf meine Nase, meine Schultern, meine Ohren.

»Sie muss gewinnen«, sagte Julianna. »Es gibt gar keine andere Möglichkeit.«

Donna gewann nicht. Sie wurde auch nicht Zweite. Als der schleimige Moderatorenarsch das Publikum um Beifall »für die anderen Schönen« bat, klatschten und trampelten wir alle. Julianna pfiff, bis ihr die anderen Eltern böse Blicke zuzuwerfen begannen. Gedämpft standen wir hinter der Bühne beisammen.

»Ich würde bei dem Wettbewerb nicht einmal mitmachen, wenn man mir Feuer unter dem Arsch machte«, sagte Julianna.

»Red nicht so!«, sagte John.

Donna tauchte in ihrem blauen Kleid auf und hatte den Stab, einen Seesack und eine Rose in der Hand, die sie als Trostpreis bekommen hatte. Sie gesellte sich mit der stillen Würde einer Vierzehnjährigen zu uns. Onkel Ted drückte sie verlegen an seinen massigen Körper, nahm den Stab und den Seesack und sagte: »Du hast das wunderbar gemacht, Mädchen.«

Das genügte, um die Tränen der Schmach fließen zu lassen. Donna vergrub das Gesicht am Hals ihrer Mutter, damit niemand sie sah. Julianna stand neben ihnen und schäumte vor Entrüstung.

»Du warst die Beste«, sagte sie zu Donnas Rücken. »Du warst besser als sie. Du hast sie ausgestochen!« John und ich standen beide mit leeren Händen und wortlos daneben. Das Mädchen, das in ihrem Leben mehr Recht als Unrecht tun wollte, ging, ebenfalls mit einer Rose in der Hand, mit ihren Eltern an uns vorbei.

»Und du hast kaum gelächelt«, sagte ihr Vater gerade. »Du hast dreingesehen wie auf einem Begräbnis.«

Onkel Ted sagte: »Wie wär's, wenn du dich umziehst und ich dich und Dschudschu zu einem flambierten Eis einlade?« Donna wollte sich nicht umziehen. Sie wollte nach Hause.

»Aber wir müssen doch den Hully Gully ausprobieren«, sagte Julianna.

»Ich fühl mich nicht danach«, antwortete Donna, ohne ihren Blick über Gürtelhöhe zu heben.

»Und was ist mit Skooterfahren?«

»Ich will nur nach Hause.«

Donna hatte mit einem Kummer zu kämpfen, der zu groß war, um Fahrten auf dem Rummel zuzulassen, und Julianna hielt, wie man zu ihrer Ehre sagen muss, den Mund. Ich blieb zurück, als sie sich verabschiedeten. Als Donna und Onkel Ted auf den Ausgang zusteuerten, wurde das blaue Kleid am Saum ganz schmutzig und staubig. Bevor Tante Sophie ging, küsste sie John auf die Wange und umarmte Julianna ziemlich stürmisch.

»Also, wir gehen«, sagte sie. Sie war der scheueste Mensch, der mir je untergekommen war. Nach einer heroischen Willensanstrengung sah sie mir einen Moment lang in die Augen. »Es war nett, Sie kennen zu lernen.« Dann war sie fort.

»Mensch, jetzt ist alles gelaufen!«, schrie Julianna, sobald ihre Tante außer Hörweite war. Einen Augenblick lang schien es so, als ob sie losbrüllen würde. Sie ließ ihren finsteren Blick zwischen ihrem Vater und mir hin- und herwandern. »Würde *bitte* einer von euch mit mir Hully Gully fahren?«

Einer von uns beiden musste ihr eine Antwort geben. Mir dämmerte, dass ich nun mit ihnen allein war. Mich überkam der starke Wunsch, mich aus dem Staub zu machen. Vor Julianna konnte ich John nicht ansehen, brachte ich kein Wort heraus. Ich wollte fliehen und in sicherer Entfernung von ihm schwärmen. Aber da stand sie, enttäuscht und verärgert und empört und in Stich gelassen, also gingen wir zum Hully Gully.

»Die andere war doch schrecklich«, erklärte Julianna und versetzte einer auf dem Boden liegenden Sno-Kone-Tüte einen Tritt. »Du hättest sie sehen sollen. Sie konnte nicht mal tanzen.«

Ich sah Julianna an, sah die Flammenmähnen der Pferde auf dem Karussell an, sah alles an – außer John. Ich dachte, ich hätte eine Strähne von Sharons dunkelblondem Haar entdeckt, und schlug schnell einen Haken. Damit würde ich nie durchkommen. An der Kasse kauften wir fünf Karten für jeden.

»Meine Mom ist in der Arbeit«, erzählte mir Julianna plötzlich. »Sie arbeitet nachts.«

»Aha.« Wo zum Teufel war denn der Hully Gully?

»Sie kommt am Sonntag mit mir her«, fuhr sie fort. »Darf Donna am Sonntag auch?«, fragte sie ihren Vater.

»Das liegt bei deiner Mom«, antwortete er. »Jetzt komm, mach schon! Es geht los.« Julianna lief vor, um sich anzustellen.

»Ich komme mir vor, als ob ich nackt durch die Gegend spazieren würde«, sagte er leise. Ich nickte. Als wir bei Julianna waren, gab sie gerade die Karten ab. Dann stiegen sie und ich ein.

»Du sitzt außen, weil du größer bist«, sagte sie. Wir schlossen den Sicherheitsbalken und warteten. John stand an der Seite, im Schatten der Geflügelhalle. In der an uns vorüberströmenden Menge sah ich zahllose Gesichter, die ich Jahr für Jahr auf dem Rummel gesehen hatte. Angeschnallt und bewegungsunfähig, hatte ich das Gefühl, dass sie mich alle verstohlen musterten. Wie lange war es her, dass ich zum ersten Mal in eines dieser Dinger gestiegen war? Fast zwanzig Jahre. Amy und ich waren so lange mit dem Wirbelsturm gefahren, bis wir uns unter den Sitzen der Haupttribüne verkrochen hatten, wo das Wummern der Riesentraktoren unsere Kotzgeräusche übertönt hatte. Der Hully Gully setzte sich in Bewegung. Ich nahm sicherheitshalber den Augenschirm ab. Schon bald schleuderte die Fliehkraft Julianna gegen mich. Unsere Köpfe peitschten hin und her und die Mägen legten sich gegen die Nieren. Ich lachte hilflos, weil ich keine Luft mehr bekam. Julianna wurde mit zunehmender Geschwindigkeit schwerer und schwerer. Sie war mir noch nie so konkret erschienen wie jetzt, da sie mich gegen die Wand drückte. Schwindlig und unsicher auf den Beinen stieg ich aus. Julianna kicherte. John wartete am Ausgang auf uns.

»Und was ist jetzt dran?«, fragte er.

»Das Riesenrad«, sagte sie.

»Gehen wir doch zuerst zu den Helikoptern«, schlug ich vor. John und ich wechselten einander ab: Nach der Hornisse und der Kanonenkugel ging es zu den Riesenschaukeln und zum guten alten Wirbelsturm. Dass er mich ab und zu mit dem Arm streifte, beruhigte mich ganz wunderbar.

»Meine Mom steigt da nirgendwo ein«, erzählte mir Julianna. »Aber mit dem Skooter macht sie mich fertig.« Ich stellte mir vor, wie lustig es mit Doreen auf der Skooterbahn wäre, und wünschte mir fast, dass ich am Sonntag mit ihr und Julianna und Donna wieder auf den Rummel gehen könnte. Ich hörte auf, mich nach bekannten Gesichtern umzudrehen. Ich beschloss, dass Aschenputtel auf dem Ball nichts etwas anhaben sollte. In zwanzig Minuten musste ich zum Spiel.

Wir fanden einen leeren Tisch und setzten uns. »Vier Karten haben wir noch«, sagte John und verteilte Chilidogs und was zu trinken.

»Das Riesenrad!«, schrie Julianna, den Mund voller Zwiebel. »Wir passen alle drei auf einen Platz.«

»Ich muss bald gehen«, antwortete ich.

»Warum?«

»Ich spiel heute Abend Softball.« Auf einem anderen Planeten, in einem anderen Leben. Der Chilidog war in etwa das Beste, was ich in meinem ganzen Leben verdrückt hatte. Er landete auf der Zuckerwatte und die beiden vollführten einen lustigen Tanz in meinem Bauch. Carl und Amy kamen auf unseren Tisch zu. Es dauerte ein paar Sekunden, bis ich es glauben konnte, aber es war eindeutig Carl, es war zweifellos Amy, und sie standen tatsächlich vor uns. Ich hatte mir vorgenommen, sie anzurufen, wenn ich nach Hause kam. Aber jetzt tat ich in einem Anflug von Verrücktheit so, als ob ich sie nicht kennen würde.

»Mary?«, sagte Carl schließlich.

Ich sah auf, tat überrascht. »Hallo.«

»He, Carl«, sagte John freundlich. Mir begannen sich die Haare aufzustellen, bis mir klar wurde, dass sie einander natürlich kannten; sie spielten ja in derselben Mannschaft.

»Das ist Carls Frau«, sagte ich zu John.

Er stand auf, als Amy ihm die Hand hinhielt. »Amy«, sagte sie.

»John«, antwortete er. »Und das ist Julianna.«

Julianna schien sich über die Störung zu ärgern. Sie war ein Schlager. Widerstrebend widmete ich mich wieder den Erwachsenen, dankbar, dass ich keine Gelegenheit gehabt hatte, Amy von der Geschichte zu erzählen.

»Sie spielen für Sizemor, stimmt's?«, sagte Amy.

»Ja, für Sizemor.« John war freundlich wie immer, völlig entspannt. »Spielen Sie auch?«, fragte er sie.

Sie lachte hell und sagte: »Nein, ich guck nur gerne zu, vom Rand.«

»Amy war Cheerleaderin«, sagte ich. Juliannas Katzenaugen zogen sich zusammen.

Carl sah mich an, als ob ich meine Hausaufgaben nicht gemacht hätte. »Hast du heut Abend nicht ein Spiel?«

»Hab ich«, sagte ich. »Wenn ihr uns jetzt entschuldigt: Wir wollen mit dem Riesenrad fahren.« Ich stand auf und zwang Amy dadurch, ein paar Schritte zurückzutreten. Julianna schob sich das letzte Stück ihres Chilidogs in den Mund und stand auch auf.

»Nett, dass wir uns kennen gelernt haben, Julianna«, sagte Amy. Da Julianna den Mund voll hatte, nickte sie bloß und machte eine Handbewegung. Amy hatte darauf gewartet, dass ich sie ansehen würde. Ein kleines Lächeln, und der blöde Streit wäre vergessen gewesen. Ich konnte nicht. »Also, John«, sagte sie, »sehen wir uns dann auf dem Sportplatz?«

Ich hörte die Antwort nicht, weil ich mich abgewandt hatte und ein Lied vor mich hin summte. John wartete, bis wir den Bereich mit den Tischen verlassen hatten, und fragte dann: »Kennst du die gut?«

»Er ist mein Exmann, sie meine beste Freundin«, sagte ich.

Er brauchte ein, zwei Sekunden, dann sagte er: »Oh.«

»Meine beste Freundin ist nach Florida gezogen«, sagte Julianna.

»Ihr zwei gehört auf jeden Fall zu den Leuten, die ich am liebsten hab«, sagte ich.

»Auf der ganzen Welt?«, fragte Julianna.

»Auf der ganzen Welt.«

Dann waren wir beim Riesenrad. Silbern und unheimlich ragte es über unseren Köpfen in den Himmel. »Du wirst dich doch jetzt nicht drücken?« Julianna sah mir ins Gesicht. »Es ist unsere letzte Fahrt«, fügte sie hinzu.

Ich hatte Carl und Amy gesagt, dass wir mit dem Riesenrad fahren wollten. Ich hatte keine Wahl. Ich sagte: »Aber kipp den Sitz nicht!«

Wir stiegen in die knarrende, ziemlich mitgenommene Gondel, die, soweit ich feststellen konnte, mit keinerlei Sicherheitsvorrichtungen ausgestattet war. Julianna saß zwischen uns und übte ihr königliches Winken, als die Erde sich entfernte. Wie der Chilidog mit der Zuckerwatte tanzte, hatte jetzt nichts mehr Lustiges. Die Gondel hob sich und hielt an, hob sich und hielt an, damit auch andere in die tödliche Falle verladen werden konnten. Bei jedem Halt schwang der Sitz wild hin und her. Julianna beugte sich vor, um nach unten zu sehen, und hätte uns fast in die Hölle fahren lassen.

»Nicht kippen!«, sagte ich noch einmal, ganz ruhig. Sie setzte sich sofort auf. Wir schlingerten nach hinten. Ich sah meine Hände an, die sich am Griff festklammerten. Sie waren durchscheinend und kamen mir wie Klauen vor. John hatte seinen Arm über Juliannas Schultern auf die Lehne des Sitzes gelegt. Er berührte mich mit den Fingern an der Schulter: »Alles in Ordnung?«

Ich deutete mit einer minimalen Kopfbewegung nein.

»Musst du erbrechen?«, fragte Julianna höflich. Ein zweites kaum sichtbares Nein. In diesem Augenblick ging es richtig los. Wir schwankten von hinten hoch, rasselten über den höchsten Punkt und tauchten dann nach unten, dass es einem den Magen umdrehte, nach unten und weiter nach unten. Julianna wollte sich umdrehen, aber ich hinderte sie mit der Schulter daran und nagelte sie mit dem Ellbogen eisern fest. Was war mir nur eingefallen? Leichtsinnig unbedacht dumm gedankenlos blöde. Und schon ging es wieder nach oben, höher und höher, bis ich keine Stützen mehr sah und wir ganz oben anlangten. Die Sonne war mir zu nah. Es gab nichts, um sich anzuhalten, und um mich herum war nur überall endloser offener Raum. Da hingen wir im blauen Nichts, um gleich wieder zur Erde hinunterzuschaukeln, glücklicherweise.

»Wow«, sagte Julianna. »Ich glaub, Mary flippt jetzt gleich aus.«

»Mir geht's gut.« Ich fixierte Johns Plastikring, weil ich es nicht wagte, über den Rand der Gondel hinauszusehen.

»Guckt mal!«, rief Julianna und zeigte nach rechts. »Da ist Mrs. Chapman.«

»Wo?«, fragte John.

»Da, in dem orangen Kleid.« Julianna begann herumzufuchteln und ich bohrte ihr den Ellbogen noch fester in die Seite. »Seht ihr sie?«, schrie sie. Ich sah nur Adern, Haut, weiß glühende Knöchel.

John hatte sie entdeckt. »Juliannas Lehrerin vom letzten Jahr«, erklärte er mir.

Auf halbem Weg nach unten blieb die Gondel auf einmal stehen. Durch den Umstand ermutigt, dass wir uns bloß drei, vier Meter über dem Boden befanden, sah ich auf; wenn ich stürzte, würde ich mir schlimmstenfalls die Knöchel brechen. Ich hielt nach einem orangen Kleid Ausschau, entdeckte aber Sharon, die zu mir heraufstarrte. Sie lehnte an der Tombolabude, schlürfte eine Riesencola und wartete darauf, dass ich wieder festen Boden betrat. Schließlich waren wir unten und der Mann öffnete den lächerlichen Sicherheitsbalken.

»Das war toll!«, sagte Julianna und kletterte hinter mir raus. »Aber knapp, du hast dich ja fast angekotzt.«

Erde, Erde, Erde, Staub und Sägemehl. Ich hätte mich am liebsten fallen lassen und den Boden geküsst, mich wie ein Fohlen hin und her gerollt. John war direkt neben mir, als wir den Hauptgang erreichten. Es war Zeit, auf Wiedersehen zu sagen. Da versperrte uns Sharon den Weg.

»He«, sagte sie und wartete ab. Als ich alle einander vorgestellt hatte, klärte Julianna sie auf, dass ich mich am Riesenrad fast angekotzt hatte.

»Ist ihr schon mal passiert«, sagte Sharon, die damit Juliannas sofortige Achtung erntete.

»Echt?«

»Direkt über die Gondelwand auf alle Leute.«

»Auf alle stimmt nicht«, sagte ich.

»Du hattest die Augen zu«, antwortete Sharon. »Du hast nichts gesehen.« Na klar, lachen wir mal alle herzlich über Mary.

Ich wandte mich Julianna zu. »Ich muss jetzt gehen«, sagte ich zu ihr. »Mein Softballspiel.«

»Scheiße«, sagte sie. Ich sah John an. Würde ich ihn später sehen? Ich sagte nichts und hasste mich dafür.

»Das kann nur Liebe sein«, sagte Sharon neben mir, nachdem wir uns von John und Julianna verabschiedet hatten.

»Kein Wort jetzt!«

»Ich konnte es nicht fassen, als ich dich auf dem Ding sah«, fuhr sie fort.

»Wo steht denn dein Wagen?«

»Bei der Plakatwand drüben«, sagte sie. »Scheint ein netter Typ zu sein.«

»Mach 'nen Punkt.« Ich würde es nicht zulassen, dass sie auf John oder Julianna von hinten losging. Wir verließen das Gelände durch den Haupteingang und gingen dann durch das mit Autos voll geparkte Feld. Auf der 108er fetzte ein Holzlaster vorbei.

»Ich hab Amy gesehen«, sagte Sharon beiläufig. »Sie hat mich nach ihm gefragt.«

»Du liebe Güte!«, brummte ich.

»Willst du nicht wissen, was ich ihr gesagt hab?«

»Nein.« Bald hatten wir den Mercury erreicht. Sharon schwieg entschlossen. Ich öffnete die Autotür und fragte sie dann, bevor ich einstieg: »Also, was denn?«

Sie lächelte und trat leicht gegen das Vorderrad. »Ich hab ihr erzählt, dass er ein Cousin von uns ist, der von der Upper Peninsula kommt und bei uns zu Besuch ist.«

»Du bist ein Arschloch.«

»Sie hat mich gefragt, warum er schon den ganzen Sommer lang für Sizemor Septic spielt, wenn's ein Cousin von der Upper Peninsula ist. Also frag ich sie, warum sie mich fragt, wenn sie's schon weiß.«

Sharon hatte Amy gegenüber immer eine unerschütterliche Abneigung empfunden, die ich nie verstanden hatte. Heute waren ihre Gefühle Balsam für meine Seele. Ich genoss die fünfzehn Minuten bis zum Sportplatz, die ich allein war. Ich dachte daran, wie besorgt John gewirkt hatte, als ich mich von seiner Schwester verabschiedet hatte, wie er mich angesehen hatte, als ich gesagt hatte, dass ich mit Julianna mit dem Hully Gully fahren würde, wie er ein Lächeln unterdrückt hatte, als ich verlautbart hatte, dass Amy Cheerleaderin gewesen war. Als ich den Zigarettenanzünder nahm, überflutete seine Gegenwart, die ich im Augenblick kaum ertrug, den Wagen. Mein Magen drehte sich nach den Karussellfahrten noch immer munter im Kreis, aber ich war glücklich. Bilder von seinem Mund unter meinem und seinen Händen auf meinen bebenden Hüften flatterten wie bunte Bänder aus dem Fenster. Wenn es rote Warnwimpel in meinem Hinterkopf waren, wollte ich nichts davon wissen.

Ich entschied mich für den längeren Weg zum Sportplatz. Der Gedanke, etwas Unrechtes zu tun, erschien angesichts dessen, wie wohl ich mich durch ihn fühlte, völlig fehl am Platz. Dass er so ungeschickt dabei war, seine Empfindungen zu verbergen, gehörte zu den Dingen, die mir an ihm am meisten gefielen. So entspannt und ungezwungen er anderen gegenüber war, so ungeschickt konnte er mit mir sein. Mit mir, die ich selten mehr als nachsichtige Zuneigung erfahren hatte. Als er auf der Tribüne oben seine Sonnenbrille hochgeschoben hatte, hatte er gleichzeitig beunruhigt und erleichtert gewirkt, mich zu sehen. Fast hatte er mich mit Chilisoße bekleckert, als er mir meinen Hotdog gegeben hatte. Nicht einmal in meinen Supergirliezeiten war ich mir mit Make-up und Röckchen so mächtig vorgekommen. Er hatte kaum ein Wort herausbekommen, als wir uns verabschiedet hatten.

Er: »Danke für … du weißt schon. Hat Spaß gemacht.«

Ich: »Ja. Uh, bis später.«

Durch diese Gedanken an John ging ich fast über vor Selbstzufriedenheit. Es war ein wundervoller Nachmittag. Mad Dog Mahoney und Jen Colby und alles, was morgen geschehen würde, waren in ferne Zukunft gerückt. Warum war ich bloß so aufgeregt gewesen? Bei »Andersons Weihnachtsbäumen« zogen in Reih und Glied Blaufichten an mir vorbei. Auf einer Wäscheleine flatterten träge ein paar Leintücher. Julianna brauchte es ja nie zu erfahren. Wir waren befreundet und daran musste sich nichts ändern. Froh lag der Softballhandschuh unten in meiner 200-Jahre-Amerika-Tasche. Ich konnte es heute gar nicht mehr erwarten, dass das Spiel begann und Sharon und die Sleazebag-Inn-Mannschaft den Arsch aufgerissen bekamen.

Beim Aufwärmen und Dehnen ließ ich mir Zeit. Ich setzte mich ins Gras und widmete mich meinen Waden. Dann legte ich mich auf den Rücken und starrte in den vor Hitze verglühenden Himmel. Eine Libelle setzte sich auf den Rand meines Augenschirms. Ich bewegte mich nicht, scheuchte sie nicht weg, obwohl es gar nicht so einfach war, ihr zuzusehen, wie sie nur wenige Zentimeter von meiner Nase entfernt dasaß. Wenn ich am Strand las, landeten immer wieder Libellen auf den Seiten des aufgeschlagenen Buchs und bewegten sich nicht einmal, wenn ich ihren schillernden Rücken berührte. Eine Druckseite musste etwas haben, von dem eine Libelle nicht genug bekommen konnte. Ich sah zu, wie sich ihre Flügel langsam hoben und senkten, nichts als Luft darunter, nichts als Leere; auf der ganzen Welt nur ich und die Libelle, in einer bleichen blauen Unendlichkeit schwebend. Ich würde mich nicht als Erste bewegen, auch wenn sie deshalb ohne mich spielen mussten. Peg Monroe warf neben mir ihren Handschuh ins Gras.

»Hab die Alte heimgebracht«, verkündete sie und setzte sich hin. »Sie hat sechzig Dollar gewonnen. Was sagst du dazu?«

Die Libelle flog weg, kam aber zur Hälfte des zweiten Innings wieder. Ich sah sie zwischen dem zweiten Base und dem Homeplate, als Sharon zum Schlagen drankam. Sie schwirrte wild auf und ab, als ob sie zum Sturzflug auf mich ansetzen wollte. Da hörte ich den Schläger knallen. Es war ein einfacher, kurzer Aufsetzer, und ich hätte Sharon leicht ausmachen können, wenn ich aufgepasst hätte, aber der Wurf von Carla Finch ging direkt an mir vorbei. Sharon umrundete das erste Base und schielte schon nach dem zweiten. Doch Suzanne O'Dell, die hinter mir stand, fing den Ball und deckte das Mal.

»Lehn ab!«, rief mir Suzanne zu und warf den Ball zur Pitcherin.

»Lehn ab, mach schon!« Suzanne O'Dell begann mir auf die Nerven zu gehen. Sharon blieb beim Base stehen. Angie Calloway und ich waren in der Liga bekannt dafür, dass wir Läuferinnen beim ersten Mal ausmachten.

»Jaja, die Liebe«, murmelte Sharon und setzte sich die Kappe zurecht. Ich beobachtete, wie die nächste Batterin auf das Homeplate zuging. Die Libelle hatte sich endgültig verabschiedet. »Du musst mir von dem Streit zwischen dir und Amy berichten«, sagte sie.

»Wer hat dir denn das schon wieder erzählt?«

»Rebecca Whitehurst, die im linken Außenfeld spielt.« Der Schlag war hoch. Ball eins. »Ihre Mutter war heute Morgen im Lokal.«

»Warum rufst du sie dann nicht an und fragst sie?«, sagte ich. Angie schlug einen Fastball.

»Machst du wirklich mit Carl rum?«

Der Schläger krachte auf den Ball, und Sharon lief los, als ich ihn fing, mich auf einem Knie drehte und ihn zum zweiten Base fetzte, als Sharon sich fallen ließ und darauf zu rutschte. Ich hörte nichts, als ich zum ersten Base zurücksprintete. Der Ball raste wie ein kleiner wütender Geist auf mich zu. Ich fing ihn. Beifall brandete auf. Beide waren draußen. Ich hatte meine Ehre gerettet, nachdem ich Sharons Single verpatzt hatte. Schade, dass John und Julianna mich jetzt nicht gesehen hatten. Es gibt nur wenige Dinge auf der Welt, die schöner anzusehen sind als ein Doppelspiel. Dass ich auf Sharons Hinterkopf gezielt hatte, war nebensächlich.

Nachher bei Marion's warf ich einen schnellen Blick in die Runde. Kein John. Sharon startete mitten in einem Poolbillardspiel den nächsten Angriff. »Na komm!«, sagte sie, als ich mit einem Bier von der Bar zurückkam. »Auf das hab ich jahrelang gewartet. Du musst mir alles erzählen, Schritt für Schritt.«

»Es war nicht so wild.« Ich wandte mich ab. Ich musste an Stacys Offenbarung denken, dass Sharon vor kurzem mit jemandem geschlafen hatte. Schweigsam wie ein Grab, was sie selbst betraf, aber für mein Privatleben gab es keine Schonzeit.

»Warum bist du denn so sauer?«, fragte sie.

»Wie kommst du denn bloß auf die Idee, dass ich mit Carl ins Bett geh?«

»Oh, jetzt aber mal halblang! Du bist doch praktisch mit beiden verheiratet.« Sharon kreidete mit einer Hand ihren Queue ein. »Mir ist das zu hoch mit euch.« Sie versenkte eine Kugel in der Tasche am anderen Ende des Tischs und dachte über ihren nächsten Stoß nach. »Ich finde das krank«, fügte sie hinzu.

»Das geht dich nichts an.«

»Echt?«, schoss sie zurück. »Wirklich?«

Sie beugte sich über den Tisch und beäugte die Lage der Kugeln zueinander. Mich überkam ein massiver Anfall von Müdigkeit und fast hätte ich es mir auf dem mit Erdnüssen übersäten Boden bequem gemacht.

»Ich fahr nach Haus.« Ich stellte das Bier am Rand des Billardtischs ab. »Wir sehen uns.«

»He.« Sharon wollte mich noch nicht gehen lassen. »Ich bin morgen mit Stacy dran.«

»Und?«

»Ruf mich an! Ich will wissen, wie es gelaufen ist.«

»Ja. Ist okay.« Ich schob mich Richtung Ausgang, hinaus in die frische Abendluft, sog mich voll damit, als ich das Stück zu meinem Wagen ging, der dunkel und geduldig auf mich wartete.

Als ich nach Hause kam, blinkte mich ein nervöses kleines rotes Licht an meinem Anrufbeantworter an. Fünf Nachrichten! Frank war tot und sie hatten mich den ganzen Abend zu erreichen versucht. Ich fluchte, suchte in der Werkzeuglade nach der Bedienungsanleitung und las sie noch einmal. Ich wollte die Nachrichten nicht löschen, verflucht noch mal. Schwungvoll drückte ich den Play-Knopf und wartete. Der Pfeifton ließ mich zusammenfahren. Eine künstliche, angespannte Stimme sagte: »Heute ist ein schöner Tag, den ich mag, den ich mag.«

Das hatte ich ganz vergessen. Es war Stunden her. Niemand hätte sich daran erinnert, aber die unbarmherzige Genauigkeit der Technik hatte es aufbewahrt. Da ich jetzt diesen Apparat hatte, der Worte und Vorkommnisse aufzeichnete, würde ich nicht mehr vor mir fliehen können, nie mehr wieder. Über die Endgültigkeit erschauernd, drückte ich die Löschen-Taste. »Du kannst Sachen aufzeichnen«, dachte ich, »aber ich kann sie löschen.«

Ein zweiter Pfeifton. Ein Klicken. Jemand hatte aufgelegt. Mein Kiefer verkrampfte sich. Ein dritter Pfeifton. »Mary Culpepper – hier spricht Melanie Mahoney. Ich wollte Sie nur daran erinnern, dass wir uns morgen um Punkt zehn in Saal B sehen.« Dieses Gerät war ein Riesenfehler. Es schien Möglichkeiten zu verheißen und konfrontierte einen nur mit der kalten, phantasielosen Wirklichkeit. Ich drückte wieder die Löschen-Taste und wappnete mich für die schlechten Nachrichten über Frank, die dieser beschissenen Nacht die Krone aufsetzen würden. Ich sah ihn vor mir, wie er eine Ameise beim Überqueren des Küchenbodens beobachtete. Er saß dann immer ganz ruhig und aufrecht da, hatte die Vorderpfoten wie eine ägyptische Gottheit ganz nah an die Hinterpfoten gezogen und die Ohren wie Sonargeräte nach vorne gelegt. Bitte lieber Gott, wach doch einmal aus deinem Schlaf auf und tu was und mach, dass mit Frank alles in Ordnung ist!

Ein vierter Pfeifton: »Du hast also endlich kapituliert und dir einen zugelegt.« Es war Amy. Sie klang unbeschwert und locker. »Ruf mich an, wenn du kannst, damit wir reden können!«

Ich drückte die Löschen-Taste. Stemmte mich mit den Händen gegen die Resopalplatte und beäugte unglücklich meine Knöchel, die nur mehr aus Falten bestanden. Der fünfte Pfeifton war wie eine exotische Form der Folter.

»Hallo, ich bin's … John.«

Ich atmete die ganze Luft aus, die ich gehortet hatte. Beugte mich über die Arbeitsplatte und legte meine Stirn auf die kühle Oberfläche. Frank war noch eine Nacht verschont worden, und John hatte angerufen, obwohl ich ihn erst vor wenigen Stunden gesehen hatte. Wann hatte mich ein Mann das letzte Mal so fertig gemacht? Noch nie, wie ich überrascht feststellte, noch nie. Ich taumelte einen steilen und rutschigen Abhang hinunter und fand nichts, woran ich mich hätte festhalten können. Ich musste an die schwarze einsame Fahrt vor ein paar Nächten denken, als ich mit einer Zigarette in der Hand einem Hopper-Bild entstiegen und zu dem Schluss gekommen war, dass er die Ablenkung war, die ich brauchte, was mich das auch kosten sollte.

»Ich wollte nur wissen, wie es dir heute Abend ergangen ist«, sagte die Maschine. Heute Abend. Ach ja, das Spiel. Wir haben gewonnen. »Ich versuch es morgen wieder. Vielleicht können wir uns später sehen.«

16

Als am Freitagmorgen um 8.00 Uhr der Wecker läutete, war ich schon auf, hatte mein gelbes Leinenkleid an und telefonierte mit der Tierklinik. Keine Veränderung, weder im Positiven noch im Negativen. Ich saß da und blätterte National-Geographic-Hefte durch und wünschte mir, dass sich mein Magen beruhigen würde. Etwas machte sich hinten unten an meinem Schädel zu schaffen und klopfte, um eingelassen zu werden. Dinge, die Jen betrafen, kleine Unstimmigkeiten, die ich nicht bezeichnen konnte, als ob sie mit einem Film oder Roman verschwimmen würden, den ich einmal gesehen, einmal gelesen hatte. Ich holte meine Aufzeichnungen von den Treffen mit Mahoney hervor. Nach einer Minute zerriss ich sie und warf sie in den Müll. Nichts ergab einen Sinn. Trotz der offenen Fenster bekam ich kaum Luft. Ich stand auf und schenkte mir ein halbes Bier ein, damit sich mein Magen beruhigte. Als ich eine halbe Stunde später bei Mom vorfuhr, konnte sie sich ewig nicht entscheiden, welche Schuhe sie tragen sollte.

»Die blauen Halbschuhe sind an den Fersen ganz kaputt«, sagte sie. Ich stand vor ihrer Schlafzimmertür und wünschte mir, dass sie sich beeilen würde. »Und wenn ich die flachen weißen nehme, wirke ich wie eine ältere Dame.«

»Um dich wird sich niemand scheren.« Es klang grober, als ich gewollt hatte.

Morgendliches Talkshow-Geplapper im Auto. Ich schaltete das Radio aus. Mom schwieg. Auf der 108er überholte mich ein mit Kindern überquellender Station Wagon. Die Kinder waren schmutzig und unfrisiert und genossen es tierisch, mir durchs Heckfenster zuzuwinken. Ich hupte und sie lachten, mit großen Mündern und schiefen Zähnen. Der Tag war so klar, dass es weh tat. Habichte kreisten über dem Land und suchten mit ihren schwarzen Perlenaugen die Felder ab. Heute begann das Labor-Day-Fest, morgen spielten wir im Finale. Wenn das Wetter so blieb, würde sich die halbe Stadt mit Sonnenschutz und Sonnenbrille aufmachen, um diesen Höhepunkt des Sommers zu genießen.

»Heute früh wird doch Stacy entlassen?«, fragte ich.

Mom guckte mich an, als ob sie mit ihren Gedanken weit weg gewesen wäre. »Hab ich dir doch erzählt«, sagte sie.

»Ich werd morgen nicht babysitten können«, sagte ich. »Ich spiel morgen.«

»Den einen Tag wird Ruther das schon schaffen«, antwortete Mom. »Sharon ist jetzt bei ihr und heut Abend bin ich dran.«

»Ist gut.«

Sie kramte in ihrer Handtasche. Sie schien etwas zu suchen. »Hast du dich gestern auf dem Rummel amüsiert?«, fragte sie.

»Ja. Und du?«

Sie zog eine Bürste aus der Handtasche und begann sich unbarmherzig zu frisieren. »Ich hab zwanzig Dollar gewonnen.« Gnadenlos zog sie an ihren Haaren, nahm ihren Kopf echt in die Mangel. »Sharon hat mir erzählt, dass sie einen Freund von dir getroffen hat.« Der Ring an meinem Finger blinzelte uns an. Meine Nägel sahen trotz kleinerer Mängel noch immer ziemlich gut aus. Mom riss ein letztes Mal an ihren Stirnfransen und strich sie dann nach hinten.

»Ich hasse das verfluchte Ding«, sagte sie und warf die Haarbürste aus dem Fenster in den Straßengraben.

»Was soll denn das?«, fragte ich erschrocken.

»Ich hasse die verfluchte Bürste, das ist alles.« Und einen Augenblick später: »Eines muss ich dir schon sagen: Ich hab nie geglaubt, dass sich meine Tochter einmal so aufführen wird wie – wie eine von diesen Kellnerinnen, mit denen dein Vater immer rumgezogen ist.«

Der Mercury blieb auf der Straße. Die Sonne blendete mich weiter. Aber alles, was mir im Inneren des Wagens lieb und vertraut gewesen war, kam mir plötzlich unsicher vor, als ob mich die Schaltung betrügen oder mir die Ölanzeige das Herz brechen könnte.

»Du meinst eine von diesen *Schlampen*, stimmt's?« Halt den Mund, Mary! Lass das! »Oder *Huren*?«

»Mach dich nicht über mich lustig!«, sagte sie. »Und tu in dieser Stadt nichts, wofür ich mich schämen muss!«

»Wie was zum Beispiel?«

»Wie sich ohne jede Selbstachtung mit Männern einlassen. Ich hab dich zu was Besserem erzogen.«

»Hast du nicht«, antwortete ich. »Du brauchst gar nicht so über mich herzufallen, nur weil du deinen Mann nicht halten konntest.«

Wie ein sich verbreitendes Gas verdrängten die Worte alles andere aus dem Wagen. Mom wandte sich mir zu, als ob sie mich das erste Mal in ihrem Leben klar sehen würde. Das tat mir mehr weh als ihre falsche Sicht der Dinge und das ganze Gemecker. »Das ist dir ja auch nicht gelungen«, sagte sie.

Dann lehnte sie den Kopf zurück. Der Wind langte beim Fenster herein und hob eine Locke ihres Haars. Zitternd schaltete ich das Radio wieder ein, um die Entfernung zwischen uns und dem Gericht mit geistlosem Plappern zu füllen.

Ich betrat das Gebäude wie ein General, keine Zeit für Fisimatenten, rein und erledigt die Sache. Ich hatte eine Gänsehaut, obwohl die Sonne bereits voll herunterbrannte. Das Frösteln, das mich überkam, erinnerte mich an den Nächtlichen Besucher – als ob er durch die Gänge streichen würde, um mich zu suchen. Ich rieb mir die Arme, um die Gänsehaut loszuwerden. Man führte mich in einen kleinen Nebenraum, der mir wie eine Zelle vorkam. Mom blieb an mir kleben, obwohl wir kein Wort wechselten.

Sobald ich mich gesetzt hatte, überkam mich die Erschöpfung. Ich war fast die ganze letzte Nacht lang mit dem steinernen Druck auf der Brust und den bruchstückhaften Bildern im Kopf wach gelegen. Ich hatte die Sonne durch ihre dünnen Arme scheinen sehen, die großen Augen in dem kleinen blassen Gesicht. Aber in dem dunklen Schrank hatte es gar kein Sonnenlicht gegeben. Wie hatte es dann durch ihre Arme scheinen können? Und ihre Augen waren doch geschlossen gewesen, nicht offen. Ich versuchte die Gedanken abzuschütteln wie eine lästige Fliege.

Ich war in einem Fischglas gefangen und sah durch die Wand vor mir auf die Welt hinaus. Wenn ich sprechen wollte, stiegen nur Luftblasen hoch. In meinem Kopf hatte sich etwas verknotet. Ich sah Jen, wie sie mit einem blauen geschwollenen Ellbogen in den Bus stieg. Ich sah sie mit einer bösen Verbrennung an den Fingern, ohne Mantel im November, mit einer aufgeplatzten Lippe. Manchmal sah sie aus, als ob sie sich seit Tagen nicht mehr gewaschen hätte. Waren diese Bilder wirklich? Oder hatte ich sie erfunden? Ich sah sie mit weit offenen Augen. Sie hatte dunkle Ringe und starrte mich an.

»Mary?« Moms Stimme war ganz blechern vor Besorgnis. »Willst du einen Schluck Wasser?«

Ich schüttelte wieder den Kopf, massierte mir die Stirn, versuchte das Puzzle zusammenzusetzen. Ich sah mehr als bloß den einen Februartag im letzten Winter. Bibbernd brachte sich mein Hirn in Sicherheit. In jeder Familie gab es ein Kind, das zu klein, das scheu und ein wenig unbeholfen war. Sharon war jahrelang nur halb angezogen zur Schule gegangen; sie war nicht vernachlässigt worden, sie war nur stur gewesen. Ich hatte ja Jen nie mit einem Gips oder einem Veilchen gesehen. Und mit den anderen beiden Kindern war nie was nicht in Ordnung gewesen. Je mehr ich mir zuredete, desto höher stieg eine Woge der Angst und Gewissheit in mir hoch, die mir die Luft abschnitt. Unterernährt, unfrisiert, unfallgefährdet, übermäßig scheu. Und die blauen Flecken, die hässlichen Bilder hatten Nacht für Nacht mein Gedächtnis überflutet. Warum war mir das nicht früher klar geworden? Wie hatte ich so blind sein können? Es war doch mindestens ein Jahr lang offensichtlich gewesen –

Hatten Sie irgendeinen Grund zu der Annahme, dass es in diesem Haus zu Misshandlungen kam?

Nein. Ich hatte keinen Grund.

Ein magischer Schleier riss entzwei. Ich kreuzte die Arme und legte den Kopf auf die Knie. Jen Colby war mir wie ein normales sechsjähriges Kind vorgekommen, weil ich wollte, dass es so wäre.

Angesichts der schonungslosen Fragen von Mad Dog Mahoney hatte ich mich an das Bild eines glücklichen kleinen Mädchens geklammert, das mir nun entglitt. Ich starrte auf das Muster des Fliesenbodens, in das ich gern verschwunden wäre. Wenn das wahr war, konnte ich nicht damit leben. Konnte ich nicht weiterleben. Mom wich mir den ganzen Vormittag lang nicht von der Seite, brachte mir Wasser und massierte mich zwischen den Schulterblättern, während ich mir auszureden versuchte, was ich wusste.

Ein birnenförmiger Mann kam herein und teilte uns mit, dass die Verhandlung unterbrochen worden sei und es eine einstündige Mittagspause gäbe. Wie dumme Tiere gingen Mom und ich aus Gewohnheit ins Lake Crest Café. Ein Tisch und genau siebenundzwanzig Stunden trennten mich von meinem Streit mit Amy. Meine Unterarme blieben an dem heißen Plastiktischtuch kleben, als ich das Tagesgericht, Lasagne mit Auberginen, bestellte. Statt Tammy Richardson war heute Marcie da, die einem normalerweise die Hucke voll quatschte, heute aber den Mund hielt und uns das Essen vor den Leuten brachte, die vor uns bestellt hatten. Ich saß mit gesenktem Kopf und der Gabel in der Hand da. Als Marcie, die alle Hände voll zu tun hatte, einmal bei uns vorbeirannte, zog sie ein sauberes Taschentuch hervor und warf es mir auf den Tisch. Es war schön gefaltet und die Ecken waren mit kleinen Gänseblümchen bestickt. Ich sah es an, bis Mom sagte: »Im Fall dass du eins brauchst.«

Ich versuchte nicht daran zu denken, dass Marcie mir das Taschentuch gegeben hatte. Wenn ich mich mit den kleinen Liebenswürdigkeiten der Leute beschäftigte, würde ich losheulen und nicht mehr damit aufhören.

»Wie ist denn deine Lasagne?«, erkundigte sich Mom.

»Die Auberginen sind zu weich.«

»Na ja, hätte mich auch gewundert.« Dann ließ sie mich mit mir allein.

Einige Stunden später wurde ich in den Gerichtssaal geführt. Mom folgte mir unauffällig. Ich konnte ihren Rock rascheln hören, als sie hinten im Saal Platz nahm. Ich ging langsam auf den

Richter zu, ohne den Hinterkopf von Patricia Colby aus den Augen zu lassen. Sie hatte einen Pagenkopf; die dünnen Haare reichten ihr bis zu den Schultern. Sie saß mit rundem Rücken da und streckte den Kopf nach vor wie eine besiegte Schildkröte. Als ich mich dem Zeugenstand näherte, warf ich einen Blick auf die Geschworenen. In der zweiten Reihe saß Kurt Backhaus. Er hatte die Schule ein Jahr vor mir verlassen. Er war in der Ringmannschaft der Schule ein Star gewesen, bis er einem Gegner bei einem Kampf den Ellbogen gebrochen hatte. Es hatte geknackt, dass man es im ganzen Saal hören konnte, und am nächsten Tag war er ausgestiegen. Jedes mir bekannte Gesicht ließ meinen Kopf weiter schrumpfen. Wenn ich endlich den Zeugenstand erreicht hätte, würde ich wie eine Dr.-Seuss-Figur aussehen. Mein Kopf würde so groß wie eine Walnuss sein und ich würde mit einer dünnen hysterischen Stimme nach allen Seiten hin Beschuldigungen ausstoßen.

Da saßen Leute mit Notizbüchern und gierigen Gesichtern. Für sie war jeder Zeuge ein Klumpen rohes Fleisch, mit dem sie ihre Redaktion füttern konnten. Bald würde man über mich schreiben, mich zitieren, mich verschlingen. Ich sah Mad Dog Mahoney an. *Wenn Sie Ihrer Geschichte noch etwas hinzuzufügen haben, wäre jetzt der richtige Augenblick.*

Ich konnte mich umdrehen und abhauen, bevor ich vereidigt wurde, still und leise, ohne Wirbel, und auf die Vorladung scheißen. Frank würde zur Küchentür kommen, wenn ich sie öffnete, wieder alles heil und so gut wie neu. Er würde sich an meine Beine schmiegen und sich auf den Rücken plumpsen und am Knöchel vorn zu Boden rutschen lassen. Ich würde mir eine Portion Chili con Carne zum Abendessen machen, mit geschmolzenem Velveeta drauf, und dann vielleicht an dem Kinderquilt weiterarbeiten, den ich für den Scheißbalg zu nähen begonnen hatte.

Ich hebe meine rechte Hand, obwohl ich Linkshänderin bin.

Würde ich jetzt nach Hause fahren, könnte ich ein Schläfchen machen und dann »Mister Rogers' Neighborhood« gucken und eine halbe Stunde mit Lady Elaine und Daniel Tiger verbringen. Dann würde ich vielleicht noch so ein Duftschaumbad nehmen und mich dann mit dem Luffaschwamm so richtig meiner Haut widmen.

»Nennen Sie uns bitte Ihren Namen.«

Bis dahin wäre die Post schon da, und ich würde die Einfahrt rauslaufen und das letzte orangerote Habichtskraut dieses Sommers und die kleinen weißen Schmetterlinge sehen, die immer zu dritt unterwegs waren wie die Bibelverkäufer. Und wenn eine schöne Brise wehte, würde ich den See riechen können.

»Schwören Sie …«

Den wilden Modergeruch von Seewasser am Nachmittag.

»… Setzen Sie sich!«

Ich würde barfuß zum Postkasten laufen und die Zehen in die warme kieselige Erde drücken. Ich würde »Car & Travel« und die Stromrechnung im Postkasten finden, die ein wenig höher sein würde als im Monat zuvor, weil ich den Ventilator im Wohnzimmer öfter angestellt hatte.

»… Ihr Beruf?«

Vielleicht würde noch eine Ansichtskarte von Julianna gekommen sein. Eskimos oder einfach bloß Schnee. *Frier mir hier den Arsch ab. Schade, dass du nicht da bist.*

»… am Nachmittag des 8. Februar, als Sie …«

Es gab nichts Schöneres, als nach einem langen, feinen Bad draußen an der Luft zu sitzen, die Post durchzusehen und Frank zu streicheln, wenn er sich am Geländer langstreckte.

»… als niemand auf Ihr Klopfen antwortete, sind Sie dann …«

Ich freute mich schon auf John, auf den Abend mit ihm, meine Belohnung, wenn ich den Tag überlebte. Würde er mich irgendwo treffen wollen oder einfach zu mir kommen und das Auto hinter dem Haus abstellen?

»… was Sie im Schrank gesehen haben?«

Das Schlimmste hatte ich fast überstanden. Da sah ich auf einmal Julianna mit gesenktem Kopf vor mir stehen und mit hochgezogenen Augenbrauen zu mir aufsehen. Mit ernster Miene, wie ihr Vater. Wir waren am Strand. Sie drehte sich gerade um, um ein Frisbee zu fangen, mit dem wir spielten. Als sie wieder herumwirbelte, war es Jen Colby, die zu mir aufsah. Außer uns war niemand am Strand. Irgendwo weit weg hallte einen feste Stimme durch einen Gerichtssaal, die ihre Geschichte erzählte. Irgendwo weit weg im Gerichtssaal wandten sich alle Köpfe der Zeugin zu. Jeder wollte hören, was sie zu sagen hatte.

»Welchen Eindruck machten die beiden anderen Kinder auf Sie?«

Nur noch ein paar Fragen. Ich sah Jen Colby an, wie sie da am Strand neben mir stand. Ich sagte mir wieder, dass es ein ganz normales sechsjähriges Mädchen gewesen war. Ein Kind, das einfach Pech gehabt hatte und zufällig einer gusseisernen Pfanne im Weg gestanden war, als seine Mutter Rühreier gemacht hatte. Ein süßes Kind, ein wenig scheu, ein bisschen dürr und etwas ungeschickt. Nicht, dass wirklich was nicht gestimmt hätte. Niemand hätte einem solchen Kind weh getan. Ich hätte das meinem Würmchen nie und nimmer antun können.

»Hatten Sie irgendeinen Grund zu der Annahme, dass es in diesem Haus zu Misshandlungen kam?«

Der Strand verschwand. Und Jen auch. Ich war im Gerichtssaal und da hing diese Frage in der Luft. Nur ein kleines Wort, und ich hätte die Geschichte für immer hinter mir. Mein Blick raste zum Fenster, suchte nach einer Fluchtmöglichkeit. Hinter dem getönten Glas lauerte der Nächtliche Besucher. Ein Schauer lief mir über den Rücken. Im harten Licht des Nachmittags wirkte er angeschlagen und erschöpft. Zum ersten Mal konnte ich sein Gesicht sehen. Er beobachtete mich.

»Miss Culpepper?« Zwei Meter vor mir stand Mad Dog Mahoney. »Hatten Sie irgendeinen Grund zu der Annahme, dass es in diesem Haus zu Misshandlungen kam?«

»Ja, ich hatte Grund dazu.«

Niemand schnappte hörbar nach Luft, kein plötzliches Flüstern im Saal, nur ein leises Papierrascheln vom Tisch der Verteidigung. Die Leute sahen mich weiter an, bewegten sich nicht und schwiegen. Ich ließ meinen Blick auf Mahoney gerichtet, die mich mit leicht geöffnetem Mund anstarrte.

»Könnten Sie das bitte näher erklären?«, sagte sie.

Ich erzählte ihr alles, was ich seit Monaten Nacht für Nacht gesehen hatte. Jede Sache für sich allein betrachtet war entschuldbar, nicht aber alles zusammen. Und Jens Geschwister hatten sich verhalten, als ob sie nicht existiert hätte, als ob sie krank gewesen wäre und sie irgendwie hätte anstecken können.

Mad Dog Mahoney hörte mir ungerührt zu. Sie hatte sich die ganze Zeit bemüht, irgendjemanden dazu zu bringen, etwas aus seinem Gedächtnis hervorzukramen, was sie gegen Patricia Colby verwenden konnte. Sie war auf jedem Schritt und Tritt gegen eine Wand gelaufen: »Nein, tut mir Leid ...« Hätte ich früher ausgepackt, wäre das ein völlig anderer Fall für sie gewesen. Ihr Gesicht verriet nichts, aber an dem leichten Zittern ihrer Korkenzieherlocken merkte ich, dass sie wütend war. Wenn Sie daran dachte, fragte sie nach Einzelheiten. Manchmal ließ sie mich etwas wiederholen. Ich redete, bis ich nur mehr eine Geschichte zu erzählen hatte, die schwerste, die unmöglichste. Und auch die erzählte ich.

Die Colby-Kinder waren die ersten, die am Morgen abzuholen, und die letzten, die am Nachmittag abzusetzen waren. Als ich am Morgen des achten Februar stehen blieb, standen der Junge und das Mädchen in der Einfahrt, aber nicht Jen. Als sie einstiegen, konnte ich deutlich sehen, dass das ältere Mädchen geweint hatte. Der Junge war hinter ihr. Er machte einen verängstigten Eindruck.

»Ist Jen noch immer krank?«, fragte ich. Sie war seit einer Woche nicht in der Schule gewesen. Ich spürte, wie das ältere Mädchen auf einmal hellhörig wurde und auf ihrem Platz zwei Reihen weiter hinten die Ohren spitzte. Der Junge wurde rot und ging, ohne mich anzusehen, zu seinem Platz.

Ich schloss die Tür und griff nach dem Schalthebel. Ich sah zum Haus hinüber, zu dem Laken, mit dem jemand, mangels eines Vorhangs, ein Fenster verhängt hatte, zu dem kleinen Hof und den Fahrrädern, die an einem Baum lehnten. Es sah aus wie ein Dutzend andere Häuser an dieser Straße, aber etwas war anders. Etwas stimmte nicht. Ich dachte, dass ich vielleicht zur Tür gehen und klopfen sollte, fragen sollte, ob Jen vielleicht nur spät dran war und ich ein paar Minuten warten sollte. Aber ich wollte keine Szene machen. Wenn in diesem Haus etwas nicht stimmte, ging mich das nichts an; ein Nachbar oder Verwandter würde schon helfen. Die Leute hier in der Gegend kümmerten sich um die Ihren und mochten es nicht, wenn Fremde die Nase in ihre Angelegenheiten steckten. Ich war dafür verantwortlich, dass die Kinder zur Schule kamen. Ich fuhr los.

»Ich fuhr los«, sagte ich zu Mad Dog Mahoney und schwieg dann. Sie stand da und sah mich an, als ob sie sich an etwas zu erinnern versuchte.

»Das ist alles«, sagte sie schließlich; ich wusste nicht so recht, ob zu mir oder zum Richter. Sie setzte sich und der Verteidiger stand auf, als ob die beiden auf einer Wippschaukel säßen.

»Ich würde gerne eine Stelle aus dem von Detective Richard Freemont unterzeichneten Polizeibericht vom 8. Februar vorlesen«, sagte er. Da niemand Einspruch erhob, fuhr er fort. »Miss Culpepper wurde gefragt, ob die anderen Kinder am Morgen auf irgendwelche Probleme hingewiesen hätten, als sie sie abholte. Sie sagte nein. Daraufhin fragte man sie, ob sie einen Verdacht gehabt hätte, dass in dem Haus ein Kind misshandelt wurde. Die Antwort war (Zitat): ›Nein, keinen.‹ (Zitat Ende).«

Er machte eine Pause. Er war jünger als ich, aber der Hals quoll ihm über den Hemdkragen.

»Haben Sie damals der Polizei gegenüber bewusst gelogen?«, fragte er.

»Nein«, erwiderte ich.

»Aber Sie haben Ihrer Aussage von damals soeben widersprochen.«

Das war keine Frage, daher gab ich ihm auch keine Antwort. Er blickte mich lange an. Ich sah an Patricia Colbys nach vorn gestrecktem Kopf vorbei, vorbei an der unbeweglichen Maske von Mad Dog Mahoney. Da saßen sie, die gierigen Menschen mit ihren Notizbüchern. Ich spürte die kleinen Bisse regelrecht, wenn sie etwas niederschrieben. Bald würde von mir nichts mehr übrig sein.

»Ich finde das verwirrend«, sagte er. »Hatten Sie Grund zu der Annahme, dass es im Haus der Colbys zu Misshandlungen kam, oder nicht?«

»Ja, ich hatte Grund dazu.«

»Waren Sie sich bewusst, dass es an jenem Morgen ein Problem gab?«

»Ja, das war ich.«

»Und sind Sie sich dessen bewusst, dass Jennifer Colby am 8. Februar zwischen 10.00 und 14.00 Uhr starb?«, fragte mich Herr Dickhals fast sanft.

»Ja.«

»Und Sie geben an, dass Sie sich bereits um 8.00 Uhr dessen bewusst waren, dass etwas nicht in Ordnung war.«

»Ja.«

»Und dennoch haben Sie nichts unternommen. Sie sind, wie Sie selbst zugegeben haben, losgefahren und haben das Kind sterben lassen.«

Und obwohl das auch keine Frage war, antwortete ich: »Ja.«

◆

Vier Stunden später wärmte ich das Chili con Carne, legte oben, wie ich mir versprochen hatte, Velveeta-Streifen drauf und nahm einen Schluck Bier. Zuerst würde ich was essen, dann würde ich mir überlegen, was ich mit dem Rest des Abends anstellen wollte.

Ich hatte Mom nach Hause gebracht und war direkt nach Cadillac gefahren. Ich hatte einer weiteren Operation zugestimmt. Es ging um eine Sehne in der Schulter. Die Operation sollte am Sonntag stattfinden. Wenn Frank dann nicht wieder gehen konnte, waren sie mit ihrem Latein am Ende. Der Arzt hatte abermals die Möglichkeit angesprochen, ihn einzuschläfern. Frank war ganz in sich gekehrt und sah mich an, als ob ich ihm das angetan hätte.

Als ich nach Hause kam, waren drei Nachrichten von Amy und eine Nachricht von John auf dem Anrufbeantworter. Er klang nervös, irgendwie verärgert. »Da ist was dazwischengekommen.« Vielleicht würde er später kommen oder zumindest anrufen. Der Metalllöffel krachte gegen den Herd. Und die Schranktür warf ich fester zu, als notwendig gewesen wäre. *Da ist was dazwischen-*

gekommen. Ich brauchte ihn jetzt, nicht *vielleicht später*. Ich setzte mich an den Tisch, ohne Frank auf dem Stuhl gegenüber, aß und beschwor das Telefon zu läuten und dieser sadistischen Einsamkeit ein Ende zu machen. Ich versuchte meinen Magen zumindest so weit zu entkrampfen, dass ich etwas runterbrachte. Die ganze Heimfahrt vom Gericht lang hatte Mom immer wieder gesagt: »Du hast das Richtige getan: Du hast die Wahrheit gesagt.« Es hatte so wenig überzeugt geklungen, dass ich fast gegen einen Baum gefahren wäre, nur damit sie endlich den Mund halten würde. Sobald sie ausgestiegen war, fand ich die Stille noch unerträglicher.

Amy hatte mich das erste Mal um halb elf angerufen, um mit mir zu reden, das zweite Mal um drei: »Wenn du nicht mit mir reden willst, sei wenigstens so freundlich und sag es mir!« – was ich dermaßen komisch fand, dass ich mich fast an meinem Bier verschluckt hätte. Den dritten Anruf um zehn nach sechs hatte ich um ein paar Minuten verpasst; sie war zerknirscht und verlegen: »Mir ist eingefallen, was heute für ein Tag ist. Bin ich daneben! Ruf mich an, wenn du nach Hause kommst, damit wir drüber sprechen können.« Als ob ich darüber sprechen könnte. Als ob ich selbst in hundert Jahren darüber würde sprechen können. Ich gab das Chili in den Müll, stand neben dem Küchentisch und überlegte mir, ob ich den Erinnerungen den Garaus machen könnte, wenn ich mit dem Kopf fest genug dagegen donnerte.

»Wir haben die Aussage des Hausarztes der Colbys gehört, und wir haben gehört, was verschiedene Nachbarn und Eltern von Spielkameraden der kleinen Jen zu sagen hatten.« An dieser Stelle hatte sich die Kröte den Geschworenen zugewandt, um das Gewicht dieser Zeugenaussagen zu unterstreichen. »Und niemand hat etwas Vergleichbares gesehen.« Ich wusste, was jetzt kommen würde, aber es war wie ein Phantomschmerz, wie das bloße Gerücht einer Wunde. Sich wieder mir widmend sagte der Verteidiger: »Wie können Sie erwarten, dass die Geschworenen Ihrer Geschichte und nicht der Darstellung der anderen Zeugen Glauben schenken? Haben Sie uns vielleicht soeben etwas anderes erzählt, als dass sie eine Lügnerin und obendrein auch noch feige sind?«

Mahoney war bellend und nach der Kröte schnappend aufgesprungen. Der Verteidiger zog die Frage zurück und setzte sich. Mahoney versuchte noch kurz, den Schaden wieder gutzumachen, entließ mich dann aber kurz darauf. Alle sahen weg, als ich den Zeugenstand verließ. Ich blickte zum Fenster, als ich ging – der Nächtliche Besucher war verschwunden.

Wo war John? Warum war er nicht hier? Ich öffnete noch ein Bier und ließ mir ein Bad ein. Schaum, Kerzen, was Nettes. Aber es strich keine Brise durchs offene Fenster, und ich fühlte mich nicht sauberer, so sehr ich auch schrubbte. Das Telefon blieb stumm. Ich trocknete mich ab und öffnete die unterste Lade. Schon glitt ein dunkelblaues Seidennachthemd an mir herab und strich mir um die Knöchel. Er musste jede Minute da sein.

Ich öffnete noch ein Bier, ging damit ins Wohnzimmer und drehte den Fernseher an. Magere Frauen mit toupiertem Haar sprachen in winzige Mikrofone.

»Ist da Megan?« Ha, ha.

»Ist da Stephanie?« Ha, ha, ha.

»Ist da Brittany?« Ho, ho, ho.

Ich drehte den Fernseher ab, rief die Tierklinik an und bekam die gewohnte Antwort: Frank schlief gerade. Ich legte Jimmie Dale Gilmore auf, um mich ein wenig zu entspannen. Sein engelhaftes Klagen drang mir durch das dünne Nachthemd. Wenn man ihm zuhörte, begann man fast an eine gute Welt zu glauben. Das Telefon läutete nicht. Draußen wurde es dunkel.

Das Gericht hatte sich bald nach meiner Aussage vertagt. Die Verhandlung sollte nach dem langen Wochenende fortgesetzt werden. Mad Dog Mahoney hatte mich beim Verlassen des Amtshauses gestellt. »Dienstag um acht bei mir im Büro«, sagte sie und durchbohrte mir mit dem Zeigefinger fast den Brustkorb.

Verdammt noch mal, wo blieb er denn? Ich holte mir noch ein Stroh aus dem Kühlschrank. Das Bier war damit alle und dabei hatte ich am Vorabend eine Zwölferpackung gekauft. Auf der Uhr am Herd war es elf. Wie war es nur so spät geworden? Eine leichte Brise strich durch das Fenster über die Spüle. Es begann an den Schultern zu prickeln, was mich an das leichte

Zittern heute Morgen im Gericht erinnerte. Vielleicht hatte er später gemeint. Vielleicht hatte er gemeint, dass wir uns noch ganz spät treffen könnten. Sicher hielt ihn was in der Arbeit auf, und er machte sich Sorgen, dass ich ihm böse sein könnte. Vielleicht sollte ich ihn anrufen, nur um ihm zu sagen, dass alles okay war, dass ich zu Hause war und er vorbeikommen könnte, wenn er fertig war. Ich fand das Kaugummipapier mit seiner Nummer drauf und wählte. Es läutete zweimal, bis jemand abhob. Loretta machte einen Freudensprung. Eine Frauenstimme sagte: »Der gewünschte Teilnehmer ist zurzeit nicht erreichbar.« Nicht erreichbar. Er war nicht in der Arbeit. Ich legte auf.

Loretta drückte das kleine Hoffnungsei so lang, bis es zersprang. Lautstark verschaffte sie sich Gehör. So ein verdammter Scheißkerl! So ein beschissener Arsch, ein verfluchter! Wahrscheinlich hing er bei Marion's rum, genehmigte sich ein Bier und flirtete mit jemandem wie Suzanne O'Dell oder gar mit Amy, was wusste denn ich. Und wenn er Pech hatte, würde ich ihm dann als letzte Möglichkeit einfallen und er würde mich anrufen. Mit einem Ruck zerriss ich das Nachthemd bis zu den Knien. Dann machte ich mich über den Rest der Unterwäsche in der Kommode her, über die Unterhemden, die kurzen Nachthemden, den honigfarbenen Seidenumhang, bis nur mehr ein weicher Haufen kleiner Fetzen übrig war. Zusammen mit den Kerzen, dem Luffaschwamm und der Puderquaste wanderte der ganze Dreck in eine Papiertüte. Ich schlüpfte in eine Trainingshose und ein langärmeliges T-Shirt und griff mir die Riverton Gazette von letzter Woche und das Feuerzeugbenzin, als ich durch die Hintertür stürmte.

Über mir tanzten die Sterne Walzer. Der Inhalt der Tüte wanderte lautlos in das Fass, in dem ich Sachen verbrannte. Eine Wolke weißer Asche stieg auf. Es knisterte und knisterte, als ich die Zeitung ins Fass stopfte, ganz tief nach unten. Dann eine Doppelportion Feuerzeugbenzin. Ich zündete ein Streichholz an.

»Halt!«, sagte eine dünne Stimme in mir. »Tu das nicht!« Aber mich hatte eine wilde, leidenschaftliche Wut gepackt. Ich würde mir das von keiner inneren Stimme ausreden lassen. Loretta sah mir mit leeren Augen resigniert zu. Die Sachen fingen Feuer und flackerten wie Flammen der Eifersucht. Die Dessous schmolzen so schnell wie die Zuckerwatte gestern auf dem Rummel. Erst gestern. In der vergangenen Woche war die Zeit dahingerast und gleichzeitig stehen geblieben. Es gab nicht ein Molekül der Mary Culpepper von letzter Woche mehr. Stattdessen überall Schwielen, klüger geworden, ablehnend. Ich beugte mich über das Fass. Die aufsteigende Hitze schlug mir ins Gesicht und versengte mir die Wangen und Augenlider. Ich zerrte mir den Kaugummiautomatenring vom Finger und warf ihn ins Feuer. Sah zu, wie das schändliche Rosa mit dem Rest der Sachen dahinschmolz, als ich einen Wagen näher kommen hörte und Scheinwerferlicht sah. Die blöde, bemitleidenswerte Loretta sprang voller Hoffnung hoch. Die Scheinwerfer wurden schwächer, als sich das Reifengeräusch in Richtung der Millers entfernte. Ich wehrte mich gegen den Drang, mit den Händen ins Feuer zu greifen, als sich die Wut auf einmal zu verlagern begann. John war doch nicht schuld daran, dass ich den ganzen Abend lang wie eine lächerliche Schlampe angezogen zu Hause rumsaß und darauf wartete, dass er anrief.

Es war Freitag. Er war wahrscheinlich nicht bei Marion's, er war mit der ganzen Truppe oben im Bierzelt neben dem Rummel. Ich sah die kleine Bühne an einem Ende, den zum Tanzen freien Platz und das Meer der Holzbänke vor mir. Alle tranken oder tanzten. Eine dichte Wolke von Gesprächen und Gelächter und Zigarettenqualm schwebte über der Menge wie der Nebel frühmorgens über dem Kassaugasee. Ich sah John vor mir. Wie er mit seinem Schlafzimmerblick lächelte. Wie er sich mit dem Daumennagel seitlich am Kinn kratzte und irgendeine Frau angrinste, deren dünnes Lachen das Gemurmel übertönte. Er hatte ein Bier in der Hand und das Letzte, woran er dachte, war ich.

Ich riss die Tür zum Werkzeugschuppen auf. Der Feuerschein ließ meinen Schatten hin und her tanzen. An einem Nagel neben der Tür hing eine Plastikschutzbrille. Ich setzte sie auf, zog den Riemen fest und griff blindlings ins erste Regal. Holte aus, als ob ich zum dritten Base werfen würde, und schon flog die Glasfigur gegen die Betonwand vor mir. Als sie zersprang, schlug ich instinktiv die Hände vors Gesicht. Kurze, silbrige Schreie von sich gebend stoben die Splitter in alle Richtungen. Adrenalin durchströmte mich wie Lust. Ich wollte mehr und langte mit beiden Händen nach oben. Ich erwischte eine zarte Vase aus geblasenem Glas, die schrill und dünn aufkreischte, als sie zersprang. Die Luft war voller winziger Splitter.

Ich dachte an Julianna und daran, wie dumm und egoistisch ich ihr Vertrauen missbraucht hatte; und alles nur wegen einer Nacht und dieser Erniedrigung. Klirr, klirr, klirr, ein ständiger Rhythmus von in immer kürzeren Abständen aufeinander folgenden Explosionen. Ich verdiente ihre Freundschaft nicht. Mir stand nur jemand wie Amy zu. Der Gedanke an Amy ließ etwas aus mir hervorbrodeln und immer mächtiger werden, bis sieben Jahre Wut wie Lava meinen Arm hinunterflossen. Ich donnerte weiter Glassachen gegen die Betonwand, bis mir auf einmal alles klar vor Augen stand. Dass Carl Amy mir vorgezogen hatte, bewies, was für ein schwaches, rückgratloses Arschloch er war. Ein wirklicher Mann brauchte kein pikantes Gulasch. Ein wirklicher Mann kannte den Wert von Makkaroni mit Käse, verdammt noch mal. Carl war ein blödes, versoffenes Stück Scheiße. Ich warf schneller. Ein herablassendes, gönnerhaftes Arschgesicht, das nicht einmal richtig lesen und schreiben konnte. Schneller und schneller. Ein verlogener, feiger Hosenscheißer, der ein Model, ein hübsches Püppchen wollte. Der magische Schleier, der heute Morgen im Gericht zerrissen war, hatte mehr verborgen, als ich gedacht hatte. Und wie die Splitter so um mich herum durch die Gegend flogen, dämmerte mir, dass meine Freundin Amy ein egoistisches Dreckstück war. So geil auf Anerkennung, auf Zuwendung, dass sie sich Carl geschnappt hatte. Und es mir nicht einmal selber hatte sagen wollen. Nach zwanzig Jahren Freundschaft hatte sie das ihm überlassen. Warum hatte ich mir das gefallen lassen? Warum spielte sie in meinem Leben noch immer eine Rolle?

Die Antwort wurde immer greifbarer, der Schleier bestand fast nur mehr aus Rissen. *Ich hab dich zu was Besserem erzogen.* Mom hatte mir Gift eingeflößt, allen Männern gegenüber, und Frauen waren ja noch schlimmer, man durfte niemandem trauen.

»Ich hasse dich«, sagte ich im Dunkeln. »Hasse dich«, als ich mit einem Arm gleich über ein ganzes Brett fuhr. Es krachte, als ob das Ende der Welt gekommen wäre. Ich sagte es zu meiner Mom, die mich als Keule verwendet hatte, um ihren Mann mit Schuld zu erschlagen. Ich sagte es zu Dad, der mich zu einer seiner vielen Freundinnen gemacht hatte, mit denen er seine Frau ersetzte. Meine wunderbaren, normalen, ach so durchschnittlichen Eltern steckten so über beide Ohren in ihrer egoistischen und hasserfüllten Ehe, dass sie mich aufgefressen und einer den anderen mit mir angespuckt hatte. Menschen sollten ihre Kinder hegen und beschützen. Aber Dad hatte mich geliebt wie jede Frau, die er sich in einer Bar angelacht hatte. Und Mom hatte mich geliebt, wie ein Soldat seine Waffe liebt.

Schon früh hatte ich gelernt, dass Männer wie Frauen einen vernichten, ohne darüber nachzudenken. Liebe hieß ausgenommen und wie tot liegen gelassen zu werden. Und Amy hatte mich mein ganzes Leben lang geliebt. Natürlich hatte ich ihr Verhalten nie in Frage gestellt, natürlich war sie meine beste Freundin.

Wenn ich nach noch einem Stück griff, würde ich nicht mehr aufhören, bis ich alles in Sichtweite zerschlagen hatte, die Fenster meines Wagens eingeschlossen. Scharf keuchend schnappte ich nach Luft. Ich kniete in dem Chaos nieder. Loretta hatte Mühe, Schritt zu halten. Es brannte mich über und über, wo die Splitter mich verletzt hatten. Der Geysir kochender Wut beruhigte sich, mein Hass begann zu fließen. Ich nahm die Brille ab, die sich vom Schweiß beschlagen hatte. Bekam wieder Luft und trat vorsichtig aus dem Schuppen, überrascht, dass der Rest der Welt ganz war. Um mich herum blühte die nördliche Nacht wie eine glänzende schwarze Rose. Ich war müde. Die Anspannung war verschwunden. Meine Nerven lagen in losen Knäueln auf dem Boden und ich verspürte keinen Druck mehr. Ich ließ das Durcheinander sein und wanderte in die Küche, setzte mich an den Tisch. Frank fehlte mir so sehr, dass es mir weh tat. Ich holte die Flasche Jameson und schenkte mir regelmäßig nach. Der bleierne Strom der Wut ließ nicht nach. Ich fragte mich, ob es mir wohl je gelingen würde, ihm wieder Einhalt zu gebieten. Und viertel nach drei öffnete ich eine neue Packung Zigaretten. Um halb fünf war der Rauch schon schal, bevor er meine Lungen erreicht hatte, die Flasche Jameson leer.

Ich konnte weder Amy noch Carl an den Kopf werfen, dass sie mich betrogen, mir das Herz gebrochen, mir das Schlimmste angetan hatten, was man jemandem antun konnte. Das wären nur überstrapazierte Worte gewesen. Keines vermittelte den Schmerz, den ich bis in die Fingernägel spürte, die betäubende Einsamkeit des nächsten Atemzugs. Schlimmer noch als ihr Verrat war die Angst, dass ich sie überhaupt verlieren würde, und deshalb hatte ich jeden Schmerz und alle Wut weggesperrt. Nun sickerten sie aus der nie verheilten Wunde hervor. All die Jahre hindurch hatte ich Amy wegen ihres Bedürfnisses nach Liebe bedauert. Ich hatte meine Überlegenheit genossen, mich in meiner stoischen Reserviertheit gesuhlt – und musste jetzt feststellen, dass ich trotz allem Liebe brauchte. Ich musste mir endlich eingestehen, dass die beiden Menschen, die ich am meisten brauchte, einander mehr geliebt hatten als mich. Das machte mich krank.

Ich ging ins Schlafzimmer und wartete am Fenster auf den Nächtlichen Besucher. Doch da war nur die Nacht, die mich anstarrte. Ich wartete und wartete. Die Dunkelheit kam mir wie ein Meer vor. Meine Zigarette war ein winziger Punkt in der unendlichen Finsternis. Es kam niemand.

Ich sehnte mich nach meinem magischen Schleier. Besser blind und taub, als dieser sinnlosen Wut ins Auge zu sehen und zuzugeben, wie schrecklich allein ich war. Von allen Menschen, denen ich nahe gekommen war, hatte mich nur Julianna Coleros nicht verletzt. Und sie war jetzt irgendwo in der Arktis unterwegs.

17

Samstagmorgen, das Labor-Day-Fest in vollem Gang und nur noch ein paar Stunden bis zum Finale. Ich rollte mich noch in den Kleidern vom Vorabend aus dem Bett, tausend Nadeln im Kopf. Ich hatte Mom versprochen, mit ihr nach Kalkaska zu fahren und nachzusehen, wie sich Stacy zu Hause machte. Mom hatte das gesagt. In Wahrheit ging es ihr nur darum, das Baby zu sehen. »Ich werde das Baby sehen«, sagte sie immer wieder, als ob es eine landesweite Verschwörung gäbe, sie davon abzuhalten.

Als ich im Badezimmer das Licht anmachte, sah ich, dass ich auf beiden Handrücken mit roten Flecken übersät war, winzigen blutigen Stichen. Geduldig begann ich mich mit der Pinzette den glitzernden Sommersprossen zu widmen. Eine halbe Stunde später hatte ich meine Hände von den Glassplittern befreit, aber sie waren geschwollen und fleckig und brannten höllisch vom Desinfizieren. Als ich in den Spiegel sah, entdeckte ich einen Schnitt an meiner Stirn. In der Nacht hatte der Scheißdreck wie wild geblutet und nun starrte mir dieses irre Gesicht entgegen. »Sieh dich mal an!«, sagte ich zu mir. »Was hast du denn angestellt?«

Es spielte keine Rolle, dass es ein Unfall war. Es spielte auch keine Rolle, dass man bei Gesichtsverletzungen immer kübelweise Blut verlor und schlimmer aussah, als es tatsächlich war. Ich hatte die Kontrolle über mich verloren und mich so hergerichtet. Als ich im letzten Februar im Munson-Krankenhaus gewesen war, hatte man mich wegen der Glasscherben von der Treppe an den Knöcheln einige Male nähen müssen. Ich nahm eine Dusche, kramte von ganz hinten aus dem Badezimmerschrank ein Make-up hervor und trug mir winzige Partikel davon auf. Verrieb sie, um die Spuren zu verbergen. Ich fuhr vorsichtig. Es war nur ein Schatten von mir, der da hinter dem Steuer saß, mit Mom sprach und rauchte; mein wirkliches Ich lag noch zu Hause ausgestreckt auf dem Bett. Ich konnte meiner Mutter nicht in die Augen sehen, konnte es nicht ertragen, so nah neben ihr zu sitzen, aber mir blieb nichts anderes übrig. Ich konnte ihr nicht ins Gesicht schreien, dass sie mich kaputt gemacht hatte, bevor ich auch nur hätte anfangen können; ich konnte ihr nicht die Schuld an meinem ganzen Leben geben. Ich hörte sie schon sagen: »Warum gräbst du denn das jetzt alles aus?«

Ich hatte gehofft, dass sie und Stacy sich unterhalten würden und ich mich in aller Ruhe zurückziehen könnte, aber als Ruther uns ins Schlafzimmer führte, legte Stacy schon los.

»Ich hab dir eine Nachricht auf deinem Anrufbeantworter hinterlassen. Ich hab schon gedacht, ihr kommt gar nicht.«

»War viel Verkehr«, sagte ich.

»Weißt du, dass sie einen Anrufbeantworter hat?«

»Nein«, sagte Mom.

»Du musst mir jetzt alles über den großen Streit erzählen«, sagte Stacy.

»Welchen großen Streit?«

»Na zwischen dir und Amy. Das hätte ich gern gesehen. Lori hat gesagt, dass man im ganzen Lokal jedes Wort hören konnte.«

»Lori wer?«

»Lori, Ruthers Schwester. ›Lori wer?‹ Das darf doch nicht wahr sein!«

»Welchen Streit?«, fragte Mom.

»Mary und Amy sind sich im Lake-Crest-Café in die Haare geraten und haben sich's richtig gegeben.«

»Quatsch.«

»Worüber habt ihr Mädchen denn gestritten?«, fragte Mom.

»Es war wirklich nicht so, dass ich die Knarre rausgeholt und sie über den Haufen geballert hätte«, fügte ich hinzu und ließ mich in einen Lehnstuhl neben dem Bett plumpsen.

»Ich finde das gar nicht lustig«; sagte Stacy zu mir. »Willst du, dass mir die Milch sauer wird?«

»Was?«

»Wenn du mich ärgerst, kann mir die Milch sauer werden, und das könnte dem Baby schaden.«

»Vielleicht sollte ich gehen«, schlug ich vor.

»Sei nicht dumm!«, sagte Mom zu Stacy. »Wer hat dir denn das erzählt?«

Stacy legte den Kopf nachdenklich zur Seite. »Klingt doch logisch, oder?«

»Für mich nicht. Und jetzt hört auf, beide!« Es gab eine kurze Pause, in der wir uns neu formierten.

»Wie geht es dir denn?«, fragte ich höflich.

»Gut.«

»Ist es schön, wieder zu Hause zu sein?«

»Ja.«

»Schön.«

Stacy machte ein Friedensangebot. »Und wie war's gestern?« Mom warf ihr einen warnenden Blick zu.

»Gut«, antwortete ich.

Mom entfernte eine Fussel von der Decke Stacys am Fuß des Bettes und sah mich von der Seite her an. »Du hast also einen Anrufbeantworter«, sagte sie.

»Ja.«

»Und warum hast du jetzt endlich doch klein beigegeben?«

»Weil ich mir so aussuchen kann, mit wem ich spreche.« Was nur die halbe Wahrheit war, und zwar die negative.

»Und warum musst du das?«, wollte Mom wissen.

»Ich muss nicht, ich will.«

»Sie will nicht mit Amy reden«, unterbrach Stacy.

»Wie geht's dem Baby?«, fragte ich, um von dem Thema wegzukommen.

»Ruther bringt ihn mir gleich, dass ich ihn stillen kann«, sagte sie und strahlte. Da kam er schon mit einem sehr kleinen Ding in den Händen. Stacy zog eine Brust heraus, als ob sie das schon ihr ganzes Leben lang getan hätte. Und, zack, schnappte der Scheißbalg zu.

»Au!«, sagte Stacy. »Pass doch auf!« Sie sah zu Mom auf und lächelte wie eine Madonna. »Ist er nicht großartig?«

»Ich leg mich ein wenig hin. Auf die Couch«, murmelte Ruther. Er sah wie eine Leiche aus. Schließlich legten Mom und Stacy so richtig los: übers Stillen, Windelwechseln, Rülpsen und Scheißen. Ich setzte eine freundlich-aufmerksame Miene auf, aber meine Gedanken sprangen willkürlich dahin und dorthin. Frank schlief noch immer friedlich, wie mir zuvor eine nette Stimme am Telefon versichert hatte. Ich würde versuchen, vor dem Spiel am Nachmittag rüberzufahren. Morgen wollte ich bei ihm bleiben, bis die Operation vorbei war. Würden irgendwelche Nachrichten auf dem Anrufbeantworter sein, wenn ich nach Hause kam? Ich hatte am Donnerstagabend vor dem Spiel nicht gut gedehnt und meine Schulter tat mir noch von der Nummer gestern Abend im Schuppen weh. Nur nicht an letzte Nacht denken. Eine Fliege kroch in Schleifen über das Fensterbrett. Niemand hatte die Schnitte im Gesicht angesprochen, wahrscheinlich –

»Möchtest du ihn halten?«

Mom und Stacy sahen mich beide erwartungsvoll an. Der Scheißbalg ballte protestierend eine Hand zur Faust.

»Nein.«

»Mensch«, sagte Stacy und ließ sich auf das Kissen zurückfallen.

»Komm schon, Mary«, sagte Mom sanft, aber nachdrücklich. »Es wird dich nicht umbringen.«

Sie parkte das sich windende, frisch gestillte Häufchen auf meinem Schoß und erinnerte mich daran, seinen Kopf gerade zu halten. Ich stützte ihn mit der Ellbogenbeuge ab und wartete darauf, dass er losbrüllte. Der Scheißbalg starrte meinen Kopf an, als ob eine Herde winziger Giraffen in meinen Haaren grasen würde. Seine Augen erinnerten mich an Benzinflecken an der Oberfläche eines Teichs. »Was ist denn mit seinen Augen los?«, fragte ich.

»Was?« Stacy war alarmiert.

»Die haben so einen metallischen Film.«

»Das haben alle Babys, wenn sie ganz klein sind«, beruhigte mich Mom. Stacy warf mir einen finsteren Blick zu. Ich behielt den Rest meiner Beobachtungen für mich. Die angelhakenförmige Narbe von der Geburtszange war schon kaum mehr auszunehmen. Und von den Schuppen auf seiner Stirn war nur mehr da und dort ein Blättchen zu sehen. Er war nicht halb so hässlich wie noch vor fünf Tagen. Das Ding auf meinem Schoß war noch nicht mal eine Woche alt.

»Hallo«, sagte ich schneidig. Er krümmte sich. Sein Gesicht lief dunkelrot an. »Er erstickt«, sagte ich und beugte mich schnell vor.

»Nein, er scheißt gerade«, klärte mich Stacy frohgemut auf. »Da strengt er sich sehr an.«

Er gab einen Laut von sich. Er sagte: »Ahfn aahng.« Und die ganze Zeit über ließ er seinen Blick über die winzigen Giraffen schweifen, die sich auf meinem Kopf herumtrieben. Dann knallte er sich eine.

»Er mag dich«, sagte Mom. Ich runzelte die Stirn.

»Soll ich ihn nehmen?«, fragte Stacy.

»Nein«, antwortete ich. »Ist schon gut.«

Sie und Mom hatten mich nicht aus den Augen gelassen. Stacy holte tief Luft. »Na, da bin ich aber froh, dass du ihn magst«, sagte sie schnell. »Ruther und ich würden dich nämlich gern als Patin haben.«

Mir blieb der Mund offen stehen, weit, Mom noch weiter. Mir fielen gleichzeitig zwanzig Sachen ein, die damit verbunden sein würden, während ich Stacey da in ihrem Bett anstarrte. Das Problem meiner zurzeit instabilen Geistesverfassung, die Tatsache, dass ich geschieden war und als halbe Einsiedlerin lebte, meine hartnäckige Weigerung, wegen ihrer Schwangerschaft in Ohnmacht zu fallen, und natürlich das bittere Gespräch, das wir vor ein paar Tagen abends im Krankenhaus geführt hatten – Tausende Fehler, große und kleine, die, wie ich annahm, in den Augen Stacys und Ruthers unwiderruflich den Stab über mich gebrochen hatten, waren mit einem unvorhergesehenen Schlag wie weggefegt. Der Kleine war auf mir eingeschlafen.

»Was heißt das?«, fragte ich.

»Ich würde sagen, entscheidend ist, dass du ihn nimmst, wenn Ruther und ich beide sterben sollten.« Ich riss die Augen auf. Ich konnte weder blinzeln noch schlucken. »Aber hauptsächlich brauchst du nur einen guten Einfluss auf ihn auszuüben, weißt du.«

Mom unterbrach uns: »Der Tradition gemäß ist die Taufpatin die Person, die das Kind geistig führt.«

Geistig führt? Stacy guckte mich nervös an. Ich guckte das Baby nervös an. Das Baby furzte. Es klang feucht.

»Könntest du bitte etwas sagen?«, meinte Stacy schließlich. »Es ist eine ernste Angelegenheit, irgendwie.«

»Ja.«

»Du wirst bei der Taufe mit uns aufstehen müssen«, fügte sie hinzu, als ob sie Angst hätte, dass ich meinen Entschluss ändern könnte.

»Ja.«

Mom erkundigte sich nach Einzelheiten des Taufgewandes und ich war bald vergessen. Ich sah den Scheißbalg an, meinen Patensohn mit der angelhakenförmigen Narbe. Wir könnten Softball spielen. Wir könnten Laub rechen. Ich könnte ihm meine National-Geographic-Hefte zeigen. Wir könnten im Wald bei meinem Haus spazieren gehen. Ich könnte ihm Auto fahren beibringen; schließlich war das ja mein Beruf. Und nähen, ob das Stacy nun passte oder nicht, damit er sich die Löcher in seinen Socken stopfen konnte. Ich könnte ihm ein paar Trommeln kaufen und seine Eltern in den Wahnsinn treiben. Der Scheißbalg krümmte sich und wandte sein Gesicht meinem Oberkörper zu, so beeindruckt war er von meinen Plänen. Er war winzig, unkoordiniert, nicht imstande, etwas allein zu tun außer zu scheißen. Die Welt würde ihm auf hundert verschiedene Arten übel mitspielen, bevor er nur in den Kindergarten kam. Als Erstes würde ich ihm beibringen, sich nicht selbst eine ins Gesicht zu knallen.

Mrs. Baumann kam, um den Tag über bei Stacy zu bleiben. Mom und ich fuhren nach Riverton zurück, um im Souterrain der First Presbyterian Church Sharon zu treffen. Der Flohmarkt hatte schon vor einer Stunde begonnen. An diesem Wochenende gab es in Riverton ungefähr zehntausend Flohmärkte, aber der Flohmarkt der First Presbyterian Church war für alle die Krönung des Festes. Mom ging schnurstracks auf die Babysachen los.

»Es ist lächerlich, viel Geld für etwas auszugeben, was er nur einmal tragen wird«, sagte sie und wühlte sich neben einem

Dutzend anderen Frauen durch Berge von winzigen T-Shirts. Sharon hatte schon einen Arm voll mit bedruckten Baumwollleintüchern ergattert, aus denen sie Sommerröcke und Blusen schneidern wollte. Sie deutete mir. Sie war glücklich, mich zu sehen. Gestern Abend war die ganze Stadt oben im Bierzelt gewesen und ich war ganz durcheinander allein zu Hause gesessen; gerade war ich Taufpatin geworden. Im Augenblick schwebte ich zwischen zwei Extremen und versuchte mich zu erfangen.

»Ich hab schon zwei Taschen zum Wagen gebracht«, sagte Sharon. »Wie geht's Stacy?«

»Gut. Ruthers Mutter bleibt heute den ganzen Tag bei ihr.«

Wir schlenderten zu den Schuhen hinüber. Sharon schlüpfte aus einer Sandale und steckte sie in die Stoffe, die sie über dem Arm trug. »Ich hab im Lake Crest Waffeln gegessen. Ich war schon da, als sie um zehn aufgesperrt haben.« Sie steckte ihre Zehen in einen Halbschuh, überlegte es sich aber anders. »Hast du schon was gefunden?«, fragte sie.

»Nein.«

»Willst du dir überhaupt was kaufen?«

Ich seufzte und hörte mich dabei wie Mom an. »Ja.«

Sharon hörte zu stöbern auf und sah mich zum ersten Mal an. »Mom hat's mir erzählt.«

»Dir was erzählt?«

»Na über gestern«, sagte sie. »War es echt so schlimm?«

Ich antwortete nicht. Ich sah ein Paar rote Stoffslipper. Nahm einen, um nach der Größe zu sehen. Zu klein.

»Es tut mir Leid, dass ich nicht dabei war«, sagte sie. »Ich wäre gern da gewesen.«

»Warum?«

»Nur weil … ich weiß nicht. Bin stolz auf dich.«

Ich ging innerlich ein. »Mach keine Geschichte draus!«, sagte ich. »Außerdem ist es noch nicht vorbei.«

Sie lachte und nahm ein Paar gelbbraune Pumps. »Du bist ein echtes Arschloch«, sagte sie, als ob es eine Bemerkung über den Preis der Schuhe wäre.

Ich hätte gern gewusst, ob sie gestern Abend John im Bierzelt gesehen hatte. Ich hätte mir aber eher die Zunge abgebissen, als seinen Namen auszusprechen.

»Warst du gestern im Bierzelt?«, fragte ich und schlenderte weiter, um mir ein paar Toaster und Eiswürfelbehälter anzusehen.

»Gut, dass du nicht da warst«, sagte sie hinter mir. Mein Bauch verkrampfte und verknotete sich und rutschte mir zwischen die Beckenknochen. Er war mit seiner Freundin da. Scheiße, seine Freundin war ja ich. Vermutlich war er mit Doreen da. Ich schloss vor Leid und Schmach die Augen. Dann sagte ich schnippisch: »Ach so? Warum denn?«

»Sharon, soll ich dir die weglegen?« Es war Mrs. Brickham. Sie hatte einen mit orangen und blauen Schmetterlingen bestickten Strohhut auf und eine krasse Schürze umgebunden. Es war die Uniform aller Frauen der First Presbyterian Church, die den Flohmarkt betreuten.

»Mom hat vielleicht schon ein paar Sachen beisammen«, sagte Sharon zu ihr und reichte ihr den Stoß Leintücher, aus dem sie ihre Sandale hervorzog.

»Wie geht's euch Mädchen denn?«, fragte Mrs. Brickham. Sie lächelte und strahlte uns mit ihren schwarzen Augen an, die wie die Knopfaugen meiner alten Stoffpuppe funkelten.

»Super. Uns geht's super«, sagte eine von uns.

»Da drüben ist Bob«, sagte sie. »Vergesst nicht, ihm hallo zu sagen.« Mr. Brickham werkte mit einem halben Dutzend anderer Männer der Kirche im Küchenbereich. Er servierte Kaffee mit hausgemachten Muffins für einen Dollar die Portion. Die Vorstellung, dass er mir mit der Hand, an der drei Finger fehlten, ein mit Heidelbeermarmelade gefülltes Muffin über den Tisch reichte, machte mich auf einmal so traurig, dass ich mich am liebsten hinter einen Tisch gelegt und geweint hätte.

Sharon und ich waren ausgerechnet an einem Tisch mit Glassachen gelandet. Ich versuchte nichts anzufassen, als ich mir überlegte, wie ich das Gespräch wieder auf gestern Abend bringen könnte. Doch mein Zeigefinger streichelte den kannelierten Rand einer Keksschale und ich konnte mich kaum konzentrieren.

»Willst du sie kaufen?«, fragte Sharon unsicher.

Schnell zog ich meine Hand zurück. Zum Teufel damit! Zum Teufel mit ihm! Ich würde sie nicht fragen. Ich würde mich nach dem Spiel aus dem Staub machen, sobald wir den Pokal überreicht bekommen hatten. Mir nicht das Herrenturnier ansehen, nicht nach dem Spiel ins Bierzelt gucken, nicht tanzen, nicht auf das Feuerwerk um zehn warten, nicht an den üblichen Labor-Day-Festlichkeiten teilnehmen. Ich würde den Abend mit Stacy und dem Baby verbringen. Ruthers Mutter würde da sein. Na ja, ich konnte doch mal kurz reinsehen und mein Patenkind begrüßen. Im Anschluss daran könnte ich mit Mom fernsehen. Ich wollte aber nicht in ihrer Nähe sein. Vielleicht könnte ich ja Carl und Amy … »Warum ist es gut, dass ich gestern Abend nicht da war?«

Sharon dachte eine Minute lang darüber nach, als ob ich ein Thema aufwärmen wollte, das schon seit Stunden gegessen war. »Ah. Weil Amy keinen Punkt fand, dass sie sich solche Sorgen um dich macht. Ich hätte ihr am liebsten eine geklebt.«

Gab es etwas, wofür ich mich mehr verachten würde als für das, was ich jetzt gleich tun würde? Meine Hand lag auf einem gläsernen Salzstreuer, ich konnte nicht anders … »War John da?«

»Dein Freund?«, fragte sie.

»Ja«, sagte ich vor Wut kochend.

»Hab ihn nicht gesehen.«

Hieß das, dass sie ihn nicht gesehen hatte, weil sie sich nicht die Mühe gemacht hatte festzustellen, ob er da war, oder dass sie ihn nicht gesehen hatte, weil er garantiert nicht da war und sie ihn gesehen hätte, wenn er da gewesen wäre? Ich wollte sie packen und durchschütteln, bis ihre Rippen zu klappern begannen.

»Übrigens können wir den Kleinen nicht mehr Scheißbalg nennen«, sagte ich.

»Und warum das?«

»Weil er mein Patenkind ist.«

Sharon schwieg und musterte ein paar halbe Sandkerzen. Vielleicht hatte sie damit gerechnet, selbst Taufpatin zu sein. Unser Verhältnis war kompliziert geworden.

Ich sagte: »Stacy meint, dass ich euch beide praktisch aufgezogen habe.« Sharon sah mich verwundert an. Ich sprach weiter, ohne zu wissen, woher die Worte kamen. »Stimmt das?«

Bevor mir Sharon antworten konnte, stürzte sich eine Frau mit einem Berg von Kleidern auf dem Arm auf mich. Es war Nancy LaFarge, die Shortstopperin von Dudley Hardware. Sie hatte ein kleines Mädchen um ein Bein gewickelt. »Hab davon gehört, Mary«, sagte sie zu mir.

»Was gehört?«, fragte ich. Ich konnte es mir aussuchen. Was für eine Zeit!

»Was du gestern gesagt hast«, antwortete Nancy. »Du weißt ja, wir sind praktisch Nachbarn.«

»Oh.« Ich kannte das Haus: den riesigen Holzschmetterling über der Garage, den Plastiktopf mit den Petunien in der Einfahrt. Die Kleine schaukelte am Bein ihrer Mutter hin und her und musterte mich mit offenem Mund, wie das Kinder so tun.

»Ich war überrascht, muss ich sagen«, meinte Nancy. Sie unterbrach sich und guckte unschlüssig. Dann seufzte sie und lächelte mich verwirrt, aber freundlich an. »Ich mein, vielleicht hast du zu viele Talkshows gesehen.«

»Warum sagst du das?«, fragte ich sie, während Sharon neben mir die Halsmuskeln gefährlich anschwollen.

»Patty mochte die Kleine«, sagte Nancy schlicht, als ob Liebe alles überwinden könnte. Ich sah zu Nancys Tochter hinunter, die jetzt hinter dem Knie ihrer Mutter in der Nase bohrte.

»Ich seh nicht viel fern«, sagte ich. Eine blöde Antwort. Dann sagte Sharon etwas. Dann tauchte Mom auf. Dann sagte jemand anderer etwas, und ich ging zwischen Mom und Sharon weg.

»Scher dich nicht drum!«, sagte Mom ganz ruhig. »Die Hexe soll sich um ihre Sachen kümmern.« Aber Nancy war keine Hexe. Wenn sie ehrlich glaubte, dass einen Liebe vor den Eltern beschützte, war sie nicht böse, sondern bloß dumm.

»Ich hab Hunger«, sagte ich, als Mom und Sharon die Kleider bezahlten.

»Wir wollen noch sehen, was es bei den Straßenständen so alles gibt«, sagte Mom. »Da kannst du was essen.«

Auf den Gehsteigen herrschte ein Riesengedränge. Die Leute schlichen nur so dahin. Jeder Laden in Riverton hatte draußen einen Tisch mit Sonderangeboten aufgestellt. Mom blieb vor dem House of Style stehen, wo sich gerade Mrs. Richardson direkt auf dem Gehsteig umsonst schönmachen ließ. Ich winkte ihr zu und ging weiter. Da ihr gerade die Lippen nachgezogen wurden, konnte sie mir nicht nachrufen.

»Sag Mom, ich bin in der Kneipe von Marion!«, bat ich Sharon und schob mich aus der Menge auf die Straße. Ich musste einen ziemlichen Umweg machen, um nicht am Anglerladen vorbeizukommen. Carl stand sicher draußen und verkaufte Köder und warme Socken. Er war zwar nicht der letzte Mensch, mit dem ich heute sprechen wollte, gehörte aber garantiert zu den letzten zweien. Scharfe Sonnenstrahlen ließen die Motorhauben der langsam vorbeirollenden Autos aufgleißen. Die Hitze hüllte meinen Kopf in ein Kissen. Ein paar Mitglieder des Orchesters der Riverton High School spielten auf einem Podium auf der anderen Seite der Straße Dixieland-Nummern. Blue Light Sunoco hatte eine Heliumflasche aufgestellt und verschenkte inmitten des aufgedrehten Kreischens und Lachens der Burschen an den Zapfsäulen Ballons. Wo ich auch hinsah, spielten und schrien schutzlose Kinder.

Als ich ins Marion's schlüpfte, machte es gong in meinem Kopf. Von dem kühlen Neonlicht der schweigenden Jukebox abgesehen, war es stockfinster im Lokal. Als sich meine Augen an das Dunkel gewöhnten, konnte ich allmählich die Umrisse von Marion auf einem Barhocker ausnehmen. Nur hinten saßen ein paar Leute, sonst glich das Lokal einer Gruft.

»Du siehst schrecklich aus«, sagte Marion.

»Ein Alptraum da draußen«, antwortete ich.

»Am liebsten würde ich die ganze Straße mit einem Feuerwehrschlauch leer spülen.« Sie hatte eine Zeitung aufgeschlagen und blätterte um, als ich auf dem Hocker neben ihr Platz nahm. Nicht schnell genug, die Schlagzeile sah ich noch. »Es ist jedes Jahr dasselbe.« Sie stand auf. »Was darf's denn heute sein?«

»Mach mir ein Sandwich mit Speck und Grünzeug.« Ich sah auf die Uhr über der Tür. Zehn nach zwölf. »Und gib mir ein Bier.«

Sie zapfte mir ein Stroh und verschwand in der Küche. Das Dröhnen in meinem Kopf wurde beim ersten Schluck gleich doppelt so laut, beruhigte sich dann aber. Ich versuchte die Zeitung zu ignorieren, obwohl sie mich richtiggehend anschien. Die Dixieland-Musik war leise und weit weg. Ich schwebte allein durch das All und hatte nichts, woran ich mich hätte festhalten können. Es war ganz still, rund um mich nur endloser offener Raum, gar nicht so übel. Ich drehte die Zeitung um: BUSFAHRERIN SPRICHT JETZT VON KINDESMISSHANDLUNG. Ich trieb weiter durch die unendliche Nacht, in der es nichts gab, keine Folgen, keine Schwerkraft, keinen Luftdruck, nur schwereloses Schweben.

»Mary?«

»Hm?«

Marion stand in der Küchentür. »Alles okay?«

»Ja.«

»Weißes oder dunkles Brot?«

»Weißes.«

Marion verschwand wieder in der Küche. Nach einem kurzen Bericht über die anders lautenden Aussagen des Vortags brachte der Artikel eine Stellungnahme der Schwester von Patricia Colby, die von Hysterie und Sensationsgeilheit »einer Zeugin« sprach, Jen als völlig normales Kind bezeichnete und ihren Tod einen schrecklichen Unfall nannte. Mad Dog Mahoney hatte mir verboten, mit der Presse zu sprechen. Als ob das notwendig gewesen wäre. Ich schlug die Zeitung zu und schob sie weg.

Jemand hatte was in die Jukebox gesteckt, und David Bowie begann ein Lied über einen Astronauten zu singen, der nicht mehr aus dem Weltraum zurückkehrte. In dem Sommer, in dem ich elf wurde, rief mich Dad zu sich in die Garage. Er baute gerade den Motor des Aufsitzrasenmähers wieder zusammen, den er bei Montgomery Ward gekauft hatte. Er sagte Monkey Ward.

»Hör dir das an!«, sagte Dad. »Hör dir den Song an!« Ich hatte das Lied schon oft gehört, spitzte aber die Ohren: das Gespräch zwischen der Bodenkontrolle und Major Tom, die Stimme David Bowies im All, die elektrische Kälte der Gitarre.

»Glaubst du, dass das ein Unfall war?«, fragte Dad. »Ein Fehler?« Ich zuckte mit den Schultern. Ich hatte nicht darüber nachgedacht. »Oder hat er einfach das Verbindungskabel gekappt und sich wegtreiben lassen?«

»Weiß nicht.«

Dad hörte auf, die Schraube festzuziehen, an der er gerade werkte, und starrte mich einen Augenblick lang an. »Ein super Lied«, sagte er. »Ein super Lied.«

Ich nahm einen großen Schluck Bier und legte meine Hand flach auf die kühle Oberfläche des Tresens. An den Rest des Gesprächs erinnerte ich mich nicht mehr. Ich wusste nur noch, dass ihm eine halbe Stunde später der Schraubenschlüssel aus der Hand gerutscht war und er sich den Finger bis zum Knochen aufgerissen hatte. An den meisten dieser wieder zusammengebauten Motoren klebte irgendwo sein Blut. Wenn Mom heute einen neuen Schlauch für die Waschmaschine brauchte oder mit der Heizung was nicht stimmte, rief sie Harold Tucker. Mir war aufgefallen, dass er meist länger herumfuhrwerkte als notwendig. Sollte Mom nicht mitbekommen, dass er etwas in zwanzig Minuten schaffte, was Stu Culpepper mindestens zwei Stunden gekostet hätte?

Als ich so im Marion's saß und der Song über meinen Kopf schwebte, war es mir auf einmal sonnenklar: Er hatte das Kabel gekappt und sich wegtreiben lassen. Das Bier nahm dem Tag die Ecken. Vielleicht würde ich auf dem Hocker sitzen bleiben, bis es an der Zeit war, sich zum Sportplatz aufzumachen. Mir war heute nicht nach Abverkauf und Tombola und Familienunterhaltung. Wie Amy unlängst gesagt hatte: ab nach Hause und was trinken.

»He«, sagte jemand zu meiner Linken, und schon schob sich Carl auf den Hocker neben mir. Der Gedanke an Amy hatte ihn wie einen Fluch hergezaubert.

»Ich hab dich nicht reinkommen hören«, sagte ich in mein leeres Glas.

»Deine Mom hat gemeint, dass du hier bist.«

Mom hatte die Hoffnung nie aufgegeben, dass Carl und ich eines Tages wieder zusammenfinden würden. Amy war für sie nur eine kurze ärgerliche Störung unserer Ehe.

»Und hier bin ich«, sagte ich.

»Du siehst müde aus.«

Ich antwortete nicht darauf. Als Marion aus der Küche kam, riss es sie, als sie Carl sah. Man merkte es kaum, aber nun wusste ich, dass sie irgendeine Version meines Streits mit Amy erzählt bekommen hatte. Sie schob mein Sandwich über die Theke und fragte Carl, was er wollte. Er bestellte einen doppelten Jack Daniel's und ein Budweiser dazu. Ich zog innerlich die Augenbrauen hoch. Äußerlich glich ich einer Statue aus Stein.

»Läuft das Geschäft?«, erkundigte sich Marion, als sie ihm einschenkte.

»Seit sieben werden wohl über hundert Leute im Laden gewesen sein.«

»Die Schweine machen dich fertig, was?« Sie gab mir, ohne mich zu fragen, noch ein Bier. Sie war die Beste!

»Wie geht's dir?«, fragte er sie und ließ seinen Blick durch das leere Lokal wandern.

»Mir geht's prima. Ich halt mir die Massen vom Leib«, sagte sie. Dann nahm sie die Zeitung und ein Päckchen Marlboro und setzte sich in diskreter Entfernung an einen Tisch.

Ich schwieg und ließ Carl Mut sammeln, um mir zu sagen, was er mir sagen wollte. Die meiste Zeit tat ich so, als ob er gar nicht da wäre, und verspeiste mein Sandwich. Marion hatte bei der Mayonnaise nicht gespart – sie wusste, was den Leuten schmeckte.

»Viel Glück für heut Nachmittag!«, sagte er.

»Danke«, antwortete ich, den Mund voll Speck. »Dir auch!« Ich guckte in den Spiegel hinter den Getränken. Carl wetzte hin und her und goss sich dann den Jack Daniel's hinter die Binde. Dann griff er nach seinem Budweiser und stieß es um. Das Bier rann an meinem Teller vorbei und schäumte mir in den Schoß, als ich aufsprang.

»Mensch, Carl!« Ich griff nach meiner Serviette und versuchte den Strom zu stoppen. Er langte über die Theke, nahm einen Stoß Papierservietten und verteilte sie, um damit das Bier aufzusaugen. »Was ist denn mit dir los, verflucht?«

Ich war völlig durchnässt. Meine Hose würde den Rest des Nachmittags klamm sein. Der Idiot hatte mir meine nette ruhige Mahlzeit vermasselt. Zu dritt wischten wir das Schlimmste auf, Marion mit einem Mopp, Carl und ich mit Geschirrtüchern. Marion kehrte an ihren Tisch zurück, nachdem sie jedem von uns noch ein Bier gegeben hatte. Das Natürlichste, Normalste wäre jetzt gewesen, wenn ich mich nach Amy erkundigt hätte. Ich aß mein Sandwich auf und sagte kein Wort. Von mir aus konnte er dasitzen, bis er verwest war, bevor ich das Thema anschnitt. Das Sandwich war alle und ich hatte bereits eine halbe Zigarette geraucht, als er das Handtuch warf.

»Amy fragt sich, warum du sie nicht zurückrufst«, sagte er. »Sie meint, dass du verärgert bist.« Ich sagte nichts und beäugte die winzigen Schnitte an meiner Hand. »Was ist denn los?«, fragte er schließlich.

Ich drehte mich zu ihm um und stellte mich schon auf die übliche Unverbindlichkeit, die höfliche, nette Leere in seinem Gesicht ein, die alles war, was von dem Carl, den ich einmal gekannt hatte, übrig geblieben war. Aber wie er so mit hängendem und mir zugewandtem Kopf da lümmelte und darauf wartete, was ich sagen würde, sah ich den alten Carl von früher, einen Carl aus einer längst vergangenen Zeit, in der wir noch nicht verheiratet gewesen waren, einen Carl, den ich vergessen gehabt hatte. Ich drehte mich weg und trank das Bier aus. Ich würde aufstehen und rausgehen, bevor ich ihn sehen ließ, wie sehr er mir fehlte. Diesmal schwieg er lange. Er wartete auf meine Antwort. Ich öffnete den Mund, kappte das Kabel und ließ mich wegtreiben.

»Schließlich hab ich's begriffen«, sagte ich. »Ich kann das nicht verzeihen.«

Wir schwankten. Es war ein prekäres Gleichgewicht, das es ihm noch erlaubte, so zu tun, als ob er nicht wüsste, wovon ich sprach. Ich wünschte mir, er würde es versuchen, würde sich als der Feigling erweisen, von dem ich mich verabschiedet hatte. Er holte Luft, um sich zu stärken, und sagte dann: »Warum hast du mich nicht daran gehindert?«

»Ich hatte nicht das Gefühl, das zu können.«

»Scheiße!«, sagte er und schob sein Bier weg. »Du wolltest nicht kämpfen, wolltest nicht wissen, ob du's kannst oder nicht.«

»Es sollte nicht sein, dass man um seinen Mann kämpfen muss.« Es klang wie ein unangenehmes Echo von Mom. »Außerdem war es damals ohnehin zu spät.«

»Dafür hast du gesorgt.«

»Wie denn, Carl?« Ich schlug mit der flachen Hand auf die Theke. Marion blieb in die Zeitung vertieft. »Erklär mir jetzt auch noch, dass alles meine Schuld war!«

»Du hast beim ersten Anzeichen von Schwierigkeiten die Augen zugemacht«, antwortete er.

Ich drehte mich um, als ob ich ihm eine reinhauen wollte. »So hast du dir das also hingebogen? Dass mir nichts dran lag?«

»Dir liegt an niemandem was –«

»Scheiße!«

»– solange du dich schützen kannst.«

Die Luft surrte wie nach einem Schusswechsel. Eine offene Ansage nach der anderen. Ich musste blinzeln. Da ging die Tür auf und Sharon kam rein, im Schlepptau Mom und eine generalüberholte Mrs. Richardson. Sharon ging demonstrativ an uns vorbei, nickte mir kaum merklich zu und setzte sich an einen Tisch hinter der Jukebox. Sie versäumte keine Gelegenheit, Carl zu zeigen, dass sie ihn für einen Verräter, einen Dreckskerl und ein Arschloch hielt. Carls Schwiegermütter pflanzten sich links und rechts neben ihm auf.

»Hallo, Junge«, sagte Mrs. Richardson und legte ihm eine Hand auf die Schulter.

»Hast sie also gefunden«, sagte Mom, um Amys Mutter wissen zu lassen, dass Carl mich gesucht hatte.

»Hab ich«, grinste Carl. »Hat sich hier bei einem Bier verkrochen.«

»So ist sie, unsere Mary«, sagte Mom, und alle kicherten eine Runde. Ich schloss die Augen und berührte den kleinen Schnitt an meiner Stirn.

»Mary, ich wollte dir nur sagen, dass ich alles weiß, was du gestern getan hast«, begann Mrs. Richardson. »Und ich sag dir was: Die Frau gehört eingesperrt, lebenslänglich. Ich hab Howard in der Bäckerei drüben gesagt, dass du was gesehen hast, wenn du sagst, du hast was gesehen. Und wenn das heißt, dass andere Leute nicht die Wahrheit gesagt haben, dann haben sie nicht die Wahrheit gesagt.«

»Genau das hab ich heute Morgen Jeanine Brickham gesagt«, bemerkte Mom leise, als ob das Thema etwas Anrüchiges hätte. Ich schob mich von meinem Hocker und überließ es Carl, mit den beiden fertig zu werden. Wenn er verlegen war, da so zwischen meiner Mom und Amys Mutter eingekeilt, ansehen ließ er es sich nicht. Ich ging hinter die Theke und zapfte mir ein Bier. Marion nahm die Bestellung der beiden Paare entgegen, die sich gerade zum Lunch vorn an einen Tisch gesetzt hatten.

»He Mary, bring mir ein Miller Light«, rief mir Sharon unbekümmert über die Schulter zu.

Ich stellte mein Halbliterglas ab. Carl und Mrs. Richardson unterhielten sich über die Kätzchen von Sasha. Sharon war mit der Jukebox beschäftigt. Mom beobachtete mich. Sie hatte mich den ganzen Morgen über beobachtet.

Das Gefühl, von John im Stich gelassen worden zu sein, traf mich wie ein Faustschlag in die Magengrube. Was blieb mir? Umgeben von all den Menschen, die mich liebten, würde ich jetzt das langsame Gift meines Grams schlürfen und mich dann und wann mit einem verheirateten Mann ablenken, damit ich meiner Einsamkeit und den vielen Jahren, die noch vor mir lagen, nicht ins Auge sehen musste. Und nebenbei ein wenig rauer Sex, um Dampf abzulassen, damit ich nicht … was? Damit ich nicht was?

Ich sah mein Badezimmer vor mir. Wasser lief in die Wanne, ganz wenig, es war kaum mehr als ein Tröpfeln. Der Duschvorhang war zugezogen. Frank saß auf der Klobrille und miaute hungrig. Eine Rasierklinge lag auf dem Fensterbrett über meinem Kopf. Rote Rinnsale liefen längsseits die Beine und die Arme entlang. Die Brüste waren schlaff, ergeben. Wo mir das Wasser aus dem Hahn auf den Fuß tropfte, war ein sauberer Fleck. Und mein Blick, der trostlose Blick hinter dem losen Fleisch, dem geronnenen und dem noch tropfenden Blut: Ich hatte Frieden und Ruhe erwartet, aber mir stand die blanke Enttäuschung ins Gesicht geschrieben. Eine Augenbraue hatte ich nach unten gezogen, als ob ich es nicht wahrhaben wollte, nicht wahrhaben wollte, dass es so war.

»Bringst du mir jetzt das Bier, Mary?«, sagte Sharon, die noch immer bei der Jukebox saß.

Ich kam hinter der Theke hervor. Ich verließ das Lokal und tauchte in den weißen Dunst des Labor-Day-Wahnsinns ein. Hitze und Lärm umfingen mich und löschten auf geheimnisvolle Weise die Menschen aus, die ich in der Kneipe zurückgelassen hatte. Autos schlichen vorbei. Die Münder der Leute verzogen sich in übertriebenem Tratschen, Scherzen und Lachen. Der Gehsteig wogte mir entgegen, als ich die Main Street zur Kirche hinunterging. Ich stieg in den Mercury und fuhr davon.

18

Ich dachte an nichts, fuhr einfach dahin. Ich hatte meine Karte von der Bank, meine Kreditkarte und ein Päckchen Zigaretten dabei. Es gab auf der ganzen Welt keinen Grund, stehen zu bleiben. Ich musste nirgendwo sein, musste nirgendwohin und war trotzdem unterwegs. Die Straße war verstopft, mit Wohnwagen und Autos mit Booten und Jetski hintendran und Fahrrädern obendrauf, die sich auf dem Kopf stehend im Fahrtwind drehten. Jeder war irgendwohin unterwegs, wie ich auch. Ich drückte den silbernen Knopf am Armaturenbrett, um das Heckfenster zu öffnen. Heiße Luft strömte herein. Ich ließ das Radio abgedreht, die Verkehrsgeräusche sollten mir Gesellschaft leisten. Ich fuhr nach Süden, wo niemand mich kannte. Wenn ich Hunger bekam, würde ich bei einem Cracker Barrel oder einem Denny's Halt machen. Da gab es kein Lake-Crest-Café, wo jeder meinen Namen, mein Gesicht, meine Geschichte kannte. Wo immer ich von jetzt an hinging, würde ich eine Fremde sein. Wenn es sein musste, konnte ich kellnern lernen oder in einer Bibliothek arbeiten, wo ich jede Menge Ruhe haben und für mich allein sein würde. Ich würde ein Zimmer mit einem Kocher und einem dieser Minikühlschränke mieten. Niemand würde vermuten, dass ich aus dem Norden kam. Niemand würde wissen, welche Rolle ich im Colby-Prozess gespielt hatte. Niemand würde auch nur die geringste Ahnung von Amy oder Carl oder meiner Familie haben. Und in Riverton würde nie mehr jemand etwas von mir hören. »Sie ist damals, als der Flohmarkt war, aus dem Marion's raus auf die Straße und man hat sie nie wieder gesehen.«

Ich befand mich jetzt im freien Fall. Nichts über mir, nichts unter mir, nichts, woran ich mich festhalten konnte. Ich dachte an mein Zuhause, das ich nie wiedersehen würde, an Franks leere Schüssel auf dem Küchenboden. Ich würde ihn nachholen, sobald ich mich eingerichtet hatte. Ich sah meinen Quilt schön zusammengelegt auf der Couchlehne, den Toasterüberzug mit den tirilierenden Vögeln und den halben Topf Chili con Carne im Kühlschrank. Die Vorhänge über der Spüle in der Küche bewegten sich in dem Wind, der um diese Tageszeit immer vom See herüberblies. Ein paar Schüsseln und ein Kaffeebecher standen zum Trocknen auf der Arbeitsplatte. Ich würde in dieses heimelige Gefängnis, das ich mir geschaffen hatte, nicht zurückkehren.

Ein Kiesweg. Ich blieb stehen und sah durch die Windschutzscheibe nach draußen. Keine Spur mehr von den Fahrrädern, die früher am Baum gelehnt waren. Kein Auto in der Einfahrt. Auch keine Krokusse mehr hinten in der Wiese. Das Leintuch über dem Fenster war noch da. Die Luft flirrte vor Hitze. Nirgendwo Polizeiautos oder Rettungsfahrzeuge oder Leute in Uniform, die herumliefen. Bloß ein ganz normaler Wohnwagen, wie es viele gab in der Gegend.

Ich wusste, dass niemand da war. Pat Colby hatte die letzten sieben Monate im Bezirksgefängnis verbracht; niemand hatte die Kaution aufbringen können. Die Kinder waren bei ihrem Vater in Manistee. Der Wohnwagen war seit letztem Winter leer gestanden. Ich stellte den Mercury hinten ab, damit man ihn von der Straße her nicht sehen konnte, ging nach vor und stieg die Betonstufen zur Eingangstür hoch. Ich öffnete die Fliegengittertür, klopfte und wartete gegen den Türstock gelehnt. Ich wusste, dass niemand kommen würde. Ich klopfte noch einmal und drehte dann den Türknopf – es war abgesperrt. Ich drückte einen Augenblick lang die Stirn gegen den Rahmen der Fliegengittertür und verließ dann die Veranda. Hinter dem Haus schrie ein Rotkehlchen. Dort stand eine Schaukel mit einer kleinen Rutsche, die mir früher nicht aufgefallen war. Von der Schaukel aus konnte man das Fenster von Jens Zimmer sehen. Ich versuchte die Hintertür. Sie ging auf. Entsetzt trat ich zurück. Dann ging ich in die Küche und rief hallo. Es war nicht mehr kalt, aber noch immer so still, als ob die Räume die ganze Zeit lang den Atem angehalten hätte. Jemand hatte die Küche geputzt. Auf dem avocadogrünen Kühlschrank klebte noch derselbe Fußballplan am selben Platz. Ich trat ins Wohnzimmer, das ich damals nicht wirklich gesehen hatte: Couch und Lehnstuhl im gleichen Karomuster, Fernseher, Videogerät und ein Stapel von Bändern für die Kinder daneben, in der Ecke ein Staubsauger. Ich nahm den gleichen Weg wie damals im letzten Winter. Ich drehte die Lichter im Badezimmer an. Alles blitzblank. Am Rand der Badewanne stand eine Flasche Pocahontas-Schaumbad. Ich sah mich im Spiegel wie einen Geist vorüberhuschen.

Obwohl alle Türen geschlossen waren, wusste ich genau, wo Jens Zimmer war. Zuerst das wie damals ordentlich gemachte Bett der Schwester, dann Jens Bett mit den Spielsachen. Die Schranktür war zu. Ich dachte an den Nächtlichen Besucher und seine tyrannischen Bilder, an die Angst vor dieser Schranktür, die Nacht für Nacht von mir Besitz ergriffen hatte. Ich öffnete sie weit. Es war nichts auf dem Boden. Auch hier hatte jemand sauber gemacht. Selbst jetzt verspürte ich noch den Drang, die Kleine hochzuheben und ins Licht hinauszuziehen. Ich stieg in den Schrank und setzte mich auf den Boden, ließ die Tür einen kleinen Spalt breit offen stehen und lehnte mich gegen die Wand. Näher konnte ich ihr nicht kommen.

Im ganzen Haus war außer meinem ruhigen Atem nichts zu hören. Draußen in der Welt machten sich Menschen gerade für das Turnierfinale fertig und genossen die Sonne und die Ferienstimmung. Ich dachte nicht mehr an Davonlaufen, an ein Leben unter Fremden. Wenn man mich hier fand, würde man mich wieder in die Munson-Klinik bringen, aber ich fühlte mich nicht verrückt.

Kein Zug unerwarteter Erinnerungen, die mich überflutet hätten. Nein. Keine Enthüllungen, keine Überraschungen. Ich sah dieselbe alte Familie, die es immer gegeben hatte, dieselben Personen, die wir immer gewesen waren. Doch jetzt drehte sich mein Leben gleichsam wie ein Ausstellungsstück auf einem Sockel, und ich entdeckte Facetten, die mir bisher entgangen waren. Ich sah die Vergangenheit mit den Augen der Baptistenfrauen, die meiner Mutter und mir die kalte Schulter gezeigt hatten, weil ihnen Geschichten über Dad zu Ohren gekommen waren. Ich sah die Vergangenheit mit den Augen meines Lehrers, der mich mehrmals als *eine introvertierte Schülerin, die sich schwer tut, Freundschaften zu schließen* bezeichnet hatte. Ich sah die Vergangenheit mit den Augen Sharons und Stacys, die Dad kaum gekannt hatten. Sie waren elf und zehn Jahre alt, als er starb, und er war damals kaum zu Hause gewesen. Ich sah die Vergangenheit mit den Augen von Dads Frauen, die sich schämten, wenn ich mit müden roten Augen in meinem Pyjama hinter Mom hertorkelte, die mich am Arm zog und mich anschrie, dass ich genau hinsehen, genau hinsehen und es nie vergessen sollte. Das war überhaupt nicht normal gewesen, überhaupt nicht in Ordnung.

Und auch jetzt war mit unserer Familie nichts in Ordnung: die Sticheleien zwischen Mom und uns Mädchen, das Baby, das ich aus Angst davor, welchen Schaden ich anrichten würde, nicht bekommen konnte, das traurige langsame Ende meiner Ehe und Amys Verrat. Ich hatte mein Leben lang hingesehen, aber mich geweigert, zu sehen, was los war, bis ich schließlich die Augen überhaupt zugemacht hatte und so geblendet gewesen war, dass ich das kleine Mädchen im Bus nicht mehr bemerkt hatte.

Dir liegt an niemandem was, solange du dich schützen kannst.

Ich legte mich auf den Boden des Schranks und bettete den Kopf auf den Arm. Ich sah mir Jens Kleider an, die über mir hingen. Der Kummer in meinem Herzen war stärker als der Wutanfall letzte Nacht. Zorn macht einen unbezwingbar, Leid klein und hilflos. Doch das Unglück hatte mich schließlich eingeholt, ganz still. Ich musste weinen, wie ich so in dem Schrank steckte und nicht wusste, wo ich sonst hinsollte, ohne Unterlass weinen. Ein Tränenregen ging auf mein dürftiges, kaputtes Leben nieder. »Es tut mir Leid«, flüsterte ich wieder und wieder.

Als es draußen dunkel geworden war, setzte ich mich auf. Mir tat alles weh. Es musste schon nach neun sein. Ich massierte meine Schulter und tastete mich dann vorsichtig durch das stille Haus ins Freie. Als ich im Wagen saß, atmete ich tief durch. Ich war zu Hause. Ich spürte etwas Kleines, Zartes in mir aufkeimen. Es gab etwas, das ich jetzt tun musste, einen Menschen, den ich jetzt sehen musste.

Der Asphalt seufzte leise unter den Reifen, als ich Kilometer um Kilometer abspulte. Auf einmal schlich vor mir ein Wohnwagen durch die Dunkelheit. Ich zog nach links, um ihn zu überholen. Die Scheinwerfer des mir entgegenkommenden Wagens blendeten mich. Er donnerte auf mich zu wie ein Wirbelsturm. Es war zu spät, um wieder auf die rechte Fahrbahn zu kommen – da war der Wohnwagen. Ich zog noch weiter nach links, auf das andere Bankett. Whuuusch! Ein Lastwagen brauste vorbei und schimpfte mich mit seiner Hupe aus. Ich hielt an und versuchte mich etwas zu beruhigen, bevor ich weiterfuhr. Ich hielt das Lenkrad umklammert, doch meine Hände zitterten trotzdem. Vielleicht sollte ich schnurstracks nach Hause fahren. Aber ich bog nicht in die Tomford Road ein, um allein eine ruhige Nacht daheim zu verbringen. Ich fuhr auf die 108er auf und durch Riverton zum Rummel.

Die Lichter des Bierzelts glühten unter dem finsteren Himmel. Die Musik schwoll an, als ich aus dem Mercury stieg. Die Fenster zu, die Türen versperrt. Ich hatte ein paar Dollar und meine Schlüssel in der Tasche. Ich war weit draußen im All gewesen, im Dunkeln. Jetzt war ich zur Erde zurückgekehrt und Menschen schlenderten an mir vorüber, warm und lebendig. Ich sah Harold Tucker mit zwei Plastikbechern Bier zu seinem Tisch zurückkehren. Einen gab er Mom. Dann setzte er sich neben sie. Die Art, wie sie den Becher entgegengenommen hatte, beiläufig und ganz ohne Getue, ließ mich Harold und sie in neuem Licht sehen. Zum ersten Mal dämmerte mir, dass sie vielleicht mehr waren als bloß Freunde. Jeder Alkoholiker aus ganz Kassauga hatte schon den Kanal voll. Neben dem Zelt standen wie Türme auf einem Schachbrett mobile Toiletten. Die Band war aus der Gegend von Cadillac.

Sie hatte auch letztes Jahr gespielt. Ich wollte mir ein Bier holen, damit ich was in der Hand hatte und nicht aus der Menge hervorstach. Marion drängte sich durch, auf mich zu, und stellte sich mir in den Weg. »Wo warst du denn, verflucht noch mal?«

»Gib mir eine Zigarette!«

»Du sagst mir jetzt, wo du warst!«, antwortete sie.

»Ich bin abgehauen.«

Was Marion anderen Menschen voraus hatte, war, dass sie wusste, wenn etwas der Wahrheit entsprach.

»Wir haben verloren«, sagte sie emotionslos und überließ es ganz mir, die Schuld dafür auf mich zu nehmen oder nicht. »Ich nehme an, du weißt, dass er nach dir sucht«, fuhr sie fort.

»Wer?«, fragte ich. Mein Hals war trocken.

»Carl.«

»Soll sich zum Teufel scheren!«, sagte ich.

»So ist's recht«, antwortete Marion lächelnd. Sieben Jahre lang hatte Marion darauf gewartet, dass ich Carl mit einer Bierflasche eine donnern würde. »Bei den Herren hat Sizemor gewonnen«, fuhr sie fort. »Dieser gut aussehende Freund von dir hat einen Homerun geschlagen.«

Jetzt lächelte ich. Den Schlag hätte ich gern gesehen. »Wir sehen uns nachher«, sagte ich.

»Pass auf dich auf!« Sie war verschwunden, bevor ich sie noch fragen konnte, was sie damit meinte. Mein Bier war alle, also holte ich mir noch eins. Paare wirbelten über die Tanzfläche. Die Leute ließen es sich gut gehen. Es gab keinen Ort auf der Welt, an dem ich lieber gewesen wäre als hier, wo ich jetzt war. Alles würde gut werden. Einmal in meinem Leben würde ich etwas richtig machen. Mich nicht verstecken, nicht Reißaus nehmen, nicht beim ersten Anzeichen von Schwierigkeiten alles hinschmeißen und klein beigeben. Ab heute Abend –

»Mary«, rief eine mir bekannte Stimme, »wart mal!« Julianna kam über die Tanzfläche her auf mich zu. Sie musste höllisch aufpassen, damit sie mit niemandem zusammenstieß. Sie hatte einen großen Stoffleoparden geschultert, der ihren Fischerhut trug. Der Leopard starrte mich mit glasigen grünen Augen an. Donna war dicht hinter ihr. Julianna hüpfte auf den Zehen, wodurch der Leopard mit dem Kopf nickte. »Guck, was ich gewonnen hab!«

»Dschuliwuli, wie geht's dir denn?« Ich drückte sie und den Leoparden fest an mich.

»Siehst du dir das Feuerwerk an?«

Ich nickte lächelnd. »Warum bist du denn eigentlich so spät noch auf?«

»Ich schlaf heut bei Donna. Das ist Donna«, erinnerte sie mich. »Wir sind mit dem Fahrrad da. Wie geht's Frank? Ist er schon zu Hause?«

»Vielleicht in ein paar Tagen.«

»Wir haben Wunderkerzen«, sagte Donna. »Wir zünden sie an, wenn das Feuerwerk beginnt.«

»Wo ist dein Vater?«, fragte ich.

Ohne mit der Wimper zu zucken, antwortete Julianna: »Er holt gerade noch Bier für sich und Nana.« Bei der Vorstellung, dass Nana Bier trank, mussten sie kichern.

»Komm!«, sagte Donna zu Julianna. »Wir müssen uns einen guten Platz sichern.«

Die beiden tauchten in einem anonymen Wirrwarr von Armen und Schultern unter. Ich wusste jetzt, dass John in der Nähe war. Ich trank mein Bier aus und machte mich auf die Suche. Ich musste ihn finden.

»Da ist sie ja!« Auf einmal umklammerte jemand mein Handgelenk wie einen Schraubstock. »Ich hab sie gefunden.« Amy lachte, als ob ich das letzte Osterei wäre. Ich war direkt an dem Tisch vorbeigegangen, an dem sie und Carl mit Jeff saßen. Als sich mein Gesichtsfeld nach und nach weitete, sah ich auch die anderen: Suzanne O'Dell und ihren Verlobten, Harley und Toomey Sherman. Lauter alte, vertraute Gesichter.

»He«, sagte Amy und stieß mich mit dem silbernen Flachmann an, den sie bei solchen Anlässen dabei hatte. »Ich hab dich gefragt, wo du den ganzen langen Tag gesteckt hast.«

Große, im Licht funkelnde Ohrringe rahmten ihr Gesicht ein. Nur Amy konnte in einem Bierzelt solche Ohrringe tragen und Gimlets aus einem silbernen Flachmann trinken.

»Na?« Sie lächelte. Wir wussten beide, dass uns alle, die am Tisch saßen, beobachteten und von unserem Streit gehört hatten, wussten, dass Carl direkt neben ihr saß und in seinen leeren Plastikbecher starrte. Ich hatte das Gefühl gehabt, weit weggeflogen zu sein von ihr, aber da war sie wieder und zwang und bat mich gleichzeitig, mich wieder einzuordnen und dazuzugehören. Es würde leicht sein, zu meiner Hälfte der Freundschaft zurückzukehren, leicht sein, sich in der stolzen Einsamkeit zu verstecken, die Amy so bewunderte und mir zugleich so übel nahm. Von meinem Schweigen ermutigt, sagte sie: »Toomey hat dich gesucht. Stimmt's, Toomey?«

Er nickte und lächelte, weil er, blöd wie er war, nicht mitbekam, dass sie sich über ihn lustig machte. Ich hätte mir gewünscht, dass er sich zur Wehr setzte und sie zum Teufel schickte. Er saß da und beschäftigte sich mit seiner Armbanduhr, während Harley sich zu ihm hinbeugte und ihm etwas ins Ohr flüsterte.

Ich sah wieder Amy an, die meine Hand losgelassen hatte und sich so sehr wünschte, dass wir so weitermachten wie früher. Wie konnte ich ihr klarmachen, was daran alles falsch war? Ich würde mit nichts zu ihr durchdringen, außer vielleicht mit einem festen Schlag auf den Kopf. Amy hasste Gewalt. Sie meinte, das sei etwas für Talkshows im Vormittags- und Nachmittagsprogramm und ungezogene Rabauken. Ich war zwanzig Kilo schwerer als sie – und außerdem hatte ein Kinnhaken noch nie ein Problem gelöst. Ein Vierteljahrhundert Freundschaft passierte Revue.

»Ach was, Scheiße!«, dachte ich und schlug sie ins Gesicht.

Sie flog rücklings über den Stuhl, der hinter ihr stand. Die Ohrringe hingen auf einmal verkehrt herum und der silberne Flachmann flog ihr aus der Hand. Sie schloss die Augen, als ich sie traf. Daher wusste ich nicht so recht, was ihr durch den Kopf ging, als sie durch die Luft sauste. Diesmal hatte sie beide Brauen hochgezogen – endlich hatte sie einmal etwas wirklich überrascht.

Die anderen am Tisch reagierten wie in Zeitlupe. Dann kamen sie alle auf einmal zu sich. Carl und Jeff sprangen Amy nach, als ob sie über Bord gegangen wäre.

»Du meine Güte, das darf doch nicht wahr sein!«, sagte Suzanne O'Dell, stand auf und ging voller Verachtung. Suzanne hatte eine gewisse Klasse, daher hatte ich nicht wirklich etwas dagegen einzuwenden. Ich streckte meine Finger, die Knöchel liefen schon an. Ich hatte sie am Wangenknochen erwischt, der hart und scharf wie ein Betonblock war. Ich nahm ihre Virginia Slims vom Tisch, zündete mir eine an und steckte das volle Päckchen ein.

»He, Toomey«, sagte ich. »Wie steht's denn so?«

»Ganz gut«, antwortete er und nickte. Wir blickten beide zu Boden, weil wir wissen wollten, wie es Amy ging. Alles, was ich sah, war ein schlanker Fuß in einer Strohsandale mit dunkelrot lackierten Nägeln. Ein Haufen guter Menschen verstellte den Rest von ihr. Entsetzt kamen Leute herbeigelaufen. In der ansteckenden Hysterie um die daliegende Amy schenkte mir niemand besondere Aufmerksamkeit. Man hätte meinen können, ich hätte sie umgebracht.

19

Ich stellte das leere Bier ab und begann mir durch die Menge einen Weg zu bahnen. Nach zwei Schritten versperrte mir ein Oberkörper den Weg und ein Arm legte sich um meine Hüfte.

»Komm!«, sagte er und führte mich weg. Er hielt meinen Arm, als wir an den Toiletten vorbei in die dunkle Stille gingen. Die Sterne seufzten leise und die Halme zu unseren Füßen wogten erleichtert hin und her. Inmitten von Goldruten und Seidenpflanzen setzten wir uns hin.

»Da bist du«, sagte John. Er war ziemlich voll, schien aber glücklich, mich zu sehen, kein Zweifel. »Ich hab dich nicht gefunden«, sagte er. »Zuerst hab ich dich x-mal angerufen, dann war ich bei dir zu Haus.«

»Ich kann dich nicht mehr sehen«, sagte ich.

»Ich weiß.« Er sah mich an und runzelte die Stirn.

»Und Julianna darf nie etwas davon erfahren«, fuhr ich fort. »Sie ist meine Freundin.«

»Ja.« Er nahm einen langen Grashalm, begann daran zu kauen und beobachtete mich von unten herauf. »Aber wir sind jetzt da.« Er sah in diesem Augenblick so sehr wie Julianna aus, klang so sehr wie sie, dass ich lachen musste. »Deine Linke ist nicht zu verachten«, sagte er.

»Hast du's gesehen?«

»Wenn es noch irgendwelche Zweifel gab, dass du die Frau meiner Träume bist, hast du sie mit diesem Haken ausgeräumt.«

Darin muss wohl der perverse Reiz der Religion liegen: dass einen jemand oder etwas liebt, wenn man am schrecklichsten ist, liebt, *weil* man so schrecklich ist. Vielleicht war Gott endlich aufgewacht und hatte das begriffen. Vielleicht war Gott jetzt hier, sah mich aus den blauen Augen dieses Mannes an und sagte: »Ich werde dir vergeben, wenn du mir vergibst.« Ich hätte auf der Stelle sterben können, wie ich da zwischen den kratzigen Büschen saß und Gottes nackten Arm auf meinem Knie spürte. In der Nähe brauste etwas in den Himmel und zerstob in einen Lichterregen.

»Ich muss zurück«; sagte ich.

»Noch nicht«, antwortete er. Er ließ sich ins Gras fallen und lachte laut, betrunken und glücklich. »Sieh doch mal!«

Das Feuerwerk lärmte über unseren Köpfen. Ich lag neben ihm auf dem Rücken. Jetzt lag ein Abgrund zwischen uns, aber ich war glücklich. Strahlende Blumen erblühten und erloschen am Himmel. Ihr Getöse verschwamm mit dem Poltern der Holzlaster auf der Straße. Es überdröhnte die Stimmen, die an den Toiletten vorbei über die Wiese gewandert waren. John und ich waren weit genug draußen, um nicht gesehen zu werden. Leuchtende Gespenster huschten über den Nachthimmel und jagten ihrem Schwanz nach wie kleine Hunde. John sagte: »Die gefallen mir am besten.«

»Ich mag die Trauerweiden am liebsten«, sagte ich zu ihm. Er nickte. Das Letzte was ich sah, bevor die Welt in Stücke ging, war der lange Halm, den er noch immer im Mundwinkel hatte.

»Ich hab's dir gesagt«, sagte eine junge Stimme. In unmittelbarer Nähe ragten zwei dunkle Umrisse aus dem hohen Gras. John und ich setzten uns auf. Es war Donna, die gesprochen hatte. Julianna stand neben ihr. Sie sah an mir vorbei und ihren Vater an. Hinter ihnen tauchte eine dritte Gestalt auf und sagte: »Du und Donna geht jetzt!«

»Aber es ist doch nur Mary«, antwortete Julianna.

»Du und Donna geht jetzt!«, wiederholte Doreen, diesmal scharf und wütend.

»Dad?« Juliannas Stimme, ein Wort, das die sechs, sieben Meter, die uns trennten, zu uns herüberdrang. Sie hatte mich nicht angesehen.

»Mach, was deine Mutter dir sagt!«, antwortete John. Donna

packte Julianna am Arm und zog sie weg. »Komm schon!«, sagte sie. »Komm, Dschudschu!«

»Was ist denn los?«, fragte Julianna und drehte sich um. »Sie haben doch nur miteinander geredet.«

Zwei junge Mädchen gingen verlegen durch das hohe Gras, das noch immer von den Explosionen am Himmel beleuchtet wurde. Der Wind kräuselte das Gras wie Wellen in einem silbrig grünen See. Die Mädchen verschwanden.

»John«, sagte Doreen wund und mit einer rauen Zärtlichkeit, »du hast mir geschworen, dass du das sein lässt.« Mir lagen ein Dutzend Erklärungen auf der Zunge, alle zwischen Wahrheit und Lüge. »Würden Sie uns allein lassen, bitte?«, sagte sie zu mir.

Der schlichte Ton und die direkte Bitte, mit ihm allein sein zu dürfen, ließen mich aufstehen. Ich wollte gehen. John nahm meine Hand. Eine unvorstellbare Reaktion. Doreen sah es. Sie drehte sich um und ging. Er rief ihr nach.

»Komm mir nicht mehr unter die Augen!«, schrie sie und ging weiter. »Komm mir nur nicht mehr unter die Augen!«

Er stand auf und lief ihr nach. Ich war allein. Über mir war das Finale des Feuerwerks in vollem Gang. Der Himmel zuckte vor Farbe und Bewegung. Bum! Bum! Bum! Ein paar Blindgänger detonierten, einer nach dem anderen, und grelle weiße Blitze sprenkelten den Himmel wie Maschinengewehrfeuer. Ich ließ mich wieder ins hohe Gras sinken, diesmal allein, und die Gewalt über mir auf mich einhämmern. Es ging noch eine gute Weile so weiter. Ich blieb liegen, bis die letzte sterbende Rauchwolke sich ins Dunkel verzogen hatte. Links und rechts von mir ragten Halme empor, ein Spanner kroch mir am Bein hoch und über den Knöchel; ich ließ ihn. Der Nachthimmel beugte sich über mich und die Sterne hielten mich fest. Hilflos lag ich da. Ich hatte die Unschuld getötet, alle Freude zerstört.

»Ist ja gut«, flüsterte ich laut. »Wird alles gut.« Die Zeit gab auf und ließ mich allein. Ich konnte mir nicht vorstellen, je wieder aufzustehen.

Da hörte ich etwas, ein Geräusch, das mir vertraut war. Es war ein Holztransporter, der die Straße zum Rummel heraufbrauste.

Es dröhnte und kreischte, als ob er einen Zug Racheengel geladen hätte. Dann ein warnendes Hupen wie die Sirene eines Schiffs auf See. Doch das Hupen dauerte zu lange. Das klang nach panischer Angst.

Ich setzte mich auf, um zu sehen, was los war. Da tauchte der Laster aus der Dunkelheit auf und pflügte in den grünen Cutlass, der gerade auf die Straße gefahren war – leichtsinnig, unglaublich, dumm. Ich sprang auf, und da krachte es auch schon, wie im Film, wenn ein Zug aus den Schienen springt. Doch wie der Wagen unbeholfen zur Seite sprang, war überhaupt nicht wie im Film. Auch nicht, wie das riesige Führerhaus des Holzlasters ihn wie eine Ziehharmonika zusammenschob. Kein anmutiger Zeitlupenflug, kein glitzernder Glassplitterschauer, nur ein hässliches, entsetzliches Durcheinander von Rucken und Stößen. Die Gewalt war zu schnell und zu real, als dass ich sie wirklich hätte erfassen können. Die Zugmaschine rutschte zur Seite, brach aus und schob den Cutlass mit einem metallischen Kreischen über den Asphalt. Durch die dem Gesetz der Schwerkraft folgenden Stämme stellte sie sich immer weiter quer. Dann kippte das ganze Ding um – diesmal in Zeitlupe, diesmal schön – und donnerte auf den Cutlass und das geladene Holz rollte über beide Fahrspuren.

Die betrunkene Menge schwieg und erstarrte. Man hätte bis vier zählen können, so lange brauchten die Leute, um zu begreifen, dass der Unfall wirklich passiert war – es war kein Irrtum, kein Teil des Feuerwerkspektakels, kein Scherz. Auf einmal strömten sie Richtung Straße. Ich hörte ein paar verschreckte Stimmen, ein Knäuel von Fragezeichen. *Was? Was?* Da zeigte jemand irgendwohin, dort schnappte jemand sein Kind. Die Leute begannen zu laufen, und jetzt lief auch ich.

Ich kannte jeden Zentimeter des Wagens. Ich konnte mir nicht vormachen, dass es nicht seiner war. Ich spürte eine widerliche, grausame Hoffnung in mir, dass Doreen allein aufgebrochen war, dass sie im Wagen saß, nur sie und nicht ihr Mann und nicht ihre Tochter. Im Feld schwappte eine Flut von Menschen zwischen die geparkten Autos. Sobald die Leute die Straße erreicht hatten, kletterten sie über die umherliegenden Stämme, um näher ran zu kommen. Der Kofferraum des Cutlass war unter dem Führerhaus eingeklemmt, das Dach des Wagens ragte vorne hoch. Ich konnte nicht sehen, wer im Wagen war, konnte mich nicht weiter nach vorn drängen. Ich erhaschte nur einen flüchtigen Blick auf das Fenster auf der Fahrerseite. Fragen und Schreie hallten durch die Nacht. Ich schob und drückte mich an Schultern und sinnlos herumfuchtelnden Armen vorbei, bis ich ihn auf einmal sah: seinen lang gestreckten Hals, der aus einem Sizemor-Septic-T-Shirt ragte. Das zerquetschte Dach verbarg den Großteil seines Gesichts. Im Wagen rührte sich nichts. Ich sah weder Doreen noch Julianna.

Bei der Tür auf der Fahrerseite entspann sich ein Streit. »Beweg ihn nicht! … Wir müssen sehen, ob er atmet … Wenn wir ihn rauszuholen versuchen, verletzen wir ihn noch mehr.«

Ich sah Blut, konnte aber nicht ausnehmen, woher es kam. Ich war nur fünf Meter weit weg, konnte aber nicht einmal feststellen, ob er tot war. Vielleicht war er nur kurz weggetreten und kam gleich wieder zu sich.

Ein paar halb betrunkene Männer von der freiwilligen Feuerwehr kletterten auf das Führerhaus des Transporters, in dem der Lenker lag. Er war bei Bewusstsein. Niemand konnte wirklich mehr tun als warten, bis die Wagen mit den blinkenden Lichtern kamen, mit ihrem Fachwissen, den Tragbahren und dem Zaubergerät.

»Mom?«, hörte ich eine unsichere Stimme in der hin und her wogenden Menge. »Mom?«

Ich schob mich auf die Stimme zu. Donna und Julianna standen am Rand der Menschenmenge, nahe am vorderen Teil des Wagens. Donna rief nach ihrer Mutter, die irgendwo eingekeilt war. Schließlich drängte sie sich zurück durch die Menge und ließ Julianna allein zurück. Julianna sah durch die zerbrochene Windschutzscheibe ins Innere des Wagens. In den gläsernen Augen des Leoparden spiegelten sich die Scheinwerfer. Niemand schenkte ihr Beachtung. Es gab niemanden, der dieses zwölfjährige Mädchen mit dem, was im Wrack lag, in Verbindung gebracht hätte. Warum unternahm niemand etwas? Wo war Doreen?

Von irgendwoher hörte man das Heulen einer Sirene. Julianna verschwand. Ich versuchte, ihr zu folgen, aber zu viele Menschen versperrten mir den Weg. Das Glühen wurde stärker und schließlich war die Menge in rotes Licht getaucht. Die Leute traten zurück, damit die Polizei näher heranfahren konnte. Der Rettungswagen kam direkt dahinter. Ich blieb stehen. Jetzt würde alles gut werden, jetzt würde sich jemand der Sache annehmen.

Ein Polizist lehnte sich eine Ewigkeit lang durch das Fenster auf Johns Seite. Dann sah er sich im Inneren des Wagens um. Schließlich ging er zu den anderen, die beim Lastwagen waren, wo um den Fahrer ein hektisches Treiben im Gang war. Zwei Sanitäter holten langsam und methodisch John aus dem Cutlass. Als sie es geschafft hatten, deckten sie ihn zu und luden ihn in einen Rettungswagen. Ich sah zu, bis der Wagen ohne Sirenengeheul wegfuhr.

Manche Menschen standen noch in kleinen Gruppen beisammen, während andere bereits zu ihren Autos gingen. Die Straße war von Stämmen blockiert. Niemand würde so bald irgendwohin fahren. Ich blieb, wo ich war, sah mir den leeren Cutlass an und wartete darauf, dass ich aus dem Alptraum erwachen würde. Als sich die Menge weiter lichtete, hörte ich eine Stimme hinter mir.

»Lass sie da nicht rauf!«, sagte jemand zornig. »Sie braucht das nicht zu sehen.«

Onkel Ted stand neben Doreen. Er hatte den Arm um sie gelegt und hörte jemandem in einer Uniform zu.

»Wo ist Julianna?«, fragte Doreen immer wieder.

»Sie suchen sie schon«, erklärte ihr Onkel Ted.

»Wo ist sie?« Doreen blickte sich um. Ich trat zurück, damit sie mich nicht sah, aber sie hätte ohnehin nur ihren sicher und unversehrt auf sie zugehenden Mann gesehen.

»Wo ist sie?«, sagte sie wieder und wieder.

Wo ist sie? Ich suchte überall in der Menge nach ihr. Ich irrte umher und rief sogar nach ihr, doch niemand antwortete mir aus dem Meer der Menschen, die mir nichts bedeuteten. Niemand würde sie in dem Durcheinander finden, wenn sie nicht wollte, dass man sie fand. Irgendwie war sie verschwunden, hatte sich in Luft aufgelöst. Auf einmal fiel mir ein, wo sie war.

Ich ging zu meinem Wagen, ließ den Motor an und schaukelte los, langsam an den Reihen parkender Autos vorbei, die im Widerschein der roten Lichter glitzerten. Es war ein Geisterschlittenfriedhof, und ich schlich mich wie ein verbotener Gedanke zwischen ihnen durch, bis ich am Rand des Feldes angelangt war und die Stämme umgangen hatte. Zwischen mir und der Straße lag ein breiter Graben. Ich fuhr ihn schräg an, ganz vorsichtig. Als ich an die tiefste Stelle kam, konnte ich links und rechts das Gras aufragen sehen. Ich manövrierte die andere Seite hinauf. Auf einmal war es ganz still und friedlich, wie auf einem fernen Planeten. Schon kroch der Mercury auf das Bankett und bekam Kies unter die Reifen, bevor er die Straße erreichte. Ich gab Gas, und das Bierzelt und die Polizeiautos wurden im Rückspiegel kleiner und kleiner, bis sie ganz verschwunden waren.

Ich konnte kaum das Steuer festhalten. Mir ging John durch den Kopf und er löschte alles andere aus, das Armaturenbrett, die Scheinwerfer, die Finsternis um mich herum. Ich wollte schreien, schluckte es aber hinunter. Die Zigaretten auf dem Armaturenbrett hatte ich vergessen. Meine Hände zitterten so sehr, dass es mir schwer fiel, Amys Päckchen aus der Tasche zu holen. Ich rieb mir die Augen, weil ich nicht mehr vor mir sehen wollte, wie sie sein Gesicht zudeckten und ihn wegbrachten. Ich fuhr langsam am Nordrand des Festgeländes dahin, konnte sie aber nicht entdecken. Ich bog auf dunklere Straßen ein, auf denen um diese Zeit niemand unterwegs war. Ich fuhr die dunkelsten Strecken hin und her und versuchte, in meinem Kopf alles rückgängig zu machen, ein paar Stunden zurückzustoßen und den Abend von vorn zu beginnen.

Zwanzig leere Minuten verstrichen, bevor ich sie sah. Sie war bereits sechs Meilen vom Unfallort entfernt. Ich überholte sie und hielt am Straßenrand. Sie wollte mir in einem großen Bogen ausweichen, als ich aus dem Wagen stieg. Ich erwischte sie und brachte sie und Eleanor Prudhomme zum Stehen.

»Ich fahr zum Nordpol«, sagte sie. »Ich muss.«

»Deine Mom sucht dich.«

»Ich hasse sie«, schrie sie und stieß mich mit den Füßen von Eleanor weg. »Ich fahre.«

Ich packte das Fahrrad. Julianna stieg ab und trat zurück. Ich lud das Rad in den Kofferraum. Julianna rührte sich nicht von der Stelle. Der Stoffleopard war verschwunden.

»Steig ein!«, sagte ich.

»Ich geh da nicht zurück«, sagte sie zu den dunklen Bäumen.

»Bitte, steig ein!«

Sie folgte mir. Der Mercury stand am Straßenrand. Ich hatte die Warnblinkanlage eingeschaltet. Ich machte keine Anstalten, den Motor anzulassen. Überall um uns herum dröhnte Grillenzirpen.

Sie sagte: »Er ist tot.«

Ich sagte: »Ja.«

»Ich geh da nicht zurück.«

Wir saßen lange so da. Ich sah beim Fenster hinaus und wartete.

»Ich sollte heute Nacht bei Donna schlafen«, sagte sie schließlich. »Ich hab meinen Hut verloren.«

»Tut mir Leid.«

»Warum?«, schnaubte sie und sah rechts zum Fenster hinaus. »Du kannst doch nichts dafür.«

Es war nicht meine Schuld. Er war betrunken, er war wütend, wer weiß, was geschehen war. Ich hatte das Richtige getan.

Plötzlich trat Julianna mit den Füßen nach dem Armaturenbrett. »Warum ist sie so bös geworden?« Es waren gemeine, feste Tritte. »Warum hat sie ihm gesagt, dass er ihr nicht mehr unter die Augen kommen soll?«

Oh nein! Hatte Doreen das gesagt? Hatte sie das wirklich gesagt? Ich sah sie im Schatten des Zelts stehen, sah, wie ihr, zornig und verletzt, die Worte über die Lippen kamen: *Komm mir nicht mehr unter die Augen!* Sah ihn, betrunken und besorgt, wie er sie stehen ließ und zum Wagen ging.

Julianna trat weiter auf das Handschuhfach ein. »Ich hasse sie. Warum hat sie das getan?«, schrie sie. »Ihr habt doch nur *geredet*.«

Ich hatte nichts damit zu tun. Ich hatte das Richtige getan. Ich hatte meine Augen rechtzeitig aufgemacht, und Julianna brauchte nie zu erfahren, was davor geschehen war. Sie war zu jung, um es zu verstehen. John und ich hatten nur miteinander geredet.

»Nein, haben wir nicht«, sagte ich zu ihr.

»Habt ihr doch«, schrie sie noch lauter. »Habt ihr doch!«

»Tut mir Leid –«

»Halt den Mund!« Sie sprang aus dem Auto. Ich stieg aus und sah ihr zu, wie sie wieder und wieder in das Seitenblech des Wagens trat. Obwohl sie Turnschuhe anhatte, würde sie sich alle Fußknochen brechen, wenn sie nicht bald aufhörte.

»Lügnerin! Blöde Sau! Lesbe!« Sie unterstrich jedes Wort mit einem Stein oder Stück abgebröckeltem Asphalt, die sie vom Bankett aufhob und aus nächster Entfernung auf das mit immer mehr Dellen übersäte Seitenblech donnerte. Ich stand da, sah zu und ließ meine Gedanken schweifen. Irgendwo ging es drunter und drüber, irgendwo war die Hölle los, irgendwo liefen Leute hin und her. Irgendwo lag ein Mensch im Leichenschauhaus. Irgendwo suchten Leute hysterisch nach einer verschwundenen Zwölfjährigen. Aber wir waren da.

Du hast mich verraten. Du hast mir das Herz gebrochen. Du hast mir das Schlimmste angetan, was man sich vorstellen kann. Überstrapazierte Worte, die Julianna nie in den Mund nehmen würde. Ein großes Asphaltstück krachte durch das Heckfenster. Das Geräusch zersplitternden Glases war eine Erleichterung. Ein Nachtfalter stieß gegen einen Scheinwerfer. Mir fiel eine alte Geschichte ein, aber ich konnte mich nur an den letzten Satz erinnern – er lautete etwa: »Ich würde mir gern etwas so sehr wünschen können wie der Nachtfalter, der in der Flamme schmoren wollte.« So ähnlich. Woher hatte ich den Satz bloß?

»Habt ihr's miteinander getrieben?«, schrie sie voller Hass. »Wolltest du mir das sagen? Dass ihr's da draußen miteinander getrieben habt?«

Sie hatte mich nicht angesehen, seit sie mit Donna in der Wiese neben dem Festgelände aufgetaucht war. Nun starrte sie den

Mercury an und wartete mit einem Stein in der Hand auf meine Antwort.

»Nein, wir haben's da draußen nicht miteinander getrieben.«

»Überleg's dir halt!«, sagte sie. Der Stein traf mich am Knie. »Sag mir die Wahrheit!«

»Die Wahrheit willst du hören?«

»Nein! Ja. Ich weiß nicht ...« Wut und Enttäuschung ballten sich zusammen. Dann liefen ihr Tränen über das verkrampfte Gesicht. »Scheiße, Scheiße, Scheiße, Scheiße noch mal!«, schrie sie und ließ sich hinfallen. »Was hast du *getan*?«

Sie hörte zu schreien auf und schluchzte in ihre schmutzigen Hände. Es gab so vieles, was sie wissen wollte, und keine Worte, um danach zu fragen. Zu jung, um es zu verstehen. Nicht meine Schuld. Ich war wie ausgeweidet: Herz, Lunge, Leber, alles lag in einem Haufen am Straßenrand. Don Marquis. Der hatte die Geschichte über den Falter und die Flamme geschrieben. *Ich würde mir gern etwas so sehr wünschen können wie der Nachtfalter, der in der Flamme schmoren wollte.*

Ich setzte mich neben sie. Ich erzählte es ihr, wie wir da im Staub der Straße saßen und die kleinen gelben Lichter am Wagen aufblinkten und wieder erloschen. Ich erzählte ihr alles, woran ich mich erinnern konnte, die Geschichte mit der Nummer 34, die Sache mit dem Colby-Prozess und wie ich davonlaufen wollte. Ich sprach über sie beide, über sie und ihren Dad, wie sie damals am Sonntagnachmittag bei mir in meinem Wohnzimmer gesessen waren, als der kleine Ruther zur Welt kam. Ich erzählte ihr von Uncle Eddie's, von dem Ring aus dem Kaugummiautomaten und dass er so viel über sie gesprochen hatte. Und ich erzählte ihr von mir und Carl, von meiner Mom und meinem Dad, von Amy. Ich schenkte weder Julianna noch mir etwas. Ich erklärte ihr, wo ihr Vater war und was er getan hatte, als er in jener Nacht nicht nach Hause gekommen war. Vielleicht bekam sie nur die Hälfte mit, aber ich musste es ihr erzählen. Sie hörte mir zu, begann immer wieder zu schluchzen und heulte mehr denn je, als ich zu dem Donnerstagnachmittag mit ihnen beiden auf dem Rummel kam. Ich verschwieg ihr nichts: nicht das egoistische Verlangen, nicht die zottige Mähne der Schuld, nicht die tödliche Verzweiflung, die der Nächtliche Besucher in mir ausgelöst hatte. Auch nichts über ihren Dad: die Schlägereien auf dem Sportplatz, wie er mit Frank auf dem Küchenfußboden gespielt hatte, wie er betrunken gewesen war, wie er mich Freitag sitzen gelassen hatte und wie alles in dem Feld geendet hatte, bevor die Welt in Scherben ging.

Meine Stimme verlor sich die dunkle Straße hinunter. Julianna lehnte sich gegen die Seite des Wagens. Sie hatte die Augen geschlossen, um mich nicht ansehen zu müssen. Sie sah so leer aus, wie ich mich fühlte.

Nach einer als Strafe für mich gedachten Pause sagte sie förmlich und hart: »Hat er dich geliebt?«

»Nein«, antwortete ich. »Er hat deine Mom und dich geliebt.«

»Hast du ihn geliebt?«

Würde alles gut werden und in Ordnung kommen, wenn ich jetzt ja sagte? Würde sie einen Weg finden, mir zu verzeihen, weil ich nicht anders konnte? »Nein«, sagte ich. »Ich hab mich durch ihn nur ein wenig besser gefühlt.«

Versuch das später einmal zu verstehen. Versuch damit zu leben. Das Mondlicht verhakte sich in den Zacken der Föhrenwipfel. Es war fast September. Der Nachtwind war wild und kühl und kündete bereits von den vielen kleine Toden der kommenden Monate. Ich sah Julianna an. Die vor das Gesicht geschlagenen Hände zitterten vor Erschöpfung, Verlust und Schock. *Lieber Gott, bitte mach, dass sie eines Tages etwas davon hat!*

»Du warst meine Freundin«, sagte sie.

»Ich bin deine Freundin.« Ich legte ihr eine Hand auf den Arm. »Es tut mir Leid.«

Angewidert schüttelte sie meine Hand ab und stand auf. »Ich will zu meiner Mom.«

◆

Nach dem Dunkel der Wälder kamen mir die Lichter von Riverton hell und traumhaft vor. Durch das zerbrochene Fenster kam kalte Luft in den Wagen. Julianna sagte mir den Weg zu ihrem

Haus an, als ob ich eine Fremde wäre. Als wir vorfuhren, wünschte ich mir inständigst, dass jemand zu Hause sein würde. Onkel Ted stand auf der Veranda vor dem Haus und sprach mit zwei Polizisten. Als er Julianna aus dem Wagen steigen sah, schrie er: »Wo warst du denn?«

Julianna trat einen Schritt zurück. Hinter Onkel Ted tauchte Tante Sophie auf. Sie kam über die Einfahrt her auf uns zu. Wortlos schloss sie Julianna in die Arme. Ihre Ähnlichkeit mit John riss mir ein Loch ins Herz. Ich ging zum Kofferraum und holte Eleanor Prudhomme heraus. Die Polizeiuniformen verschwanden aus meinem Blickfeld, als Onkel Ted näher kam.

»Wo haben Sie sie gefunden?«, fragte er mit einer Stimme, die mich an rostigen Stacheldraht erinnerte. Er und seine Frau starrten mich an und warteten.

Gewissensbisse schnürten mir die Luft ab und erstickten jede Erklärung. »Es tut mir Leid.«

»Ich sag Doreen, dass sie da ist«, sagte er und verschwand im Haus.

Sophie sah alles an, nur nicht mich. »Wir dachten schon, wir hätten sie auch verloren.«

Ich legte meine Hand einen Augenblick lang auf Juliannas Schulter. Sie war eiskalt. »Jetzt geht's ihr wieder gut«, sagte ich. Julianna rührte sich nicht und würdigte mich keines Blickes, als ich in den Wagen stieg.

Die Heimfahrt war eine Abfolge genauer Bewegungen. *Ich starte jetzt den Wagen.* Ich startete den Wagen und fuhr vorsichtig nach Hause. *Ich drehe jetzt das Lenkrad nach links. Ich bremse jetzt etwas.* Nachdem ich Julianna sicher zu Hause abgeliefert hatte, überfluteten mich die Eindrücke der Stunden davor wieder. Als ich in der Einfahrt stehen blieb, sah ich John neben mir auf dem Beifahrersitz und spürte seine Wärme. *Ich steige jetzt aus dem Wagen. Jetzt stehe ich vor dem Haus.* Ich hielt nach Frank im Fenster Ausschau, bis die Erinnerung einschlug. Frank war nicht da. Vielleicht würde er nie wieder nach Hause kommen. Alles, was ich hatte, war ein Grab hinter dem Haus, in dem der verlorene Liebling von jemand anderem lag. Ich umkreiste mehrere Male das Haus. Ich konnte nicht reingehen. Konnte nicht in die Küche, wo noch das Yahtzee-Spiel mit Juliannas Punkteliste auf dem Tisch lag. Nicht in das Wohnzimmer, wo John vor einer Woche Frank auf dem Schoß gehabt hatte. Es gab keinen Trost, kein Fell, in das ich mein Gesicht hätte vergraben können, während ich um die Freunde trauerte, die ich verloren hatte. *Ich umkreise das Haus. Ich werde es nie wieder betreten können.*

Ich griff nach dem pinkfarbenen Plastikring an meinem Finger. Aber da war nur klammes Fleisch. Auf einmal roch ich den Gestank verbrannten Plastiks wieder. Ich rannte in den Schuppen und durchwühlte die verkohlten Reste in dem Fass, in dem ich die Sachen verbrannt hatte. Vielleicht war da noch ein kleines pinkfarbenes Stück Plastik, das ich in die Hand nehmen und an dem ich mich festhalten konnte. Aschenwolken stiegen mir ins Gesicht und ich musste husten. Die Dinge verschwammen und mir gingen die Augen zu. *Bitte, bitte. Nur ein winziges Stück.* Aber es war alles verbrannt. Ich fing zu weinen an, ruckartig und hässlich. Er war weg, er und Julianna, beide.

Ich hörte in der Einfahrt eine Autotür zuschlagen. Ich ging nach vorn und glaubte, glaubte, glaubte ganz fest daran, dass da jetzt John mit den Händen in den Taschen lächelnd neben dem Cutlass stehen und mich unter diesen Augenbrauen hervor ansehen würde, Julianna an seiner Seite, und wir würden über diese grauenhafte Nacht lachen, über diese schreckliche Geschichte, die letzten Endes doch nicht geschehen war. Und wir würden wieder so sein wie damals, als er nur die Nummer 34 gewesen war.

Aber die Gestalt auf der Veranda war Amy. Ich blieb stehen, als sie sich zu mir umdrehte. Sie hatte ein blaues Auge. Es war ganz verschwollen.

»Ich hab hundert Mal angerufen«, sagte sie und kam auf mich zu. Ich ging ihr entgegen und weinte, weil mir das Herz brach. Amy umarmte mich und hielt mich fest. Wie konnte ich ihr sagen, was geschehen war? Julianna. *Du warst meine Freundin.* John in dem stillen Krankenwagen. Tot. Amy blieb lange so stehen, drückte ihren Kopf an meinen und rieb mir die Schulter.

»Komm!«, sagte sie dann, und wir gingen zum Haus.

20

John wurde am Dienstag darauf beerdigt. Ich ging nicht zur Messe und hielt mich von Julianna und ihrer Familie fern.

Amy blieb drei Tage bei mir, bis nach dem Begräbnis. Ich redete die ganze Zeit. Es war wie ein Rausch; ich erzählte von den Fritos und den Little Debbies und John im Boot und dem in die Scheinwerfer starrenden Stoffleoparden Juliannas. Ich erzählte ihr, wie ich an dem Tag nach der Hochzeit von ihr und Carl hinter dem Haus aufgewacht war und von meiner verborgenen Wunde, die nie verheilt war. Sie saß zusammengekauert an einem Ende der Couch, ihrer Maske beraubt und elend, aber sie hörte zu.

An einem bestimmten Punkt sagte sie: »Ich hab's verdient, dass du mir eine geknallt hast.«

Sie und Carl entschlossen sich, es mit einer Trennung zu versuchen. Er mietete eine Wohnung in Pineview. Ich fragte nicht nach Einzelheiten und daher erzählte sie mir auch keine, außer dass sie in Cadillac einmal in der Woche gemeinsam »zu jemandem gingen«. Ich habe keine Ahnung, wie es mit den beiden ausgehen wird. Endlich betrifft es mich nicht mehr.

Als Sharon von dem Unfall hörte, kam sie zu mir, und Amy und sie schlossen insgeheim einen Waffenstillstand. Im darauf folgenden Monat war Sharon oft bei mir. Ich wusste nicht, was Mom mitbekommen hatte: Sie sprach jedenfalls nicht darüber und wartete darauf, dass ich etwas sagte. Ich sagte nichts. Unsere Sonntagessen wurden seltener und hörten schließlich ganz auf. Im Augenblick gehen sie mir nicht ab.

Der Prozess gegen Patricia Colby dauerte elf Tage. Ich wurde nicht wieder aufgerufen. Die Verteidigung sah wohl in mir so etwas wie ein schweres Geschütz mit einer ziemlich kurzen Zündschnur, und Mad Dog Mahoney hatte Angst, dass man die Glaubwürdigkeit ihrer besten Zeugin in Zweifel ziehen und meine Aussage für unzulässig erklären könnte. Außerdem gaben der Volksschuldirektor und ein weiterer Zeuge an, dass sie sich ihre Vermutungen »nicht hatten eingestehen wollen«.

Patricia Colby wurde des Mordes zweiten Grades für schuldig befunden und zu lebenslangem Gefängnis mit der Möglichkeit einer Haftentlassung auf Bewährung nach fünfzehn Jahren verurteilt. Trotz der sich anhäufenden Beweise behauptete sie bis zum Schluss, dass es ein Unfall gewesen sei. Jens Bruder und ältere Schwester blieben bei ihrem Vater und dessen zweiter Frau in Manistee. Die beiden hatten auf alles, was man sie gefragt hatte, mit einem ausdruckslosen »Ich weiß es nicht« geantwortet. Ich habe keine Ahnung, ob aus Liebe oder Ergebenheit oder aus Angst, sich den Zorn ihrer Mutter zuzuziehen. Die Geschichte machte ein paar Tage lang Schlagzeilen und Jen Colby lächelte mir wieder von der ersten Seite entgegen. Das Mädchen verfolgte mich aber nicht mehr; der Nächtliche Besucher blieb verschwunden.

Während die Gazette Patricia Colbys Aussage nur als widersprüchlich und ausweichend bezeichnete, stellten die Zeitungen anderer Städte Jens Mutter als Ungeheuer dar. Das Bild, das ich von ihr hatte, war das einer müden Frau mit einem Pferdeschwanz, die sich gar nicht sehr von den anderen Müttern unterschied, die mir auf meiner Strecke untergekommen waren.

Es wurde September und ich begann wieder zu arbeiten. Ich war noch immer niedergeschlagen und bewegte mich wie in einem Traum, hatte aber keine Angst mehr vor den kleinen Gestalten im Bus. Es ist jetzt eine andere Strecke, eine neue Last kleiner Verantwortungen.

»Wer bist du?«, fragt mich ein pausbäckiger Junge und lässt dabei die Schultasche gegen sein Knie schwingen.

»Ich bin die Busfahrerin«, sage ich. »Ich bin Mary.« Ich sehe mir die Kinder in meinem Bus an. Alle.

Ende September bekam ich eine Karte ohne Bild. Es war

Juliannas Handschrift. »Ich habe den Nordpol erreicht. Hier ist es nur kalt und dunkel, kein Mensch meilenweit. Ich werde nicht mehr nach Hause kommen.« Die Nachricht trug keine Unterschrift. Ich stellte sie auf meine Frisierkommode.

Den Monat Oktober mag ich sehr: die Wolljacken, den Apfelmost, den frischen blauen Himmel, die Bäume, die ausgelassen ihr loderndes Kleid abwerfen, die Wolken, die dahinhuschen, als ob sie an einem Seil über den Himmel gezogen würden. Ich mag die belebende Herbstluft, die Kraft in den Wäldern nach dem hartnäckigen Sommerdunst. Da es nicht mehr viele Tage geben wird, an denen die Sonne so schön scheint, habe ich die Tür zur Veranda aufgemacht. Die Millers verbrennen heute Laub. Der Geruch rührt mein Herz.

Es ist Samstagnachmittag und im Fernsehen gibt es Fußball aus Michigan. Die Wolverines machen gerade Indiana fertig, und ich muss lächeln, obwohl mir die Zigaretten schrecklich fehlen. Am Abend werde ich mir mit Suzanne und Peg in Cadillac einen Film ansehen. Viel fehlt nicht mehr, dann wird das Taufgewand für den kleinen Ruther fertig sein. Stacy wird ihn mir morgen herüberbringen und ich werde auf ihn aufpassen. In einer Ecke des Wohnzimmers steht jetzt ein Schaukelstuhl mit Stofftieren unter einem Mobile mit Elefanten. Er hat sich besser entwickelt, als ich dachte. Seine Tante Mary betet er an.

Frank liegt mit seiner Stoffpuppe auf dem Schaukelstuhl. Er bewegt sich jetzt langsamer als früher, aber seine Beine sind alle in Ordnung und er hat keine Schmerzen. Hin und wieder zeigt er es den Grillen noch. Er hat ein dickeres Fell und ist für den nahenden Winter gerüstet.

»Dritter Down-Versuch für die Gelbblauen und nur mehr eine Minute bis zur Halbzeit.«

Ich sehe von meiner Näherei auf, um mir nichts entgehen zu lassen. Das leise Knirschen der Reifen auf dem Kies lässt mich langsam aufstehen. Ich gehe an die Tür. Ich habe sie seit der Nacht damals nicht mehr gesehen. Sie schiebt ihr Fahrrad zur Veranda und lehnt es gegen das Geländer.

»Hallo«, sage ich durch die Fliegentür. Ich bin glücklich.

Sie hat ihre bernsteinfarbenen Augen ernst zu Boden gerichtet. »Hi«, sagt sie.

»Komm rein!«

Ich spüre, wie fest ich die Türschnalle halte. Sie sieht John so ähnlich, der mir nie länger als ein paar Augenblicke aus dem Kopf geht. Sie trägt eine Jeansjacke, die sie nicht ablegt. Ihr Haar ist etwas brauner und länger, die Locken hat sie hinter die Ohren geschoben. Sie wirkt älter. Ich frage mich, ob ihre Mutter weiß, wo sie ist, und mir beginnt das Herz wieder weh zu tun. Ich drehe den Fernseher ab, als sie sich im Wohnzimmer umsieht und die Babysachen entdeckt. Wir setzen uns zum Küchentisch. Sie holt tief Luft und atmet dann langsam durch die Nase aus.

»Ja«, sagt sie zu ihrem Knie, »ich bin zu Hause.«

»Ich habe deine Postkarte bekommen. Ich bin froh, dass du zurückgekommen bist.«

Sie starrt die Wand an und lässt sich eine Minute Zeit, um wieder ihr Gleichgewicht zu finden. Sie hatte Wochen gebraucht, um so weit zu kommen.

Schließlich sagt sie: »Ich war einsam.«

Vorsichtig springt Frank vom Schaukelstuhl und trottet zu uns herüber, um sich an Juliannas Beine zu schmiegen. Julianna hebt ihn hoch und legt ihre Wange gegen seinen Kopf. Draußen fallen feuerrote Blätter von den Bäumen.

Die Originalausgabe erschien unter dem Titel *Blameless* bei Random House, Inc., New York, und bei Random House of Canada Limited, Toronto.

www.deuticke.at

Gestaltung, Produktion: typic®/wolf

Umschlaggestaltung: Studio Hollinger

Umschlagfoto: © Photonica/Marcia Lieberman

Druck: Wiener Verlag, Himberg

Printed in Austria

ISBN 3-216-30519-8